AtV

BRIGITTE REIMANN, geb. 1933 in Burg bei Magdeburg, war Lehrerin und seit ihrer ersten Buchveröffentlichung 1955 freie Autorin. 1960 zog sie nach Hoyerswerda, 1968 nach Neubrandenburg. Nach langer Krankheit starb sie 1973 in Berlin.

Veröffentlichungen: »Die Frau am Pranger« (1956), »Ankunft im Alltag« (1961), »Die Geschwister« (1963), »Das grüne Licht der Steppen. Tagebuch einer Sibirienreise« (1965) sowie der unvollendete Roman »Franziska Linkerhand« (1974, vollständige Neuausgabe 1998). Außerdem erschienen die Briefwechsel mit Christa Wolf, »Sei gegrüßt und lebe. Eine Freundschaft in Briefen 1964–1973« (1993), mit Hermann Henselmann, »Mit Respekt und Vergnügen« (1994), »Aber wir schaffen es, verlaß Dich drauf. Briefe an eine Freundin im Westen« (1995) und mit Irmgard Weinhofen, »Grüß Amsterdam. Briefwechsel 1956–1973«, sowie »Ich bedaure nichts. Tagebücher 1955–1963« (1997) und »Alles schmeckt nach Abschied. Tagebücher 1964–1970« (1998). Aus dem Nachlaß: »Das Mädchen auf der Lotosblume. Zwei unvollendete Romane« (2003).

Als Hörbücher liegen im DAV vor: »Ich bedaure nichts. Tagebücher 1955–1963«, »Alles schmeckt nach Abschied. Tagebücher 1964–1970«, »Und trotzdem haben wir immerzu geträumt davon«.

»Sie hat exzessiv gelebt, voller Unrast und Verlangen nach Liebe, ihre Lebenskerze war an beiden Enden angezündet – wer leuchten will, muß brennen.« *Renate Rauch, Berliner Zeitung*

»Dieses Tagebuch liest sich wie ein unter Hochspannung geschriebener Lebensroman.« *Dorothea von Törne, Der Tagesspiegel*

»Selten oder nie konnte man so tief in die Seele einer so leidenschaftlichen Frau blicken.« *Fritz-Jochen Kopka, Die Woche*

»Temperament, Begeisterungsfähigkeit, der Mut zu kämpfen, mit einem Wort: Leidenschaft. Ob das nun den Aufbau der DDR betraf oder die Tatsache, daß sie ein schriftstellerisches Werk schaffen wollte, stets war sie nachhaltig und diszipliniert dabei. Nur wenige Frauen haben solche Ziele so konsequent verfolgt.«
Martina Gedeck über Brigitte Reimann

Brigitte Reimann

Hunger auf Leben

Eine Auswahl aus den
Tagebüchern 1955–1970
mit einem Brief
an eine Freundin

Aufbau Taschenbuch Verlag

Auswahl aus den Tagebüchern Brigitte Reimanns:
Carsten Gansel

Mit 14 Fotos aus dem Fernsehfilm
»Hunger auf Leben«

ISBN 3-7466-2036-8

1. Auflage 2004

Umschlaggestaltung Torsten Lemme
unter Verwendung eines Fotos (Brigitte Reimann)
von Lydia Goguel, 1962
Druck Oldenbourg Taschenbuch GmbH, Plzeň
Printed in Czech Republic

www.aufbau-taschenbuch.de

Inhalt

Lebensdaten Brigitte Reimann

1933 Brigitte Reimann wurde am 21. Juli als Tochter des Bankkaufmanns Willi Reimann und seiner Frau Elisabeth in Burg bei Magdeburg als ältestes von vier Geschwistern geboren.

1947 Sie erkrankte schwer an Kinderlähmung.

1951 Abitur, danach Tätigkeit als Lehrerin.

1953 Heirat mit Günter D[...].
Aufnahme in die Arbeitsgemeinschaft Junger Autoren des Deutschen Schriftstellerverbandes in Magdeburg.

1954 Fehlgeburt.
Selbstmordversuch.

1955 Die Erzählung »Der Tod der schönen Helena« erscheint im Verlag des Ministeriums des Innern.

1956 Die Erzählung »Die Frau am Pranger« erscheint im Verlag Neues Leben Berlin, »Kinder von Hellas« (Erzählung) im Verlag des Ministeriums für Nationale Verteidigung Berlin.
Sie wird in den Deutschen Schriftstellerverband aufgenommen.

1958 Scheidung von Günter D[...].

1959 Heirat mit dem Schriftsteller Siegfried Pitschmann.

1960 Umzug nach Hoyerswerda. Im Kombinat Schwarze Pumpe arbeitet sie in einer Brigade mit und leitet u. a. gemeinsam mit Siegfried Pitschmann einen Zirkel schreibender Arbeiter.
Nachdem in den Jahren zuvor zwei Romanprojekte von Verlagen abgelehnt wurden, erscheint die Erzählung »Das Geständnis« im Aufbau-Verlag Berlin. Mit Siegfried Pitschmann schreibt sie die Hörspiele »Ein Mann steht vor der Tür« und »Sieben Scheffel Salz«.

1961 Die Erzählung »Ankunft im Alltag« erscheint im Verlag Neues Leben Berlin. Zusammen mit Siegfried Pitschmann erhält sie den Literaturpreis des Freien Deutschen Gewerkschaftsbundes für die Hörspiele »Ein Mann steht vor der Tür« und »Sieben Scheffel Salz«.

1962 »Die Frau am Pranger« (Fernsehspiel).
Literaturpreis des Freien Deutschen Gewerkschaftsbundes für »Ankunft im Alltag«.

1963 Die Erzählung »Die Geschwister« erscheint im Aufbau-Verlag Berlin. Brigitte Reimann beginnt mit der Arbeit an dem Roman »Franziska Linkerhand«.
Sie wird in den Vorstand des Deutschen Schriftstellerverbandes gewählt. Seit Oktober ist sie Mitglied der Jugendkommission beim Politbüro des ZK der SED, die Kommission wird 1966 aufgelöst.

1964 Im April Teilnahme an der II. Bitterfelder Konferenz.
Als Mitglied einer Delegation des Zentralrats der Freien Deutschen Jugend reist sie nach Sibirien.
Nach der Scheidung von Siegfried Pitschmann heiratet sie Jon K[...].

1965 Die Reportage »Das grüne Licht der Steppen. Tagebuch einer Sibirienreise« erscheint im Verlag Neues Leben Berlin.
Sie erhält den Heinrich-Mann-Preis der Deutschen Akademie der Künste für »Die Geschwister«, außerdem den Carl-Blechen-Preis des Rates des Bezirkes Cottbus für Kunst, Literatur und künstlerisches Volksschaffen.
Im Mai Teilnahme am Internationalen Schriftstellertreffen Berlin und Weimar.
Im Dezember findet das berüchtigte 11. Plenum des ZK der SED statt, auf dem kritische Künstler, besonders Filmemacher, angegriffen werden.

1968 Am 20. August marschieren Truppen der Warschauer-Pakt-Staaten in die ČSSR ein. Sie unterschreibt nicht

die zustimmende Erklärung des Schriftstellerverbandes.
Erste Krebserkrankung und Operation.
Umzug nach Neubrandenburg.

1970 Scheidung von Jon K[...].

1971 Heirat mit dem Arzt Dr. Rudolf B[...].
Erneute Krankenhausaufenthalte.

1973 Brigitte Reimann stirbt am 20. Februar in Berlin. Ihr Grab befindet sich in Oranienbaum.

1974 Der unvollendete Roman »Franziska Linkerhand« erscheint im Verlag Neues Leben Berlin.

1955

Burg, den 31. 8. 55

Nun bin ich wieder zuhause – hinter mir liegt eine Woche reinsten Glückes, und ich wünschte nichts sehnlicher als eine Wiederholung dieser wunderbar schönen Zeit. Aber freilich – so etwas wird uns nur einmal beschert [...]. Vieles ist geschehen, Schweres – ich habe mich von Günter[1] getrennt. Daher auch dieses neue Tagebuch – mein anderes hat Günter und gibt es nicht heraus; er wird mich damit bei der Scheidung erpressen wollen. [...]

Günter hatte mich – es mag jetzt drei Wochen her sein – nach einer sehr unerfreulichen Szene verlassen, kam aber am nächsten Tage, unserem Hochzeitstag, wieder, mit einem prächtigen Strauß üppiger Gladiolen. Wir waren beide bedrückt und unruhig [...]. Ganz plötzlich dann küßte mich Günter, bat, ich solle ihm Treue versprechen – dann sei alles wieder gut. Ich versprach es, und ich hatte in diesem Augenblick auch den besten Willen, mein Versprechen zu halten [...]. Es folgte eine Woche, während der wir glücklich waren: Wir lebten zwar getrennt, aber jede Nacht stieg Günter zu mir durchs Fenster, und wir liebten à la Romeo und Julia. [...]

Und dann kam er der heimlich erhoffte, gefürchtete Brief von Georg Piltz, der mich nach Rheinsberg einlud, zur Besprechung meines Buches. Nach einer langen Auseinandersetzung erst erlaubte mir Günter, auf 3 Tage nach R. zu fahren. Ich will ja ehrlich sein: trotz meiner Beteuerung, ich würde ihm während dieser 3 Tage treu sein, erwartete ich den üblichen Flirt [...]

Es ist nicht zu leugnen: Piltz hatte Eindruck auf mich ge-

1 Günter ist der erste Ehemann von B. R. Sie veröffentlichte unter ihrem Mädchennamen.

macht, und ich landete nach einer mehr als zehnstündigen, sehr beschwerlichen Fahrt mit Herzklopfen in Rheinsberg. Dort ist die Welt mit Brettern vernagelt: die Eisenbahnlinie endet hier, das Städtchen ist winzig und kulturlos und hat nichts vom Lärm anderer Städte.

Piltz empfing mich an der Bahn und brachte mich zum HO-Hotel Ratskeller, dem einzigen Hotel von R., in dem auch er sein Zimmer hatte. Ich war zuerst sehr befangen, und er brachte mich noch dazu beim Abendessen in arge Verlegenheit, weil er nicht gestatten wollte, daß ich für mich selbst bezahlte: ich sei sein Gast. Das lief mir gegen mein Selbstbewußtsein, aber er lachte mich aus [...] ich bin in solchen Dingen sehr empfindlich und möchte um alles in der Welt mir nicht wie eine ausgehaltene Person vorkommen. [...]

An diesem ersten Abend sprachen wir nur wenig über mein Buch – Piltz sagte lediglich, daß es ihm sehr gut gefallen habe, daß ich begabt sei und daß mein Buch noch von allerhand Schlacken gereinigt werden müsse.

Wir gingen, bevor die Dämmerung hereinbrach, zum Schloß, das nur wenige Schritte von unserem Hotel entfernt ist – ein erster Bau Knobelsdorffs, von dem mir Georg in der Folge sehr viel erzählt hat. Wir besichtigten es nur von außen [...]. Dann wanderten wir durch den Park, den mir Piltz ganz genau erklärte – er ist so klug, er weiß ungeheuer viel, und er ist erschreckend sarkastisch und von geistvoller Ironie, daß ich ihm nicht immer zu folgen vermochte und stumm lauschte, erfüllt von Bewunderung [...].

Wir sprachen nun über allerlei Privates, [...] und immerhin glitten wir in eine ganz vertrauliche Unterhaltung hinein, die Piltz mehr als einmal Gelegenheit bot, über meine naiven Ansichten zu lachen [...].

Ich weiß nicht, wie es kam, daß er mich in seine Arme zog – aber das weiß man ja hinterher niemals mehr. Wir küßten uns, und wir wußten an diesem ersten Abend schon, daß wir uns gern haben, sehr gern – aber zu welcher Verstrickung das anwachsen sollte, wußten wir noch nicht. [...]

Am nächsten Morgen brachen wir früh auf zu einer Ruderpartie. Georg mietete ein Boot, er ruderte über den Grienericksee, und ich steuerte. Der See ist ganz grün, sehr klar und groß. [...]

Wir ruderten zur Remusinsel, da saßen wir im Boot am Ufer und sprachen über mein Buch. Georg hat rigoros gestrichen, aber er hat recht mit allem, er ist streng, ich habe sogar geweint. Er hat mich ausgelacht und mir die Tränen vom Gesicht geküßt, und er hat mir ganz genau erklärt, warum ich dies und jenes nicht schreiben dürfte in einer so strengen Novelle. Georg meint, ich könne, wenn ich den rechten Weg fände, eine zweite Seghers werden; ich könne aber auch, verfehlte ich den Weg, in glatter Mittelmäßigkeit landen. Er will nicht, daß ich der herrschenden Strömung in der heutigen DDR-Literatur verfalle, [...] er will nicht, daß ich »linientreu« schreibe – ich soll meinen eigenen Weg gehen, unbekümmerter um Parteiregeln, und wirkliche Menschen gestalten, Bücher schreiben, die nicht heute nur gelten, sondern auch später noch Bestand haben. Er hat sehr eigenwillige Anschauungen, und er wird deshalb gehaßt, aber ich glaube, er ist im Recht [...].

Er kam des Nachts in mein Zimmer. [...] Wir schliefen zusammen in meinem schmalen Bett, erst im Morgengrauen verließ er mich. Ich habe ihn umarmt mit wilder Leidenschaft, und ich schäme mich dessen nicht. Es ist doch das natürlichste Recht der Liebenden, und ich liebe, mein Gott, ich liebe! Dabei habe ich doch noch immer eine gewisse Scheu nicht überwunden, und Georg nennt mich lächelnd seine »schamhafte kleine Geliebte« [...].

Ich blieb länger, als beabsichtigt. Es war ja nun gleichgültig [...], und ich genoß diese herrlichen Tage in Rheinsberg [...]. Sein ganzes Vertrauen hat mir Georg geschenkt [...]. Ich will mich in Zukunft ganz nach ihm richten, er soll meine Arbeiten lesen und mich unbarmherzig kritisieren, es wird gut werden dadurch. [...]

Burg, den 1. [9]. 55

Günter kam des Nachts zu mir – auf dem üblichen Wege durch das Fenster. Ich erwachte in seinen Armen, er behauptet, ich habe Georgs Namen gemurmelt, als er mich wachküßte. Da wußte er schon alles. Ich habe keinen Hehl aus meiner neuen Liebe gemacht, ganz ruhig habe ich gesprochen und ihm freigestellt, die Scheidungsklage einzureichen. Ich wurde erst erregt, als er durchblicken ließ, daß er meine Tagebücher gegen mich ausnutzen wird, um ein »schuldig« für mich zu erreichen. Dabei habe ich ihm freiwillig zugesagt, alle Schuld auf mich zu nehmen, obgleich er doch wirklich nicht ganz unschuldig ist an der Entwicklung der Dinge. Ich habe mir nur ausbedungen, daß niemals Georgs Name fallen darf während der Verhandlungen [...].

Ich war geradezu froh, mich über Günters Engherzigkeit aufregen zu können – ich hänge doch noch immer an ihm und die Trennung wird mir nicht leicht. [...] Zwei Jahre kann man nicht so einfach aus seinem Leben streichen ...

Als ich ihn bat, mir den Ehering vom Finger zu ziehen, weigerte er sich: er wolle mich noch einmal als Verheiratete küssen. Und wie er geküßt hat! Ich habe mich gegen die Tränen wehren müssen. Und dann habe ich einer unverzeihlichen Schwäche nachgegeben: ich habe noch einmal mit ihm geschlafen. [...]

Günter sagt, er liebe mich noch immer [...] ich empfinde tiefes Mitleid mit ihm – aber was soll ich denn machen in dieser unseligen Verstrickung? Wenn ich aus Burg fortgehen könnte, unter andere Menschen, unter denen ich das Vergessen lernen könnte!

Übrigens war ich auf der Rückreise beim Verlag, der den Umschlagentwurf für meine »Frau am Pranger« fertig hat. Das Buch wird sehr hübsch und dezent: Ganzleinen, olivfarben, mit feiner Goldschrift und Vignette, einen Frauenkopf darstellend. Der Umschlag zeigt das Gesicht einer Frau, nicht zu hübsch, von Leid gezeichnet, mit traurigen, schönen Augen, die etwas Rührendes haben in Ratlosigkeit und Tapferkeit zugleich. […]

Die »Junge Welt«[1] druckt gegenwärtig meine Novelle »Tod der schönen Helena« ab. Das wurde Zeit – ich brauche dringend Geld, augenblicklich bin ich völlig mittellos. Das kratzt mich zwar wenig, aber sehr angenehm ist es auch nicht – ich habe bald mehr Schulden als Haare auf dem Kopf.

Burg, 5. 9. 55

Günter kommt noch immer, und ich kann mich ihm nicht versagen. Dabei war er schon auf dem Gericht und hat sich nach den technischen Einzelheiten einer Scheidung erkundigt […].

Er ist jetzt soweit, daß er mir volle Freiheit zusichert, wenn ich nur ja bei ihm bleibe: ich dürfte nach Berlin fahren, andere küssen, mich austoben – nur mit anderen schlafen soll ich nicht. Da sagt mir dieser Junge, dem ich mich immer ein bißchen überlegen fühlte, mit der Vernunft eines ganz reifen Menschen, ich sei wohl noch zu jung für eine feste Bindung […] – er wolle mir Zeit lassen, denn er sei überzeugt, daß ich mich in zwei Jahren beruhigt habe und glücklich mit ihm zusammenleben kann.

[…] Kann man denn zwei Männer zugleich lieben? Ich glaube wohl, es soll ja berühmte Beispiele geben …

Übermorgen fahre ich nach Berlin, und ich zittere jetzt schon in Gedanken an das Wiedersehen mit Georg. […]

Ich weiß, ich müßte […] nach Berlin gehen, mich dieser neuen Liebe ganz hingeben, ein neues Leben beginnen. […] Ach, […] diese verfluchte Trägheit! Ich bin ein Feigling – aber es ist so bequem, feige zu sein […]

1 Die Tageszeitung »Junge Welt« war das Organ des Zentralrats der Freien Deutschen Jugend (FDJ).

Burg, den 11. 9. 55

So war ich also in Berlin, und es ist alles beinahe genauso gewesen, wie ich es mir ausgemalt hatte.

Beim Verlag habe ich tüchtig gearbeitet – der kleine Lewerenz war mit allen Kürzungen einverstanden, er glaubt an mein Buch und freut sich über die Energie, mit der ich es immer noch zu verbessern suche; freilich habe ich ihm hoch und heilig versprechen müssen, in den Fahnen nichts mehr zu streichen.

Wir verstehen uns beide sehr gut, wir sind in puncto neue Literatur einer Meinung – daß sie schlecht ist, feige, banal, gewissenlos – und überhaupt ... [...]

Und dann: Georg! Wir trafen uns am ersten Abend im Niquet-Keller. [...] Er ist schon wieder ganz runter mit den Nerven [...]. Seine Stellung ist untergraben, man will ihn provozieren und zur Kündigung zwingen. Er ist eben zu ehrlich, er gibt seiner Entrüstung über all die gemeinen Machenschaften in unserer sog. Kulturpolitik offen Ausdruck, und das vertragen gewisse Leute nicht. Ich bin stolz, daß er mir sein Vertrauen schenkt. [...]

Der Abschied hat weh getan, aber es gibt ja einen Trost: am 21. will er nach Burg kommen, denn am 22. soll in Magdeburg die Tausendjahr-Feier des Domes sein. [...] Wir haben uns vielmals geküßt im Zug, ich pfeife darauf, was die Leute von mir denken. [...]

Burg, den 29. 9. 55

Es ist sehr viel geschehen, aber ich habe nicht eher einschreiben können, weil Günter – mit wahrhaft kriminalistischem Scharfsinn – auch dieses Tagebuch im Bücherschrank aufgestöbert und an sich genommen hatte.

Georg kam tatsächlich am 21. [...] Vor Aufregung trank ich mir einen Schwips an, und ich stand wie blöd, als er durch die Sperre kam, im ungewohnt feierlichen Anzug. [...]

Zwei Nachrichten hatte er mir aus Berlin mitgebracht:

eine traurige – der »Sonntag« kann aus politischen Gründen vorerst die »Frau«[1] nicht nehmen – und eine frohe – das Ministerium für Kultur hat die »Frau« im Preisausschreiben für Gegenwartsschaffen in die engere Wahl gezogen. Wenn ich dort einen Preis bekomme, bin ich aus allem Dalles heraus, nicht nur finanziell – auch meine ganze Stellung im maßgeblichen Kreis wird gefestigt werden – man wird meinen Namen kennen. [...]

Am nächsten Tage fuhren wir nach Magdeburg, leider konnten wir an der Feier im Dom nicht teilnehmen. Dafür erklärte mir Georg den Dom, erzählte mir aus seiner Baugeschichte – ich bin so oft achtlos daran vorbeigegangen [...]. Plötzlich ist mir aufgegangen, daß Gebäude eigentlich wie Musik sind – oder wie Dramen – nach ganz strengen Gesetzen gebaut. Man muß nur den Schlüssel finden, das Thema gewissermaßen, dann wird auf einmal alles klar und übersichtlich und die Architektur, ihre Schönheit, ihre Klarheit, ihre Gesetze erschließen sich uns. [...]

Am Sonnabend morgen mußte ich zur A.G.[2] fahren. [...] Ich fuhr mit all meinem Schmerz zur AG. Anfangs war ich überhaupt nicht zu gebrauchen, ich kriegte Tränen in die Augen, sobald mich einer nur ansprach. Am Abend erst wachte ich auf – man griff mich an (in provokatorischer bester Absicht, wie ich später erfuhr) und warf mir Snobismus vor – da bin ich aber doch explodiert! Ich tobte, ich hielt ein Referat aus dem Stegreif, ich war so mürbe, daß ich ohne jede Rücksicht meine Meinung sagte, ihnen vorwarf, sie machten Gebrauchsliteratur, sie würden niemals wirkliche Schriftsteller, ich jedenfalls wolle mich aus dieser Auftragsarbeit heraushalten, ich wolle nicht zum Konjunkturritter werden usw. Kurz, ich warf ihnen all das

1 Gemeint ist B. R.s Erzählung »Die Frau am Pranger«.

2 A. G. – Arbeitsgemeinschaft junger Autoren des Deutschen Schriftstellerverbandes. Die Magdeburger AG war Anfang 1953 gegründet worden, B. R. war seit dem 14. 3. 1953 Mitglied. Die AGs sollten eine Möglichkeit bieten, den literarischen Nachwuchs zu fördern.

an den Kopf, was solange in mir gefressen hat – und es hat ihnen gefallen! Sie waren begeistert, daß ich endlich wieder mein früheres Feuer zeigte – haben sie denn gar nicht gemerkt, daß meine Anklage sie alle treffen sollte? Ich glaube, Georg hat recht: sie denken immer, es bezöge sich auf den Nebenmann …

Immerhin hatte mich diese Eruption so aufgelockert, daß ich bereit war, an diesem Abend die tollsten Dummheiten anzustellen. Horst B[…] und Helmut Sakowski[1] waren ebenfalls bereit, wie immer … Wir gewannen noch einige Kumpane, verpackten alle in Horsts Auto und gondelten von Vergnügungsstätte zu Vergnügungsstätte. Na bloß: eine war geschlossen, in der anderen Betriebsfeier, die dritte überfüllt … So landeten wir in einer elenden Kneipe, tranken uns Mut an, stießen die Schlafmützen ab und stürmten mit dem dünnen Rest Unternehmungslustiger das »Dalmatia«. Da wurde es dann noch ganz lustig, und für Stunden drängte ich meinen Kummer zurück. […]

Burg, den 17. Oktober 1955

Heute ist unser Hochzeitstag, der zweite … Ich habe nicht geglaubt, daß wir ihn noch erleben werden, aber so wie die Dinge jetzt stehen, bringen wir auch die nächsten Hochzeitstage noch wohlgemut hinter uns.

Der Frosch[2] ist bei der KVP[3] abgelehnt worden – wegen seiner schlechten Zähne. Erst wußte ich nicht recht, ob ich froh oder betrübt sein sollte. Aber nun bin ich doch glücklich, daß es so gekommen ist. […] Vor seiner Liebe verbleichen Klugheit, gutes Aussehen, Geld und Stellung anderer Männer. […]

1 Helmut Sakowski (geb. 1924), Schriftsteller und Fernsehfilmautor.

2 B. R. nannte ihren Mann mit Spitznamen »Frosch«.

3 KVP – Kasernierte Volkspolizei. Vom Juli 1952 bis Januar 1956 Bezeichnung für die im Aufbau befindlichen Streitkräfte der DDR; im Januar 1956 wurden sie in Nationale Volksarmee umbenannt.

Jetzt ist schon wieder alles so wie früher – wenigstens nach außen hin. Günter wohnt wieder richtig bei mir, wir gehen zusammen aus, ich spiele wieder Hausfrau – aber so im Innersten ist eben doch noch nicht alles im alten Geleise. Manches ist besser geworden, und ich hoffe, es bleibt so: Günter ist aufmerksamer, bemüht sich noch mehr um mich, er gibt auch auf sein Äußeres mehr als sonst, und er nimmt jetzt an einem Meister-Lehrgang teil, um zu lernen; ja, er liest viel, jeden Abend fast. [...] Freilich quält er mich noch oft mit seiner Eifersucht: wenn ich einmal verträumt aussehe, argwöhnt er, ich denke an Georg, er spricht mehr von ihm als ich und wühlt, vielleicht unbewußt, immer wieder die Erinnerung an ihn auf.

Auch ich bin anders geworden – freilich nicht zu meinem Vorteil. Ich analysiere mich selbst, [...] und ich erkenne klar meine Fehler, wenn ich sie auch nicht anderen gegenüber zugebe. Ich bin launischer als je, ich tyrannisiere Günter – meist im Scherz, oft aber auch ganz im Ernst [...]. Ich bin ihm ja eine Nasenlänge voraus: er kämpft wieder um meine Liebe ...

Dabei liebe ich ihn wieder, wirklich [...]. Manchmal allerdings schweifen meine Gedanken doch wieder zu Georg, aber es tut nicht sehr weh. Ich möchte, daß er mein Freund wird – aber das ist eine blöde Phrase [...]. Ist das nicht komisch – da ist man verheiratet und zu absoluter Treue verpflichtet, und dann gibt es ein paar Männer, die sich nach Kräften bemühen, den Gatten zu verdrängen, die ihre – manchmal recht beachtlichen – Qualitäten in die Waagschale werfen – und dann muß man stur und eiskalt bleiben. Dabei tun sie einem leid, mir fällt es immer schwer, nein zu sagen ... [...]

Burg, 21. 10. 55

Ich war wieder in Berlin und – natürlich – auch bei Georg. Das Kulturministerium veranstaltete eine Tagung für Abenteuerschriftsteller, dazu war ich eingeladen worden.

Die Tagung war interessant, das vierstündige Referat [...] ausgezeichnet, die Diskussion um Karl May[1] hat mich nicht befriedigt – man lehnte ihn fast einstimmig ab; das ist ungerecht – wahrscheinlich fürchtet man seine Konkurrenz.

Am Abend ging ich mit einem Kollegen aus; es war ziemlich fad. Solange er noch über Literatur sprach, war er erträglich, aber als er nun zu himmeln begann und Zärtlichkeiten wollte, ließ ich ihn stehen. Eigentlich macht es Spaß, die kalte Schulter zu zeigen – nach der obligaten Küsserei bleibt ein schlechter Geschmack zurück. Vielleicht werde ich allmählich doch kühler und gesetzter.

Am nächsten Morgen ging ich zum Verlag des Ministeriums des Innern, das mich telegrafisch davon benachrichtigt hatte, daß mein Manuskript »Tod der schönen Helena« angenommen sei.[2]

Jürgen Gruner[3] und Eberhard Panitz[4] empfingen mich wie gute alte Freunde, sie waren ganz begeistert von der Geschichte und legten mir sofort den Vertrag vor – ich werde sogar in Anbetracht der Qualität höher honoriert als die anderen Autoren. Der Verlag möchte mich für sich gewinnen, man hat mir schmeichelhafte Anträge gemacht und versuchte mir das »Neue Leben« auszureden. [...] Ja, man wird allmählich eine geachtete Persönlichkeit ...

Dann schickte ich dem Frosch ein Telegramm: »Ich liebe dich und komme heute zurück.« Ich mußte es einfach tun – er sollte sich freuen, und ich dachte mit Sehnsucht in der fremden Stadt an ihn. [...]

1 Die Werke von Karl May durften in der DDR zunächst nicht erscheinen, da sie als Trivialliteratur galten und im Faschismus als Verkörperung des deutschen Übermenschentums angesehen wurden. Die ersten Ausgaben erschienen ab 1983.

2 Die Erzählung spielt 1948/1949 in Griechenland.

3 Jürgen Gruner (geb. 1930), 1954/1955 Leitender Lektor im Verlag Neues Leben.

4 Eberhard Panitz (geb. 1932), Lektor, dann Schriftsteller.

Burg, den 24. 10. 55

Dieses Tagebuch[1] *ist nicht meinen außerehelichen Eskapaden gewidmet, es geht hier nicht um Liebe und Liebeleien – ich will aufzeichnen, was immer mir widerfährt auf meinem Wege zur Schriftstellerin. Freilich, ich schreibe, ich werde von manchen schon als Schriftstellerin bezeichnet – aber ich selbst fühle mich noch als absolute Null, ein Nichts in der Literatur. Aber ich will Gutes schaffen, will arbeiten, will mein ganzes Leben nur diesem einen Ziel widmen: auf dem Weg über die Literatur den Menschen helfen, meiner Verpflichtung nachkommen, die wir alle der Menschheit gegenüber haben.*

Eine Zeitlang war ich so niedergedrückt, so pessimistisch, habe geglaubt, dieses Leben sei sinnlos, es lohne sich nicht, mühsam vorwärtszukriechen auf ein Ziel zu, das wir doch nie erreichen. Sicherlich werde ich öfter noch solche Anwandlungen bekommen, aber ich denke doch, ich habe meine Aufgabe gefunden, obgleich ich, das sei zugegeben, noch immer keinen rechten Sinn im menschlichen Dasein gefunden habe. Wohl verstanden: Der Urgrund unseres Seins ist mir schleierhaft, aber wahrscheinlich sollte man darüber nicht grübeln, sonst endet man am Strick oder im Irrenhaus. Ich meine halt – das ist freilich eine primitive Philosophie, aber noch weiß ich's nicht besser – da wir nun einmal aus unerfindlichen Gründen in die Welt gesetzt worden sind, so sollten wir zusehen, das Beste aus ihr zu machen, nicht nur um unserer selbst willen, sondern auch für die anderen – und das fällt am Ende auch auf uns zurück: die Befriedigung, wenn man sich wie ein positiver Held benommen hat. Der Wegweiser, den unsere Gesellschaft darstellt, ist eindeutig, ich meine, man könnte in dieser Richtung mit gutem Gewissen gehen, da ist nichts Verschwommenes, kein unklares Gefasel vom Paradies auf Erden, da ist vielmehr etwas Greifbares: seht, so und so müßt ihr handeln, da dieses glauben und jenes bekämpfen – dann

1 Es handelt sich um ein weiteres Schreibheft, dessen Inhalt hier zur Unterscheidung kursiv wiedergegebn ist.

kann's nicht fehlen. Wir müssen nur achtgeben, daß uns nicht Bürokraten die Idee verwässern, Fanatiker – die im Grunde Anarchisten sind – einen in Massenmorde hetzen (ich meine auch geistigen und seelischen Massenmord), wir müssen achtgeben, daß die Idee sauber bleibt und daß dem Menschen seine Grundrechte erhalten bleiben, Freiheit in jeder Hinsicht, [...] Freiheit im Geiste und im täglichen Leben, solange er nicht Krieg und Mord in irgendeiner Form propagiert. Das ist klar, da stimme ich überein mit unseren Gesetzen, die so manches Mal gar nicht nach meiner Mütze sind – vielleicht deshalb, weil Theorie und Praxis nicht immer übereinstimmen. Aber das wird sich schon geben, dafür zu sorgen ist nicht zuletzt Sache des Schriftstellers – »Humanität« heißt unsere große Parole. »Humanität« ist mein Programm, darin erschöpft es sich in seiner grandiosen Unerschöpflichkeit. [...] Dafür stehe ich ein, dafür zu leiden bin ich bereit.

Ich habe einen guten, den besten Lehrmeister und Führer: Georg Piltz, von dem will ich lernen, dem vertraue ich, vielleicht zu sehr [...]. Nun, das wird sich herausstellen, ich will, soweit mein ungeschulter Verstand das gestattet, prüfen und wägen und einstehen für das, was ich als richtig erkannt habe. Es mag sein, ja es erscheint mir als sicher, daß ich so manches Mal meine Meinung ändern werde. Wir alle sind Irrtümern unterworfen, auch der Größte ist nicht unfehlbar – Hauptsache, er folgt seinem Gewissen und wird nicht zum Heuchler. Habe ich geirrt, so will ich freimütig meinen Fehler bekennen und es in Zukunft besser machen – niemand aber wird mich zwingen können, etwas zu sagen, sofern ich nicht überzeugt bin. Geld und Ehre werde ich wahrscheinlich nicht sammeln, wenn ich meine guten Vorsätze konsequent verfolge, schon jetzt stehe ich manches Mal im Widerspruch zur herrschenden Ansicht über diese oder jene Frage. Aber am Ende muß doch immer die Vernunft siegen, muß die Wahrheit und Menschlichkeit triumphieren. Es kann nicht anders sein; wollte man daran zweifeln, so wäre die Flucht ins Nirwana, die Abkehr von der Welt und ihren Geschäften letzte Rettung. [...]

Burg, 30. 10. 55

Mit dem Verlag des Ministeriums des Innern habe ich einen Vertrag über ein Abenteuerheft, »Der Tod der schönen Helena«, abgeschlossen. […]

Als ich davon im »Neuen Leben« erzählte, kriegten sie einen Schreck, denn sie wollen mich behalten. Als wenn ich diesen »meinen« Verlag verlassen könnte! Hier habe ich Verständnis, hier habe ich wirkliche Hilfe gefunden, vor allem der kleine Lewerenz, »mein Lektor«, bemüht sich in geradezu rührender Weise um mich bezw. meine Arbeiten. Das NL. will gleich einen Vertrag auf mein neues Buch machen (Arbeitstitel »Mädchen von Chronos«) [1]*, obgleich sie es noch gar nicht kennen. Ich bin vorerst nicht darauf eingegangen – wenn es nun nicht gut wird? So ein Vertrag auf Treu und Glauben käme von Seiten des Autors beinahe einem Betrug gleich. […]*

Vor ein paar Tagen habe ich die Fahnen der »Frau am Pranger« korrigiert. Die Geschichte ist mir wieder so zu Herzen gegangen, daß ich bei dem unglückseligen Ende der Liebenden hätte weinen mögen. Wenn es meine Leser genauso ergriffe! […] ich erinnere mich noch, wie bitterlich ich damals geweint habe, nachdem ich die Szene in der Scheune geschrieben hatte. Wie hat mich das gequält, wie gern hätte ich die Liebenden am Leben gelassen!

Burg, 9. 11. 55

Jetzt bin ich schon wieder unzufrieden mit der »Frau am Pranger«, am liebsten möchte [ich] sie vom Verlag zurücknehmen. Der gibt sie natürlich nicht heraus, es ist ja auch äußerst blöde, immer wieder an seinen Arbeiten herumzukritzeln […].

Ich war drei Tage in Berlin und habe mit Berger die Fahnen durchgearbeitet. Er ist ein gräßlicher Kerl, einfach ein Zyniker, und ich ärgere mich um so mehr über ihn, als ich seinen

1 Der spätere Titel lautete »Kinder von Hellas«.

geistreichen Spötteleien nicht gewachsen bin – ich kann nicht parieren, wenn er mich freundlich fertigmacht. Er hatte noch einiges zu bemängeln an dem Buch, ich war sehr deprimiert, aber das geschieht mir schon recht: Ich habe mir zuviel eingebildet auf das Buch, habe alle Lobreden beglückt mitangehört und mir angemaßt, auf dieses Büchlein hin mich schon für eine Schriftstellerin zu halten. Verfluchte Eitelkeit!

Der kleine Lewerenz machte mich bange: Peterson habe getobt wegen des Abenteuerheftes, weil der Verlag es nicht bekommen hat. Ich war bei ihm – und da war er sehr liebenswürdig, […] und wir haben uns über das neue Buch »Mädchen von Chronos« (Arbeitstitel) unterhalten. Peterson warnte mich: Es sei ein diffiziles Thema, da die Meinungen über den griechischen Befreiungskampf geteilt seien, auch wisse man nicht, wie sich unsere Beziehungen zu Griechenland entwickeln werden etc. Das kratzte mich schon wieder: als ob Literatur von politischen Tagesfragen abhängig sei … Der Partisanenkampf war zu seiner Zeit gut und richtig, außerdem geht es mir um das Schicksal meiner Liebenden, ihren menschlichen Konflikt.

Im Ministerium des Innern, wo ich mit Panitz die Fahnen zur »Schönen Helena« korrigierte, sprachen wir über dieses Problem. Gruner, der dazukam, bot mir einen Vertrag für das Buch an, aber ich lehnte ab – ich möchte das NL nicht so ohne weiteres verlassen. Dabei wäre der Vertrag sehr günstig: Gruner versprach, das Buch bereits im April herauszubringen. […]

Burg, am 10. 11. 55

Ich war drei Tage lang »geschäftlich« in Berlin.

Am ersten Tage traf ich Georg im Niquet-Keller, leider konnte er mir den Abend nicht widmen, […] und ich ging sehr mißmutig und sehr früh zu Bett.

Jedes Wiedersehen mit Georg ist eine Qual – bei allem Glück. Er sagt auch, ich führe ein Doppelleben und müsse mich endlich entscheiden. Ja, wenn ich das könnte! […]

Georg und ich sprechen eigentlich selten über unsere Liebe, meist streiten wir uns über Literatur. Er lacht mich aus wegen meines Idealismus, und vielleicht hat er recht damit. [...]

Am nächsten Tage war ich beim M.d.I.[1] und habe mit Eberhard Panitz die Fahnen durchgearbeitet. Als ich mich verabschiedete, fragte ich ihn, ob er wohl ein wenig Zeit habe, mit mir einen Schluck auf das Buch zu trinken. Ich hatte längst gemerkt, daß Eberhard mich sehr gern sieht. Wir [...] gingen in eine Tanzbar. Wir waren in vorzüglicher Stimmung. [...] E. erzählte von seinem neuen Buch, wir diskutierten angeregt über Literatur – kurz, wir verstanden uns prächtig. Wir tanzten, ich war schon ein bißchen beschwipst, als ich mit einem Male spürte, wie E. [...] mich zärtlich an sich zog.

[...] Gegen Mitternacht wußte ich, daß er in mich verliebt ist und – ich in ihn. Ja, wirklich, [...] Eberhard gefällt mir ausnehmend gut, er ist noch ganz jung, gerade ein Jahr älter als ich, ein hübscher, großer und kluger Bursche.

Wir waren beide so glücklich. Ich weiß nicht, wie es kam – aber plötzlich küßten wir uns auf der Tanzfläche – ganz zart nur, aber ich zitterte. [...] Er ist nicht aufdringlich geworden, [...] und das rechne ich ihm hoch an. Um 5 Uhr war ich erst zuhause, und es fiel mir schrecklich schwer, mich von ihm zu trennen. Am 18. werden wir uns wiedersehen – [...] ich bin direkt selig, und es bekümmert mich tief, daß ich Eberhards Züge nicht mehr finde. Ich schließe die Augen und suche mir sein Gesicht vorzustellen, aber es wird nie eine Ganzheit – immer sehe ich nur seinen Mund oder seine Stirn oder seine Augen.

Vielleicht werde ich mein neues Buch doch dem M.d.I. bringen, damit ich mit E. zusammenarbeiten kann. [...]

1 Verlag des Ministeriums des Innern; nach dem 18. 1. 1956, als aus der Kasernierten Volkspolizei die Nationale Volksarmee geworden war, Verlag des Ministeriums für Nationale Verteidigung, später Militärverlag der Deutschen Demokratischen Republik.

Berlin (Johannishof), 19. 11. 55

[…] Eigentlich ist diesmal der ganze Besuch in Berlin eine Enttäuschung – privat, meine ich. Dienstlich hat alles geklappt: ich habe mit Gruner einen Vorvertrag abgeschlossen, war beim Neuen Leben und bin wider Erwarten sehr freundlich aufgenommen worden – sie sind mir nicht zu böse und reflektieren auf meine nächsten Arbeiten. […] Ich bin jetzt überhaupt wieder sehr oft bedrückt. Und dabei habe ich neulich so strahlend behauptet, ich sei [ein] unverbesserlicher Optimist! Aber irgendwie genieße ich meine Depressionen, weil ich mir, manchmal nur im Unterbewußtsein, einbilde, sie hülfen mir weiter. Wie kann auch ein Mensch Schriftsteller werden, der die Verzweiflung nicht kennt? Ich will ja nicht reden von der Verzweiflung über geplatzte Treffs oder unglückliche Lieben – erstere gibt es selten, letztere bis auf meine arme, bitter-süße Liebe zu Georg gar nicht –, aber wieviel Stunden habe ich schon durchgrübelt wegen meiner Arbeit. Werde ich jemals etwas erreichen können? Und was will ich denn eigentlich erreichen? Die Menschen glücklich machen, ja, ihnen vielleicht vorwärtshelfen, gewiß, anklagen – sicherlich! Aber schiele ich nicht immer auch nach dem Ruhm, nach Anerkennung? Beschmutzt dieser Hintergedanke nicht das reine Ziel? Schreibe ich letzten Endes aus Egoismus – eben weil ich geachtet sein will, und erhaben über die kleinlichen Menschen meiner Heimatstadt, oder weil mir das Schreiben eine ganz eigennützige Freude macht? Auch das ist es – die Freude, selten wird es so zur Qual, wie andere es mir schildern. Vielleicht wollen die sich auch bloß wichtig machen mit ihren schöpferischen Geburtswehen … Aber es gibt Stunden, in denen ich sterben möchte. Was hält mich denn eigentlich zurück […]? […]

Burg, am 9. 12. 55

[…] Mich bewegen vielerlei Probleme, und da ich Georg seit Wochen nicht gesehen habe – durch eine Verkettung unglück-

licher Umstände, so habe ich niemanden als mich selbst, mit dem ich mich auseinandersetzen kann.

Ich habe France gelesen. […] »Die Meinungen des Herrn Abbé Coignard« – haben eine schlimme Verwirrung in mir angerichtet. Nun sind mir die Lehren des Epikur nicht ganz unbekannt. Georg sprach mir oft davon, er färbte sie recht pessimistisch, was der Grundhaltung Epikurs freilich nicht zu entsprechen scheint, aber P.s. Sentenzen enthielten doch Wesentliches – und wie herrlich beredt, wie eindringlich und überzeugend finde ich sie bei France wieder!

Ich muß gestehen, daß ich nicht ganz begreife, warum man dieses Buch bei uns herausbringt, da es wie kaum ein anderes geeignet ist, in den Köpfen junger Leser die tollsten Verwirrungen anzurichten – andererseits scheint mir die Herausgabe ein erfreuliches Zeichen dafür, daß man geneigt ist, uns größere Freiheiten im Denken, im Bilden eigener Meinungen einzuräumen. Freilich versucht I. I. Anissimow in seinem Nachwort recht geschickt die Ansicht Coignards zu widerlegen – und ich gebe in vielem ihm recht –, aber was vermag er gegen die bezwingende Wirkung dieses Buches!

Vielleicht ist mir der gute Abbé deshalb so schnell ans Herz gewachsen, weil ich immer wieder Georgs Stimme in ihm zu vernehmen glaube. Oh, ich habe mich während der Lektüre heftig mit Coignard-Piltz gestritten, aber es sind doch so manche meiner Illusionen und scheinbar festgegründeten Ansichten über den Haufen geworfen worden. Doch nein! Wie könnte ich bei mir schon von gefestigten Ansichten reden? […]

Gäbe man mir Bücher von Hegel – ich wäre überzeugter Hegelianer; gäbe man mir Bücher von Marx – ich wäre begeisterter Marxist. […]

Aber es ist schon etwas daran: diese wohlwollende Menschenverachtung, diese beinahe zärtliche Ironie, diese freundlich-überlegene Beschaulichkeit, die die Nichtigkeit alles irdischen Tuns kennt und Leid oder Glück für so gering erachtet – fast möchte ich den beneiden, der sich dazu durchgerungen hat!

Und dennoch: Sind die Menschen wirklich, wie der Abbé meint, »boshaft und dumm«? Ich habe so an die Menschen geglaubt, an das Gute in ihnen, und bin so enttäuscht worden, gewiß, aber würde ich, schätzte ich die Menschen derart gering ein, nicht einmal den Stab über mich selbst brechen und außerdem jeglichen Fortschritt leugnen, ja jede Bemühung um Fortschritt im Keim schon zunichte machen?

Es ist recht gut, sich selbst das eigene Geschick [...] nicht hoch zu bewerten – aber damit die gesamte Menschheit verdammen, sie für wert des Untergangs zu halten – das schlägt allem ins Gesicht, was man mich in diesen letzten Jahren gelehrt hat, was ich selber geglaubt, gehofft, erstrebt habe. [...]

Im übrigen arbeite ich mit soviel Fleiß wie Unlust an der »Helena«, die mir G.s Sarkasmus gründlich verleidet hat. [...] meine schriftstellerische Fähigkeit reicht zu seiner Bewältigung nicht aus – zu allem Unglück lese ich auch noch Goethes Romane, und ich erkenne schaudernd meine Fehler, ohne sie indes vorläufig berichtigen zu können.

[...] Aber ich bin bequem, ich lasse mich loben und glaube, und ich beschimpfe Georg, wenn er mir bittere Wahrheiten sagt. Warum eigentlich wehrt sich der Mensch so wild gegen das Gute, Richtige, selbst wenn er es schon als solches erkannt hat? [...] Ich weiß, daß ich mein Buch beiseite legen sollte – vielleicht für immer, vielleicht für eine gewisse Zeitspanne [...].

1956

Burg, den 14. 1. 56

Zu Weihnachten und Silvester habe ich auf Eintragungen verzichtet wie auch auf Briefe an Georg. Ich bin zum Jahreswechsel stets rettungslos melancholisch und rede puren Schmus. [...]

Silvester war bescheiden. Ich war krank und deshalb nach drei Gläsern Wein total besoffen. Günter mußte mich nach Hause bringen, dann machte er sich selbständig. Hat mich nicht gekratzt.

Nach Neujahr habe ich geschuftet. Der Erfolg war, daß ich kranker wurde, Schwindelanfälle hatte und meine Umgebung tyrannisierte. Aber das Buch habe ich geschafft.

Georg wollte mir eine Karte zum Schriftsteller-Kongreß[1] besorgen. Ich wollte am Mittwoch fahren, aber am Dienstag mußte ich kapitulieren, ich hatte fürchterliche Blutungen und Grüning drohte mir mit Kindbettfieber und ähnlichen Annehmlichkeiten. Ich habe geheult und geschimpft, aber es half nichts [...]. Gestern bin ich wieder auferstanden, heute habe ich gearbeitet, aber [...] immer wird [mir] wieder gleich übel, und ich leide ständig unter Kopfschmerzen.

Burg, am 14. 1. 56

[...]Nach Weihnachten habe ich täglich mindestens 12 Stunden an meinem Buch »Kinder von Hellas« gearbeitet. [...] Natürlich bin ich nicht zufrieden mit der Arbeit. Ich weiß, wie es gemacht werden müßte – und kann es doch nicht. Der reinste Eunuch!

[...] Heute habe ich wieder gearbeitet, habe den Rechen-

1 IV. Deutscher Schriftstellerkongreß vom 9.–14. 1. 1956.

schaftsbericht für die AG geschrieben – ich war ehrlich und werde dementsprechend zusammengestaucht werden. Aber die Arbeit fällt mir noch schwer, ich leide ständig unter gräßlichen Kopfschmerzen. Trotzdem werde ich am Montag mit meinen Liebesgeschichten beginnen. […]

Meine »Helena« ist erschienen. Es war freilich nur ein Heft, aber ich habe erwartet, ich würde mehr empfinden von der Freude und dem Stolz des jungen Autors. Seltsam, daß niemals Wünsche in Erfüllung gehen – es gibt keine Erfüllung. […]

Burg, am 31. 1. 56

Ich arbeite und schaffe viel. Ich habe zwei Novellen in weniger als zwei Wochen geschrieben, und ich glaube, sie sind besser als alles, was ich bisher fertigbrachte.

Die Tagung unserer AG war der Höhepunkt der letzten Wochen […]. Wir mußten unsere Rechenschaftsberichte geben, und meiner hat Aufsehen erregt, ohne Witz! […]

Einen unerwarteten Erfolg hatte mein Bericht: Ich habe mir Rainer Kunzes[1] Sympathie gewonnen (er sagt übrigens in seinem Bericht grundsätzlich das gleiche wie ich – wir sind die einzigen noch wirklich Gläubigen, die Begeisterten, die mit einem herrlichen Größenwahn an ihre Bestimmung glauben).

Rainer – mein Erbfeind! […]

Burg, am 1. 3. 56

Gestern kam endlich wieder einmal eine Nachricht vom NL, und sogar eine erfreuliche: Die BZ hat meine »Frau am Pranger« angenommen und bringt sie in Fortsetzungen. […] Ich bin stolz – immerhin die BZ mit ihren vielen Lesern! Und außerdem habe ich in ihr meine literarische Defloration erlebt: Sie druckte vor ca. acht Jahren meine erste Kurzge-

1 Gemeint ist Reiner Kunze (geb. 1933), Schriftsteller; von B. R. meist Rainer geschrieben.

schichte, die ich heute allerdings bestenfalls Skizze nennen würde.

Ich überlege manchmal, ob ich denn damals schon geahnt oder gewußt oder gehofft habe, ich würde jemals einen Roman schreiben. Ich muß daraufhin doch einmal meine alten Tagebücher durchsehen, sie können doch nicht nur von meinen täglich wechselnden großen und kleinen Lieben gehandelt haben. Oder habe ich damals das Schreiben gar nicht ernst genommen, sondern als Nebenbei-Beschäftigung gewertet? Schon möglich – ich wollte ja brennend gern Regisseur werden … Apropos Regisseur: Ich nehme meine eigenen Interessen nicht genügend wahr. Noch immer habe ich mich nicht mit der Defa in Verbindung gesetzt. Einen Film müßte man schreiben! Ich würde es mir nicht nehmen lassen, endlich meinen alten Jugendtraum zu verwirklichen und – sei es auch nur auf Wochen – Regie zu führen, d. h. als Assistent ein bißchen herumzumurkeln. Denn richtig Regisseur sein – nein, davon wage ich längst nicht mehr zu träumen … Wozu auch? Ich habe ja eine herrliche, die herrlichste Arbeit der Welt!

Burg, am 8. 3. 56

[…] Das Wichtigste habe ich fast vergessen: Mein Buch ist da! Auf der Leipziger Messe habe ich es zum ersten Mal gesehen, und es war eine wunderliche Begegnung, so in der Öffentlichkeit. Eigentlich war es recht nüchtern, ich war enttäuscht, weil nichts da war von dem, was ich mir erträumt hatte, von der überströmenden Freude.

Die kam eigentlich erst, als der Verlag mir meine Exemplare schickte und ich allein war mit mir und meinem Buch. Es ist doch herrlich, und ich bin stolz und glücklich. Ich habe das Buch sogar noch einmal durchgelesen – irgendwie war es mir neu, beinahe fremd, ich war ordentlich gespannt auf den Fortgang der Handlung – dabei hatte ich es so satt gehabt und gedacht, ich könnte das Buch nicht mehr anrühren, weil ich es schon fast auswendig wußte.

Meine Familie ist natürlich auch mächtig stolz, vor allem Lutz[1] und Günter, die eine tolle Reklame mit mir schieben. Ich glaube, der Frosch freut sich wirklich über mein Buch auch, weil ich ihm meine erste Arbeit gewidmet habe …

Burg, am 15. 3. 56

Gestern nacht bin ich aus Berlin zurückgekommen, wo ich mit dem Verlag der KVP meine »Kinder von Hellas« bearbeitet habe. Den ganzen Nachmittag über habe ich mit Gruner im »Adlon« gesessen – es ist nicht leicht mit ihm [zu] arbeiten, denn er läßt sich durch alles ablenken […]! Dafür läßt er mir freie Hand, ich kann mich in meinem Stil austoben, und er läßt sich leicht überzeugen, was allerdings auch eine Gefahr bedeutet, da ich an sich den straffen Zügel brauchte, und Gruner […] läßt manches durchgehen, was z. B. Lewerenz streichen würde.

Ich hatte mittags im Verlag einen neuen Lektor kennengelernt, einen Oberstleutnant Strahl; ein frischer, temperamentvoller, junger Bursche, eben ein Jahr älter als ich. Eigentlich beruhte alles Folgende nur auf dem Zufall, daß Panitz seinen Hausarbeitstag hatte. Als mich Strahl fragte, warum ich P. zu sprechen wünschte, sagte ich im Scherz: »Ich suche nur jemanden, mit dem ich heute abend ausgehen kann.« Lachend erbot er sich, mich zu begleiten. Ich beschaute ihn mir, und er gefiel mir, und da ich keine Lust hatte, eine Berliner Nacht im Bett zu verbringen, so nahm ich sein Anerbieten an.

[…] Das Unglaublichste aber ist dies: Ich habe kein schlechtes Gewissen. […] Ich bin jung, ich bin sinnlich und rasch entflammt, und ich habe schreckliche Angst vor dem Altern. Warum soll ich denn nicht mein Leben genießen? In zehn oder zwanzig Jahren ist alles vorbei – wenn ich nicht sogar schon vorher sterbe.

1 Lutz/Ludwig (geb. 1934), Bruder von B. R.

Vielleicht ist es doch eine Gemeinheit, zumindest Günter gegenüber, der mich so heftig liebt. Er hat mich so gequält mit seinen eifersüchtigen Fragen, und ich bin auch noch böse und arrogant geworden. Das ist eine Schweinerei, und ich denke manchmal, ich bin doch ein schlechter Mensch. Ja, ich habe Gewissensbisse: [...] Ich bereue und bereue doch nicht. Es ist ein wunderliches Gemisch von Abscheu und Freude, von guter Erinnerung und Vorwürfen in mir. [...] Ich bin eben ein unheilbar leichtfertiger Mensch. [...] Ich brauche Anerkennung und Bestätigung, weil ich ungeheure Minderwertigkeitskomplexe habe. [...]

Burg, am 24. 3. 56

Im Grunde ist alles Lüge, was man sich so im Tagebuch bekennt – oder doch nur die halbe Wahrheit, und halbe Wahrheit ist eben auch Lüge.

Mich hat das, was man wahrscheinlich »Gewissen« nennen könnte, doch mehr geplagt, als ich mir zugeben wollte, und ich war sehr deprimiert: Ich habe während der letzten Tage viel über mich nachgedacht, und es ist so schrecklich, daß ich es nicht einmal niederschreiben kann. Vielleicht werde ich all dies in eine meiner Gestalten legen, vielleicht in die der Martina vom Judenbuch[1], das ja eigentlich angeregt worden ist durch Rheinsberg [...] und ich muß mir diese Zeit vom Herzen schreiben [...].

[...] Ich kann nun doch nicht mehr weiterschreiben, bei jeder Zeile spukt mir ein ganz neues Buch im Kopf herum und macht mich ganz verrückt. [...] ich will mit mir selbst abrechnen und Einblick in mich nehmen, um Klarheit zu gewinnen.

Eben fällt mir ein, ich sollte mir das prächtige Heine-Wort über das Bett hängen: »Schlage die Trommel und fürchte dich nicht, und küsse die Marketenderin.«

1 Das Manuskript »Ein Stern fällt in ein Menschenherz«, das nicht mehr auffindbar ist.

Burg, am 24. 3. 56

[...] Inzwischen habe ich zahlreiche Glückwünsche empfangen, habe ein dutzendmal auf meinen Erstling getrunken, habe erste Kritiken; eine Neuauflage wird noch in diesem Jahr erscheinen, die »Hamburger Volkszeitung« bringt es ebenfalls in Fortsetzungen – und, jetzt bin ich quälend unzufrieden und möchte es noch einmal ganz neu schreiben, d. h. ich möchte nicht, weil mich meine Liebesgeschichten in Anspruch nehmen, aber die »Frau« gefällt mir einfach nicht mehr. Es ist ein Kreuz! Ich wundere mich jetzt, was andere daran finden, es ist doch ziemlich mies geschrieben und wirkt nur durch die Handlung (die mir übrigens eine Menge Kleinbürger sehr übelnehmen).

Vor allem plagt mich ein neues Buch, »Ein Stern fällt in ein Menschenherz«. Ich sehe die Martina, ich bin es selbst, es soll ein Bekenntnisbuch werden [...]. Und Stefan Rad ist Georg, das weiß ich längst und bestreite es nicht mehr vor mir selbst. [...]

Ich glaube, ich bin unglücklich, und vielleicht stürze ich mich deshalb in immer neue Abenteuer und finde bei keinem Ruhe [...]. Manchmal könnte ich schreien vor Schmerz, und ich weiß doch nicht einmal recht, was mich so martert. Oft ist in mir eine solche Angst vor etwas Unbekanntem, daß ich fürchte, ich werde eines Tages wieder Gift schlucken – aber diesmal soll mir der Günter nicht zu früh dazwischenkommen!

Vielleicht macht mich der Frühling verrückt, und Georg würde eine zynische Anmerkung über die biologischen Ursachen meiner verzweifelten Stimmung machen. Ich muß das der Martina mitgeben, vielleicht hilft es, und es ist wie eine Beichte [...].

Burg, am 28. 3. 56

[...] Seit langem habe ich das Leben nicht so schön – und scheußlich gefunden. Eigentlich habe ich doch alles, was ich wünsche – und dabei habe ich nichts von dem, was ich will. Äußerlich betrachtet, läuft alles zum besten: Ich habe einen guten Mann, habe ein Buch herausgebracht, habe Verträge für neue Bücher, habe Geld, ein gemütliches Zimmer, und ich sehe so aus (und kann mich so kleiden), daß ich Freunde genug finde – für einen Tag oder eine Woche oder auch für länger, ganz nach Belieben. Und in Wahrheit? Mein Ehrgeiz kann durch nichts gestillt werden, ich will gute Bücher schreiben, berühmt werden – werde ich es jemals? Ich habe tödliche Angst vor dem Alter, ich habe mich ganz der Liebe verschrieben, daß ich mir ein Leben ohne bewundernde Männerblicke, ohne Küsse und Schmeicheleien gar nicht vorstellen kann. Und den einzigen Mann, der mir immer als Märchenprinz vorschweben wird, bekomme ich in aller Ewigkeit nicht. Ich bin zutiefst unzufrieden.

Burg, den 30. 4. 56

Man sollte nicht so lange pausieren. Jetzt weiß ich nicht, wo anfangen.

[...] Mit Georg habe ich mich lange auseinandergesetzt – innerlich. Ich habe mich gefunden, glaube ich. Heute habe ich einen Brief von ihm bekommen und sein Buch »Erfurt«, das ich in Rheinsberg korrigierte. Sein Brief ist recht offiziell. Mit Recht. Immerhin meint er, wir hätten noch einiges zu besprechen. Nun gut, ich werde ihn am Mittwoch besuchen. Hoffentlich bleibe ich sachlich. [...]

Burg, am 7. 5. 56

Ich war drei Tage lang in Berlin und bin um einige Zentimeter schlanker nachhause gekommen. Gram und Alkohol haben erfolgreich an mir geknabbert ... [...]

Mit der Defa bin ich klargeworden, d. h. solange der nette, schüchterne, enthusiastische Dramaturg Renner bei mir saß, war alles klar, und ich war bereit, den gewünschten Agentenfilm zu schreiben. Inzwischen sind mir aber doch lebhafte Bedenken gekommen, und ich möchte am liebsten absagen. Dabei könnte man sich mit einem Film finanziell sanieren ...

Die Defa möchte auf jeden Fall einen Film von mir haben; ich weiß auch nicht, wieso sie auf mich verfallen sind – Renner hat sich jedenfalls überströmend begeistert bedankt, als ich zusagte. [...]

Am ersten Abend war ich mit Lewerenz in der Hafen-Bar. Wir tranken eine Flasche Sekt und tanzten, und anfangs war alles genau so undurchsichtig blöd wie damals in Magdeburg. [...] Ich habe alle meine Verführungskünste spielen lassen – vielleicht ist doch ein bißchen daran, wenn Walter behauptet, ich wollte nur meinen Jux mit ihm treiben: ich wollte einmal einen gefallenen Engel sehen ... [...]

Burg, am 3. 7. 56

Ich habe längst keine rechte Lust mehr, mich mit meinem Tagebuch zu beschäftigen – ist ja doch alles Schwindel. Die ganze Welt ist ein Gewebe von Lügen, man sollte sich aufhängen. Aber dazu hat man ja doch keinen Mut, so treibt es einen weiter, und manchmal bildet man sich ein, glücklich zu sein.

Wir waren 14 Tage in Ahrenshoop. Es war beschissen: mieses Wetter, kein WC, keine Kultur; ich langweilte mich mit mir selbst tödlich. Der Frosch, der so erfrischend naiv oder dumm oder gesund ist, daß er nicht nachdenkt, hätte wirklich eine andere Frau verdient.

Walter habe ich noch nicht wiedergesehen, Georg auch nicht [...] – im Grunde sind mir alle gleichgültig. Und ich bin gewiß, daß auch ich anderen genauso gleichgültig bin. [...]

Am meisten quält es mich, daß nichts von all meinen Gedanken zu finden ist in meinen Büchern – meine Menschen sind optimistisch und heroisch und unwahr wie übrigens fast alle Romangestalten, die ich kenne: Sie überzeugen für den Augenblick, da ich von ihrem Schicksal erfahre, später dann spüre ich die Hohlheit alles Geschriebenen.

Manchmal frage ich mich, ob denn andere Menschen auch so empfinden oder ob ich krank bin – ob nicht die Welt zum

Tode verurteilt ist, sondern ich. Aber man kann ja mit niemandem darüber sprechen, alle lügen oder sind dumm, und am Ende faselt man mit ihnen Sinnloses über Bucherfolge und neue Anschaffungen und Geld und Politik und Liebe ...

Und doch hänge ich an diesem tauben Dasein, und ich hoffe auf irgendein Wunder, und ich bin imstande, mich zu freuen, wenn etwas geschieht, was man unter »Glück« einreihen könnte.

Ich bin mal wieder verliebt. Eigentlich bin ich in diesen Mann schon seit vier Jahren verliebt, aber das bis jetzt platonisch. Wolfgang Schreyer[1] hat mir oft geschrieben, manches Mal mich besucht, wir sind häufig zusammengewesen – immer brav, immer freundschaftlich [...].

Vorige Woche besuchte er mich wieder, und wir fuhren mit seinem Auto ins Grüne. [...]

Berlin, Johannishof, am 30. 8. 56

Heute bin ich den dritten Tag in Berlin, und zum ersten Mal seit Monaten spüre ich wieder ein Leben, das lebenswert ist – wenigstens stundenweise. Ich habe zwei garstige Monate hinter mir – ohne Arbeit, ohne Alkohol, ohne Zigaretten. Ich war schwanger und habe sehr gelitten, sowohl unter der ständigen Übelkeit als auch – und vor allem – unter der verzehrenden Untätigkeit. [...]

Ich habe in Westberlin einen Arzt gefunden, der einen Eingriff bei mir vornahm. Die Folgen sind noch [nicht] ganz überwunden, wahrscheinlich deshalb, weil ich, statt mich ins Bett zu legen, sofort wieder zu arbeiten begann – und überaus intensiv, weil ich meinen Vertrag mit der Defa (über ein Film-Exposé) termingerecht erfüllen wollte. Tatsächlich habe ich innerhalb von drei Tagen das Exposé geschrieben und damit – auch das ist nicht unwichtig – pro Tag 1 250 DM verdient, zweifellos ein sehr beachtliches Honorar, mit dem

1 Wolfgang Schreyer (geb. 1927), Schriftsteller.

sich die Einkünfte aus der »ernsthaften literarischen Arbeit« nicht messen können. Trotzdem werde ich, sobald der Film fertig ist, mit meinem Buch beginnen, denn die untergeordnete Rolle des Autors in der Filmproduktion befriedigt meinen Ehrgeiz durchaus nicht. (Übrigens ist inzwischen mein zweites Buch, »Kinder von Hellas«, erschienen. Mancher sagt, es sei besser als die »Frau«, aber eigentlich nur in der Sprache, die Konzeption finde ich recht ungeschickt. Rainer, dem ich es geschenkt habe, gefällt es sehr gut.) [...]

Burg, am 29. 9. 56

Vier süße, selige, tolle Tage lang war ich in Berlin – jetzt haben Burg und der Alltag und die Arbeit und der Frosch mich wieder.

Ich fuhr am Sonntag schon – zu Ernst natürlich. [...]

Ich weiß kaum noch, wie ich die Tage in Berlin verbracht habe – es war ein Trubel, eine Hatz, ein Geflirr – und viel Liebe. Am schönsten war das Verlagsfest. Auf der offiziellen Feier im Presse-Club [...] redeten eine Menge Leute eine Menge Reden, es war feierlich und ein bißchen langweilig. Hernach fuhren wir zu Zenner nach Treptow, wo es ein großes Menü gab und Wein und Sekt und Cocktails und heiße Musik. Ich konnte mich nicht retten vor Männern, hatte im voraus sämtliche Tänze bestellt und wanderte – bald beschwipst – von einem Arm in den anderen. Schade, daß Ernst so gar kein Talent zur Eifersucht hat! [...]

Die Verhandlungen bei der Defa verliefen positiv. Es ist ein Genuß, mit Renner zusammenzuarbeiten – vielleicht gerade deshalb, weil ich nicht [mit] ihm flirte [...]. Manchmal kotzen mich die geilen Blicke der Männer an, aber Ernst sagt, ich sei selbst schuld: ich sähe so aus, als sei ich wunder was für eine Sexbombe, und ich sei ein Häppchen ordinär, das reizte alle besonders.

Mit Piltz habe ich mich auch wieder getroffen, nur für eine Stunde. Es ist nur noch eine Spur des alten Zaubers in ihm. Er wird immer galliger, wenn er über unsere Literatur spricht, und ich muß mich weidlich über ihn ärgern, aber ich bewundere ihn noch immer, und manchmal möchte ich ihn küssen. [...] Am letzten Tage war ich im Verlag. Die ganze Redaktion hatte die Anfangskapitel der »Denunziantin«[1] gelesen und war des Lobes voll. [...]

Potsdam-Sacrow, 19. 10. 56

Den fünften Tag bin ich heute im »Lieselotte-Hermann-Heim« zum Autoren-Seminar der Defa – und dabei fühle ich mich schon ganz zuhause, ich möchte am liebsten heute abend gar nicht heimfahren. [...]

Um es kurz zu machen: Wir sind in Gruppen eingeteilt, denen jeweils ein Dramaturg vorsteht, und arbeiten an unseren bereits begonnenen Filmen. [...] Mit Theorie werden wir wenig gequält – meist sind am Vormittag zwei Stunden für einen Vortrag reserviert, den irgendeine Filmgröße hält: Rodenberg war da, Slatan Dudow, Werzlau, Gerd Klein und andere werden kommen. Manchmal sehen wir im Atelier in Babelsberg Filme; gestern »Die Mörder sind unter uns«[2] und »Ehe im Schatten« – ich habe bitterlich geweint. Das Filmgelände haben wir auch schon besichtigt.

Gearbeitet habe ich – wie übrigens fast alle – noch keine Zeile. Es ist, als hätten wir Ferien. Es ist wunderbar schön hier: eine große, bewegte Einsamkeit; das schöne Haus liegt mitten in einem riesigen Park, der wiederum umgeben ist von Wäldern und Seen. [...]

Am ersten Tage habe ich mich schon mit Herbert Otto befreundet. [...] Wir strolchen durch den Park und plau-

1 Die Geschichte, an der B. R. lange gearbeitet hat und von der es verschiedene Fassungen gibt, ist als Fragment unter dem Titel »Wenn die Stunde ist, zu sprechen ...« erst 2003 in dem Buch »Das Mädchen auf der Lotosblume. Zwei unvollendete Romane« erschienen.

2 Erster deutscher Nachkriegsfilm (1946) unter der Regie von Wolfgang Staudte, bei »Ehe im Schatten« (1947) führte Kurt Maetzig Regie.

dern – aber es ist nicht viel Übereinstimmung in unseren Ansichten [...].

Abends saßen wir bei einer Flasche Kognac in meinem Zimmer. Otto erzählte von sich: er hat in Moskau studiert, nachdem er in Gefangenschaft gewesen war [...]; ich war ein bißchen beschwipst und mochte ihn gut leiden. Ich dachte, er würde mein Gspusi während der sechs Wochen ...

Und am nächsten Tag lernte ich den Dramaturgen Wolfgang Ebeling kennen. [...]

Er ist jung – 28 Jahre –, groß und hübsch, mit weichem Mädchenmund und schönen blauen Augen.

Nach dem Mittagessen spazierten wir durch den Park [...] und hielten brave Distanz. Eigentlich hätte er mit seinen Schützlingen arbeiten müssen, aber jedesmal, wenn wir bei unserem Rundgang in die Nähe des Hauses gerieten, staken wir im wichtigsten Problem und mußten noch einmal umkehren. Er gab sich alle erdenkliche Mühe, mir zu erklären, was Dialektik sei, und ich stellte mich noch dümmer als ich ohnehin bin und quälte ihn mit Fragen. Da er in mir – wie die meisten Männer, die sich mir nähern – das naive kleine Mädchen sehen wollte, spielte ich halt diese Rolle – so vollendet, daß er am nächsten Tage, als ich den Beweis fürs Gegenteil lieferte, total erschlagen war. [...]

Nach dem Abendessen.

Jetzt wird's gemischt: auch Werner Reinowski[1] hat sein Herz für mich entdeckt. [...]

Sacrow, am 15. 11. 56

Das Angenehme – oder besser: Ergötzliche – nehme ich vorweg: Wir haben gestern einen hübschen Abend erlebt, zwanglos und keineswegs arrangiert. Ich hatte bis 11 Uhr gearbeitet, denn heute läuft mein Termin ab, und das Treatment ist noch nicht zur Hälfte fertig. Ich ging in die Halle hinun-

1 Werner Reinowski (geb. 1908), Schriftsteller.

ter – dieser Schwung der Treppe! Sie hinabzusteigen ist ein ästhetischer Genuß –, nur um mich ein wenig zu zerstreuen.

Dort unten fand ich eine lustige und schon ein wenig beschwipste Runde, die das einzige weibliche Element begeistert begrüßte und nicht mehr fortließ. Mir war's recht: mein Treatment hing mir eh schon zum Halse raus. Wir haben recht heftig getrunken, es gab ein paar Brüderschaftsküsse, und ich ließ mich von den Männern anschwärmen. Die meisten haben ein Faible für mich. Erklärlich, da ich hier die einzige Frau bin, die jung und hübsch ist. [...]

Sacrow, am 19. 11. 56

Ich müßte eigentlich arbeiten, aber ich kann nicht; der Film in seiner Primitivität widert mich an. Ich muß ein Buch schreiben; ich habe es versprochen, und vielleicht wird es mich freimachen – oder noch tiefer verstricken ...

»Ich werde diese Nacht allein sein, Jerry.«

Da ist Jerry.[1] Seit fünf Tagen ist er hier, seit fünf Jahren oder seit Jahrhunderten, und er ist so fremd und vertraut, als es nur ein Mensch sein kann. Vor fünf Tagen habe ich ihn kennengelernt. Nein, ich kenne ihn nicht [...], ich habe begriffen, daß zwei Menschen nie eins sein können [...]. Manchmal gibt es einen Augenblick, da sind wir sehr nah beieinander, und das ist so viel, das ist mehr, als zwei Geschöpfe der Einsamkeit eigentlich erhoffen dürften. Vor fünf Tagen setzte er sich zu Conny und Herbert Otto und mir an den Tisch [...].

Es war die Stimmung dieses Sacrower Irrenhauses: wir tranken Brüderschaft und kannten uns nicht einmal beim Namen. Doch, er kannte mich, er hatte mein Buch gelesen – damals hatte er unsere Verwandtschaft gespürt. Als er mich küßte, fielen zum ersten Male seine langen, weichen hellblonden Haare über mein Gesicht. [...]

1 Herbert Nachbar (1930–1980), Schriftsteller. B. R. nennt ihn auch Jerry.

Dann erfuhr ich seinen Namen: Herbert Nachbar. Es gab mir einen Schlag. Ich wußte sofort: Vor einem Jahr habe ich im »Sonntag« eine großartige Erzählung gelesen, die beste, glaube ich, in den letzten zehn Jahren.[1] Ich habe damals brieflich den Piltz bestimmt, mir zu sagen, wer denn dieser Nachbar sei, [...] Piltz war nicht darauf eingegangen. Und jetzt saß dieser Mann [...] leibhaftig vor mir und war ein junger Mensch von 26 Jahren, groß und breitschultrig, schön und [...] sehr fern. [...]

Später dann standen wir zufällig zusammen am Klavier. Wir hatten über Politik gesprochen, über die Geschehnisse der letzten zehn Jahre, über all das Grauenhafte, das geschehen ist im Namen des Sozialismus und der Menschlichkeit. Plötzlich sagte er mit erschreckender Bestimmtheit: er wisse, daß er nur noch wenige Jahre habe, daß er zugrunde gehen werde an dem Zwiespalt unserer Zeit. [...]

Sacrow, am 24. 11. 56

Joe[2] ist abgereist. Mein lieber, guter, kluger Joe ist fort. Wir haben beide geweint, als er in der Nacht noch einmal bei mir war. Der Brief, den er mir zurückließ, ist so sehr er selbst – eine Betrachtung über den 1. Korintherbrief[3] – daß mir die Tränen kommen, wenn ich ihn – immer und immer wieder – lese. Was habe ich verloren! [...]

Vielleicht waren diese Tage mit Joe die besten meines Lebens. [...] Er muß doch wiederkommen! Heute habe ich ihm einen Brief geschrieben, den ich nicht abschicken werde. [...]

1 Gemeint ist Herbert Nachbars Erzählung »Straßen«. In: Sonntag, Berlin, Nr. 52/1955.

2 Gemeint ist Max Walter Schulz (1921–1991), Schriftsteller. B. R. nennt ihn Joe.

3 Die Korintherbriefe gehören zu den Briefen des Apostels Paulus im Neuen Testament. Der erste Brief an die Korinther beschäftigt sich u. a. mit Fragen der Sittenreinheit, Ehe und Enthaltsamkeit.

Ich bin in sein Zimmer gezogen, und jetzt sitze ich an seinem Schreibtisch, und ein wenig von ihm ist noch hier. [...]

Jerry ist aus dem Haus nebenan übergesiedelt in das Nachbarzimmer. Wir haben uns auf eine »liebevolle Kameradschaft« geeinigt, und manchmal sind wir wie Bruder und Schwester.

Gestern nacht sind wir, aufgerührt beide durch Joes Abschied, miteinander zu Bett gegangen wie Geschwister, und wir haben nicht miteinander geschlafen. Vielleicht werden wir das nie tun. Wir sind ja auch beide kalt von Natur [...].

Burg, am 10. 12. 56

Nun bin ich also wieder zuhause. Zuhause ... Als hätte ich ein Zuhause [...]. Ich stecke im Alltagskram und strampele, um mich nicht unterkriegen zu lassen. Tatsächlich habe ich Ruhe gefunden, soweit es Ruhe gibt in meiner Situation. [...]

Aber ich habe eine Geschichte geschrieben, jene Geschichte, die ich Joe und Jerry versprochen habe: »Ich werde diese Nacht allein sein.«[1] Ich habe buchstäblich Tag und Nacht daran gearbeitet. Als ich nach Gera zur Autorenlesung mußte, habe ich im Zug und in den Wartesälen geschrieben, und ich war inmitten der vielen, lauten Menschen ganz allein mit mir und meinen Gestalten, die wahr sind und erdichtet zugleich. In der Nacht, als ich die letzte Zeile niedergeschrieben hatte, habe ich mit Günter geschlafen – zum ersten Mal seit langer Zeit. Er war so glücklich [...]! Auch ich war beinahe glücklich [...].

Die letzten Tage verbrachten Jerry und ich ganz allein in dem verödeten Haus. Wir haben trotz allem viel geschafft, [...] mein Treatment habe ich beendet. [...]

Am letzten Abend erfuhren wir durch das Radio, daß

1 Diese Geschichte ist unveröffentlicht. B. R. verwendet in dem Text Zitate aus einem Brief von Max Walter Schulz.

Dr. Harich verhaftet worden ist. Ich dachte, die ganze Literaten-Gruppe, zu der er gehörte, sei aufgeflogen. Ernst ist auch dabei, und Walter und Piltz. Wir waren verrückt vor Angst und Zorn. In der Nacht noch habe ich Ernst angerufen, obgleich Jerry mir abriet, weil er fürchtete, es könne ein anderer am Telefon sitzen, falls Ernst verhaftet ist. Er ist nicht verhaftet, noch nicht. Die Gruppe ist illegal. Der Geist bei uns lebt illegal – Herrgott, ist das eine Welt![1]
[...]

Burg, am 31. Dezember 1956

Am letzten Tag des Jahres muß ich wohl doch noch ein paar Worte schreiben. Keine Rückschau – beileibe nicht! So erfreulich wäre die Bilanz nicht. Oder doch, ich will nicht ungerecht sein: zwei Bücher sind erschienen, ich habe einen Filmvertrag [...], und ich bin, nach mancherlei Irrungen, zu Günter zurückgekehrt – nicht nur äußerlich [...], und das ist vielleicht das Beste, was ich am Ende dieses Jahres sagen kann.

Ich habe ein paarmal Ehebruch begangen, ich habe geliebt und war glücklich und unglücklich – alles in guter Mischung. Ich bin noch nicht ganz gesundet von den Sacrower Wochen, aber daran möchte ich nicht denken.

Ich bin Mitglied des Schriftsteller-Verbandes geworden, und das ist schon was Rechtes.

Für das neue Jahr wünsche ich dem Frosch und mir viel Glück, viel Liebe und schriftstellerischen Erfolg – und Frieden auf Erden!

1 Um Wolfgang Harich (damals Chefredaktuer der »Deutschen Zeitschrift für Philosophie«, Philosophiedozent an der Humboldt-Universität Berlin und Lektor beim Aufbau-Verlag) hatte sich eine zumeist aus SED-Mitgliedern bestehende Gruppe gebildet, die ein Programm für einen reformierten Sozialismus und eine entstalinisierte SED formulierte. Man warf ihm Bildung einer »staatsfeindlichen Gruppe« vor. Wolfgang Harich wurde in einem Prozeß vom 7.–9. 3. 1957 zu einer Zuchthausstrafe von zehn Jahren verurteilt. Zu den Verurteilten gehörten u. a. auch der Leiter des Aufbau-Verlages, Walter Janka, die Redakteure Gustav Just und Heinz Zöger.

1957

Burg, am 25. 4. 57

Da habe ich also mehr als vier Monate lang mein Tagebuch nicht angerührt – warum nicht? Vielleicht ist mir Sacrow doch sehr an die Nieren gegangen ... Ich hab beide nicht wiedergesehen, und das [ist] wohl das Beste so. Übrigens schreibe ich jetzt an einem Buch über diese Erlebnisse – ich schreibe schnodderig, ironisch, mit Abstand, und nur manchmal bedrückt mich die Gemeinheit, die beiden Menschen mit hinabzuziehen in meine spöttische Resignation, ein Lächerlichmachen guter Gefühle.

Inzwischen habe ich hart gearbeitet und mich – ich glaub's selbst kaum – fast gar niemals verliebt. Wochenlang bin ich in Berlin gewesen und hab mit meinem Regisseur Horst Reinecke am Drehbuch für »Garten der Verzweiflung« geschrieben. Wir haben einiges aus dem spröden Stoff herausgeholt [...].

Im März ist Günter nach Westdeutschland ausgerückt – das war seine Quittung für Sacrow. [...] Er hat mir dann geschrieben – ich bin Hals über Kopf nach Schwaben gefahren und habe ihn zurückgeholt. Dieses Glück bei unserer Vereinigung! [...]

In Berlin habe ich tolle Tage verlebt. Oft habe ich die Nächte durch gesoffen – in der Adria-Bar oder im Esterhazy-Keller, hab mich morgens eiskalt gewaschen und bin zum Arbeiten zu Reinecke gefahren. Es ist ein gutes Arbeiten mit ihm [...].

Burg, am 25. Sept. 57

Ich habe mir ziemlich oft vorgenommen, mal wieder mich meinem Tagebuch zu widmen, aber ich habe doch kein rechtes Verhältnis mehr dazu; das Ganze erscheint mir etwas backfischhaft.

Was mich wirklich bewegt und erregt, schreibe ich ja doch nicht – vielleicht weil es sich schwer in Worte fassen läßt; vielleicht weil ich weiß, daß es nicht lohnt, dieses zum größten Teil unausgegorene Zeug in Worte zu fassen; vielleicht auch bin ich einfach zu faul, mich schriftlich auseinanderzusetzen mit einer Unmasse von Problemen – ziemlich politischer Art [...].

Meine Liebesgeschichten sind mir nur in den ersten drei Tagen interessant und im Grunde samt und sonders recht lächerlich. Ich hab mir auch das schlechte Gewissen abgewöhnt; Reue ist unter allen unnützen Gefühlen wahrscheinlich das allerunnützeste.

Vorhin hab ich in diesem Tagebuch gelesen. Lieber Gott, welch ein Geschwätz! Wieviel ist echt an all dem Gefasel von Einsamkeit? [...] Nein, ich sollte nicht darüber lachen. »Der Narben lacht, wer Wunden nie gefühlt«. [...]

Ich bin kälter geworden und böse – im Ursinn des Wortes »böse«; zuweilen weine ich noch, aber wie selten! Und auch an diesen wenigen Tränen ist nicht echte Rührung schuld, sondern Nervosität und Überarbeitung.

Wo sind die Gefühle – ein Überschwang an Gefühlen – die Ideale und schönen Vorsätze meiner Jugend? Ich hab sie abgestreift wie eine Schlange ihre alte Haut, und es hat verdammt weh getan – aber nun hab ich bald meine Haut, und sie ist bunter und zäher als die alte.

Manchmal bin ich in der Stimmung, diesen Jugendidealen nachzutrauern, und in der Tat war ich damals ein »besserer Mensch«. Aber die Welt braucht keine guten Menschen [...] es wird nicht mehr lange dauern, bis ich mit wohlwollender – weil alles negierender – Ironie diesem Theater zuschauen kann. [...]

Übrigens merke ich einmal mehr, daß es unsinnig [ist], einem Tagebuch mehr zu erzählen als ein paar Fakten; ich bringe die Geduld nicht auf, meine Seele zu zerpflücken.

Daß ich anders geworden bin und inwiefern anders, wird sich in meinen Büchern zeigen – wenn ich noch welche schreiben werde.

Von meinen beiden ersten Büchern bin ich abgerückt; ich hab sie verstoßen wie mißratene Kinder.

Zwei weitere sind mir abgelehnt: »Die Denunziantin« war konterrevolutionär (d. h. ich bin ein halbes Jahr zu spät gekommen, nachdem das Schwein U[lbricht] bereits einen wiederum neuen, schärferen Kurs eingeschlagen hatte) und unterstützte angeblich – ich habe es mir schriftlich geben lassen – »die Tendenzen der Leute, die die kapitalistische Ordnung bei uns wiederaufrichten wollen.« [...]

Das zweite, »Joe und das Mädchen auf der Lotosblume«[1], kam ebenfalls zurück, etikettiert mit Bemerkungen wie: dekadent, morbid, skurril etc. Ich hatte es mir nicht versagen können, in einem als Liebesgeschichte getarnten Buch politische oder allgemein weltanschauliche Ungezogenheiten zu begehen.

Es war ein verflucht harter Schlag, und es hat lange gedauert, ehe ich mich davon erholt habe. [...]

Burg, am 28. 9. 57

Am Donnerstag bin ich unterbrochen worden: Der SSD[2] war bei mir; ich hatte das eigentlich erwartet: ich hab kein sauberes Gewissen, kann den Mund nicht halten und sage in der Öffentlichkeit Dinge, die nicht für jedermanns Ohren bestimmt sind. Für Harich – sein Prozeß hat mich irrsinnig aufgeregt und erschüttert – hab ich plädiert; Janka habe ich verteidigt, wo ich nur konnte; als Kantorowicz[3] in

1 Erstmals veröffentlicht in dem Buch »Das Mädchen auf der Lotosblume. Zwei unvollendete Romane« (2003).

2 Staatssicherheitsdienst, in den fünfziger Jahren häufig Bezeichnung für das Ministerium für Staatssicherheit (MfS).

3 Alfred Kantorowicz (1899–1979) war Direktor des Germanistischen Instituts der Humboldt-Universität Berlin, 1957 Flucht nach Westberlin.

den Westen ging, hab ich ihm einen Brief geschrieben, der ein einziger Verstoß gegen Artikel 6 war, und seine Erklärung, die [er] über den SFB[1] abgegeben hatte, vervielfältigt und an meine Freunde verteilt. Kurz, ich hab einiges auf dem Kerbholz und rechnete, wie gesagt, insgeheim mit einem Besuch der Stasi. [...] ich war sicher, keine Angst zu haben und mit Gleichmut alles aufnehmen zu können.

Man kennt sich doch zuwenig. Als der Herr Kettner vor der Tür stand und seinen Ausweis zeigte, rutschte mir das Herz – nicht gerade in die Hose, aber doch eine Etage tiefer. Ich bat ihn ins Zimmer, und als ich eine Zigarette anzündete, merkte ich, daß meine Hand zitterte. Ich besaß wenigstens noch die Unverfrorenheit, im vergnügten Plauderton dem Herrn mitzuteilen, er solle sich nicht einbilden, ich zittere vor Aufregung; ich sei nur nervös und überarbeitet. Vielleicht hat er es sogar geglaubt ...

Wir unterhielten uns vier Stunden lang; ich war – aus Trotz wahrscheinlich und aus Oppositionslust – überaus aufrichtig; es liegt mir eh nicht, aus meinem Herzen eine Mördergrube zu machen. – Nun ist Kettner ein vernünftiger Mann, mit dem sich diskutieren läßt, und er war nicht gekommen, um mich für meine kleinen Sünden zu verhaften, sondern um eine Art Meinungsforschung zu treiben. Warum er gerade mich ausgesucht hat von den 14 Schriftstellern unseres Bezirkes, ist mir schleierhaft – er behauptete, er finde halt leichter Kontakt zu einer Frau als zu einem Mann. Ich hoffe [...], er erwartet nicht, daß ich diese Erklärung ernst nehme; auch nicht, daß ich beim SSD einen »guten Leumund« habe.

Sei denn wie immer: Der SSD will mich für eine bestimmte Aufgabe gewinnen. Nein, ich nenne diese Aufgabe nicht Spitzeldienst. Kettner hat mir erklärt, es sei nicht nur Anliegen des SSD, Feinde zu entlarven, sondern auch Aufklärung zu geben, die Ansichten der Menschen – in diesem

1 Sender Freies Berlin.

speziellen der Schriftsteller – zu erforschen und Fehler und Mißstände, die zu Unzufriedenheit führen, zu beseitigen.

Also zugegeben, Kettner ist ein guter Psychologe, und er hat mich wunderschön eingewickelt – wobei ich mir all die Zeit bewußt war, eingewickelt zu werden; er hat mich beinahe überzeugt von den ideellen Zwecken seines Instituts. Außerdem reizt mich das Abenteuer; ich mußte immerfort lachen über diese Indianerspielerei – Decknamen, Geheimwohnungen und dergl.; drittens glaube ich, die ich selbst verzweifelt bin und schwankend und bis zum Haß abgeneigt und enttäuscht (ich hab daraus keinen Hehl gemacht), ein bißchen beitragen zu können, wenn es darum geht, die gute, saubere Sache des Sozialismus von all dem Dreck zu befreien, der ihr anhängt. Ich hab eine Erklärung unterschreiben müssen, in der ich mich zu strengstem Stillschweigen verpflichte (eine Klausel, die ich durch diese Tagebucheintragung bereits verletze), den Decknamen »Caterine« akzeptiere und mich bereit erkläre, berechtigte Klagen über Fehler und Unzulänglichkeiten an den SSD weiterzuleiten, damit Abhilfe geschaffen wird. So ein etwas zweideutiges Sätzchen über »Feinde« hab ich abgelehnt; Namen werde ich nie nennen, und zudem gehen meine und des SSD Meinung über »Feinde« auseinander. Unsere Diskussion über Harich beispielsweise endete mit Remis.

Persönliche Vorteile hab ich von der ganzen Sache nicht und würde sie niemals verlangen. Allenfalls könnte ich später mal ein Buch über die Arbeit des SSD schreiben – Kettner legte es mir nahe –, Material würde man mir zur Verfügung stellen.

Wenn ich genau überlege – und ich grübele seit zwei Tagen unablässig –, warum ich mich auf diese Geschichte eingelassen hab, und wenn ich eine künstlerische Abenteuerlust streiche, bleibt am Ende wirklich, so heftig ich mich dagegen sträube, wieder mal ein rosarotes Ideal. Ich habe doch all meinen Idealen abgeschworen – und nun kommt einer daher und redet mir ein, ich könnte durch meine bescheidene Hilfe dem Sozialismus (über dessen moralische Berechtigung ich mir nicht einmal recht klar bin!) einen Dienst erweisen. Und ich falle, verdammt noch mal! drauf rein und glaube stundenweis selbst, ich täte damit etwas Gutes und Nützliches.

Die Zukunft wird lehren, ob dieses System gut und richtig ist. Ich hab mich mit Köstlers »Sonnenfinsternis«[1] beschäftigt, aber Klarheit [hat] er mir auch nicht geben können. Köstler ist ein großartiger Schriftsteller und eminent gescheit – aber er verhakt sich in seinen eigenen Gehirnwindungen und stolpert über seinen Intellekt: er ist Jesuit, der aus der Jesuitenschule entlief; er hat auf jede Frage eine Antwort, wie es ihn gelehrt wurde und entläßt den Leser im tiefsten unbefriedigt, da er für die eine wie für die andere Seite starke Argumente hat.

Sicher ist nur, daß der Sozialismus mit seiner ursprünglichen Idee eine Höherentwicklung darstellt, einen Fortschritt der Menschheit, stellt man ihn dem Kapitalismus gegenüber. [...]

Ich muß manchmal an Piltz und die anderen denken. Ich bin nicht ganz sicher, daß sie mir noch die Hand geben würden, wenn sie wüßten, was zu tun ich im Begriff bin. Und doch – sie arbeiten auch für unsere Sache, auf ihre Art. Oder diktiert ihnen nur ihr Gehalt?

Also gut, ich werde nicht lange darüber nachdenken müssen. Eine Absage kann ich dem SSD immer noch geben; den Kopf wird's nicht kosten.[2]

Was nun mein reiches Liebesleben angeht: Ich glaube, ich erwähnte schon, daß der Sacrower Zauber gewichen ist. Fol-

1 Roman von Arthur Koestler (1905–1983), der zur Zeit der ersten großen von Stalin in Gang gesetzten sogenannten Säuberungswelle (1936 bis 1938) spielt.

2 B. R. zeigte sich bereits nach dem ersten Treffen und der Unterzeichnung einer Verpflichtungserklärung nicht bereit, Spitzeldienste zu leisten. Nach einigen wenigen Aussprachen mit dem Offizier des MfS machte sie ihre Verpflichtung öffentlich und dekonspirierte sich auf diese Weise bewußt.

gerichtig schlug – wenigstens bei uns Jungen, Hendrik – Pardon! Herbert und mir – die ekstatische Liebe in heftige Abneigung um. Wir korrespondierten noch eine Zeitlang und entfernten uns in den Briefen immer weiter voneinander. Wir sahen uns nie, Hendrik bat mich, ihn nicht anzurufen oder aufzusuchen, da er sich – im Zusammenhang mit der Harich-Affäre – für überwacht hielt. Nebbich! Hendrik ist im wirklichen Leben und Geschäftsgang ein ganz anderer Mensch als in der Einsamkeit: ein Egoist comme il faut und bedacht auf seine Sicherheit und seine weiße Weste. Das habe ich ihm auch geschrieben, in sehr derber Form [...]. Als ich kurz darauf in Berlin war, zahlte er mir's per Telefon heim, ebenfalls in nicht gerade feiner Form. Abends allerdings kam er in den Niquet-Keller, wo ich mit Berger und Loest und Püschel trank, und bat um Verzeihung. Leider war ich schon ziemlich besoffen, sonst wären wir uns an diesem Abend wohl wieder nähergekommen.

Nun, inzwischen hat er den Heinrich-Mann-Preis bekommen; ich habe ihm gratuliert, ich war aufrichtig froh über diese Würdigung seiner Arbeit. Er dankte mir – aber seitdem ist die Verbindung gerissen. [...]

Georg Piltz, den Verschollenen, traf ich vorigen Monat ganz zufällig wieder, auf der Friedrichstraße; er war zum ersten Mal seit Monaten wieder in der City. Er hat beim »Sonntag« gekündigt, nachdem Janka, Just und Zöger verhaftet worden waren, und seine Kündigung war eindeutig ein Protest. Nun privatisiert er, schreibt Kunstgeschichten und ist gallebitter geworden [...] und noch um einiges geistvoller als vor zwei Jahren. Vielleicht verstehe ich auch jetzt erst so recht seinen Verstand zu würdigen, er improvisiert Bonmots, daß es eine Lust ist [...].

Burg, am 25. 12. 57

Heiligabend ist – Gott sei's gedankt! – vorüber. Ich war allein. Vor nahezu drei Wochen ist Günter verhaftet worden wegen Widerstandes gegen die Staatsgewalt. Während ich in Schönebeck zu einer Arbeitstagung der Jungen Autoren war, verprügelte er einen Volkspolizisten. Das war an einem Sonnabend. Dienstags wußte ich noch immer nichts über Günters Verbleib.

Ich mag nicht schildern, was alles ich unternahm und wie viele Wege ich lief, nachdem ich erfahren hatte, daß er im Untersuchungsgefängnis ist. Ich hab scheußliche Stunden gehabt, und vollends zerschmettert hat mich ein Brief von Günter voller Verzweiflung und Selbstanklage und Bitten um Rettung. Gott, wenn ich ihn retten könnte! Ich würde gern die Hälfte seiner Zeit absitzen.

Es hat eine Menge kleiner politischer Provinz-Intrigen gegeben; ich hab mich durchgeschwindelt und durchgeboxt und Vergünstigungen erreicht, die normalen Sterblichen nicht zuteil werden. Diese Justiz-Maschinerie ist von unvorstellbarer Grausamkeit, von einer weichen Zähigkeit, an der man abprallt.

Ich hab das MdS[1] zur Hilfe gerufen und durch sie einiges erreicht; sie lassen's mich bitter bezahlen, aber was hilft's, wenn ich mich quäle und tobe und in Aufruhr bin – sie sind die Stärkeren; und was immer ich tue, das tue ich für Günter.

[…] Der Verlag hat sich nobel gezeigt: ich hab einen Vorvertrag für meinen neuen Roman bekommen und eine Beihilfe von 1000 DM. Nein, wegen der Finanzen mache ich mir keine Sorgen. Schlimmer ist das Gewissen, das mich zerrt. Zwei Wochen lang hab ich mich jeden Abend betrunken; jetzt mag ich nicht einmal mehr trinken. […]

Gestern hab ich Sondererlaubnis bekommen, ihn zu sprechen. Eine Viertelstunde lang … Du lieber Himmel, es war fast noch schlimmer als das Alleinsein. Ich umarmte ihn, obgleich das verboten ist – küssen durfte ich ihn nicht. Dann saßen wir am Tisch, zwischen uns ein Wachmann, und ich weinte, ohne es zu wollen. […]

1 Gemeint ist das MfS.

Oh, mein süßer Liebling – und ich weiß, daß ich ihm nicht treu sein werde. […] Manchmal kotzen die Männer mich an. Jochen bemüht sich um mich wie ein Verrückter, und ich möchte ihn ohrfeigen für jedes zärtliche Schmeichelwort. Bei Schreyer war ich eingeladen – und er hat versucht, mich zu verführen. Ich bin anständig geblieben, versteht sich. Nein, es versteht sich nicht. […]

Burg, am 31. 12. 57

Es geht auf Mitternacht. Ich bin allein. Wenn man mal andere Menschen braucht, lassen sie einen ja immer allein. Na, mir macht's nichts mehr.

Ich hab mich entschlossen, am letzten Abend des alten Jahres das letzte Kapitel des Vorspiels zu meinem Roman zu schreiben, nachdem ich wochenlang nicht arbeitsfähig war. Meine Flasche Wodka sauf ich dazu aus.

Wenn die Glocken läuten, werd ich mit mir selbst anstoßen und an den Frosch denken …

1958

Burg, am 1. Januar 1958

Es ist zwei Minuten nach 12 Uhr, und die Glocken läuten das neue Jahr ein, und Feuerwerkskörper knallen auf der Straße, und irgendwelche Leute schreien »Prosit«, und ich sitze und weine und tue das einzige, womit ein Schriftsteller sich trösten kann: ich schreibe. [...]

Ich habe keine guten Vorsätze. Oder wenigstens diesen einen: Sei gut zu anderen!

Burg, am 25. 1. 58

Daß ich so lange nichts eingeschrieben hab, ist ein erfreuliches Zeichen: seit jener einsamen Silvesternacht arbeite ich wieder, und ich hab einiges geschafft. Obgleich ich noch längst nicht zufrieden bin mit meinem Arbeitstempo. Wieviele Stunden vergeude ich mit Gedanken an Dinge, die nicht zu ändern sind.

Mit der Stasi muß ich Schluß machen, es geht nicht anders. Sie haben versucht, mich zu erpressen [...]: Sie versprechen mir, Günter wird Bewährung kriegen und ich darf ihn häufiger sehen als eigentlich erlaubt (offiziell gibt es nur alle Vierteljahr eine Sprecherlaubnis), und sie werden Briefe von mir unter der Hand befördern. [...] Großer Gott, was sind das für Schweine! Sie spekulieren auf mein Gefühl [...]. Als Gegenleistung soll ich Berichte über unsere Schriftsteller liefern.

[...] Ein prachtvoller Romanstoff! Diese grausame Entscheidung: meinem Liebsten zu helfen und dafür Spitzeldienste zu tun – oder abzuspringen und den Günter seinem Schicksal zu überlassen [...]. Erst war ich entschlossen, meine moralischen Bedenken über Bord zu werfen, und ich habe ihm Hoffnung gemacht – aber ich kann's nicht aushalten. Es gibt gewisse Dinge, über die ein Mensch mit einem Rest an Gewissen nicht hinwegkommt. Ich weiß auch gar nicht mit Sicherheit, was Günter über die ganze Sache denken würde.

[...]

Und wir können hinterher nicht einmal in den Westen gehen. Neulich war K.[1] bei mir: Er habe gehört, ich sei in den Westen geflüchtet. Er drohte mir unverblümt: Ich werde drüben sofort verhaftet – die Stasi hat meine schriftliche Erklärung in der Hand und kann mich jederzeit hochgehen lassen.

Wenn Günter seine Haft nur mit mehr Fassung trüge! Aber er ist völlig gebrochen und kaum wiederzuerkennen. Am Freitag war ich bei ihm. Wir hatten insofern Glück, als der Wachhabende jung und verständnisvoll war: Wir durften uns küssen [...]. Er hat mir zwei Briefe zugeschmuggelt, und ich konnte ihm während der Umarmung Zigaretten geben [...].

Um auf die ominöse Angelegenheit zurückzukommen: Ich bin zu Wolfgang Schreyer gegangen und hab ihm alles erzählt. Er nimmt es nicht gar so tragisch, aber doch ernst genug, um sich mit mir immer wieder darüber auseinanderzusetzen. Wir müssen irgendwie Schluß machen – nur wie? So oder so werde ich dabei reinfallen, und ich kann froh sein, wenn ich um eine Verhaftung herumkomme. Wolfgang meint, der Verband könne sich diese dauernden Verdächtigungen nicht gefallen lassen – ich bin nämlich nicht die einzige, die man anwerben wollte. Nun gut, man wird sehen. Freilich ringe ich noch immer mit mir, ob ich nicht doch mitarbeiten soll [...].

Was ist das Richtige? Ich bin nicht geschickt genug, nach zwei Seiten zugleich zu lügen. Wie gut, daß ich wenigstens Wolfgang habe! Unsere Freundschaft ist noch fester und ehrlicher geworden [...]. Ich bin ihm so dankbar, daß er mir trotz meines Geständnisses nicht mißtraut. [...]

1 Gemeint ist der Offizier des MfS Kettner.

Burg, am 20. 2. 58

Günters Termin liegt schon recht lange zurück. Die Verhandlung war scheußlich, und ich hab paarmal geweint. Aber Günter hat sich großartig gehalten; er war ruhig und hat sich geschickt verteidigt. Man hat nicht einmal feststellen können, wer denn eigentlich zuerst geschlagen hat (ein Zeuge war schwachsinnig, wie sich vorm Richter herausstellte, und der Polizist war ebenfalls nicht mit Geistesgaben gesegnet), und wenn Günter trotz des guten Eindruckes, den er vor Gericht machte, am Ende doch zu sechs Monaten Gefängnis verurteilt worden ist, so vor allem deshalb, weil er sein Vergehen – nach Meinung des Richters – als Bagatelle hinstellte. D. h. er sagte, die Polizei habe oft selbst Schuld, wenn sie angegriffen wird, weil sie nicht mit den Bürgern umzugehen versteht.

Günter bat, als man ihm das Schlußwort gab, um Bewährung, und er sprach so gescheit, daß alle glaubten, man werde seiner Bitte nachkommen. [...]

Wir durften in der Pause miteinander sprechen, und da wir einen netten Wachtmeister hatten, waren wir dabei so gut wie ohne Aufsicht. [...] Ich erzählte Günter vom Angebot der Stasi. Er war empört und untersagte mir entschieden, seinetwegen für die Leute zu arbeiten; lieber wolle er seine 6 Monate absitzen. Er ist ein ehrenhafter Mensch.

Als er abgeführt wurde, durften wir uns in einer Nische küssen, und zum ersten Mal nach Monaten umarmte er mich, und ich spürte seine Hände an meiner Brust und meinen Hüften.

Ich bin schrecklich hungrig nach ihm. Die Nächte sind am schlimmsten [...].

Burg, am 13. 3. 58

[...] Ich arbeite jetzt nur noch nachts und unter Alkohol. Ich muß mir diese abscheuliche Sauferei endlich abgewöhnen. Nicht, daß sie mir körperlich was ausmachte: Ich [...] bin nach einer halben Flasche Wodka noch nüchtern und hab niemals einen Kater. Jeder macht sich so fertig, wie er kann. Blödsinn! [...]

Ich habe viel geschafft in den letzten Tagen. Deicke[1] hat sich sehr für mich eingesetzt. Mein Romanvorspiel erscheint im Maiheft der NDL, und der Aufbau-Verlag ist nicht abgeneigt, den Roman zu nehmen. Nun, das wird sich alles finden. Jetzt will auch das Neue Leben das Manuskript haben. Aber ich bin Pessimist, und ich werde mich auf nichts freuen (im Innersten tue ich's doch) [...].

Petzow, am 29. 3. 58

Alles verrückt, natürlich, und keine Arbeit, und alle Pläne hin und die guten Vorsätze. [...] Meinck hat sich wahnsinnig in mich verliebt, und ich mag ihn auch sehr gern. Vielleicht war ich gestern noch verliebt in ihn, aber jetzt ist schon wieder alles ganz anders. Wo immer ich hinkomme, stifte ich Unruhe und Verwirrung und Ärger. [...] Kubsch hat nicht ganz unrecht, wenn er sagt, daß »dieses Frauenzimmer« das ganze Haus zu Dummheiten verführt (da lachte das Weibchen in mir ...). [...]

(Es gibt einen Menschen hier, der mich vom ersten Tag beunruhigt hat, weil ich in seinen Augen unsere Verwandtschaft gefunden habe) und sein potentielles Irresein – einer dieser Menschen, die im Selbstmord enden oder im Wahnsinn, ich bin sicher. Und welch eine große Begabung! Siegfried Pitschmann; Siegfried – er ist alles andere als der Hörnerne; ein junger, ein schöner Mensch mit bezaubernd schönen Augen und mageren, nervösen Händen. Wir sind uns aus dem Weg gegangen, haben keine drei Worte miteinander gewechselt [...].

Gestern abend kam Siegfried zu mir. Ich hatte ihn gebe-

1 Günter Deicke (geb. 1922), Schriftsteller, 1952–1958 Redakteur der Zeitschrift Neue Deutsche Literatur (NDL).

ten, mir aus seinem Buch vorzulesen. Eine wunderbare Sprache, und die Menschen sind Psychopathen wie er. [...] Niemals habe ich so stark das Gefühl gehabt, dem Menschen begegnet zu sein, der mir ganz entspricht. [...] Es ist, als sei er ein Stück von mir, ein böserer, traurigerer Teil meiner kranken Seele. [...] Es war kein Verlangen da, nichts von körperlicher Begierde, das ist das Schlimmste. Wir sind Geschwister – nur anders, mehr als Geschwister. Oh, mein unglücklicher, verlorener Bruder! [...] Ich habe ihn bei mir behalten, es war so selbstverständlich [...]. Wir lagen nebeneinander, Arm in Arm, und manchmal küßten wir uns und streichelten uns ohne Erregung, und als er sagte: »Meine Schwester«, traf es mich durch und durch. [...] Ich liebe ihn. [...] Es ist sinnlos, sich dagegen zu wehren. Aber er ist begabter als ich, und ich habe eine größere Chance als er, davonzukommen. Er hat eine Narbe am Handgelenk, von einem Selbstmordversuch. Wenn ich ihn behielte, würden wir einander zerstören, unendlich glücklich sein und uns zerstören ...

Petzow, 30. 3. 58

[...] Ich glaub, Siegfried liebt mich. Wenn er sonst keinen Menschen sehen mag, kommt er zu mir – bei mir könne er sich ausruhen. [...]

Burg, am 6. 4. 58

[...] Vor sechs Tagen schrieb ich noch: Ich glaube, Siegfried liebt mich. Heute weiß ich, daß er sich ganz an mich verloren hat [...]. Einmal zählte er auf, was alles er an mir liebt, und es traf mich mitten ins Herz, als er sagte, er liebe meinen Gang, der süß und aufregend sei. Das hat mir noch niemand gesagt. [...] Wie wird das Sehendwerden nach einer solchen Blindheit sein?

[...] Wir haben nächtelang zusammengesessen und uns ausgemalt, wie es sein wird, wenn wir geschieden worden sind und uns heiraten und miteinander leben dürfen, und wie wir Bücher schreiben werden und uns kritisieren und ergänzen und zusammen Filme schreiben und berühmt werden ... Unsere wundervollen Träume – und dahinter die gräßliche Furcht, daß nichts, nichts davon in Erfüllung gehen wird. Was soll aus Günter werden? [...]

Burg, am 15. 4. 58

Noch immer begreife ich nicht, wie es hat geschehen können, daß ich in diese Wahnsinns-Liebe fiel – jetzt, da ich mich einer unveränderlichen Neigung zu meinem Kameraden Günter ganz sicher wähnte. [...] es gibt diese zwei Lieben, die sich in keinem Punkte kreuzen und nebeneinander bestehen können [...]. Ich weiß mir keinen Rat. Doch, ich weiß Rat – aber werden meine beiden Männer durchhalten können? Ich wünschte mir ein Leben zu dritt, und ich bin sicher, es wäre ein wunderbares, erfülltes Leben.

Vorgestern abend ist Siegfried nach Petzow gefahren, und ich werde ihm übermorgen folgen. Wir werden drei Wochen miteinander haben [...].

Als wir vor Ostern aus Petzow kamen, blieb er zwei Tage bei mir in Burg, und als er zurückfuhr ins Heim, kam er noch mal auf zwei Tage. Ostern schrieb er mir einen Brief, den schönsten, ekstatischsten Liebesbrief, den ich jemals empfangen habe – und Ekstase liegt über unserem ganzen Verhältnis zueinander. [...] wo ist meine Kühle, meine Nüchternheit, der ich so sicher war?

Ich hab ihm seinen zweiten Namen, Daniel, gegeben; dieser scheußliche Heldjünglingsname Siegfried paßt weiß Gott nicht zu dem empfindsamen, zarten, ja fast zerbrechlichen Menschen, Daniel ... Es ist mir unfaßbar, daß jemand mich so schrankenlos liebt, mit dieser Hingabe und Zärtlichkeit, die etwas von weiblicher Unterwerfung hat und die meinen lesbischen Neigungen, meinem in vielen Zügen männlichen Naturell entgegenkommt; wir ergänzen uns wunderbar. [...] ich bin bei Dan auf alles gefaßt, und es gäbe nichts, was mich entrüsten oder überraschen könnte. [...]

Ich mag nicht mehr schreiben. Es ist spät in der Nacht, und jetzt kommen wieder die schwarzen Gedanken, die, wollte ich sie jemals denken, mich um den Verstand bringen würden. [...]

Petzow, am 1. Mai 58

Eben hab ich gerade in meinem Kapitel, an dem ich seit Wochen herumknabbere, den Satz geschrieben: »Ich bin in einer verfluchten Zwickmühle«, und er hat mich an meine eigene dreimal verfluchte Zwickmühle erinnert.

Ich sitze am Fenster in der Halle und sehe den See, der sündhaft schön ist, und den verschleierten Himmel, mit Segelbooten in der Ferne und den blau verdämmernden Ufern. Es ist schwer, sich vorzustellen, daß ich in naher Zukunft wieder in der Neuendorfer Straße sitzen werde und auf den Vorgarten hinaussehe, in dem bald die Rosen blühen, und Günter wird da sein und Daniel so weit fort [...].

Wenn es Günter nicht gäbe, hätte ich keine Sekunde lang Bedenken, mit Daniel durchzugehen und mit ihm zu leben, irgendwo, irgendwie [...]; wichtig allein wäre unser Zusammensein, unsere gemeinsame Arbeit und – obgleich erst in zweiter Linie – unsere Zärtlichkeit und unsere Ekstasen. Ekstasen – das Wort gehört noch nicht seit langem zu meinem Wortschatz; Dan hat es mich gelehrt, und ich hab's begriffen.

[...] Dabei haben wir noch nicht einmal miteinander geschlafen – bis auf vorgestern nacht, aber es war ganz anders als mit Günter, und ich denke jetzt, daß es viel Schöneres und Zarteres gibt als diesen direkten Beischlaf.

Petzow, am 3. 5. 58

[...] Wir werden jetzt behandelt, als seien wir Mann und Frau, und ich bin immer von neuem überrascht, zu sehen, wie sympathisch allen unser Verhältnis ist. Vielleicht deshalb, weil sie uns als Schriftsteller schätzen; bei unseren

Leseabenden hat sich bewiesen, daß Dan und ich die weitaus Begabtesten sind [...] – wobei ich selbst Dan höher einschätze als mich.

Freilich, er arbeitet sehr langsam, und er hat immerfort Krisen, und er ist weder körperlich noch seelisch gesund – aber er wird ein paar gute Bücher schreiben, wirkliche Literatur, dessen bin ich sicher. Und er gesundet ja schon unter meinem Einfluß; er arbeitet mehr als jemals zuvor, er ist glücklich – und er schreibt alles mir zu, und nur mir räumt er das Recht ein, ihm auf den Fersen zu sitzen und ihn anzutreiben, eben weil ich selbst schreibe und schreiben kann. Zum Teufel, ja, ich bin stolz darauf, und ich betrachte seine Arbeit, als sei es meine eigene, und manchmal denke ich, es sei für mich wichtiger als alles andere auf der Welt, dem Dan ein paar gute Bücher abzuzwingen. Aber natürlich muß ich selbst schreiben und Erfolg haben, das ist die unumstößliche Bedingung für mich, sonst verliere ich vor mir selbst das Recht, Dans Gefährtin zu sein. [...]

Petzow, am 6. 5. 58

[...] Mit Daniel arbeite ich wunderbar zusammen. Er kommt mit jeder neuen Seite zu mir, wir sprechen stundenlang darüber, und ich bin ihm eine strenge, ja harte Kritikerin. In der Tat lege ich bei ihm höhere Maßstäbe an als bei mir selbst; und ich lasse ihm nichts und gar nichts durchgehen [...].

Er weiß selbst, daß er sich immer mehr in die Abhängigkeit von mir begibt, aber es ist eine freiwillige und freudige Abhängigkeit, die zugleich auch mich an ihn fesselt. Und wie entfalte ich selbst mich unter seinem Einfluß! Es ist ein gegenseitiges Geben und Nehmen, obwohl ich die Stärkere bin; Dan ist eine passive Natur, und er unterwirft sich mir mit einer Art Wollust im Geistigen wie im Sexuellen, ohne jedoch dabei sich selbst zu verlieren. Das darf er auch nicht, und wenn ich gleich befriedigt meine männlichen Triebe an ihm austobe, wünsche ich doch nicht, immer und immer nur die Überlegene zu sein. Gewiß ist er der Begabtere von uns beiden [...], und genau das will ich – wenn auch zuweilen eine kleine literarische Eifersucht sich einschleicht, die ich ihm keineswegs verhehle.

Mühlhausen, am 14. 5. 58

Vorgestern nacht bin ich mit Daniel hier angekommen. Die zwei Tage Zwischenstation in Burg waren furchtbar. Den ersten Nachmittag habe ich immerzu geweint: Da sieht man das Zimmer wieder, in dem man mit einem Menschen gelebt hat, das Bett, auf dem man mit ihm geschlafen, und Möbel, die man zusammen gekauft hat – Blick auf die Zukunft, die nun schon Vergangenheit ist. Ist sie es wirklich, unabänderlich? [...]

Daniel ist der Gesuchte und Gefundene, ich bin sicher. Und dennoch macht es mich krank, mir vorzustellen, daß Günter weggeht, aus der Tür geht, ganz allein, und die Straße hinunter, ganz allein, die Straße hinunter, die wir tausendmal gemeinsam gegangen sind, und daß er in der Ferne verschwindet, untertaucht und verschwindet, allein und unglücklich. Großer Gott! [...]

Mühlhausen, am 20. 5. 58

Morgen haben wir unser Jubiläum: Am 21. März haben wir uns ineinander verliebt, an jenem Abend, als Daniel mir aus seinem Internatsbuch vorlas [...]. Zwei Monate ... Mir ist, als wären es ebenso viele Jahre. [...]

Dan hat sein Kapitel und ich habe meins beendet, dasselbe Kapitel, an dem wir in Petzow wochenlang erfolglos herumgemurkelt haben. Zuweilen hat man eben eine Strähne. Wir haben Strähnen nötig, wir müssen viel schaffen, denn wir haben kein Geld mehr und wissen nicht, wie es weitergehen soll. [...]

Burg, am 7. Juni 58

Günter ist wiedergekommen – einen Tag früher, als ich erwartete. Am Vormittag fuhr ein Auto vor, ich ahnte, erschrak, versteckte in aller Eile Dans Briefe und Bilder und meine Tagebücher, und dann kam Günter ins Zimmer.

Unbeschreiblicher Augenblick! Ich zitterte wie Espenlaub. Er war sehr bleich, dünn geworden, er trug sein schwarzes Campinghemd und in der Hand ein Bündel mit Wäsche, sein Haar war ganz kurz geschnitten. Ich begann zu weinen.

Die Woche seit dem Abschied von Dan war grauenhaft. Ich habe mir Entsetzliches ausgemalt, ich hab gelitten – oh, Gott, ich hab schon bezahlt für ein Unrecht, und ich bezahle jetzt immer noch, und ich werde in Zukunft noch bezahlen müssen. [...]

Fünf Minuten, nachdem Günter sich gesetzt hatte, wußte er fast alles. Er trug es mit bewundernswerter Fassung. Er hatte es kommen sehen, seit zwei Monaten schon; er hatte zwischen den Zeilen meiner Briefe gelesen und [...] die Wahrheit erraten.

Nichts von Drohung, von Vorwürfen – er beschämte mich durch Großmut. Er war traurig, so traurig [...]. Wie habe ich ihm das nur antun können! In dieser Stunde habe ich gespürt, wie sehr ich noch an ihm hänge. Wie diese fünf Jahre uns zusammengeschmiedet haben – und vielleicht gab es Sekunden, da ich bereit war, Daniel zu verraten. Aber es ist zu spät für mich [...].

Nachmittags waren wir im Garten, und alles war Günter ein Wunder und Neu-Entdeckung: Sonne und frische Luft und Bäume und Blumen und die Freiheit, zu gehen, zu tun und zu lassen, wohin und was immer er will. Er muß furchtbar gelitten haben im Gefängnis. Ich will es mir sparen, hier Einzelheiten aus dem Strafvollzug der DDR wiederzugeben – sicher ist, daß man die Gefangenen tief demütigt, ihnen systematisch ihre Menschenwürde nimmt. Und das bei Günter, dem Stolzen, Selbstbewußten, so überaus Freiheitsdurstigen!

Ich hab wieder mit ihm geschlafen – doppelter Ehebruch. Und dabei [...] Lust empfunden und Lust gegeben und die ganze Zeit über an Daniel gedacht und zugleich doch an Günter, und beide verschmolzen mir in einem ... [...]

Burg, am 18. 6. 58

[...] Es fiel mir nicht ganz leicht, mich wieder an Daniel zu gewöhnen, und auch er fand mich verändert. Diese einsamen, angsterfüllten Wochen und dann die vier Tage Galgenfrist mit Günter haben mich ziemlich fertig gemacht; ich bin ernster geworden, und zuweilen habe ich Anfälle von Schwermut, die uns beiden das Leben vergällen. Dabei ist unser Leben auch so schon schwer genug [...].

Wir leben recht erbärmlich, von Tee und Suppenwürfeln und trockenem Brot dazu, und wenn wir nicht beide so gleichgültig in Gelddingen wären, würden [wir] uns sicher bedauernswert vorkommen. Über gelegentliche Besorgnis helfen wir uns durch Zukunftsspinnereien hinweg, durch Träume von großen Büchern und Ruhm und Reichtum [...].

Wirklich, es sind nicht diese äußeren Umstände, die uns zuweilen melancholisch machen – die Arbeit ist es [...]. Wir kommen beide nicht recht voran; manchmal ist Daniel sehr niedergeschlagen [...].

Die Staasi läßt mich nicht los. Man will mich unbedingt dazu pressen, meine Kollegen zu beobachten und Berichte zu geben, und obgleich ich hundertmal nein gesagt hab, kommen sie immer wieder und lassen sich nicht abschütteln und drohen und machen Versprechungen – es ist ekelhaft und deprimierend, und Dan hat Mordsangst, man wird mich verhaften, wenn ich jetzt endlich grob werde – und ich muß grob werden –, um diese Schmeißfliegen loszuwerden. Zudem werde ich systematisch bespitzelt, wie mir scheint, und ich hab Informationen, daß nicht nur die Staasi mich beobachtete, sondern auch die Partei, die sich für meine Ehegeschichte interessiert, viel mehr interessiert als nötig und geschmackvoll. Ich hab mich exponiert, das ist wahr, und ich habe in der Öffentlichkeit Dinge ausgesprochen, die andere nur denken. Es gibt schon einige Handhaben gegen mich, und wenn die Staasi es darauf anlegt, kann die mir Staatsverleumdung anhängen. Mir – zum Teufel: mir, die ich den Sozialismus, unsere Idee, liebe, so ehrlich wie nicht viele andere, und bereit bin, für diese Idee zu arbeiten, auf saubere, anständige Art zu arbeiten [...]. Wenn nachts ein Auto vorfährt, zucke ich zusammen und lausche und erwarte, man wird mich holen. Und in meinem jetzigen desperaten Zustand nervöser Überreiztheit werde ich die Fassung verlieren und irgendwelche nicht wieder gutzumachende Dummheiten anstellen und vielleicht weich werden – es gibt doch keinen Haß, der mich aufrechthalten könnte. Haß gegen einzelne Ungerechtigkeiten, Fehler, Mängel, Schweinereien genügt nicht, einem den Rücken zu stärken.

In dieser Woche wird die Staasi wieder kommen. Ich werfe hin, ganz gleich, was danach kommt, ich mag diese Sauerei nicht mitmachen, um keinen Preis. Ich will ein reines Gewissen gegenüber meinen Freunden und Kollegen behalten – mag ein B[...] den Spitzel machen; er tut's aus Überzeugung – »Einsicht in die Notwendigkeit« nennt er es wahrscheinlich, oder »revolutionäre Wachsamkeit«. Tut mir leid, für diese Art von Wachsamkeit hab ich kein Verständnis. Wenn's hart auf hart kommt, wird Wolfgang den Verband zu Hilfe holen. Ob er was ausrichten kann, weiß ich nicht; es sitzen mehr Kollegen in den Zuchthäusern, und kein Hahn kräht nach ihnen. Am Ende steht jeder allein, stirbt jeder für sich allein; bitter, aber nicht zu ändern. Man muß sich an diesen Gedanken gewöhnen. [...]

Burg, am 29. 6. 58

Paar Minuten Zeit, Bericht zu geben:

Die Staasi bin ich losgeworden, vorerst jedenfalls.

Seehausen, am 12. 7. 58

Der letzte Bericht mußte unterbrochen werden, der Teufel weiß, weshalb. Jetzt sitze ich in Seehausen; wir haben Arbeitstagung vom Verband, und Dan ist mit den anderen zum Heuen.

In der Tat bin ich die Staasi los – und hoffentlich für immer. Ich hab meinem »Betreuer« ein langes Referat gehalten und meine Gründe dargelegt, die sowohl moralischer als auch politischer Natur sind. Blutenden Herzens ist er abgezogen. [...] Als ich meinen Bericht über all jene Vorgänge geschrieben hab, ist mir übel geworden, und ich hab geweint im Erinnern an die Schweinereien, die man mir zugefügt hat, die Erpressung, Spekulation auf meine Liebe zu Günter [...].

Burg, am 20. 8. 58

[...] Es wird jetzt ernst mit unseren Scheidungen; D.s ist eingeleitet. Ich fürchte, es wird üble Geschichten geben; Gentleman-Scheidungen sind passé; es müssen Klage und Gegenklage eingereicht werden. Was ich tun soll, weiß ich noch nicht. Schließlich kann nicht ich, die ich meinem Mann davongelaufen bin, ihn verklagen ... Und Günter wird von sich aus schwerlich beginnen: manchmal scheint mir, er glaubt noch immer nicht ganz ernsthaft an die endgültige Trennung. [...]

Burg, am 29. 11.

[...] Gestern morgen bin ich geschieden worden. Die Verhandlung verlief ohne Sensationen; wir machten unsere Aussagen so fair als möglich, keiner erhob Vorwürfe gegen den anderen, am Ende lief alles auf die mangelnden geistigen Verständigungsmöglichkeiten hinaus. Weder Günters Sauferei noch meinen Ehebrüchen wurde betont Erwähnung getan. Der Richter war taktvoll und liebenswürdig.

Zum eigentlichen Urteilsspruch gingen wir nicht ins Gericht. Eine überflüssige Nervenprobe; wir konnten sie uns sparen, da auch das Gericht keinen gesteigerten Wert auf unsere Anwesenheit legte. Vielleicht hätte ich doch noch einen Anfall von Sentimentalität bekommen.

Wir gingen in die Gerichtsschenke, tranken einen Schnaps und unterhielten uns noch eine Weile. Mir ist niemals so bewußt geworden, wie weit ich mich von Günter schon entfernt habe. [...] Worüber, um Gotteswillen, haben wir früher überhaupt gesprochen? [...]

Er, der junge Arbeiter, hat Spießer-Ansichten, die mich geradezu entsetzen. [...] Günter hätte mich auf die Dauer zugrunde gerichtet. [...] Woher habe ich damals noch die Kraft zu meinen Ausbruchs-Versuchen, den Mut zum Bücherschreiben genommen? [...]

Ruhe jetzt, kein Wort mehr über früher und damals, endlich Frieden – und endlich, endlich Freiheit. Mein Gott, ich bin frei für Daniel, für Daniel, für Daniel! [...]

Burg, 20. 12. 58

Daniel ist in Mühlhausen, zum – hoffentlich – letzten Termin. Heute nachmittag fällt die Entscheidung.

Gestern hatten wir im Verband eine Aussprache mit der Staatssicherheit.[1] Es war furchtbar. Ich hatte mich [auf] allerhand Unangenehmes vorbereitet – aber das, was dann geschah, übertraf alle meine Vorstellungen. Der Leiter der Staasi, Oberst Knobbe, deckte mich mit einer Schimpfkanonade zu: Ich sei eine Agentin, ich arbeite für den Westen, ich habe den Skandal absichtlich angezettelt, um die Staasi in Verruf zu bringen, und er hätte mich längst verhaftet und mir den Prozeß gemacht, wenn er nicht die Schriftsteller als Zeugen laden müßte.

Ich bin sonst kalt wie eine Hundeschnauze bei Verhandlungen mit Behörden (ich war es auch damals, als man mich fünf Stunden lang verhörte; erst hinterher, zuhause, klappte ich zusammen); diesmal verlor ich die Fassung. Einmal war

1 Auf Drängen der Autoren fand eine Aussprache im Magdeburger Bezirksverband statt, an der Walther Victor als Verbandssekretär des DSV sowie der Oberst des MfS, Knobbe, teilnahmen. Bereits in einer früheren Sitzung, bei der Willi Lewin vom ZK der SED anwesend war, ging es um den von B. R. öffentlich gemachten Versuch des MfS, sie zur Mitarbeit zu erpressen.

ich auf so massiven Angriff nicht gefaßt, und dann – es war erschütternd für mich, zu sehen, wie rechtlos ich war gegen diesen lauten, groben, brutalen, brüllenden Landsknecht. Mißtrauen als Prinzip ... Wofür arbeite ich, da all meine Arbeit, meine Mühe, mein Kämpfen um Klarheit nichts gelten?

Und all diese Beschimpfungen gipfelten in der Forderung an den Verbandsvorstand, man sollte mich aus dem Verband rausschmeißen, damit er mich ohne Aufsehen verhaften könnte. – In diesem Augenblick schlug Wolfgang Schreyer mit der Faust auf den Tisch und rief: »Wenn Brigitte rausgeworfen wird, gehe ich auch!« Zum erstenmal, solange ich ihn kenne, habe ich Wolfgang bleich und zitternd vor Wut gesehen. Er verbat sich in schärfster Weise den Ton, in dem der Oberst sprach. Ich weinte. Die anderen Schriftsteller wurden immer kleiner vor Schreck. [...]

Ich mag das Folgende nicht detailliert schildern. Es war ein Alptraum. Der Oberst war nicht einmal genau unterrichtet über den ganzen Ablauf der Geschichte, er stieß Beleidigungen und falsche Behauptungen aus. Als Wolfgang sagte, ich hätte unter dem Druck der Ereignisse in den Westen gehen können, entblödete sich der Kerl nicht, zu sagen, ich hätte ja nicht »zurückgehen dürfen, solange mein Auftrag nicht erfüllt war«. Und ich durfte ihm nicht in die Fresse schlagen, ich war verzweifelt und heulte und schrie ihn an, seine Unterstellung sei schändlich und unwahr – aber was half das gegen dieses Nilpferd? Ein Mann ohne Gemüt und Gefühl, fleischgewordenes »Vernunftsein« ...

Dann wandten sie sich gegen Wolfgang. Er hat sich wacker für mich und dann für sich geschlagen, und er ist nicht zu Kreuze gekrochen, obgleich sie alles mögliche versuchten, ihn dazu zu zwingen. Welch eine widerliche, abschreckende Szene! Sie hat mich zurückgeworfen in Zweifel – und nicht nur mich. Brennecke [?], der Vorsichtige, wagte dem Oberst zu sagen, daß er durch dieses Verhalten an Vertrauen eingebüßt habe. Diese Mißbilligung der

Schriftsteller und ihre Verteidigung für mich stimmten ihn einigermaßen kleinlauter.

Aber was wird nun? Ich habe absichtlich nur oberflächlich berichtet. Ich bin ganz zerschlagen. Nicht so sehr die Drohung, daß ich verhaftet werde, hat mich kaputtgemacht, sondern die entsetzliche Demütigung: ich muß mich beschimpfen lassen, ohne Möglichkeit, mich zu wehren und zu rechtfertigen. [...]

Burg, am 31. Dezember 1958

Ich habe jeden Tag auf meine Verhaftung gewartet; jedes Auto macht mich nervös. Na, vielleicht geht doch alles gut. Trotz allem hatte ich die schönsten Weihnachten, die ich jemals erlebt habe – und ich bin sicher, daß sie auch für Daniel die schönsten waren.

Er ist geschieden worden, nach vierstündiger Verhandlung. Am Heiligen Abend haben wir uns verlobt. Ich bin glücklich wie niemals zuvor, und ich wünsche nichts sehnlicher, als daß ich Daniel genauso glücklich machen kann. Was früher war, ist restlos ausgelöscht. Ich weiß nichts mehr von den anderen Männern – nicht einmal von Günter. Zum erstenmal bereitet mir auch der Gedanke, ein ganzes Leben mit demselben Mann zubringen zu müssen (nein, zu dürfen!), kein Unbehagen mehr. Wer könnte schöner, klüger, gütiger, sanfter und stärker sein als Daniel? [...] Ich habe alle fremden Umarmungen vergessen. [...]

Ich habe dieses Jahr nicht mal gute Vorsätze für das nächste Jahr. Mit Daniel zusammen muß ohnehin alles gut und schön werden. [...]

Ich beschließe jetzt für mich dieses letzte Jahr, das mein schlimmstes und herrlichstes war – und alles, was herrlich daran war, kam von Daniel. Ich habe gefunden, was ich suchte, was will ich mehr?

Die Bilanz schließt mit Überschuß auf der Haben-Seite.

Petzow, am 5. 2. 59

Wir sind nach Petzow gefahren, um endlich zu heiraten – nach tausend Schwierigkeiten (mehr bürokratischer Natur), die den Termin immer weiter hinauszögerten. […]

Am zweiten Tag hat sich schon die lähmende Atmosphäre eines Schriftstellerheimes bemerkbar gemacht; wir waren gestern literarisch absolut impotent, und ich habe seit langer Zeit wieder mal mich – in Maßen – besoffen. […]

Wir arbeiten viel, zäh und unter Schmerzen. Unsere gelegentlichen erbitterten Streitigkeiten kommen aus der Arbeit: wenn Daniel sich auflehnt gegen meine Antreiberei […], oder wenn ich ihn, in meinem krankhaften Emanzipationsdrang, bezichtige, er wolle mich unterdrücken, kleinkriegen – Hirngespinste, die zuweilen meine Vernunft überwuchern.

Statt des Tagebuchs benutze ich jetzt ein Büchlein vom Aufbau-Verlag (mit dem ich inzwischen einen Vertrag geschlossen hab), in das ich täglich einige Bemerkungen über Fortgang oder Hemmnis meiner Arbeit schreibe.

In Petzow sind ziemlich viele Leute, von denen wir nicht viel halten: Koplowitz, Petersen[1] und andere. Interessant ist eine ältere Dame, Polin, die Tochter von Marchlewski; die sich freilich sehr isoliert.

Aber ich habe […] die wertvollste, bewegendste Bekanntschaft seit Jahren gemacht: Bodo Uhse[2]. Ein faszinierender Mann, still, sehr kultiviert, voll schwermütiger Ironie. Daniel, der vor Zeiten als Uhse Protegé galt, schwärmte mir oft von ihm. Jetzt begreife ich ihn! Uhse ist ein Außenseiter

1 Jan Koplowitz (1909–2001), Schriftsteller; Jan Petersen (1906–1969), Schriftsteller.

2 Bodo Uhse (1904–1963), Schriftsteller.

(sind wir es nicht auch schon?), und vielleicht beruht darauf die eigentümliche Anziehungskraft zwischen uns. Wir haben während der drei Tage manche Stunde zusammengesessen, wenig sprechend. [...] Uhse selbst schreibt kaum noch, ich glaube, er trinkt viel, er sieht erschreckend aus. Er spricht leise, manchmal zusammenhanglos, als übersetze er flüchtige (und in ihrer Flüchtigkeit dennoch tiefe) Gedanken in die Sprache. [...]

Daniel gab ihm ein Kapitel meines Romans, und heute morgen [...] sprachen wir darüber. Uhse sagte, es gäbe nichts auszusetzen, ich schriebe mit erstaunlicher Kraft und Sicherheit. [...]

Als sein Wagen kam, gab er mir seine Adresse: er wolle uns wiedersehen, von unserer Arbeit erfahren, er erwarte auch Briefe von uns. Kurz bevor er ging, sagte er (und hier ist der Schlüssel zu seiner Melancholie): »Die Begegnung mit euch war sehr schmerzlich für mich. Ihr habt die Kraft, alles das zu schaffen, wofür mir die Kraft fehlt.«

Burg, am 22. 2. 59

Wir sind längst wieder zuhaus und so angestrengt in der Arbeit, daß ich nicht einmal von unserer – einigermaßen kuriosen – Hochzeit erzählen konnte.

Die Trauung im Standesamt Werder war denkbar schlicht, ohne sentimentale Rede. Daniel schenkte mir einen wunderschönen rosa Nelkenstrauß und zwei Prachtbände vom »Dekameron«, ich ihm die Gesamtausgabe von Heines Werken. Von den Gästen im Heim bekamen wir Kleists' Werke in einer alten Ausgabe und von Caspar, der am späten Vormittag kam, Hoffmanns Werke und zwei Flaschen Sekt. Frau Ihlenfeld bereitete uns ein großartiges Menü – überhaupt waren alle Leute schrecklich nett zu uns, bloß weil wir heirateten. Leider fühlten sich alle bemüßigt, uns von schiefgegangenen Ehen zu erzählen (jeder im Heim ist mindestens einmal geschieden), und Frau Marchlewska, eine prachtvolle, höchst kultivierte Frau, mit der wir uns befreundet haben – diskutierte mit uns am Abend vorher die freie Liebe und die »Ehe als Lüge«. [...]

Wir können heute noch nicht recht begreifen, daß wir nach so langer Illegitimität endlich richtig verheiratet sind [...].

Heute habe ich zum ersten Mal daran gedacht, meinen Namen aufzugeben und Daniels Namen anzunehmen. Ich möchte ihm ein Opfer bringen – und es ist ein Opfer, das ich selbst niemals von mir erwartet hätte, erschien mir das Beibehalten meines Namens doch als Zeichen meiner Unabhängigkeit. Jetzt bin ich also im Begriff, sie – wenigstens formal – aufzugeben. Unbegreiflicher Gedanke. Daniel ist so froh, und ich bin ein bißchen gekränkt durch meinen eigenen Entschluß, und zugleich bin ich fröhlich. Aber bin ich nicht ein neuer Mensch, seit ich ihn kenne? Warum soll ich nicht auch als Schriftstellerin neu beginnen unter anderem Namen, da ich längst über meine ersten Bücher hinausgewachsen bin? Ich muß es mir noch einmal durch den Kopf gehen lassen; es fällt mir tatsächlich schwer. [...]

Burg, am 22. Juni 59

Ich weiß nicht, ob ich nach der Hochzeit das Tagebuch aufgeben wollte oder ob mich nur die Arbeit am Eintragen gehindert hat. In der Tat haben wir während der vergangenen vier Monate wild und verbissen geschuftet, und wir fürchten – ohne Erfolg.

Wir sind in der scheußlichsten und verzwicktesten Situation. Nicht genug, daß wir kein Geld haben (an diesen Zustand permanenter Armut gewöhnt man sich); neuestem Vernehmen nach laufen unsere Bücher schief. [...] Wir fragen uns nach dem Sinn unserer Arbeit in einer Zeit, die anscheinend von Literatur (was wir unter Literatur verstehen) nichts mehr wissen will. Wir können nur auf einen neuen, gemäßigteren Kurs hoffen [...].

Ein sonderbarer zerstörerischer Frühling! Seit Wochen

herrscht schreckliche Dürre, die Felder verdursten, und die staubtrockene Erde reißt. Unsere schönen Gartenblumen, die uns soviel Mühe gekostet haben, vertrocknen.

Die Genfer Konferenz[1], von der wir uns soviel versprochen haben, ist ergebnislos abgebrochen worden. Wir sind wochenlang genarrt worden. Ein abscheuliches Schauspiel! Ost und West begeifern sich in der schmutzigsten Weise, allen voran die Deutschen. Wir marschieren weiter am Abgrund eines Krieges, systematisch in Unsicherheit und Angst gehalten. [...]

Vor fünf Wochen war ich bei Caspar in Berlin. Kurz und gut, mein Buch ist in Gefahr, [...] und am liebsten würde ich zu einem anderen Verlag gehen. [...] Als ich aus B. zurückkam, hatte ich einen Nervenzusammenbruch. Ich wollte mein Buch aufgeben.

Drei Tage später habe ich mich – aus Wut, Verzweiflung und Trotz – hingesetzt und innerhalb eines Monats eine 80 Seiten lange Erzählung geschrieben, die Daniel gut findet. Ich selbst weiß nicht, was ich von ihr halten soll. [...]

D. ist ein schwerer Schlag versetzt worden. Bei einer öffentlichen Diskussion über die »harte Schreibweise«[2] [...] ist sein Buch als warnendes Beispiel zitiert und diffamiert worden. Wir haben Grund zu der Vermutung, daß wir Opfer einer Intrige geworden sind, deren eine Menge unter unseren sozialistischen Schriftstellern gesponnen werden. Wir können beide nicht weiterarbeiten. Proteste sind vermutlich zwecklos. [...].

Manchmal denke ich, es wäre am besten, sich still und eilig aus diesem Land, diesem Leben davonzuschleichen.

1 Genfer Außenministerkonferenz (UdSSR, USA, Großbritannien, Frankreich, Vertreter der DDR und der BRD) zu Problemen der deutschen Friedensregelung und europäischen Sicherheit (11. 5.–20. 6. 1959).

2 Unter dem damals vieldiskutierten »hard boiled style« verstand man einen Stil, der sich an amerikanischen Vorbildern wie Ernest Hemingway und Norman Mailer orientiere und ein Weltbild »ohne Perspektive« biete. Der Schreibstil sei charakterisiert durch offene Sätze, Wiederholungen, stereotype Redewendungen, Landsersprache.

Burg, 4. Juli 59

Vorige Woche haben wir mit Strittmatter[1] gesprochen; er hat Daniels Manuskript mitgenommen, und vielleicht wird sich endlich die unglückselige Situation klären. Er muß doch merken, daß Daniel eine großartige Begabung und der Anwurf Baumerts absurd ist.

Nach endlosen Tagen des Hangens und Bangens haben wir Caspar telefonisch erwischt und wenigstens erfahren, daß er auf unserer Seite steht. [...]

Uns geht es sehr schlecht. Wir haben kein Geld, und vorläufig wissen wir nicht mal, wovon wir die Fahrt nach Berlin bezahlen sollen. [...] Wenn wir Vati nicht hätten, der uns manchmal Geld borgt, wären wir längst verhungert.

Heute habe ich mir mein Buch wieder mal vorgenommen. Ich finde es gut, ich kann mir nicht helfen, und ich werde es zuende schreiben, ganz gleich, wann und wie. Und es wird rauskommen, und wenn ich von einem Verlag zum anderen hausieren gehen muß. Ich brauche auch Erfolg. Vorhin ist mir eingefallen, daß ich in diesem Monat 26 Jahre alt werde. [...]

Wernigerode, am 12. 8. 59

Wir befinden uns auf einer literarischen Reise durch den Harz – ein recht strapaziöses Unternehmen, das die saubere Waldluft kaum erfreulicher macht.

Daniel ist am vergangenen Sonnabend aus dem Krankenhaus entlassen worden, wo er eine Woche lag. Es ist vielleicht gut, daß ich während dieser Zeit keine Sammlung und Muße hatte (auch Mutti ist im Krankenhaus, und ich mußte mich um den Haushalt kümmern), zu schreiben über das, was bei uns vorgefallen war – heute kann ich es mit mehr Gelassenheit tun [...].

Daniel hatte versucht, sich zu vergiften. Er war am Sonn-

1 Erwin Strittmatter (1912–1994), Schriftsteller, 1959 Erster Sekretär des DSV.

tag in Magdeburg [...] gewesen; nachts um halb zwei kam er zurück, schwankend, lallend und mit halbgeschlossenen Augen. In seiner Tasche war eine leere Schachtel Kalypnon; er hatte auf dem Bahnhof eine doppelte tödliche Dosis Tabletten genommen.

Vati fuhr sofort zum Arzt und ließ einen Krankenwagen kommen [...], und der Magen wurde ihm ausgepumpt. Gegen Morgen war er außer Lebensgefahr.

Mittags durfte ich ihn zum erstenmal wieder sehen. Er konnte kaum sprechen und sehen, und er war verzweifelt, daß man ihn wieder ins Leben zurückgeholt hatte. Am nächsten Tag wußte er nichts mehr von meinem ersten Besuch, und ich hatte zwei Tage lang Angst, er sei nicht mehr richtig im Kopf. Ich schrieb an Strittmatter, den ich – nicht ohne Grund – für diesen Zusammenbruch mitverantwortlich machte, und bat ihn, zu kommen und mit Daniel zu sprechen.

Jene Aussprache in Berlin nämlich war denkbar unglücklich verlaufen. Sie war ein glatter Totschlag, ein Verriß von Daniels Buch, wie man ihn sich plumper und ungerechter kaum denken kann. Vor allem der kleine Holzkopf Baumert und Klein richteten unqualifizierte Angriffe gegen den Helden, den sie als Kleinbürger abstempelten; gegen seine inneren Auseinandersetzungen, die sie »Wehwehchen eines Intellektuellen« nannten; sie verurteilten das Buch als »nicht sozialistisch« und wußten überhaupt viel besser als der ehemalige Betonarbeiter P., wie es in der Schwarzen Pumpe zugeht. [...] Strittmatter, der kein Theoretiker ist, sprach wenig, immerhin bescheinigte er Daniel eine große Begabung und rühmte seine Landschaftsschilderungen.

Und bei alledem glaubten diese Leute mit schöner Sicherheit, sie hätten dem Kollegen P. den richtigen Weg gewiesen und ihm »geholfen«. Ach, diese schulterklopfende Helfergeste, diese nachsichtige Überlegenheit von engstirnigen Kritikern, die natürlich alles viel besser wissen! Sie kennen die Theorie, aber sie kennen die Praxis nicht, und wo die Praxis nicht mit ihren Vorstellungen übereinstimmt, muß sie umgelogen und zurechtgerückt werden.

Diese Kritik hat Daniel, der ohnehin zermürbt war durch unsere permanente Notlage, den Rest gegeben. Caspar konnte auch nicht helfen [...]. Aber C. ist ein anderes Kapitel, über das ich hier nicht schreiben mag; ich glaube, er wird sich nicht mehr lange halten können: er trinkt sich langsam zu Tode, und man mißtraut ihm, seiner politischen Haltung. [...]

Daniel hielt sich für [...] einen Versager, der niemals imstande sein würde, ein Buch zu beenden. Ich kann gewiß verstehen, daß er verzweifelt und unglücklich war; ich kann auch seinen Entschluß verstehen – niemals aber, daß er ihn ohne mich faßte, daß er mich allein lassen wollte und sogar noch glaubte, ich würde mich ohne ihn schneller durchsetzen. Ich war sehr unglücklich, und die Erkenntnis schmerzte mich, daß der nächste, geliebteste Mensch in seinen letzten Entschlüssen einsam ist. [...]

Ich schrieb also Str., obgleich ich die leise Furcht hatte, er würde diesen Schritt Daniels nicht begreifen, ihn lächerlich oder verächtlich finden. Nichts dergleichen. Zwei Tage später kam St. zu mir, wir sprachen uns aus und fuhren dann zusammen ins Krankenhaus [...]. St. hat sich fabelhaft benommen, er [...] tat alles, um Daniel aufzurichten und zur Weiterarbeit am Buch zu ermuntern. Und ich glaube, es ist uns gelungen: Daniel hat wieder Mut gefaßt, und obgleich er sein Buch vorerst beiseite gelegt hat, ist er entschlossen, eines Tages wieder mit der Arbeit zu beginnen.

Auch materiell hat uns St. geholfen. Er hat mir Geld dagelassen und ein Stipendium versprochen, das uns über die schlimmste Not hinweghelfen wird. Auch unseren Umzug nach Hoyerswerda (wo wir uns nächste Woche vorstellen werden), bezahlt der Verband. Die drückendsten Sorgen sind wir los. Ich denke, St. erwartet einiges von Daniel und auch von mir, sonst hätte er uns nicht einen ganzen Tag seiner kostbaren Zeit geopfert. Wir haben den besten Eindruck von ihm gewonnen: er ist feinfühlig und kein Dogmatiker, und er sorgt sich ehrlich und teilnehmend um seine Mitglieder, zu deren jüngsten wir gehören. […]

Burg, am 22. 8. 59

[…] Daniel ist ein wunderbarer Kamerad. Ganz zu schweigen davon, daß er mich verwöhnt, soweit unsere bescheidenen Mittel es gestatten (und eigentlich noch darüber hinaus) […]. Mutti liegt im Krankenhaus, und wir haben zusammen den Haushalt besorgt, und Daniel scheut vor keiner »Weiberarbeit« zurück.

Vor ein paar Tagen haben wir begonnen, zusammen ein Hörspiel zu schreiben, eigentlich eine ganz belanglose, undramatische Geschichte, die während einer Nacht in der Schwarzen Pumpe spielt. Es macht uns Freude, gemeinsam zu arbeiten, die Geschichte gefällt uns – aber wir sind sehr skeptisch geworden und planen einen Mißerfolg gleich ein.

Burg, 12. Sept. 59

Vorige Woche waren wir in Hoyerswerda; wir fuhren auf gut Glück, um dem albernen und fruchtlosen Briefwechsel ein Ende zu machen. H. ist überwältigend, das Kombinat von einer Großartigkeit, daß ich den ganzen Tag wie besoffen herumlief. Beschreibungen will ich mir hier versagen – H. und das Kombinat werden noch oft genug – falls dies literarisch überhaupt zu bewältigen ist – in Erzählungen oder sogar einem Roman auftauchen.

Wir wurden überaus freundlich aufgenommen, bewohnten im Hotel »Glück auf« ein ganzes Appartement und fanden unbürokratische Hilfe bei Kaderleitung und Gewerkschaft. […] Mit einem Posten in der Kultur ist es freilich nichts; wir haben zusammen eine Planstelle in der Produktion bekommen, als Laborarbeiter. Stundenlohn: 1,56. Dazu gibt uns die Gewerkschaft 200 DM monatlich, und dafür machen wir Buchbesprechungen usw. Wir können uns also recht gut unsern Lebensunterhalt verdienen. Zum Schreiben bleibt uns freilich nicht allzu viel Zeit […].

Unser Labor-Chef ist von erfrischend ruppiger Ehrlichkeit; ich glaube, er verspricht sich nicht allzu gewaltige Produktionsleistungen von den spinnerten Schriftstellern. Es paßte ihm auch nicht – und er hat recht damit –, daß wir nur tagsüber arbeiten wollen. Wir haben uns also bereit erklärt (mit heftigen Bedenken, wie ich gestehe), auch Nachtschichten zu übernehmen.

Ich habe Angst, ganz jämmerliche Angst, zu versagen, und das Gespött oder auch Mitleid der andern herauszufordern, wenn ich körperlich schlappmache. Es fällt mir so schwer, stundenlang zu stehen oder herumzulaufen. Natürlich wird mir diese Schwäche niemand zum Vorwurf machen, aber der Gedanke ist mir schrecklich […].

Lehmann fuhr uns den ganzen Morgen in der Neustadt herum; ich war bezaubert von den bunten Wohnblöcken, von dem gewaltigen Bauvorhaben begeistert. Eine schöne, moderne Stadt wächst hier, und man [kann] ihr beim Wachsen zusehen. Eine optimistische Landschaft – vielleicht kann ich hier innerlich gesund werden. An die entgegengesetzte Möglichkeit mag ich gar nicht erst denken. […]

Ich bin so traurig, wenn ich an den Abschied von Burg und von Vati und Mutti denke. […] Gewiß, wir gehen einem schönen, aufregenden und produktiven Abenteuer entgegen, und ich werde auch niemandem sagen, wie mir ums Herz ist und daß ich feige bin und vor allem, allem schreckliche Angst habe […]. Daniel ist glücklich. Ist das nichts?

Burg, am 11. 11. 59

Eben habe ich meine Tagebücher aus den Jahren 1947 bis 1953 verbrannt – wohl zwanzig Stück –, und jetzt tut mir das Herz weh, als hätte ich etwas Lebendiges vernichtet, irgendein Teil von mir selbst. Die vielen hundert Seiten, bedeckt mit einer kindlich krakeligen und später einer affektiert schwungvollen Handschrift ..., die vielen tausend Stunden meiner Schülerleiden, alle die winzigen und gewichtigen Erlebnisse, Tag für Tag gewissenhaft aufgezeichnet ..., ich könnte jetzt alle die Tränen weinen, die über diesen Tagebüchern geweint worden sind. Warum tut es mir nur so verdammt weh? Drei Bücher über meine erste richtige Liebe (Klaus, mein Gott! hat es ihn wirklich gegeben? Der schöne blonde Junge, der heute einen Bauch und beginnende Glatze und ein Kind hat), die [...] feurigen Wünsche (wollte ich nicht Negermissionar werden?!), meine überströmend begeisterten Bekenntnisse – doch, jetzt weine ich. Ich habe meine Kindheit und Jugend verbrannt, meine Erinnerungen, an die ich nicht mehr erinnert werden will.

Wären die Tagebücher nur ein wenig sachlicher und nüchterner (wann werde ich jemals wirklich nüchtern?), so hätten sie wenigstens einigen dokumentarischen Wert, berichtete ich doch sehr ausführlich über politische Ereignisse, über unsere ideologischen Kämpfe in der Schule, über meine Arbeit als FDJ-Multifunktionärin[1], über meine Lehrerinzeit und meine lieben kleinen Schülerinnen (die heute junge Damen, viele von bemerkenswerter Schönheit, sind), über unsere Kulturgruppe und dergleichen. Jedoch ist das alles verquickt mit meinen ewigen Liebesgeschichten, und ich lese heute mit Beschämung von meinen hundert Liaisons; von Freunden, die ich nicht mehr kenne; einem Verlobten, dessen ich mich kaum erinnere [...]. Was für eine unangenehme Frühreife spricht aus den ersten Büchern, was für ein unruhiger, unduldsamer Geist aus späteren! [...]

Ich glaube, ich bedaure, dies alles in den Ofen geworfen zu haben. Freilich ist es auch Ballast, und letztlich geschah es Daniels wegen, daß ich endlich mit jenen Rudimenten der Vergangenheit aufräumte. [...]

1 B. R. war während ihrer FDJ-Zeit u. a. Kulturleiterin, FDJ-Sekretärin, Agit.-Prop.-Funktionär, Laienspielleiterin.

Ich habe nur die letzten Bücher (ab 53) aufbewahrt – vorerst wenigstens –, obgleich sie die schmutzigsten und unglücklichsten Kapitel enthalten: meine Zweifel und Verzweiflung an unserer Sache, meine ersten Schritte als Schriftstellerin; die Ehe mit Günter, Klagen über seine Trunksucht, meine Ehebrüche und widerwärtigen Betrugsmanöver, Dekadenz und Überdruß, verlorene Illusionen, quälerische Nächte über Büchern, die nie erschienen sind; Wochen und Monate in ständiger Besoffenheit, das Erwachen in fremden Betten – Morast, Irrwege, Irrtümer, billige Betäubungen ... Und am Schluß des letzten Buches: die Begegnung mit Daniel. Wo stünde ich heute, wenn er nicht gekommen wäre? Ich habe zu früh Erfolg gehabt, den falschen Mann geheiratet, in den falschen Kreisen verkehrt; ich habe zu vielen Männern gefallen und an zu vielen Gefallen gefunden.

[...] Eben habe ich mich doch entschlossen, auch die 53–54-Bücher wegzuwerfen. Überspannte Liebesgeschichten – weg damit! [...]

Burg, am 12. 11. 59

Als ich heute früh die Asche aus dem Ofen nahm – feine, schneeweiße, zartblättrige Asche –, war ich töricht genug, zu staunen. Als hätte ich nicht damit gerechnet, daß sich die Zeugnisse von zehn Jahren während weniger Minuten in Asche verwandeln könnten ... Heute früh habe ich das Vernichtungswerk fortgesetzt: Briefe, Hunderte von Briefen (wo sind all die Georgs und Männer, die mir Liebesbriefe und Gedichte geschrieben haben?), Zeitungsausschnitte, Bilder und alte Manuskripte. Einige wenige Reliquien habe ich aufgehoben. [...]

Burg, 9. 12. 59

Ich habe einen Tag mit abscheulichen Nervenschmerzen im Bett gelegen, aber heute früh konnte ich es nicht mehr aushalten und stand wieder auf, obgleich ich weiß, daß ich doch nichts Gescheites schaffen werde. Ich bin übelster Laune –

oder, nein, es ist nicht einfach schlechte Laune, sondern eine seit Tagen anhaltende Depression, die mich gallig, boshaft und traurig macht. [...] Jeder Blick in die Zeitung oder gar in die NDL ist ein Ärgernis: unsere Literatur geht vor die Hunde ... Da schwatzt man immer wieder von den in naher Zukunft zu erwartenden Meisterwerken, und in Wahrheit ist seit Jahren – mit ganz wenigen Ausnahmen – kein anständiges Buch erschienen, Konjunkturritter und Hohlköpfe machen sich breit: das einzig diskutable Thema für einen Roman scheint die Erhöhung der Arbeitsproduktivität zu sein; Schönfärberei und Dogmatismus treten an die Stelle ehrlicher und kritischer Auseinandersetzung; menschliche Probleme sind nicht mehr gefragt, und ich warte nur noch auf das verruchte Wort »Humanitätsduselei«.

Neulich habe ich – ohne innere Überzeugung – in meinem Roman gestrichen [...], und eigentlich ist dieses machtlose, feige Sich-Beugen unter eine ungerechte Zensur das Bedrückendste – bedrückender als die Zensur an sich. Immer wieder Konzessionen des Autors, Konzessionen, mit denen man sich die Veröffentlichung erkauft. Wann endlich wird man begreifen, daß die Literatur nicht der Propagierung und Lobsingung einer bestehenden Ordnung zu dienen hat? [...]

Wenn der Arbeitsprozeß das Problem ist – nun gut, dann können wir den Verband auflösen und uns mit Volkskorrespondenten begnügen. Ach was, ich mag kein Wort mehr schreiben [...].

Burg, am 27. 12. 59

[...] Daniel sagt, ich sei ein Arbeitstier. Und in der Tat, wenn ich einmal zwei oder drei Tage nicht zum Schreiben gekommen bin, – durch irgendwelche läppischen und zeitfressenden Haushaltsgeschäfte – werde ich krank und hysterisch. Ich brauche meine Arbeit wie – wirklich beinahe wie ein Rauschmittel; sie ist einfach ein Glück, eine Selbstbefriedigung, ein zugleich egoistisches und altruistisches

Vergnügen ... Abgesehen von jenen Schriftstellern, die für Geld oder zur bloßen Information und Tatsachenvermittlung schreiben, habe ich noch keinen ernsthaften und ernstzunehmenden Autor gefunden, der die Stirn hatte, zu behaupten, er schriebe in Gedanken an den Leser (derartige Behauptungen, verbrämt mit abgelatschten Schlagworten, bleiben Kulturfunktionären vorbehalten); für jeden ist die Arbeit eine Auseinandersetzung mit sich selbst, und vermutlich besteht die Kunst eben darin, diese Selbstverständigung allgemein interessant und für einen möglichst großen Leserkreis nachempfindbar zu machen. [...]

Burg, am 31. Dezember 59

[...] Eben fällt mir ein, daß ich sonst in jedem Jahr zu Silvester eine Art Bilanz zu ziehen und – wenigstens in meinen Tagebüchern – eine Menge edler Vorsätze zu fassen pflegte. Das ist recht läppisch, und heute will ich besser darauf verzichten.

Mein Hörspiel habe ich vom Rundfunk zurückbekommen; es hat »ausgezeichnet gefallen«, die funkische Umsetzung wurde liebenswürdig gelobt, jedoch müßte man bedauern. Das politische »aber« ... Wie viele Arbeiten haben mir Rückversicherer und engstirnige Dogmatiker schon zernichtet! Nun gut, ich will ja nicht erst bitter und bösartig werden; bitter stimmt mich nicht die nach einer Dramaturgen-Vollsitzung endlich beschlossene Ablehnung, sondern der Gedanke – den Daniel ausgesprochen hat –, daß das Thema nicht mehr gefragt ist. Sicher, man gibt es nicht offen zu; nicht einmal Caspar gibt es offen zu; aber ich fühle, wo immer ich aus meinem Roman lese, das Unbehagen der Deutschen, die ihre furchtbare Vergangenheit so rasch als möglich zu vergessen wünschen. Genug! Mir steigt die Galle ins Blut; manchmal hasse ich das ganze Deutsche Pack, dieses Volk von Kriechern und Mitläufern, die kleinen Leute, die immer nur taten, was man ihnen von oben befahl ... [...]

1960

Hoyerswerda, am 21. 1. 60

[...] Die letzten Wochen haben uns mit einer erdrückenden Fülle von Erlebnissen, von neuen Gesichtern, fremden Menschen und verwirrenden Eindrücken überschüttet. [...]

Die ersten Tage waren schlimm; ich war krank vor Heimweh und habe stundenlang geweint [...]. Wie ein eigensinniges Kind habe ich nach Mutti gejammert (ich bin sechsundzwanzig, du lieber Himmel!) [...]. Sie hat schon Briefe geschrieben [...] voll zärtlicher Ermahnungen und Ratschläge für die Küche, mit Trostversuchen und ulkigen kleinen Berichten von Zuhause.

Zuerst habe ich dieses Haus verabscheut, das einer Riesen-Bienenwabe gleicht, vollgestopft mit bedrohlich fremden Menschen und stets von Lärm erfüllt; ich hatte misanthropische Regungen, die nur entschuldbar sind, wenn man die idyllische Ruhe bedenkt, die unser Stadtrand-Haus umgab, und das immerwährende Zusammensein mit vertrauten, geliebten Menschen. Diese ganze Stadt Hoyerswerda war mir unsympathisch in ihrer aufdringlichen Neuheit (obgleich ich recht gut weiß, was die schönen, komfortablen, sonnigen Wohnungen für unsere junge Stadt und für die Bewohner bedeuten, die zum größten Teil aus engen und beengenden Verhältnissen kommen); sie hat keine Tradition, keine Atmosphäre, sie ist nur modern. Gewiß ist dies nicht ohne Romantik – aber es ist ein Ding, für einen Tag schwärmerisch besichtigend durch die von Balken und Bauschutt unebenen Straßen zu wandeln, und es ist ein ander Ding, selbst in dieser Stadt zu wohnen, als einer unter Tausenden. [...]

Wir waren vorige Woche im Kombinat, um uns anzumelden. [...] wir fangen am 1. März im Labor an. Wir müssen wenigstens einen Teil dessen aufholen, was wir in all den Wochen an literarischer Arbeit versäumt haben. [...]

Hoywoy, am 8. 2. 60

Gestern habe ich das erste weiße Haar bei Daniel entdeckt und ausgerissen; ich war so erschrocken – feierlich erschrocken –, daß ich einen Wodka darauf trinken mußte.

[...] Ich habe ein Mädchenbuch angefangen, nach dem sich Lewerenz jetzt schon die Finger leckt.[1] Jedoch hat der Verlag mich so schäbig behandelt, daß er dafür büßen muß: ich werde Konzessionen rausholen, die dem Buchhalter nicht passen werden. Ich habe eine Stinkwut auf diese Krämer.

Das Honorar von der Wochenpost für einen Vorabdruck war sehr niedrig (900 DM – und davon gehen noch die Steuern ab) [...]. Ich hatte fest damit gerechnet, ich könnte von dem Geld Daniels Zimmer einrichten [...].

Vorige Woche schlossen wir den Vertrag mit dem Kombinat. Sie hatten den bedeutsamen Akt recht würdig vorbereitet, mit gutem Wein und belegten Brötchen (ich glaube, sie halten Schriftsteller für immer hungrige Leute), und sie waren recht sauer, als wir gegen den Vertrag Einwände erhoben und betonten, daß auch unser Verband ein Wort dabei mitzureden hat. Fast hätte es Streit gegeben, und ich mußte mit einiger Schärfe erklären, daß wir keineswegs als Privatpersonen hier sitzen und daß hinter uns genauso gut eine starke Gewerkschaft steht wie hinter den Kombinats-Vertretern. [...]

Übrigens haben wir auch wegen der praktischen Arbeit eine bessere Lösung gefunden: Wir werden, jeder für sich, eine sozialistische Brigade übernehmen – wir brauchen diesen Kontakt, wir sparen dadurch Zeit (denn wir werden nur einen Tag wöchentlich in unserer Brigade arbeiten); die

1 Ursprünglicher Titel »Die Abiturienten«, später dann auf Vorschlag des Lektors Walter Lewerenz »Ankunft im Alltag«.

Arbeit im Labor wäre weder für uns noch für das Kombinat von Nutzen.

Die letzten Tage haben wir in großer Sorge gelebt: Mutti schrieb, daß Gretchen ins Krankenhaus gekommen sei (am selben Abend, als Lutz endlich, nach bestandener Prüfung, von Rostock kam […]) und daß ein Kaiserschnitt gemacht werden müsse. Wir […] waren glücklich, als gestern Lutz' Telegramm kam: ein 7,5 pfündiger, schwarzäugiger Krümel ist geboren worden. […]

Lieber Himmel, ich habe solche Sehnsucht nach einem Baby …

Hoy., am 12. 2.

Ich bin abscheulich brummig: erfahre, daß gestern Preise im Wettbewerb »Zur Förderung des lit. Gegenwartsschaffens« verteilt worden sind. Den 1. Preis für Erzählungen hat die Morgner[1], Gattin des Schreck (Schreckens-Lektor im Aufbau), für eine Geschichte, die wenigstens drei Stufen unter dem Niveau meines »Geständnis« liegt. Für mich nicht mal eine Anerkennung […]. Hörte inzwischen, daß meine beste Feindin in der Jury sitzt: die Wolf[2], die mir schon den Vorabdruck in der NDL (den Deicke damals zugesichert hatte) auf schmutzige und intrigante Art vermasselt hat. Dreimal verdammter Literatur-Betrieb! […]

Hoy., 14. 2.

Wieder – oder immer noch – verstimmt, nervös, aufgebracht gegen jeden und alles. Verfluche das Nest und die Idee, hierherzukommen – und weiß dabei, daß ich übermorgen oder nächste Woche wieder begeistert sein werde, durch irgendein nichtiges Erlebnis, die Begegnung mit einem Menschen, der mir gefällt.

An allem ist die verdammte Arbeit schuld. […] Ich bin

1 Irmtraud Morgner (1933–1990), Schriftstellerin.

2 Gemeint ist Christa Wolf (geb. 1929), Schriftstellerin, 1958–1959 Redakteurin des NDL.

unzufrieden mit mir, begreife, daß ich nie das schreiben werde, was ich möchte [...]; mein Mädchenbuch ist nur eine Fleiß- und Geldarbeit. Wir müssen doch mal aus dem Dreck raus, aus diesem niederdrückenden Zustand des von-der-Hand-in-den-Mund-Lebens, und auf Daniel als Verdiener kann ich vorerst nicht rechnen (meine Baby-Träume, oh, Gott, nicht dran denken; ein Kind in unserem unsicheren Leben, das wäre unverantwortlich) [...].

Unser Wahlspruch liegt auf dem Schreibtisch: »Drei Schwierigkeiten beim Schreiben der Wahrheit: Wahr ist, was Lektoren für wahr halten. Schön ist, was Lektoren für schön halten. Typisch ist, was Lektoren für typisch halten.« [...]

Vorige Woche hat sich der Zirkel schreibender Arbeiter konstituiert.[1] Von 20 Eingeladenen waren 4 erschienen; keine Potenzen, nehme ich an. Nur der kleine Volker Braun[2], Abiturient und seit 4 Jahren in der Produktion, scheint begabt zu sein. Er erinnert mich an meinen Ulli-Bruder – in jeder Beziehung verspäteter Pubertant.

Das Kombinat fängt an, uns für die lächerlichen 160 DM (die ungefähr für's Fahrgeld reichen) geistig auszuquetschen. Wir lesen Manuskripte, empfangen schreibende Arbeiter, stundenlange Diskussionen; jetzt sollen wir eine Broschüre stilistisch überarbeiten. Dazu bin ich nicht hier, verdammt nochmal, das ist Redakteursarbeit. – Am 24. lerne ich »meine« Brigade kennen; bin gespannt und vorerst leicht skeptisch.

Hoy., 15. 2.

Den ganzen Tag grauenhafte Kopfschmerzen [...]. Tabletten helfen nicht mehr; diese Anfälle bringen mich noch um.

1 Auf der 1. Bitterfelder Konferenz (24. 4. 1959) wurde unter der Losung »Greif zur Feder, Kumpel, die sozialistische deutsche Nationalliteratur braucht dich!« eine Bewegung ins Leben gerufen, die darauf abzielte, Werktätige zum Schreiben anzuregen. In Zirkeln, die etablierte Autoren leiteten, konnten sie ihre Schreibversuche vorstellen.

2 Volker Braun (geb. 1939), Schriftsteller.

Und Nachts Alpträume, jede Nacht Mord und Totschlag und das große weiße Gespensterpferd, das mit bleckenden Zähnen lacht. Morgens wache ich schweißüberströmt auf.

[...] Ich lese jetzt – mit Eifersucht, Empörung, Neid und Anteilnahme das verrückte Tagebuch der Gräfin zu Reventlow. Mein Gott, wie hat sie sich ausgelebt! Und wie verlogen ist sie, wie wild, wie lasterhaft und begabt – ein Vollweib (das ist ein dummes und abscheuliches Wort, aber es bezeichnet die Gräfin am besten). Ich fühle mich ihr ein wenig verwandt; wenn Daniel nicht gekommen wäre ... Wer weiß, wo und mit wem ich mich heute herumtriebe. Freilich: Münchener Bohème – und Presseklub Berlin ... [...]

Nachts. [...] Mein weißhäutiger Knabe liegt auf dem Bett und sagte, Tagebuchführen sei Onanie – nicht einmal geistige, sondern (im Ton tiefsten Abscheus) einfach Onanie an sich. [...]

Hoy., 16. 2.

Nachts wieder Träume von Atomexplosionen, Rauchpilzen und verbrannter Landschaft. Ich habe Hiroshima ein dutzendmal im Traum erlebt.

Ulbricht-Brief an Adenauer (Meisterwerk diplomatischer Kunst: »Sie sind doch kein heuriger Hase mehr ...«)[1]; die DDR will ihre Verbündeten um Raketenbasen bitten. Atomare Bewaffnung, nachdem wir jahrelang den Westdeutschen zornig und weinerlich vorgehalten haben, daß ihr Leben durch die Raketen unmittelbar bedroht ist. Wer ist das: die DDR? Wer von unseren Arbeitern will einen Raketen-Zaun ums Kombinat?

Der Brief hat ungeheuerliche Reaktionen. Im Café Klein:

1 Walter Ulbricht, damals 1. Sekretär des ZK der SED und Vorsitzender des Staatsrates der DDR, hatte in einem Brief an Bundeskanzler Konrad Adenauer vor einer atomaren Aufrüstung der Bundesrepublik gewarnt und damit gedroht, auch in der DDR Raketenwaffen zu stationieren. (Brief Walter Ulbrichts an Konrad Adenauer. In: Wochenpost, Berlin, Nr. 5/1960, S. 1 ff.)

Zwei Genossen, die begeistert herumbrüllen, man werde nun endlich Westdeutschland »überrollen«, zusammenschlagen, im Keim ersticken. Sie haben wieder Lust zu marschieren. Tiefes Erstaunen über meinen Einwand, daß dies ein Aggressionskrieg sein würde, und wir uns moralisch ins Unrecht setzten. »Die haben doch kein Hinterland.« Wir haben eins, klar. Auch ein Trost, wenn die »Sonne Satans« über unseren Städten aufgeht. [...]

Hoy., 27. 3.

[...] Vor drei Wochen erste Buchlesung in der Brigade »10. Jahrestag«, 35 Rohrleger und Schweißer; anschließend großes Besäufnis im Gasthaus »Schwarze Pumpe«. Die jungen Leute machen mir den Hof, mein Buch hat Anklang gefunden – ein Jugendbuch, das in meiner Brigade spielen wird. Sie sind stolz, hoffen, sich porträtiert zu finden (aber ich muß doch abstrahieren; das ihnen zu erklären ist schwierig). Vielleicht verstehe ich wirklich mit anderen – und gerade mit den sog. einfachen Menschen – umzugehen, fand herzlichste Aufnahme, Anteilnahme an meinen Helden, wir haben lange diskutiert und viel gelacht.

Zum Schematismus: Sie wollen, daß Curt[1], der Werkleiter-Sohn, zugrunde geht, sie mögen nicht die ewigen happy-end und Kollektivgeschichten. Sie widerlegen sich selbst: ihr Bemühen um Außenseiter, ihre Auseinandersetzungen mit einzelnen Kollegen – nein, ihr Leben, das Leben widerlegt ihre und meine Ansichten über Schematismus.

Meister Hanke. Ein großartiger Mann, klug, gut, scharfsinnig, ein Tüftler, der ein paar gewichtige Verbesserungsvorschläge auf der Pfanne hat. (Regeneration von Altöl. Leuna fordert pro Tonne 2000 DM. Hanke hat Anlage entwickelt, die dem Kombinat eigene Regeneration ermöglicht. Pro Tonne 300 DM. [...] Versuche mit DDR-Elektroden. Bisher nur Westelektroden für hochlegierte Stähle. [...])

1 Curt ist eine der Hauptfiguren in »Ankunft im Alltag«.

H. ist 36. Ich habe ihn auf 50 geschätzt, er ist sehr korpulent, fast kahlköpfig. Ein Beispiel von unendlichem Humor. Er ist der positive Held schlechthin. Vorige Woche ist er stundenlang mit mir durch die Hallen gewandert, hat alles erklärt und geduldig auf meine Fragen geantwortet (ich bin einfach ein technischer Trottel). […] Übermorgen fahre ich meine erste Schicht. Habe scheußliche Angst, aber Hanke wird mir die Angst schon nehmen. Die Brigade freut sich schon darauf, mich in Arbeitsklamotten und mit schmutzigen Pfoten zu sehen, sie wollen Fotografen bestellen. […]

Hoy., am 2. 4. 60

[…] Verflucht wenig Zeit zum Schreiben. […] Kulturkonferenz, FDJ-Versammlung mit großen Plänen: Habe die jungen Leute meiner Brigade angestachelt, unseren zwei Schwererziehbaren zu helfen, moralisch und bei der Arbeit. Anfangs Gleichgültigkeit, ja Gefühllosigkeit, plötzlich Begeisterung für die Aufgabe. Ich bin ordentlich stolz. Mein Mitleid für alle vom Leben Zurückgesetzten – aber nun endlich auch tätiges Mitleid.

Am Mittwoch erster Produktionstag, Ventile angeschliffen, nicht mal ungeschickt. Habe ganz schön geschafft. (Am nächsten Tag ein kleiner Muskelkater.) Brigade ist sehr freundlich zu mir, sucht immerfort Bewerbchen, um sich neben meinen Schraubstock stellen, und mit mir schwatzen zu können. Schriftsteller scheinen eine Art Beichtvater für andere Menschen zu sein.

[…] Fühlte mich großartig stark in Arbeitsklamotten und mit dreckigen Händen – irgendeine neue, etwas überschwengliche Gefühlsqualität … […]

Berlin, am 29. 4. 60

Sitze im Presse-Café und warte auf Daniel […]. Gestern Verlag Neues Leben, abends Diskussion im Jugendklub über mein neues Buch. Erfolg. Lewerenz las vor; ich war selbst erstaunt, wie gut das 1. Kapitel geschrieben ist (hörte mit Abstand, als handelte es sich um einen fremden Autoren). Bis 12 mit Lewerenz im Café Budapest, Wein getrunken, Diskussion über Thomas Mann und Büchners »Dantons Tod«. Harmonischer Abend und keusch ... Lewerenz ist der beste Lektor, den ich bisher kennengelernt habe: klug, warmherzig und aufrichtig.

Großer Jubel: Wir haben das beste Hörspiel in der nationalen Runde des Intern. Hörspiel-Wettbewerbs geschrieben. Unsere erste Kollektivarbeit. Als das Telegramm mit den Glückwünschen kam, tobten wir herum wie Irre, lachten und weinten. Endlich ein Lohn, endlich ein Ausblick nach so langer Zeit der Zweifel und Entmutigungen und Entbehrungen. 4000 DM. Wir können jetzt Daniels Zimmer einrichten, und ein Autochen ist keine Utopie mehr. (Nächste Woche bekomme ich meinen Vertrag vom NL.) Brauchten dringend einen Wagen wegen der riesigen Entfernungen im Kombinat. Wir müssen auch öfter nach Haus fahren – gerade jetzt.

Lutz ist mit Gretchen und dem Krümel in den Westen gegangen (er ist eben jetzt – vielleicht nur zwei oder drei Kilometer entfernt und dennoch unerreichbar – im Flüchtlingslager Marienfelde). Spüre zum erstenmal schmerzlich – und nicht nur mit dem Verstand – die Tragödie unserer zwei Deutschland. Die zerrissenen Familien, das Gegeneinander von Bruder und Schwester – welch ein literarisches Thema! Warum wird es von keinem gestaltet, warum schreibt niemand ein gültiges Buch? Furcht? Unvermögen? Ich weiß nicht. Lutz ist ein Wirrkopf. Er wollte vor der Partei nicht katzbuckeln – er wird es vor seinen Kapitalisten tun müssen. Er wird, sagt er, immer dafür eintreten, daß das Großkapital enteignet wird; er glaubt an den Sieg des Sozialismus – und trotzdem geht er. Es gibt eine Menge Entschuldigungen für ihn, sicher: er ist politisch falsch angefaßt worden; eine schlechte und, glaube ich, ungerechte Beurteilung der Parteigruppe hängt ihm an; eine Stellung, die seinen Fähigkeiten nicht angemessen ist; keine geringste Aussicht auf eine Wohnung, und trotzdem [...]. Im Prinzip verurteile ich sein Handeln – aber Lutz ist mein Bruder, ich liebe ihn, wir haben uns viele Jahre lang gut verstanden. [...] Ich bin sehr traurig. Ich weinte, als ich an der Tür Muttis Stimme hörte, ihr zerbrechendes »Auf Wiedersehen«. Aber man sollte sich doch allmählich mit dem Gedanken vertraut machen, daß Familien auseinanderfallen, Kinder das Elternhaus verlassen, Geschwister einander ferner rücken, neue Kreise, neue Menschen finden. [...]

Hoywoy, am 2. 5. 60

[...] Ich sammele wieder Männer, fühle mich wieder jung, strahlend, lasse mich anbeten und weiß meine Heimat Daniel. Die anderen – lieber Himmel, ein bißchen Kitzel, Lust am Locken und Sich-entziehen, Bestätigung endlich und tröstliches Hinweg über meine krankhaften Minderwertigkeitskomplexe. Aber das sind nur Ausflüge in fremdes Land, das ich nicht wieder bewohnen werde: Trinken, Tanzen, Flirten, bettelnde Männer – all das gehört nicht mehr zu mir. Daniel und meine Arbeit, ein verzehrender Ehrgeiz, gute Bücher zu schreiben, und das Kombinat: dies ist mein Teil, dies mein eigentlicher Lebensinhalt. Nur zuweilen überfällt mich eine brennende Lebensgier (ist sie nicht im Kern kleinbürgerlich, bespöttelnswert?), vielleicht ist es die Angst vor dem Ende. Vergessen am nächsten Morgen. [...]

Hoy, 18. 7. 60

Ein paar Sätze aus dem jüngsten Brief meines Lutz-Bruders: »Seit Montag gehe ich arbeiten. Ich bin auf der Deutschen Werft angestellt. Sie ist gleich neben dem Lager und hat neben diesem kleinen Vorteil auch den, daß wir über die Werft wahrscheinlich auch eine Wohnung bekommen können. Aber alles Gute ist nicht beisammen. Sie zahlen schlecht (650,– DM brutto), und außerdem gefällt mir der Laden nicht übermäßig gut. Auch als Dipl.-Ingenieur ist man hier praktisch zum technischen Zeichner degradiert. Noch schlimmer als drüben. Der Schornstein soll rauchen, und es muß etwas geschafft werden. Mit langwierigen Berechnungen gibt man sich hier nicht ab, alles Erfahrungswerte, die man im Laufe der Zeit gewonnen hat. Nur so ist es auch möglich, in derartigem Tempo und mit solch niedrigen Preisen die Schiffe herauszuwerfen. Die Organisation ist bei weitem nicht so umfangreich und kompliziert wie im Osten. Ob das eine Folge des nie auftretenden Materialmangels ist? [...] Es ist eben alles nicht so leicht. Vor allem erdrückt mich so eine Art Heimweh, etwas, was ich vordem noch nicht in dieser Form erlebt habe. Vielleicht ist das auch eine Folge der großen Freiheit, die man uns hier gewährt? Freiheit ist nicht immer für alle gut. Und außerdem habe ich auch in gewisser Weise Verräterkomplexe, wie ich es mal nennen möchte. Den anderen ging das mehr oder weniger ebenso. Sie haben das aber alle gut überwunden, und so werde ich auch darüber hinwegkommen. Wenn das in zwei Jahren nicht besser geworden ist, kommen wir zurück. Vielleicht haben wir bis dahin schon die Einheit. In der Not glaubt man auch wieder an Märchen ... [...]«

18. 8.

Plötzlich grauenhafte Laune, keine Lust zum Hörspiel: spüre nur den Auftrag, keine innere Anteilnahme. Habe geglaubt, ich könnte Gefühl durch Disziplin ersetzen. Ein Rechenfehler ... [...]

Sayda, 24. 8.

»Fahrplan« und erste Szene geschrieben. Habe doch wieder Lust an der Arbeit. Diesmal – anders als beim ersten Stück – tiefster Frieden zwischen Daniel und mir; wir haben uns aufeinander eingestellt. [...] Neben mir, über dem Stuhl, hängt sein Hemd, es riecht nach Schweiß und »Schwarzem Samt« und nach seiner Haut. Herrlicher Duft! [...]

Gestern waren wir, bei Sonnenschein und Wärme, in Olbernhau, sind wie ein junges Liebespaar spazieren gegangen, schaufenstern und konditorn mit viel Schlagsahne. Große Zukunftspläne gewälzt. Wenn nicht einem von uns was zustößt, werden wir noch eine Menge schaffen, glaube ich. Manchmal wahnsinnige Liebesanfälle. [...]

Hoy, 22. 11.

[...] Mich interessiert kein Projekt mehr, mich interessiert überhaupt nichts mehr. Keine gute Musik, kein Theater, nichts, kein Buch. Es gibt keinen schrecklicheren Tyrannen als nun, meinetwegen die Kunst, obgleich meine Sorte von Literatur nicht viel mit Kunst zu tun hat. Immer häufiger Anfälle von Melancholie, ja von Schwermut. Zweifele an mir und also an allem ringsum. Ein abscheulicher Zustand! Wenn nur diese teuflische Arbeit endlich abgeschlossen wäre! Ich verschlampe, ich komme kaum noch aus dem Haus, manchmal trinke ich etwas, nicht viel, aber das kommt noch, das kann gar nicht ausbleiben. Ach, Scheiße!

Hoy, 4. 12.

Zerschlagen und erschöpft, ohne eigentlich müde zu sein. Die ersten Winterstürme toben, das Unwetter macht auch den gelassenen Daniel unruhig und beinahe furchtsam. Mein Buch kotzt mich an – eine Fleißaufgabe, nicht mehr, ich habe längst die Lust daran verloren, vermutlich durch den Termindruck.

Gestern abscheulicher Herzanfall, ich hatte auf einmal Angst.

Sonderbar die Diskrepanz zwischen »Privatleben« und Wirkung nach außen ... »Quicklebendig« nennt mich H., und sicherlich ist das der Eindruck, den auch die anderen haben.

Ein paar schöne, erfreuliche, ermutigende Ereignisse: Unser neues Hörspiel »Sieben Scheffel Salz« wurde im

Kombinat abgespielt; unsere Brigade war da, die Parteispitzen, Rentzsch; der sehr liebenswürdige kluge Böttcher von der Bezirksleitung, Regisseur Popp und der Schauspieler Erich Franz. Großer Erfolg, – unsere Arbeiter sind ein prächtiges Publikum. [...]

Verriß im ND, Lobsprüche in den anderen Zeitungen.

Vorgestern: Auswertung der 2. Kulturkonferenz, Kreisleitungssitzung. Unser Freundfeind Burgmann (Sekretär für Agit.-Prop.[1]) sang wahre Hymnen auf uns, unsere Tüchtigkeit, unsere Erfolge, unsere Hörspiele etc. Erste Aufführung des Arbeitertheaters mit dem »Mann vor der Tür«.

Wir wurden vom Werkleiter Kühn mit der Ehrennadel in Gold »Erbauer Schwarze Pumpe« ausgezeichnet. [...] Ich war so stolz, beinahe mehr über die Herzlichkeit der anderen (einschließlich des Kreissekretärs Jakob) als über den Orden. Ein großer Schritt nach vorn – wir gehören jetzt erst richtig dazu, das Kombinat hat uns anerkannt. [...] Böttcher sagte, daß wir innerhalb eines Vierteljahres unseren Wagen bekommen werden. Ich freue mich, soweit ich jetzt imstande bin, mich über etwas zu freuen. Wenn ich bloß das verdammte Buch fertig hätte!

1 In den Kreis- und Bezirksleitungen der SED gab es jeweils einen Sekretär für Agitation und Propaganda, der zu den führenden Funktionären gehörte.

1961

Hoy, 14. 1. 61

Weihnachten zuhaus; ein paar Tage der Erholung. Glücklich, meine Eltern wieder mal zu sehen und Schwesterchen, das immer hübscher wird, und meinen Ulli-Bruder mit seinem herrlich unbeschwerten Gemüt und einer goldenen Schnauze. Lutz fehlte mir sehr. Silvester im Intelligenz-Klub. Eine Ärztin drehte das Radio mitten im 4. Satz der »Neunten«[1] ab und legte die »4 Brummers«[2] auf. Dies war bezeichnend für das Niveau des ganzen Abends. Ich war dann ziemlich hinüber, und Daniel sagt, ich hätte getanzt, als ob meine Großeltern noch im Urwald Menschen gefressen hätten.

Am 5. 1. Abspiel der »7 Scheffel Salz« im Klub Cottbus. Rentzsch war da. Bis Mitternacht Diskussion; war glücklich, daß Dr. Scurla (Humboldt-Spezialist und Rahel-Biograph) unser Stück heftig verteidigte. Wir sind ja furchtbar angeeckt bei der offiziellen Kritik … Es gibt nichts Undankbareres als Gegenwartsdramatik. Dafür stehen Rundfunks geschlossen hinter uns; wir bekamen Lob vom Vorsitzenden Prof. Ley und eine Anerkennungsprämie von 2000 DM.

[…] Ich habe wahre Angst vor dem Sterben, zuweilen, wenn ich die scharfen körperlichen Schmerzen im Herzen spüre. Ich bin hübsch ruiniert für meine 27 Jahre. Ich arbeite wie ein Pferd. Ende nächster Woche muß mein Buch fertig sein. […]

Hoy, 28. 1. 61

Daniel ist nach Burg gereist (Mutti hatte gestern Geburtstag). Ich sitze allein und arbeite am letzten Kapitel, das

1 Gemeint ist die 9. Sinfonie von Ludwig van Beethoven.
2 Gesangs- und Instrumentalquartett aus Dresden.

übermorgen abgeschlossen sein muß, und gerade diese letzten Seiten fallen mir entsetzlich schwer. Und dann? Ich hatte mich so nach dem Buchschluß gesehnt – tausend Pläne: Ferien machen, viel lesen, ins Schriftstellerheim fahren ... Nichts ist. Nach Petzow können wir nicht, weil der Zirkel uns jetzt braucht (Endredaktion für unser erstes Bändchen), und Ferien gibt es auch nicht, weil ich gleich ein Fernsehspiel schreiben muß. Wozu eigentlich diese ewige Hetzerei?

Ich bin ziemlich fertig, zerfahren, überreizt [...]. Mein Schnapskonsum ist in den letzten Wochen erschreckend gestiegen. Ich habe auch wieder Liebesgeschichten [...] und bilde mir ein, ich werde alt und müßte genießen – und dergleichen Unsinn, den ich mir schon mal vor Jahren an den Schuhsohlen abgelaufen hatte. Aber diese Dummheiten lösen sich wieder ins Nichts auf, wenn mein Kopf in Ordnung ist. Und den Alkohol muß ich ein bißchen beiseitestellen, weil mein Herz jämmerlich klappert.

Vorgestern wurde unsere »Arbeitsgemeinschaft sozialistischer Künstler auf der Großbaustelle Schwarze Pumpe« gegründet. [...] Unsere Verbrüderung mit den Funktionären macht Fortschritte; übrigens ist sie – jedenfalls von unserer Seite – aufrichtig, und auch die Gegenseite scheint uns mit echter Empfindung ans Herz zu ziehen. [...] natürlich bin ich froh, daß wir uns zusammengerauft haben und daß Frieden eingekehrt ist. Ich streite mich gern mit B[urgmann], obgleich ich nicht alle seine Ansichten akzeptieren kann, versuche ich sie zu begreifen, zu respektieren, und lerne dabei.

Daniel ist zum Leiter unserer AG gewählt worden und stotterte auf das bezauberndste seine Antrittsrede. In solchen Augenblicken bekommt meine Liebe zu ihm einen Trend ins Mütterliche [...]. Nein, Redner sind wir beide nicht. Macht nichts. Wenigstens Daniel kann dafür um so besser schreiben. [...] Er hat einen herrlichen Stoff für eine neue Geschichte, und schuld sind meine fürchterlichen

Martina Gedeck als Brigitte Reimann

Brigitte Reimann (Martina Gedeck) auf der Fahrt ins Schriftstellerheim Petzow

Brigitte Reimanns Lektor (Ulrich Mühe) bei der Vorstellung ihres ersten Buches »Die Frau am Pranger«

Günter (Heinrich Schmieder), Brigitte Reimanns erster Ehemann, ist wegen einer Schlägerei mit einem Polizisten im Gefängnis

Brigitte Reimanns Eltern (Jutta Wachowiak und Günter Jungshans)

Brigitte Reimann (Martina Gedeck) am Schreibtisch

Günter (Heinrich Schmieder) hat das Tagebuch von Brigitte Reimann gefunden

Brigitte Reimann (Martina Gedeck) und ihr Bruder Ludwig (Uwe Bohm), im Hintergrund Günter (Heinrich Schmieder)

Der Major der Staatssicherheit (Karl Kranzkowski) und der Kulturfunktionär Kurt Zwillich (Dieter Wien)

Brigitte Reimann (Martina Gedeck) bei Siegfried Pitschmann (Kai Wiesinger)

Brigitte Reimanns Bruder Ludwig (Uwe Bohm) mit dem zweiten Ehemann Siegfried Pitschmann (Kai Wiesinger)

Brigitte Reimann (Martina Gedeck) bei der Verleihung eines Literaturpreises für »Ankunft im Alltag« mit dem Vorsitzenden des Bezirksverbandes des Schriftstellerverbandes Heinrich Ernst (Bernd Stegemann)

Brigitte Reimann (Martina Gedeck) und Jon (Martin Feifel) in Hoyerswerda

Nach der Literaturpreisverleihung

Atombombenträume; vielleicht hilft seine Geschichte, meine Komplexe abzubauen.

Nun, von K[...] schreibe ich erst morgen. Ich hatte nur zwei Stunden Schlaf [...].

Hoy, 1. 2. 61

Müde, erschöpft, keine Lust zur Arbeit (und ich muß das letzte Kapitel noch einmal neu schreiben!) Gestern spät von Berlin zurückgekommen. Vormittags im Verlag, stundenlang freundlicher Streit mit Lewerenz, dem Ideal-Lektoren; nachmittags traf ich Rentzsch im Presse-Café. Viel zu viele Menschen ringsum. Es war eine Variante jener durchwachten Nacht. Wir sprachen keine zwanzig Sätze während der anderthalb Stunden. Manchmal sahen wir uns an. Ich zerlegte meine Streichholzschachtel. (»In Wirklichkeit sind Liebesszenen ganz anders als wir sie schreiben«, sagte R.) [...]

Ich war die letzten Tage, während Daniel in Burg war (er kommt heute abend zurück) immerfort besoffen. Heute morgen habe ich eine Batterie leerer Wodkaflaschen weggeschafft. Abends um neun ist mein heiter-trauriges, schlampiges Junggesellenleben vorbei. [...]

Und nun also doch: Jon K[...] (30) Philosophiestudent, vor dem Examen geflogen, zweimal aus der Partei entfernt, Arbeit auf einer MTS, [...] noch immer nicht gescheiter oder ruhiger geworden, Raupenfahrer bei BMK. Ein enfant terrible. [...] K. ist häßlich (er sieht meinem U-Bruder so ähnlich, daß ich ihn meine »Inzestliebe« nenne), klug, scharfsinnig und von teuflischer Logik, die alles beweisen und gleichzeitig den schlüssigen Gegenbeweis zum eben Bewiesenen bringen kann. Ein Mensch, der nie wirklich glücklich sein kann, weil er alles, jeden Gedanken, jedes Gefühl, analysiert und seziert und Gesetze daraus ableitet. Wir hatten ihn als Kritiker in den Zirkel aufgenommen. Damals schwor er, nie eine Zeile zu schreiben – er wisse, daß er ein guter Raupenfahrer sei und zöge es vor, ein guter

Raupenfahrer zu bleiben statt ein schlechter Schriftsteller zu werden. – Inzwischen hat er [...] eine wirklich gute Geschichte geschrieben und steckt voller Pläne ...

Ein schrecklicher Mensch. Wir hatten sofort die »Antenne« füreinander. Wir stritten uns erbittert: Gefühl gegen Verstand. [...]

Zuerst war es [...] eine Spielerei. Das Übliche. Ein Flirt (weniger als Flirt), ernsthaft und anstrengend, wie dergleichen in deutschen Landen vor sich zu gehen pflegt. Gewisse Berührungen konnten noch Zufall sein [...]. Einmal, als Jon neben mir auf der Couch saß [...], wurde es minutenlang ernst: ich sah sein Gesicht mit den Negerlippen, den schmalen Augen hinter der Brille, seine kleinen verunstalteten Hände; er trug einen grauen Pullover und knöpfte ihn am Hals auf. Ich hatte Lust, ihm in die Schulter zu beißen. Ich wünschte, er würde mein Haar berühren, obgleich ein halbes Dutzend herumsaß. Natürlich tat er es nicht. Er ist mir sehr ähnlich: Wir tun immer gerade das nicht, was der andere sehr wünscht. [...]

Beim Künstleraktiv saßen wir nebeneinander – wie immer, wenn wir irgendwo zusammen sind. Auf einmal war alles klar, ohne daß wir ein Wort darüber verloren hätten. Am nächsten Abend kam er. Daniel war morgens abgereist.

Bis Mitternacht tranken wir eine Menge Wodka, ohne auch nur beschwipst zu werden. Jon ist unter anderem auch ein sympathischer Saufkumpan.

Am Tag darauf fuhren wir mit dem Motorrad spazieren. [...] K. hatte mir eine viel zu große Windjacke verpaßt (ich bin mager wie eine verhungerte Katze), und er trug eine gleiche Jacke, und wir haben überhaupt ein wenig geschwisterliche Ähnlichkeit [...].

Nachher fuhren wir nach Bautzen und durch kleine Sorbendörfer und ein Städtchen, in dem es Kruzifixe an den Mauern gab und, weiter draußen, Muttergottesbilder auf den Äckern; durch Wälder – wir wußten gar nicht, wo wir uns eigentlich befanden – mit Birken und verdorrtem Heidekraut, und an alten Gruben vorüber, und es war kalt und windig, und ich lehnte mich fest an Jons Rücken. Einmal hielten wir auf einem Waldweg, um uns zu küssen, und, jetzt scheint mir, als wäre etwas Abschließendes darin gewesen [...].

Wir waren ganz steif und durchgefroren, als wir in der Bereitschaftssiedlung ankamen. [...] Wir waren allein in der Wohnung. Wir kochten Kaffee und tauten langsam auf, und wir wollten, glaube ich, vernünftig sein. Aber dann [...] lagen wir auf seinem Bett, das Radio brachte alberne Schlagermusik, aber die hörten wir nicht mehr, und ich weiß nur noch, daß wir uns streichelten und quälten, und Jon wickelte mein Haar um die Hand und sagte: »Du bist ein großes Glück« (und er schämte sich nicht einmal dafür, mein Gott, wie herrlich), und ich schrie und schluchzte, und Jon küßte meine Hüften und die Rippenbögen [...]. Haben wir nur deshalb nicht miteinander geschlafen, weil wir es uns aufsparen wollten?

Irgendwann, nach einer sehr langen Zeit, saßen wir wieder am Tisch, und es war kein Gefühl von Tristesse da. Jon sagte: »Ich liebe dich wie ein schönes Kunstwerk, – das den Vorzug hat, lebendig zu sein.« Er küßte meine Finger. »Jeder einzelne Finger verdient das Gütezeichen Q.« [...]

Unterwegs auf der F 97, während der Fahrt im Wind, drehte Jon den Kopf und rief: »Du bist ein großes Abenteuer, ein Ausflug in die Anarchie!« Ja, ja, wir sind unmoralisch und gemein, und wir betrügen unsere Gefährten, und dennoch – es ist herrlich schön. [...]

Wir analysierten sehr kalt und vernünftig unsere Beziehung und legten die Spielregeln fest – wir wußten schon, daß etwas wuchs, was den Verstand überschwemmte.

[...] Aus dem Spiel ist eine rasende zerstörerische Leidenschaft geworden – wie lange? Diese drei Tage, die wir hatten? Oder drei Wochen, drei Monate? Jon glaubt an Jahre. Mein Gott! Ich kenne uns. In spätestens einem Vierteljahr fangen wir an, uns Brutalitäten zu sagen – [...]

Hoy, 9. 2.

Das letzte Kapitel habe ich wieder fortgeworfen und noch einmal neu geschrieben. Eine verzweifelte Arbeit. […]

Hoy, 13. 2.

[…] Der Zirkelabend also … Ab Mitternacht war ich so wahnsinnig besoffen, daß ich nicht mehr mit Sicherheit weiß, was sich abgespielt hat. Ich erinnere mich noch dunkel an wilde Rock 'n' Roll-Tänze mit einem FDJ-Sekretär, ein baumlanger blonder Kerl, der gar nicht zu uns gehört, und an irgendetwas Tanzähnliches mit Jon, eine lange Umarmung, und einen Kuß mitten auf unserer improvisierten kleinen Tanzfläche. Verrückt. Sogar der Instinkt der heimlich, verboten, Verliebten hatte uns verlassen. (Ich bin jetzt noch so von Wodka durchtränkt, daß, wenn ich mich in den Finger schnitte, hochprozentiges Blut käme. Schluß, Schluß mit dem Lotterleben!)

Zum Glück waren die anderen genauso hinüber. […]

Aber zuerst war alles schön und würdig und feierlich mit einer Art Kulturprogramm: Dichter über Dichtung und Chopin und Ravel (der unvergleichliche Bolero) und Gershwin (die Rhapsodie in blue), und dann gab es Ansprachen und Dankreden, und der Zirkel schenkte uns Bücher und eine Riesenschale Blumen, und wir waren ganz gerührt. Die Blumen waren für unseren Hochzeitstag … […]

Vorher, an der Tür, sagte Jon (der im Stresemann erschienen war und der ganzen Sache eine Staatsempfangs-Note gab): »Falls nachher keine Gelegenheit mehr ist, will ich dir jetzt noch sagen, daß ich wahnsinnig verliebt in dich bin.« Er fand aber nachher doch noch Gelegenheiten, es zu wiederholen …

Daniel und ich saßen eine ganze Weile bei dem neuen Werkleiter, dem man offenbar eine Menge netter Dinge von uns erzählt hatte, und der Teufel mußte mich reiten, daß ich mit ihm zu streiten begann. […]

Hoy, am 2. März

Ich habe – nein: wir haben ein paar höllische Tage hinter uns, wir drei, die wir so unglückselig miteinander verkettet sind. Endlich habe ich K. leiden sehen, und ich gönne ihm seinen Schmerz, – warum soll immer mein liebster einziger Daniel leiden? Daß ich immer soviel Haß in eine menschliche Beziehung tragen muß! Ich bin mir selbst zuwider, ich habe mich satt, meinen miserablen Charakter, meinen Destruktionstrieb; heute morgen kam mir der Einfall, ich sei vielleicht geisteskrank (eine bequeme Entschuldigung). [...]

Hoy, 29. 3.

Gestern abend, von Berlin zurückkommend, fand ich einen herrlichen, schmerzlichen, erschütternden Liebesbrief von Daniel, den er am Sonnabend in Rheinsberg geschrieben hat. Nachts, im Bett, las ich ihn wieder und wieder. [...]

Entsetzliche Träume: Atombombenabwurf, Menschen, in feuchte Tücher gehüllt, an die Erde gepreßt, die Glutwelle ging über uns hin (oh Gott, und ich fühlte sie), dann das Ende, Wüste, keine Häuser, keine Bäume, kein Gras mehr, fußhoch weiße Asche; mein Gesicht war mit Brandwunden bedeckt.

Zur Chronik: Sonnabend traf ich Jon in der Klubleitung, wo ich den Lehrgang unseres Zirkels vorbereitete. Wir fuhren zusammen in die Stadt, ich kaufte eine Schreibmaschine für Daniel. Wir aßen im Café Klein. Wir stellten ohne Sentimentalität den letalen Ausgang unserer Beziehung fest – Staatsbegräbnis erster Klasse. [...]

Gestern Berlin. Adlerauge fuhr uns, ein sympathischer Halbstarker. Jon kam mit, ebenfalls in Zirkel-Angelegenheiten. Zuerst DSV. Natürlich hatten die Sekretäre Sitzung; E. Klein kam fünf Minuten raus. Die anderen starrten mich an, als hätte ich ein Sakrileg begangen, weil ich einen Sekretär zu sprechen wünschte, der Sitzung hatte. [...]

Der Zirkel-Kurs hat mal wieder um 180 Grad gewendet.

Bekam fast Vorwürfe, weil unsere Arbeiter gute Geschichten schreiben, weil wir einen Band rausbringen und ein Stück [fürs] Arbeitertheater verfassen – die schreibenden Arbeiter sollen Artikel für die Wandzeitung kritzeln, Mißstände im Betrieb aufzeigen etc. Statt daß sich diese Verbandsgreise freuen, daß sie endlich mal wieder frisches Blut in ihre verkalkten DSV-Arterien gepumpt bekommen! [...] Für ernste Mißstände sind Partei, Gewerkschaft oder sogar Staatssicherheit zuständig und erzielen ganz andere Wirkungen als ein Artikelchen. Pah! Ich war stinkwütend und bin keinen Schritt von meiner Meinung abgewichen. Immerhin habe ich die Referenten bekommen, nach zermürbendem Organisationsgerede. Verdammte Bürokraten und Klugscheißer! [...]

Hoy, 31. 3.

Karfreitag. Sehr einsam. [...]

Gestern bis Mitternacht gewaschen, todmüde ins Bett gefallen. Schlief mit einem Roman in der Hand ein – zum erstenmal seit langem ohne Grauen und kindische Gespensterfurcht.

Möchte heute noch einmal das Kapitel über die Kreuzigung Christi lesen. Wenn ich mich recht erinnere, findet sich die ergreifendste Darstellung im unvergleichlichen Evangelium des Johannes.

abends

Schrecklich unruhig. Ich hatte mir wirklich eingebildet, Daniel käme noch ... Statt zu arbeiten, stand ich immerfort am Fenster und starrte hinaus auf eine Straße, auf der es nichts zu sehen gibt. [...]

Hoy, am 3. 4. 61

Eigentlich müßte zwischen dieser und der letzten Eintragung ein großer Absatz sein, Blindzeile, Cäsur – denn mir ist, als habe ein neues Leben begonnen. Diese drei Tage mit Daniel [...] – nein, nicht Flittertage, es war echtes Gold.

Ich bin müde und abgeschlagen, habe gestern den ganzen Tag für D. getippt [...]. Meine Arme und Handgelenke schmerzten, aber auch das ist gut und köstlich, weil ich weiß, daß ich D. ein bißchen geholfen habe. Wir müssen unbedingt morgen [...] mit den Manuskripten fertig sein. Er sitzt noch nebenan in seinem Zimmer und tippt auf der neuen Maschine. [...]

Hoy, 5. 4.

D. ist heute früh zurückgefahren nach R[heinsberg], und ich fühle mich leer und taub. Eigentlich wollte er schon gestern morgen fahren, aber wir schoben es immer wieder auf, von einem Bus zum anderen, und schließlich war es zu spät [...].

Jetzt sitze ich an meinem Schreibtisch und will die Geschichte beginnen, von der ich seit Tagen träume, »Die Geschwister«, die Geschichte von meinem Lutz-Bruder (wie sie rechtens hätte laufen müssen und in der Wirklichkeit eben nicht lief), und ich war elektrisiert und begeistert, und nun, da es soweit ist, da ich endlich Zeit habe, ist alles fort. Immer dasselbe ... Vorher wußte ich sie seitenlang Wort für Wort, und nun klingt alles hölzern und unlebendig.

Hoy, 7. 4.

D. war Freitag nachts gekommen, er war mutterseelenallein gewesen in seinem uralten Schloß, und abends, als der Sturm heulte und das Gebälk knarrte, hielt er es nicht mehr aus und flüchtete – geradewegs zu mir. Wir erzählten bis zum Morgengrauen und küßten uns, und die kleine Fremdheit verwischte sich.

Und dann gab es diese wundervollen Ostern, von früh bis abends Arbeit, Arbeit, Arbeit, wir schrieben und korrigierten gemeinsam in seinen alten Geschichten – und nachts schliefen wir miteinander: Wir haben wieder geheiratet.

[...] tausend organisatorische Besprechungen für den Lehrgang unseres Zirkels. Die Klubleitung brachte einiges durcheinander, gestern stand der ganze Lehrgang auf der Kippe, weil es plötzlich hieß, im Schloß seien keine Betten frei. Heute ist alles o.k., unberufen.

Ich habe jeden Tag an Daniel geschrieben. Ich hatte auf einmal Sehnsucht nach einem Kind von ihm, einem Jungen, der Jonas heißen soll und sanft sein wie sein Vater ...

Jon war da. Ich las meine Geschichte vor. Wir gingen spazieren wie zwei alte Kolkraben. Eine Frühlingsluft, weich und warm nach ein paar Wochen verspäteter Kälte, und wir marschierten durch die Straßen und diskutierten Republikflucht und dergleichen. Die meiste Zeit sprach Jon, er hielt lange und gescheite politische Vorträge, und ich kam nicht zu Wort. Gut so, ich habe eine Menge dabei gelernt. Nachher schleppte er mich zum Essen ins »Glück auf«. Und die ganze Zeit: Fehlerdiskussion, Klassenbewußtsein, Uli (das ist mein Held) und seine Beziehung zur Partei. Ich war hinterher tot und erschlagen, aber ich sehe jetzt den roten Faden, die Geschichte hat ihr richtiges politisches Gerippe, und wenn ich sie jetzt auch noch ordentlich schreibe ... Abwarten. Jedenfalls macht sie mir nun sogar Freude. [...]

Hoy, 12. 4.

NBI bringt Bildberichte über unsere neue Arbeit: Artikel dazu schreiben. Neue Arbeit vom Verlag: Artikel. Biographie, Aufsatz über mein eigenes Buch. Hörspiel-Exposé muß bis 19. fertig sein. Diverse Zirkelarbeiten, Lehrgang, morgen NBI, anschließend Künstleraktiv, Freitag – Sonntag Rheinsberg. Daniel rennt in der Stadt rum, telefoniert und organisiert – Dinge, die eigentlich die Klubleitung übernehmen müßte. Ich schrieb den halben Tag Briefe. Wir sind nur noch Sekretäre, Kulturfunktionäre, keine Schriftsteller mehr. Einladungen zu zig Lesungen; ich muß überall absagen. Wir sind beide abgewirtschaftet. Gestern wieder ein halbes Dutzend Besucher. […] Wenn ich es nicht aus dem Kalender ersähe, wüßte ich nicht, daß Frühling ist. […] Sonntag sah ich von K.s Wohnungsfenster aus einen blühenden Baum, es ging mir durch und durch. […]

Nachmittags

Eröffnung eines neuen Zeitalters: Der erste bemannte Weltraumflug: Major Gagarin umkreist mit seinem Sputnikschiff in 108 Minuten die Erde. Eigentlich sollte dies mit roter Schrift eingetragen werden.

Hoy, 17. 4.

Ich glaube, ich bekomme ein Kind. Ich bin ganz verzweifelt, manchmal fange ich an zu weinen, ich will arbeiten und nicht Mutterglück spielen. Daniel ist traurig, weil ich das Kind nicht behalten will – aber wahrscheinlich wird mir ja gar nichts anderes übrigbleiben. Deshalb wage ich dieses Etwas auch nicht zu hassen oder zu verfluchen, denn wenn es wirklich geboren werden sollte, würde ich den Haß von damals bitter bereuen. Ich bin auch abergläubisch …

Die drei Lehrgangstage in Rheinsberg waren mir vergällt, trotz des Sonnenscheins am ersten Tag und der blühenden Bäume und Sträucher, und trotz Daniels Liebe und trotz unserer Zirkel-Erfolge […]. Ich kann nicht mehr schreiben, mich nicht mehr konzentrieren. […] Und Daniel […] wäre unbändig stolz und malt sich schon aus, wie herrlich es sein wird und wie süß ich mit einem großen Bauch aussehen werde. Aber ich finde es gar nicht süß, sondern ziemlich eklig […].

Hoy, 29. 4.

[…] Ein Baby bekomme ich nun doch nicht. Auch gut. Trotz allem: ein bißchen Wehmut bei der Erinnerung an die Fahrt nach Rheinsberg, als ich anfing, mich zu freuen, und Daniel war so zärtlich und stolz und fragte immerfort: »Wie fühlt ihr euch?« […]

Seit vielen Tagen keine Zeile mehr an den »Geschwistern«

geschrieben. Dafür: Lehrgang in R. (Großer Erfolg, Partei-Prominenz zu Besuch, fabelhafte Diskussion); Privataudienz bei Herbert Warnke, dem wir unser Zirkelbändchen überreichten und ein zweites Exemplar für Walter Ulbricht mitgaben, von dem wir inzwischen einen Dankesbrief bekommen haben; hundert Versammlungen, Besprechungen, Buchbesprechungen etc., Bogen für mein Buch gelesen, das im Juli schon erscheinen soll; Interview für NBI gegeben, mit stundenlanger Fotografiererei; Empfang bei der Partei, zum 15. Jahrestag; Erfahrungsaustausch mit Wismut-Zirkel Aue, wo wir ganz groß auftraten [...]; Bücherball, Lesung; Besuch beim Fernsehfunk, ich habe das Exposé hingeschmissen und keine Lust, es vorerst wieder aufzunehmen [...]; mit K[...] in Cottbus bei der AG Junger Autoren, die nicht das Niveau unseres Zirkels hat, Brigadefest ... Ja, ja, ja, es ist alles wichtig und gut und nützlich, aber ich möchte endlich wieder schreiben. Ich werde verrückt. Wenn ich all den Einladungen folgte, mit denen ich überschüttet werde, könnte ich meinen Beruf an den Nagel hängen und professionelle Reisende in Literatur werden. [...]

Hoy, 6. 5.

Gestern wieder mal zu einer Konferenz in Berlin: Probleme schreibender Arbeiter. [...] Bei der Konferenz standen wir groß da: K. gab einen prächtigen Diskussionsbeitrag – nachdem er sich freigesprochen hatte, agierte er wie ein Schauspieler, ein ewiger Kokettierer. [...]

Die ganze Zeit wollte ich über ihn schreiben – zur Selbstverständigung und weil mir daran liegt, diesen überaus interessanten Typ für mich festzuhalten (irgendwo in einem Gehirnwinkel bereitet sich eine Geschichte vor, deren bedeutender, trauriger Held mein lieber K. ist) [...].

Irgendetwas fesselt mich an ihn, das mir das Gefühl gibt, es könnte noch Jahrzehnte bestehen und sich vertiefen – sicherlich ist es das erste Stadium einer Freundschaft, wie ich sie einmal oder zweimal erfahren habe, am innigsten und letztlich am schmerzlichsten mit meinem Lutz-Bruder, der sich weltanschaulich so ungeheuer weit von mir entfernt hat. In Jon liebe ich Lutz (so wie ich ihn mir gewünscht hätte) und meinen lauten Ullibruder ... Es ist ein Teil Verantwortungsgefühl dabei (verdrängter Muttertrieb, nehme ich an), – Daniel braucht mich in gewisser Beziehung nicht so sehr, weil er nicht so verkorkst ist. Daniel ist das, was ich unter einer integren Persönlichkeit verstehe. Jon ist die personifizierte Labilität, und wenn es für [ihn] einen festen Punkt gibt, so ist es die marxistische Philosophie. Alles andere [...] ändert sich ständig, – er ist verspielt, infantil bei aller Klugheit [...]; er ist der Mensch, der mir gefehlt hat, die Berührung mit ihm schlägt alle unguten Saiten in mir an, – und gerade dadurch (die gesunde heftige Opposition ...) wirkt er überaus günstig auf mich ein. Er ist mein Medium zur Selbstverständigung [...].

Er läßt sich Dinge von mir sagen, die kein anderer wagen dürfte auszusprechen. Man fürchtet ihn, seine scharfe Zunge, seine – manchmal verletzende – Ironie, und ich kenne eine Menge Leute im Kombinat, die sich gar nicht erst auf eine Diskussion mit ihm einlassen, weil sie wissen, daß er sie einfach an die Wand redet. Er ist unbeliebt. Ignoranten hassen ihn. Mich hat er noch nie gekränkt, manchmal verspottet er mich mit der geduldigen Zärtlichkeit eines großen Bruders.

Er ist ungeheuer eingebildet und arrogant, und es gefällt mir. Er ist häßlich, und es gefällt mir, ich mag [...] diese liebenswürdig skurrile Häßlichkeit, die ihn dem Ulli so ähnlich macht (aber Ulli hat wunderschöne Augen mit mädchenhaft langen Wimpern). [...] Es wäre einfach eine Katastrophe, wenn wir verheiratet oder sonstwie aneinander gebunden wären; wir würden uns totmachen oder restlos verschlampen und verludern. Unsere Sorte Freundschaft aber ist ein Glück. Ich bewahre hundert kleine Episoden, Bilder, Erinnerungsfetzen, Albernheiten, mag sein: Wir fahren bei einer Motorradpartie in einen fürchterlichen Gewitterregen, Jon hängt mir seinen Mantel um und wird selbst klatschnaß. Wir gehen durch C. und essen Salamischeiben aus einer Tüte und zwischendurch Eis, und J. paßt mißtrauisch auf, daß ich mich nicht mit Fettflecken und Eisklecksen besprenkele (Daniel hat ihm erzählt, wie ich [im] Theater Schokolade aß und auf unerklärliche Weise mein Dekolleté beschmierte und mit Schokoladenpunkten auf Hals und Brust durchs Foyer spazierte). Wir gehen in die »Distel«[1], gestern nach der Konferenz (ich war bezaubert von der Ellen Tiedtke – mein Gott, man könnte lesbisch werden!), und Jon vergißt seine Würde und schreit vor Lachen und haut mich in die Rippen. […] Im Zug näht er neue Häkchen an den zu engen Gürtel meiner Bluse. Er wickelt mir seinen Schal um den Hals, als wir mit dem Motorrad von Pumpe nach Hause fahren. […] Er hört auf zu trinken (und der Schwur gilt zunächst für ein Vierteljahr), weil ich ihn einen haltlosen Säufer geschimpft habe … Wahrscheinlich zeichne ich dies alles auf, weil ich es, schamlos wie alle Schreibenden, später benutzen werde.

Ach, ich wünschte, wir wären wirklich Geschwister, schon damit Daniel sich nicht mehr zu sorgen brauchte. Nein, es ist nicht mehr […] die Wildheit von damals, und es ist gut so. […] Aber es wäre schrecklich und unvorstellbar, wenn irgendetwas den Jon aus meinem Leben herausrisse.

Hoy, 7. 5.

Heute morgen Streit mit Daniel. Ich bin traurig und zugleich empört. Er hat in der letzten Woche verzweifelt wenig geschafft, und nun versucht er die Schuld daran auf mich abzuwälzen: auf irgendeine mysteriöse Weise habe ich ihn gehindert … Wie ungerecht das ist! Ich habe ihm alle Arbeiten abgenommen, er hatte Zeit und Ruhe zum Schreiben. Ich will nicht annehmen, daß er gebummelt hat, – wahrscheinlich ist wieder einmal seine grämliche Pedanterie schuld,

1 Eines der bekanntesten Kabaretts in der DDR.

diese verdammte Sucht, jeden Satz fünfundzwanzigmal zu schreiben. Er erzählt nicht, sondern er bastelt. Aber Bücher sind dazu da, gelesen zu werden und zu den Menschen zu gehen; nicht der Anspruch des Schriftstellers auf Ewigkeitswerke ist wichtig, zumal wenn der Schriftsteller ein Jahrzehnt braucht für so ein »Ewigkeitswerk«. Jetzt brauchen wir das Buch, nicht in zehn Jahren. Diese verfluchte Hinderungstheorie ist Caspars Steckenpferd, das er reitet, sobald er uns zusammen sieht: Laß dich scheiden, B. ist eine erfolgreiche Frau, sie hindert dich, sie macht dich kaputt.

Daniel warf wieder den Namen K[...] in die Debatte. Mir scheint, er versucht seinen Mißerfolg zu bemänteln mit seelischen Komplikationen, an die ich nicht glaube, denn diese Woche war schön und glücklich, [...] wir schlafen miteinander – K. stört nicht unsere Ehe. [...]

Meine Bücher sind bei Gott keine literarischen Kostbarkeiten (und alle folgenden Bücher werden es nicht sein), aber sie haben Zehntausende bewegt und ein bißchen beeinflußt. Was ist mehr? [...] Dieter Noll schreibt in zwei Jahren 1000 Seiten, die die halbe Republik in Aufruhr bringen, und auf keiner Seite steht ein Satz von vollkommener Schönheit. Was tut's? Sein »Werner Holt«[1] hat mich ergriffen und aufgerührt, hundertmal mehr als, sagen wir, Thomas Mann mit seinen vollendeten Kunstwerken. Aber das findet D. primitiv, für ihn ist Mann das A und O der Literatur, auch wenn er nicht gelesen wird. [...]

Manchmal fürchte ich für unsere gemeinsame Zukunft. [...]

1 Dieter Noll (geb. 1927), Schriftsteller. Sein Roman »Die Abenteuer des Werner Holt«, dessen erster Band 1960 erschien, erzählt die Geschichte einer Jugend in der Zeit des Nationalsozialismus und dem Zweiten Weltkrieg. Auch durch die Verfilmung (1963/1964) wurde der Roman außergewöhnlich erfolgreich, gehörte zum Schulstoff und erlebt bis heute eine Vielzahl von Auflagen.

Berlin, am 26. 5., frühmorgens

Ich sitze in meiner Pension; Daniel ist noch immer nicht gekommen. Er muß unbedingt seinen Band Erzählungen abschließen. [...] Über Mittag sprach ich lange mit M. W. Schulz (derselbe, der früher »Joe« für mich hieß). Sch. hatte eine Geschichte von Daniel gelesen und vermutete in ihm, wie neulich schon Herbert Nachbar, einen Schüler von Thomas Wolfe[1]. Daniel hat aber nie eine Zeile von Wolfe gelesen, und er soll es vorerst auch nicht. Ich weiß noch zu gut, welche Verheerungen Wolfe (der für mich noch immer der größte Schriftsteller unseres Jahrhunderts ist) in jungen Dichtergehirnen anrichten kann. – Sch. hat sich nur äußerlich verändert; das andere fand ich wieder: seine Ruhe, sein hintergründiges Lächeln, die guten klugen Augen. Ich war damals zu jung, reifer, hätte ich mir einen unschätzbar wertvollen Freund zu erhalten gewußt. Zuerst war ich ein bißchen verwirrt und sehr schüchtern. Sch. sagt, ich sei viel jünger und backfischhafter als damals (ich war 22, glaube ich). Ich muß ihn heute unbedingt mit Daniel bekannt machen. Sch. beendet endlich seinen Roman »Staub im Wind«[2] (dieser Mut, sich einen so langen Reifeprozeß zu gönnen!); er ist Dozent am Literaturinstitut[3]. Sobald es [...] Einjahrlehrgänge gibt, möchte ich – natürlich nur mit Daniel – auch aufs Institut gehen.

Es gab allerlei interessante Begegnungen mit Leuten, die

1 Thomas Wolfe (1900–1939), US-amerikanischer Schriftsteller, der in realistischen Romanen über das Leben in den USA zwischen den beiden Weltkriegen erzählte. Wurde der sogenannten »verlorenen Generation« zugerechnet, sein Gesamtwerk blieb Fragment.

2 Max Walter Schulz: »Wir sind nicht Staub im Wind« (Roman, 1962).

3 Das »Institut für Literatur« war am 18. 9. 1955 in Leipzig eröffnet worden. Der erste Leiter war Alfred Kurella. Zunächst gab es mehrjährige Lehrgänge für Schriftsteller, die mit einem Diplom abschlossen, später kamen Kurzlehrgänge hinzu. Ab 1959, nach dem Tod von Johannes R. Becher, hieß es »Literaturinstitut Johannes R. Becher«. B. R. hat keinen Lehrgang besucht.

ich von früher kannte oder hier erst kennenlernte. Lewin stellte mich Alexander Abusch vor, und ich benahm mich vor Verlegenheit ganz ungeschickt. Er gab mir den Brief eines sowjetischen Komponisten, der die »Frau am Pranger« für eine Oper vertonen will. Leider kann ich den Brief nicht lesen ... A. war sehr huldvoll: ich sei noch jünger, als er mich sich vorgestellt habe. Nun ja, auch eine Sorte Kapital, das sich freilich bald auffrißt. Eva Strittmatter nannte mich in ihrem Referat als eines der neuen starken Talente. Das ist schon besser, als nur eine attraktive Frau zu sein.

Gestern um 10 Uhr war die glanzvolle Eröffnung. Die Heroen unserer Literatur marschierten unter Riesenbeifall ins Präsidium: die herrliche Anna Seghers[1], Strittmatter, Arnold Zweig, gebückt und fast blind (er hielt nachher eine sonderbare Ansprache mit vielen freundlichen Provokationen). Die ausländischen Gäste wurden begrüßt – als der Name des kubanischen Gastes fiel, klatschten alle wie besessen; es war eine Solidaritätskundgebung für die Republik Kuba. Wieviele Große sind in der Zeit seit dem letzten Kongreß gestorben! Thomas Mann, Bert Brecht, F. C. Weiskopf, Johannes R. Becher, Lion Feuchtwanger ... Die Alten im Präsidium hatten Angst, das spürte man auch in Zweigs Worten; sie glauben, wenn sie gehen, stirbt die deutsche Literatur, sie erwarten nichts von den Jungen, ja, sie wollen nicht einmal wahrhaben, daß es Talente unter den Jungen gibt. Nur Anna Seghers schien zuversichtlich; ihr Appell an die Alten freilich, sich mit jungen Schriftstellern helfend zusammenzusetzen, wird wohl ungehört verhallen. A. S. hielt das große Referat des Kongresses, über Tiefe und Breite unserer Literatur. Ich hörte mehr auf ihre faszinierend rauhe Stimme, mehr auf die Sprache ihres Referats (unverbesserlicher Formalist!) als auf den Inhalt, den wir uns ja ohnehin gedruckt zu Gemüte führen können. Zum erstenmal hörte ich ein Referat, das in dem unver-

1 Anna Seghers (1900–1983), Schriftstellerin, lange Jahre Präsidentin des DSV.

wechselbaren literarischen Stil des Autors geschrieben war. Jede Zeile war unverrückbar Anna Seghers. Wenn ich sie sehe (und ich wage kaum die Augen zu ihr zu erheben) ist mir zumute wie als Kind in der Kirche, [...] ich glaube, ich würde einfach umfallen, wenn sie ein Wort an mich richtete.

[...] Zwischendurch die berühmten, meist interessanteren, Privatdiskussionen in den Wandelgängen. Reiner Kunze, Sakowski, Nachbar, Panitz, kurz die ganze junge Garde. Wir kennen uns ja alle und haben (trotz gelegentlicher kollegialer Bosheiten) eine Sympathie füreinander, die mir ein glückliches Zeichen von verändertem, sozialistischem, Bewußtsein zu sein scheint.

Abends war ich mit Jon in der Pension; plötzlich hatte mich der Ehrgeiz gepackt, einen Beitrag zu geben. Dann verlor ich aber doch den Mut [...].

Hoy, am 29. 5.

Eben wieder ein paar Zeilen an den »Geschwistern« geschrieben; plötzlich – Neurasthenikerin – wahnsinniges Herzklopfen, ich mußte mich unterbrechen.

Der Kongreß, und alles, was um ihn herum geschah, hat mich restlos verwirrt, ich muß erst wieder mit mir ins Reine kommen. [...] ich muß auch meine politische Position überprüfen. Der Kongreß hatte für meine Begriffe einen gewissen Rechtsdrall; vielleicht muß ich meine Begriffe zurechtrücken, ich habe in der letzten Zeit zu weit links gestanden. Immer wieder wurde der Wert der schöpferischen Einsamkeit betont, die wichtigste Aufgabe des Schriftstellers: zu schreiben [...]. Zwar führte Strittmatter uns, Daniel und mich, als glückliches Beispiel an für die Verbindung des Schriftstellers mit dem Leben, mit den Arbeitern; unsere Arbeit habe, seit wir im Betrieb sind, an künstlerischer Reife gewonnen. Jetzt frage ich mich aber, ob wir nicht genug – vorerst genug – in uns aufgenommen haben, um uns erst einmal unserer Arbeit widmen zu dürfen.

Wir haben doch auch ein Recht auf gelegentliche selbstgewählte Einsamkeit – wohlgemerkt, solange ein Buch geschrieben wird. Gleichzeitig fühle ich mich schuldig, wenn ich hier im Kombinat etwas vernachlässige; wo hört die Verpflichtung auf, sich mit aller Kraft der Förderung anderer zu widmen? [...]

Der zweite Kongreßtag stand im Zeichen der Jungen. Noll sprach, er dankte der Partei. Nachbar, impulsiv und ein bißchen stotternd, redete über unsere Freiheit (»wir haben nicht die Freiheit, unsere Unwissenheit zu verbreiten«). Stefan Hermlin (der an der Wandzeitung unter der Schlagzeile »Der König der Zierfische« erschien) polemisierte in unfairer Art gegen Strittmatter. Permanenter Streit zwischen unseren Schriftstellern und dem westdeutschen Günter Grass – wir finden keine gemeinsame Sprache mehr, trotz gutgemeinter Versuche, und ich fürchte, nicht einmal die gemeinsame Aufgabe, den Frieden zu erhalten, vermag uns noch zusammenzuführen. Wir sind zu schulmeisterlich, weil wir mit dem Marxismus den Anspruch auf letzte Erkenntnis gepachtet haben [...], und die Westdeutschen halten uns für primitiv, weil sie in ihren Köpfen die Weisheit und Freiheit und Ästhetik des Abendlandes gestapelt haben, und weil sie unsere klaren Diktionen, unsere einfache, zuweilen nüchterne Sprache nicht verstehen.

Abends war im Roten Rathaus Empfang durch Staatsrat und ZK. Die Straße vor dem Rathaus war abgeriegelt. Eine riesige, mit roten Läufern belegte lange Treppe, weite Halle, Marmor und Säulen – es war beklemmend. [...] An der Tür standen wie eine Garde von Ehrenjungfrauen allerlei Prominenzen, von denen ich, halbbetäubt vor Befangenheit, nur Kurella und Abusch erkannte. Ich war ganz bestürzt, weil sie alle mich kannten und so nett begrüßten und »Eichhörnchen« zu mir sagten, weil ich Samoilowa ähnlich sehe. Im Saal flüchteten wir uns in eine Ecke zu Martin Viertel, der auch sehr schüchtern ist. Ich mag den Viertel mit seinem schönen grauhaarigen Kopf sehr gern, er strahlt Ruhe und Beruhigung aus; er war nachher auch der Nüchternste [...].

Kurella brachte einen Toast aus, und die Literatur warf sich auf die Buffets und fraß [...]. Vor Geschmatz konnte man den Toast von Noll nicht mehr verstehen. Ich aß – sehr viel später – nur eine Schüssel Radieschen und eine Schale Sahneeis, und im übrigen hielt [ich] mich an den Weißwein (die einzige Flasche Wodka stand auf dem Präsidiumstisch und wurde später von Caspar expropriiert[1].)

Den ganzen Tag hatte ich verzweifelt auf Daniel gewartet. Ich wäre ihm um den Hals gefallen und hätte mich an ihn geklammert und ihn geküßt ... [...] Erst am nächsten Morgen, dem letzten Kongreßtag, als ich verkatert durchs Tor geschlichen kam, stand er dann im Säulengang vorm Haus der Ministerien; [...] er hatte die ganze Nacht durchgearbeitet. Ich war dann plötzlich sehr beklommen und wagte ihn kaum zu berühren, er erschien mir zart und durchsichtig wie Glas. [...]

Hoy, 31. Mai

Ein eiskalter letzter Maitag. Regen und Wind.

Gestern hatten wir einen guten Zirkelabend. Umfrage, was gelesen wird; Aufgabe – individuell für jeden ausgearbeitet – ein von uns genanntes Buch zu lesen und darüber zu sprechen, Referat von Anna Seghers auszugsweise vorgelesen, Diskussion – sehr lebendig, gescheit, engagiert. Vertreter des FDGB überreichten Anerkennungen für Arbeit am Zirkelbändchen: 400,– für den Zirkel, 100,– für K[...] (Redaktionsarbeit) und eine Wochenendfahrt nach Prag für Daniel und mich.

Leidenschaftliche Arbeit an den »Geschwistern« – und soviel Schmerzen, weil Lutz immer dabei ist. Für nichts anderes mehr Sinn [...] es ist, als reiche mein Vorrat an Anstand, Selbstdisziplin, Güte und dergleichen immer nur für

1 Expropriieren – Enteignen; Begriff aus der marxistischen Theorie.

die Geschichte, an der ich dann arbeite. Plötzlich überfällt mich wieder das Bedürfnis, andere zurückzustoßen, sie zu quälen (und auch dieses tue ich ohne innerliche Beteiligung). Daniel ist freilich (vorerst noch?) tabu. [...] – Ich bin sicher: Wenn die Geschichte fertig ist, werde ich wieder der sanfteste, gutmütigste Mensch sein. [...]

Wenn das die Menschen wüßten, die nachher mein Buch lesen! Beim Kongreß sprachen mich Bibliothekare an, die mich kennenlernen, und mir einmal die Hand geben wollten und sich dann hundertmal dafür bedankten. Ich war ganz eingeschüchtert, ja erschrocken – sie hatten Gesichter, als ob sie so etwas wie Verehrung für mich empfanden. [...] Als ich von meinem neuen Buch erzählte, sagte die eine: »Wir nehmen unbesehen alles, was von Brigitte Reimann kommt.« Immer wenn mir jemand erzählt, mit welcher Freude und Ergriffenheit er etwas von mir gelesen habe, schäme ich mich, weil ich nicht genug Menschenliebe habe. [...]

Noch ein paar Worte zum letzten Kongreßtag: Es gab eine Menge offizieller Reden und am Schluß die Wahl unseres Vorstandes, bei der es höchst albern, bürokratisch und wirr zuging. Ich saß neben Dieter Noll, den ich am Vormittag durch Daniel (sie waren vor Jahren befreundet) kennengelernt hatte, und wir begrüßten jubelnd jede neue Abstimmung, jede neue Komplikation, in deren Maschen sich der Wahlleiter Zimmering[1] (»Zwerg Allwissend«, sagte Noll) verfing. Eine vergnügliche Wahl, die Noll mit lautem Witz und dreisten Zwischenrufen begleitete. [...]

Anna Seghers schloß den Kongreß: »Das Mündliche haben wir bestanden, – jetzt kommt das Schriftliche.«

Hoy, 2. 6.

Gleich muß Rentzsch kommen: das neue Hörspielprojekt. Vielleicht nimmt Daniel mir die Arbeit ab, ich bin verrückt

1 Max Zimmering (1909–1973), Schriftsteller.

nach den »Geschwistern« und interessiere mich für nichts anderes auf der Welt.

Am Abend des dritten Kongreßtages waren wir bei Strittmatters eingeladen, auch Jon, auch Dieter Noll. Die St.s sind fast die einzigen unter den Großen unserer Literatur, die sich warmherzig mit den Jungen beschäftigen. Freilich kam kein rechtes Gespräch zustande, ich war sehr gehemmt [...] – wir waren ganz schön geschafft vom Kongreß (ich hatte ja auch in der Nacht vorher kaum geschlafen), und zudem störte uns scheue Provinzler die Gegenwart von Minetti[1] und Gattin Münch. Noll freilich war ganz auf der Höhe, er brillierte.

Minetti war beklemmend: er kicherte und zwitscherte wie ein Homo, ich habe noch nie einen Mann so lachen hören und fühlte mich immer an die jungen Männer in Koeppens »Tod in Rom« erinnert. Dann Nachtfahrt, todmüde.

Eva Strittmatter ist sehr angetan von meinem Buch [...]. Sie hat lange mit Daniel über mich gesprochen. Zuerst war ich froh, zu hören, was sie und andere noch von mir erwarten; jetzt bin ich aber mehr beängstigt – nichts schlimmer, als hochgespannte Erwartungen zu enttäuschen. [...]

Hoy, 14. 6.

Gestern abend, als ich mit Jon vom Zirkelabend kam, lag ein Telegramm im Briefkasten: »Der Bundesvorstand des FDGB beschloß, Sie mit dem Literaturpreis des FDGB auszuzeichnen ...« Das Telegramm war für Daniel und mich bestimmt. Ich weiß freilich nicht mit Sicherheit, für welche Arbeiten wir den Preis bekommen, ich habe aber ganz schön verrückt gespielt [...]. Ich fahre jetzt gleich ins Krankenhaus und verkünde meinem armen lieben Coproduzenten sein Glück. Ich bin so froh, daß [ich] nicht allein

1 Hans-Peter Minetti (geb. 1926), Schauspieler.

den Preis bekommen werde, [...] Daniel [...] soll nicht das Gefühl haben, er bliebe einen Schritt zurück.

Am Sonntag hatte er sich beim Arzt Urlaub genommen, und wir schrieben das Exposé für Rentzsch. Ich hatte wieder einiges zu beichten: ein neuer Verehrer [...] – und den guten A[...] B[...], der seine Parteimoral vergessen und mir große Liebeserklärungen gemacht hat. [...]

Hoy, 11. 7. 61

[...] Ich vergaß zu berichten, daß mein Buch »Ankunft im Alltag« inzwischen erschienen ist. Die Aufmachung ist sehr gefällig; ich glaube, die Illustratorin ist Schwimmer-Schülerin. Ich bin gewappnet für unerquickliche Diskussionen; der Knabe Curt wird einigen Leuten Kummer machen. Die »Junge Welt« hat seinetwegen den Vorabdruck abgelehnt; dafür bringt ihn die NBI. Hohes Honorar. [...]

Wir haben überhaupt, das fällt mir eben ein, eine Menge Geld verdient. Im August bekommen wir einen Wartburg[1], den uns der Rat des Bezirkes anläßlich unseres Preises versprochen hat. Erst haben wir gezögert, als wir dann aber unser Konto überprüften, sahen wir überrascht, daß wir nicht einmal Schulden machen müssen. Freilich hängen wir bei Rundfunks arg in der Kreide. Rentzsch hat unser neues Exposé »Haken im Fleisch« wieder abgelehnt. [...] Meine »Geschwister« fand er »zu politisch« ... Jedenfalls haben wir die Lust verloren und werden den Rundfunk bitten, daß wir unser im Anfang des Jahres empfangenes Vertragsgeld in Raten zurückzahlen dürfen. Ach, mein schönes NBI-Honorar ... Gerade jetzt, da ich Geschmack am Geldverdienen finde! [...]

Hoy, 14. 7.

In diesem Monat habe ich mindestens 5 oder 6000 Mark verdient; ich bin ganz erstaunt. Heute kamen wieder 2000:

1 Automarke. Die Wartezeiten für Autos betrugen in der DDR mehr als 10 Jahre.

Die Taschenbuchauflage (30000) von »Kinder von Hellas« ist bis auf wenige Exemplare in einem Quartal verkauft worden. [...]

Hoy, 5. 8.

Daniel hat sich wieder gefangen. Nach ein paar schlimmen Tagen war er bereit, die Arbeit wieder aufzunehmen. Er schrieb jetzt die »Geschwister« für mich ab (der Rundfunk will sie haben) und arbeitete bis in die Nacht. Er sagt, meine Sätze seien gut zu lesen, aber schwer zu schreiben, ohne Harmonie. »Wie Drahtverhaue«, sagte ich. »Wie dein Charakter«, sagte er. Er ist begeistert von der Erzählung, er findet, meine Art zu erzählen werde immer »französischer«.

An jenem Dienstag hat er gesehen, wie Jon mich vor der Haustür küßte. Er sagte es mir aber erst ein paar Tage später, ohne Vorwurf.

Lewin (Kulturabt. des ZK) hat mir einen langen, freundlichen, gescheiten Brief zu »Ankunft im Alltag« geschrieben. Er hält das Buch für eine Bereicherung unserer jungen Literatur. Wir freuten uns sehr über seine einfühlsame Kritik. Über einen Punkt möchte ich mich mit ihm auseinandersetzen: das Gefühl von »Selbstverständlichkeit« unserer DDR gegenüber, das die jungen Leute haben. Wir haben es wirklich, während Lewin die Republik mit den Augen eines Mannes sieht, der die Voraussetzungen schaffen half und unter den Nazis Schweres litt (er ist Jude).

[...] Gestern war ein schrecklicher Abend. Die Berlin-Krise verschärft sich, ein Gesetz gegen die Grenzgänger wurde erlassen, die Westmächte beraten, Strauß fordert Atomwaffen und Sondervollmachten für ihre Anwendung. Mir war physisch übel, als ich die Kommentare hörte. Wir balancieren wieder (immer noch – seit Jahren) am Abgrund eines Krieges. Mir bleibt das Herz stehen, wenn ich Flugzeugendton [?] höre. Gestern vermochte ich mich nicht mehr zu rühren vor Angst. Ich sah die Nacht vor dem Fenster, plötzlich wartete ich darauf, die fremde Sonne am Himmel zu sehen, jenen weißen Glutball, der uns noch einmal, zum letztenmal, einen trügerischen Tag zeigen würde, ehe wir in Asche zerfielen. Ich konnte nicht mehr arbeiten, auf einmal schien mir so sinnlos, sich abzuzappeln, sich um Alltägliches zu sorgen. Ich habe Daniel gebeten, Schlaftabletten zu besorgen. Ich will nicht als ein heulendes, brennendes Bündel durch Trümmer kriechen. Lieber mache ich vorher Schluß.

Ich begreife die Welt nicht mehr. Spätere Generationen – wenn es so etwas überhaupt geben wird – werden auf unsere Zeit zurückblicken wie wir auf die Zeit der Hexenverbrennungen und des Kannibalismus. Wir sind lebende Anachronismen. [...]

Hoy, 12. 8.

Gestern abend – ich hatte eben mein Tagebuch zugeschlagen – kam Daniel, triumphierend: »Was hab' ich dir gesagt? Dein Jon ist da.« Er [...] saß finster und schweigsam in meinem Zimmer, wir hörten den 2. Satz von der »Unvollendeten«. Schließlich fragte ich ihn, mehr spöttisch, ob er denn schon nachgedacht habe ... Er sagte heftig, er werde nicht mehr nachdenken; er ließe sich scheiden. [...]

Ich war erschrocken, ich richte immer Unheil an, und hinterher tut es mir bitter leid. Jetzt werde ich ihm also, wie ich mich kenne, mit Engelszungen zureden, damit er bei der Frau bleibt. [...] Ich bringe den Männern Unglück. Ich war – und bin es noch – verzweifelt, weil ich mich auf einmal in Frau K[...]s Lage versetzen kann, der ich (nicht einmal in aller Unschuld) den Mann weggenommen habe. [...] Ich glaube, es trifft eine Menge zusammen, was die K[...]sche Ehekrise verschärft: Jons wochenlange Arbeitslosigkeit (in unserem Staat, wo es derart an Arbeitskräften mangelt, findet sich trotz aller Bemühungen keine Raupe für Jon!), seine erwachende Liebe zum Schreiben, die Frau K[...] als Privatvergnügen abtut [...] und eben der Umstand, daß Jon mit mir über all das sprechen kann, wofür seine Frau kein Verständnis hat; für sie ist er jetzt der Mann, der seine Zeit verplempert, statt Geld zu verdienen. Freilich haben wir ihm Geld gegeben, aber vielleicht hat sie das noch mehr geärgert. [...]

Schrieb ich schon, daß ich nicht mehr gar so furchtsam wegen der politischen Lage bin? Inzwischen hat German Titow siebzehnmal die Erde umkreist – seine Weltraumrakete ist ein gewichtigeres Argument als ein Arsenal voller Atombomben.

Wir hörten anderthalb Stunden lang Nikitas Rede[1], obgleich die Übertragung sehr schlecht war. Es gab ein paar massive Drohungen, aber es gab sie zur rechten Zeit; selbst im Westen sieht man ein, daß ein dritter Weltkrieg Selbstmord bedeutete, und man ist zu Verhandlungen bereit – selbst über die Berlinfrage.

Unsere Zeitungen freilich züchten mal wieder Hysterie – »Kopfjäger« und »Menschenhändler« sind up to date, und wollte man den Artikeln glauben, so stünde hinter jedem DDR-Bürger ein Abwerber. Zum Teufel, sollen die Leute doch gehen, denen es bei uns nicht paßt! [...]

Hoy, 21. 8.

Wir sind in einer desperaten Stimmung, wir sind müde und urlaubsreif, aber in den nächsten Monaten wird es keinen Urlaub geben. Kein Tag vergeht, ohne daß wir aufgefordert oder gebeten werden, Stellungnahmen oder dergl. zu schreiben – zu den Volkswahlen, zum Friedensvertrag, zu – weiß der Teufel was. Wir weigern uns jetzt. Warum diese permanente Kampagne?

Hoy, 22. 8.

[...] Wir sind glücklich. Wir wären richtig glücklich, wenn uns nicht die politische Lage bedrückte, das größenwahn-

1 Rede von Nikita Chruschtschow anläßlich des Fluges des Raumschiffs »Wostock 2«.

sinnige Säbelgerassel nach dem 13. August, das Geschrei gegen die »Skalpjäger«. Die Zeitungen befleißigen sich eines rüden und brutalen Tons wie seit langem nicht mehr. Es hagelt Zuchthausstrafen. Man kann mal wieder irre werden an unserer Politik. [...]

Prag, am 3. 9. 61

Gestern sind wir bei strahlendem Sonnenschein gekommen; heute regnet es, aber die Musik spielt schon wieder in dem kleinen Gartenrestaurant – mitten zwischen Häusern und Höfen. Gestern nacht mutete es pariserisch an; eine kleine Lichtinsel dort unten, mit Sonnenschirmen, Gelächter, Stimmen, ein kristallener Mond hoch über den Lichtreklamen. Und Musik, ich glaube, in jedem Haus wird Musik gemacht. Die Hauptstraße und der Wenzelsplatz (wir wohnen im Hotel Ambassador) sind in buntes Licht getaucht, überall zucken Reklamebilder auf, man fühlt sich an den Kudamm erinnert, aber es gibt hier nicht dieses ungesund hektische Getriebe. Prag ist heiter. Nachts trafen wir keinen Betrunkenen.

Hier hat ein Heydrich gewütet. 70000 Menschen sind hingerichtet worden nach dem Attentat auf ihn.[1] Zuerst hatte ich Angst, und ich schämte mich, ich dachte, die Tschechen müßten uns hassen. Sie sind gastfreundlich und liebenswürdig.

Ich sitze jetzt auf der kleinen Terrasse vom Hotel, unter Markisen. Es ist kühl. Mir ist schwindlig vom Schauen, von dem vorüberflutenden Menschenstrom und von dem starken türkischen Kaffee. Man hört ein halbes Dutzend fremder Sprachen ringsum; hier sitzen Neger, Inder, Amerika-

1 Seit September 1941 war Reinhard Heydrich stellvertretender »Reichsprotekor für Böhmen und Mähren«. 1942 wurde er durch ein Attentat getötet, das die tschechoslowakische Exilregierung vorbereitet hatte. Die SS unternahm daraufhin eine Racheaktion gegen das Dorf Lidice. Alle männlichen Einwohner wurden ermordet, Frauen und Kinder in Konzentrationslager verschleppt.

ner und Russen. Der Anteil an deutschen Touristen scheint hoch zu sein.

Mein Gott, die deutschen Touristen! Es gibt nichts Anspruchsvolleres. Sie setzen voraus, daß zuhaus natürlich alles besser und kultivierter ist, man kann ihnen nichts recht machen. Sie fotografieren, wo immer sie gehen und stehen, und sie fotografieren die Verbrennungsöfen in Theresienstadt mit derselben verzückten Fresse wie den Hradschin.

Gestern in Theresienstadt[1] hat es mich gegraust. Angesichts der Kasematten, in denen die Häftlinge lagen, hungrig, durchnäßt, unter Luftmangel leidend – angesichts dessen sprach man über das gute tschechische Bier (die erste Frage an den charmanten alten Herrn, der uns hier begleitet, war die nach dem Preis des Bieres), und die Frau wollte »so gern noch die Öfen besichtigen«, und man war ein bißchen stolz auf die tadellose Organisation damals im KZ (selbst in unserer Mordmaschinerie spiegelt sich die deutsche Ordnungsliebe), und diese verfluchten Souvenirjäger –! [...]

Die Fahrt durch die liebliche Landschaft, winkende Kinder an der Straße – auch Männer und Frauen winkten, und sie sahen doch, daß es ein deutscher Bus ist. Es muß damals in jeder tschechischen Familie einen Toten gegeben haben, und die Toten gehen auf unser Konto. Das verfolgt mich hier auf Schritt und Tritt, trotz allem.

Das Gräberfeld vor den Festungswällen von Theresienstadt ... Hier ist die Mutter meiner Recha gestorben[2]; ich hatte das geschrieben und wußte in Wahrheit nichts. Jetzt habe ich es gesehen, Grabstein neben Grabstein. Ich habe die ganze Zeit geweint, innen. Unser tschechischer Reisebegleiter hat in Th. zwei Verwandte verloren. Er redete uns an mit »geehrte Freunde«. Bemerkung des Mannes an unserem Tisch: »Ich möchte Reiseführer sein. Ich würde die Leute aber nicht auf Friedhöfe führen, sondern in die Kneipen.«

1 Konzentrationslager, das nach der Evakuierung aller Bewohner die gesamte Stadt umfaßte.

2 Recha ist die Heldin des Romans »Ankunft im Alltag« von B. R.

Vielleicht hat das Schwein als Landser geholfen, die Friedhöfe zu füllen. Heute fläzt er sich im Sessel und meckert, weil es statt Eis zum Nachtisch ein Stück Kuchen gibt.

Gestern abend hatten wir eine Begegnung mit dem jungen Prag. Wir waren im Café Luxor; hier verkehren die jungen Leute, die wir bei uns Halbstarke nennen würden, es gibt keine alkoholischen Getränke, eine Band spielte Dixieland und Charleston. Die Stimmung ist heiter und ausgelassen, es gibt keine vom Alkohol provozierten Ausschreitungen. Die Jungen und Mädchen tanzen wild und gekonnt, wir sahen akrobatische Leistungen. […]

Hoy, 9. 9.

[…] Die Ereignisse des 13. August werfen ihre Schatten auch auf unsere Kleinstadt. Es sieht aus, als führten wir einen unterirdischen Bürgerkrieg. Feinde und potentielle Feinde, die, wäre Berlin nicht abgeriegelt worden, in den Westen gegangen wären, zeigen ihre Spuren: Es gibt Inschriften an Schulen und auf dem Pflaster »Nieder mit der roten Tyrannei«; vor zwei Nächten sind die Telefonkabel zur Kreisleitung und zu gesellschaftlichen Institutionen durchschnitten worden; nachts patrouillieren Arbeiterstreifen durch die Stadt.

Neulich gab es in Pumpe ein »Ehrengericht«, das zwei Ingenieure, die am 13. noch an der Republikflucht gehindert werden konnten, zu relativ milden Strafen verurteilte. Die Arbeiter protestierten. […] Den Ingenieuren wird ihr akademischer Titel aberkannt; ein Arbeiter wäre für zehn Monate ins Gefängnis gegangen. […]

Hoy, 4. 10. 61

Vorgestern aus Berlin zurückgekommen. Beratung im Fernsehfunk, die uns deprimierte: die Inszenierung beginnt erst im Dezember, natürlich kann man dann keine Außenaufnahmen machen, die Landschaft wird nicht mitspielen, das Stück wird an poetischem Reiz verlieren.

Vormittags trafen wir uns mit Rentzsch, dessen Film geplatzt ist. Mangel an Schauspielern. Viele haben es vorgezogen, in Westberlin zu bleiben. Überall ist man nervös und unzufrieden. Die Sprache in den Zeitungen ist ekelerregend (sie gibt sich aber als »die harte Sprache der Arbeiterklasse« aus); Leute, die an der Grenze wohnen, werden exmittiert; Antennen, die noch nach Westen gerichtet sind, werden von den Dächern gerissen und zertrampelt; Studenten, die das FDJ-Aufgebot nicht unterschreiben, werden geext ... Es ist, um den Kopf zu verlieren, und wir sind verbittert und unglücklich. Das ist nicht der Sozialismus, für den wir schreiben wollten. Man hat uns schon einmal betrogen, man hat schon einmal in Deutschland auf die »große Linie« verwiesen, um tausendfaches Unrecht zu legalisieren. Drei Tage nach der Wahl ist das Verteidigungsgesetz herausgebracht worden, das einem Notstandsgesetz (mit Verpflichtung zu Dienstleistungen, Rechtsweg ausgeschlossen) verteufelt ähnlich sieht. [...]

Hoy, 27. 10.

Woche des Buches. Wahnsinnige Hetzerei, bis zu drei Lesungen am Tag. Wir kommen keine Nacht vor zwei oder drei Uhr ins Bett. Wie gut, daß wir den Wagen haben! Unser Programm wäre sonst gar nicht zu bewältigen.

[...] Alle Lesungen waren außerordentlich gut besucht, es gab lebhafte Gespräche (ich dachte nicht, daß es solch ein Vergnügen machen könnte, zu Kindern zu sprechen) [...].

Im Klub machte man uns mit drei westdeutschen Studenten bekannt, die sich ein wenig in der DDR umsahen, und wir unterhielten uns bis nach Mitternacht [...]. Es waren reizende Burschen, klug, ohne Vorurteile (sie gehören drüben keiner Organisation an), mit gesunder Skepsis und von dem Charme, den ein gewisser Teil der akademischen Jugend besitzt. Sie kannten keinen unserer jungen Schriftsteller. Wir hätten noch drei Tage miteinander debattieren mögen. Ich hatte wieder den Eindruck, daß unsere Zeitungen das Bild des Westens gröblich entstellen und verzerren. Diese Jungen sind nicht Nonkonformisten vom Schlage des Günter Grass, sondern – falls es das gibt – wirkliche Koexistenzler, die sich mit unserer Weltanschauung befreunden und sie eines Tages teilen würden.

Ich dachte an Lutz. Mit meinem eigenen Bruder kann ich nicht mehr sprechen ... Er haßt uns, wie Renegaten hassen. [...]

Petzow, 17. 12.

[...] Mir ist eine Last vom Herzen. Daniel schläft nachts bei mir, und ich liege an seiner Schulter und weiß wieder, was Zuhause heißt und zärtliche Geborgenheit.

Manchmal denke ich freilich auch an Jens [...]. Er kommt am Freitag. [...] Ich mag es einfach, wenn ich angebetet oder sogar geliebt werde, ich brauche es, um mich selbst bestätigt zu sehen, das ist beinahe alles. [...]

Dafür habe ich jetzt ärgere Sorgen; die Politik läßt mich nicht mehr schlafen. Wir hatten aufgeatmet nach dem 22. Parteitag[1], aber es [ist] viel böser geworden als vorher, niemals stand der Personenkult so in Blüte wie heute. Unsere Schriftsteller schämen sich nicht, Lieder auf Ulbricht zu schreiben, schleimige Widerlichkeiten, in denen sie ihn [mit] dem großen, wahrhaft großen Lenin vergleichen, es gibt »Ulbrichtecken«, das Ganze schmeckt nach religiösem Unsinn. Nein, es ist bitterer als nur ein Unsinn. Es riecht wieder nach Zuchthausluft und vielleicht nach Blut. Gestern habe ich geweint vor Wut und Verzweiflung.

Hand in Hand mit den politischen gehen ökonomische Schwierigkeiten: wir müssen »Opfer bringen«. Vertraute Töne. Die Kultur ist im Niedergang. Manchmal haben wir

1 XXII. Parteitag der KPdSU (17.–31. 10. 1961). Annahme des Programms für den kommunistischen Aufbau. Chruschtschow rechnete hart mit Stalin und dem Stalinismus ab. Er erklärte, auf den Abschluß eines separaten Friedensvertrages mit der DDR verzichten zu wollen.

zugleich Angst und Hoffnung, das Volk werde sich wieder einmal erheben. […]

Wir haben wieder Luftschutz. Schutz gegen Atombomben – das ist lächerlich und verbrecherisch. Es gibt ein Luftschutzplakat, das eine Mutter mit ihrem Kind im Arm unter dem Atompilz zeigt. Der Maler – oder seine Auftraggeber gehören ins Zet. Jeden Tag erfahren wir Dinge, die uns ins Herz treffen und die schriftstellerische Arbeit zur Qual machen. Die systematische Arbeit an einer endgültigen Trennung von dem anderen Teil Deutschlands …

Eben war ich am See, der eine ungeheure Anziehungskraft auf mich ausübt, wenn es stürmt. Es ist sehr kalt, die Wellen klatschen über die Mole. Die Mole ist ganz vereist, und die Grashalme haben sich in starre weiße Eisstengelchen verwandelt. […]

1962

Hoy, 1. 1. 62

Dies zuvor: ich habe mir gar nichts für das neue Jahr vorgenommen. Meine Vorsätze und Pläne sind nicht von Jahreswechsel-Stimmung abhängig. Ich rauche nicht mehr. Eine Willenssache, über die ich mich wundere. Wahrscheinlich schaffe ich es dadurch, daß ich mir nicht fortwährend vorwinsele, wie sehr mir die 30 Zigaretten fehlen und welche Qual die Nikotin-Abstinenz bereitet.

Ich arbeite an den »Geschwistern«, aber mit Literatur hat das nichts zu tun.

Silvester war ziemlich schrecklich. Die Stadt lag stundenlang unter Feuerwerks-Beschuß. Nachmittags fuhr Daniel mit mir in die Lausitzer Berge. Zuerst war es ganz lustig, auf einer einsamen Straße lernte ich fahren, – Daniel ist ein geduldiger Lehrer, aber hinterher waren wir beide schweißgebadet. Ich will in der nächsten Zeit die Fahrerlaubnis machen. [...]

Hoy, 24. 1.

All die Wochen habe ich meine Neigung für Jon bekämpft, manchmal konnte ich schon mir selbst glauben, er sei mir zuwider. Ein paarmal aber, nachts, wenn ich sehr an ihn dachte, hatte ich ein Gefühl, als ob mein Körper in Flammen stehe ... Gestern, beim Zirkelabend, saß ich wieder neben Jon. Ich hatte dann einen Herzanfall, und Daniel brachte mich nach Hause. Gewiß war an meiner maßlos erregten Traurigkeit der Jon nur einen kleinen Teil schuld (ich war mit der Arbeit nicht vorangekommen, ich hatte mich [über] neue Gesetze – Wehrpflicht[1] – schrecklich aufgeregt – ich verstehe das

1 Die Volkskammer verabschiedete das Gesetz über die allgemeine Wehrpflicht, die auch für Ostberlin galt (24. 1. 1962).

nicht mehr, bei Gott, ich will so gern begreifen, ich leide unter meiner ewigen Opposition) […]. Daniel, der Weise, allzu Geduldige, schickte Jon zu mir. […]

eine Stunde später

Ich bin restlos verzweifelt und zerstört. Ich habe eben – verfluchter Einfall! – das Vorspiel zu dem Roman »Zehn Jahre nach einem Tod« gelesen; es liegt nun seit fast vier Jahren in der Schublade. Ich war vierundzwanzig, als ich das schrieb. Ich habe einmal schreiben können … Ich bin ja keinen Schritt weitergekommen, keinen winzigen Schritt, – vielleicht bin ich kühler, vernünftiger geworden, habe ein wenig zur Komposition gelernt, aber das ist auch alles. Das Vorspiel ist Literatur. Was schreibe ich denn heute? Es ist fürchterlich, ich habe nichts geschafft, irgendwer, irgendwas hat mich erdrosselt. Was ist denn nur geschehen? Und warum lobt man mich heute, während jenen Roman niemand drucken will? »Erzählerin von Bedeutung« nannte mich einer unserer bekanntesten Kritiker. Was weiß der denn? Früher mal, früher konnte ich erzählen – jetzt ist alles ohne Kraft und Leidenschaft. Ich bin so unglücklich, wie ich es durch keine schlimmste Liebesgeschichte sein könnte […]. Ich will wieder schreiben können! […]

Hoy, 11. 2.

Gestern war unser dritter Hochzeitstag, und gerade an diesem festlichen Tag kam Daniels Erzählungsband »Wunderliche Verlobung eines Karrenmannes«, auf den wir solange gewartet hatten. Den Schutzumschlag finde ich ein bißchen infantil. Ich merkte, daß ich Lieblingssätze habe, die ich beim Blättern fand und mit Vergnügen wieder las. Es gibt ganze Absätze, die einen Dichter verraten (Dichter mehr als Erzähler); am meisten liebe ich den »Auszug des verlorenen Sohnes« und die wunderbar geschlossene Skizze »Elvis feiert Geburtstag«.

[…] Wir sind spazieren gefahren, durch einen kalten, klaren, blauen Vorfrühlingstag mit violetten Schatten über den Wäldern, die Bäume sahen schön feucht verschleiert aus. Ich durfte wieder ein Stück fahren, mit mehr Sicherheit als damals im Winter. Dann gingen wir essen und lasen Daniels Buch, und dann war es Abend, ein Abend mit viel Rot über dem türkisgrünen Himmel, und wir rasten ein paar Straßen entlang, zwischen Wald, und aus irgendeinem Grund liebte ich Daniel in diesen Minuten mit einer wilden inbrünstigen Liebe, heftiger als sonst.

[...] Der »Sonntag« brachte eine Seite voller Zuschriften, in denen Thöns verdonnert wurde, und ganz obenan stand ein Brief von Anna Seghers, die mein Buch gelesen hat und so klug und freundlich darüber und über die Rezension schrieb, daß ich Th. beinahe dankbar war: er hat mir diese Zeilen der angebeteten, der großen Anna Seghers verschafft. Ich war glücklich. Sie schrieb auch: »B. R. beginnt ernst zu arbeiten, sie sieht sich um, sie erfindet.« Das war mir, so zurückhaltend es ist, mehr als ein Dutzend liebenswürdigster Lobsprüche, mein Ehrgeiz, etwas zu leisten, stieg für einen Tag ins Ungemessene. [...]

Hoy, 12. 3.

Heute habe ich endlich wieder mit den »Geschwistern« begonnen, nachdem ich zwei Wochen lang die »Frau am Pranger« für eine neue Auflage korrigierte. Ich habe viel geschafft, es war ein Abenteuer, ich war, als ich die erste Zeile schrieb (Kapitel VII) aufgeregt, als gälte es einen weißen Fleck auf der Landkarte zu erforschen.

[...] Wir haben bei uns eine Konsumenten-Ideologie gezüchtet. Sozialismus ist Lebensstandard: Fernsehapparat, Kühlschrank und als Krönung der Trabant. Wir müssen versuchen, die Lethargie zu bekämpfen. [...]

Auch ich sitze satt und warm in meinem Zimmer, ich höre Beethovens Klavierkonzert Nr. 5 – und in eben dieser Sekunde werden Menschen gefoltert und ermordet. Unerträglicher Gedanke! Manchmal ist mir, als fiele die ungeheure Last allen Elends in dieser Welt auf meine Schultern, und ich möchte, feige und erstickt von ohnmächtigem Mitleid, all dem entfliehen und mich auslöschen.

Jon versuchte mir klarzumachen, daß wir mit unserer Arbeit, wo immer wir stehen, ein Teilchen beitragen zur Befreiung der anderen. Das weiß ich selbst, aber was nützt den Hungrigen die Aussicht auf den Sozialismus von übermorgen? [...] Warum bin ich so verbürgerlicht, daß ich es nicht fertigbrachte, nach der Filmvorführung aufzustehen und zu sammeln? [...]

Hoy, 28. 3.

Zurück von Autorenkonferenz in Halle. Trafen paar alte Freunde: M. W. Schulz, Deike, Nachbar, Noll. Diskussion mit Lewin. Die herrliche Anna Seghers: ihr Auftritt in der feierlichen Stille der ersten halben Stunde zu Beginn des Referats, als an der Tür ihre unverwechselbare rauhe, liebenswürdige Mainzer Stimme erklang: »Guten Tag.« Sie trug eine Kaffeetasse. Der Saal jubelte und klatschte ihr minutenlang zu. Mir wurde schwindlig, als sie an mir vorüberging, schön, mit ihren schneeweißen Haaren und dunklen Brauen.

Ein kluges Referat von Eva Strittmatter über vier Bücher: Jakobs, Reimann, Nachbar, Seeger. Bentzin sprach, Selbmann brüllte, Kurella schwätzte. Wie stets war es in den Pausen lebhafter und interessanter als im Saal. Fernsehinterview mit Hauser, Strittmatter, Seeger und mir. Man lobte meine schöne Natürlichkeit – in Wahrheit war ich halb betrunken. [...]

Abends habe ich mich besoffen. Was soll ich tun? Ich stand am Fenster, ich dachte, ein Sprung würde alles lösen. Feigheit. Nachher lag ich im Bett und weinte, bald nach Jon, bald nach Daniel. [...]

Petzow, 8. 5.

[...] Lese Nikolajews[1] »Schlacht unterwegs«. Ein Buch, das Mut macht, Mut zum Schreiben, zum Kämpfen. Die Lie-

1 Gemeint ist Galina Nikolajewa (1911–1963), russisch-sowjetische Schriftstellerin.

besgeschichte macht mich verrückt. Warum muß Tina das widerfahren? Ich glaube, hier ist etwas von dem, was man bei uns erbittert ableugnet: Tragik in einer sozialistischen Gesellschaft.

Ich höre schon wieder dieses verdammte »Tu, solo tu«.

Petzow, 23. 5.

[...] Meine Geschichte wird immer problematischer, ich habe das dunkle Gefühl, daß sie nicht gedruckt wird. Das hebt den Arbeitseifer ungemein. Trotzdem schreibe ich sie so, wie ich es mir nun mal vorgenommen habe. [...]

30. 5.

[...] Heute böse Auseinandersetzung mit Daniel, wegen seines Fernseh-Vertrages. Er soll Geschichten schreiben, statt sich viele Monate lang mit einem Stück abzuplagen, das doch nur ein Aufguß von »Schlacht unterwegs« wird. Er hat ja keine Beziehung zu dem Thema. Er hat aber einen großartigen Novellenstoff. Ich würde, wenn's sein muß, sogar seinen Fernsehvertrag übernehmen. Arbeit mit der Defa. Eben Anruf vom Fernsehfunk, »Ankunft« soll für eine Sendereihe bearbeitet werden. [...]

Hoy, 17. 6.

Heute vor einer Woche habe ich im »Erfurter Hof« den FDGB-Literaturpreis bekommen. Großer Festakt, anschließend Diner, alles ein bißchen zu exclusiv für meine Vorstellung von Arbeiterfestspielen. Inzwischen bekam ich eine Menge Glückwünsche und Telegramme, auch von Lesern und von Betrieben.

Arbeit an »Geschwistern«. Die Kombinatsepisode nähert sich ihrem Ende. Gestern Fernsehaufnahmen im Kombinat, bei brüllender Hitze, einsam vor der Kamera und mit einem Mikrofon in der Hand. Bei der vierten Aufnahme war ich so geschafft, daß ich bloß noch stotterte.

Ich bin jetzt öfter bei Jon, ich liebe sein Zimmer schon. Er wohnt im siebenten Stock eines Hochhauses, ohne Lift (den ich aber, mit meiner Angst vor der Technik), sowieso nicht benutzen würde. Es hat lange gedauert, ehe wir uns wieder ein bißchen aneinander gewöhnten. [...] Er ist geschieden worden, das Urteil ist bemerkenswert: Weil keine Liebe in der Ehe ist.

Hoy, 3. 7. 62

Gestern in Berlin zur Auszeichnung durch Bentzien; ein Preis im Wettbewerb um Jugendliteratur. Wieder ein paar Leute mehr, die mich scheel ansehen werden. Manchmal bin ich so deprimiert, weil Kollegen mir den zweiten FDGB-Preis übelnehmen, Nachbarn den Wagen (im Kombinat kursiert ein Wort: »Ankunft im Alltag – Abfahrt im Skoda«, und wenn es nicht ein hübsches Bonmot wäre, würde ich mich ärgern), und es gehen Gerüchte, das Kombinat ließe uns eine Luxusvilla bauen, um uns hierzuhalten. [...]

Hoy, 10. 7.

Heute fand ich mein erstes weißes Haar. In zwei Wochen werde ich 29. Ich empfand eine Erschütterung, die vielleicht lächerlich ist. Auch Daniel lachte, er freut sich auf meine grauen Strähnen. Ich glaube, eine Frau findet es nicht belustigend. Das weiße Haar verdanke ich meinen »Geschwistern«.

Ich arbeite am letzten Kapitel, schrecklich aufgeregt und eigentlich schon ausgepumpt. Abends muß ich manchmal erbrechen, so erschöpft bin ich. Schlimmer ist, daß mich kaum noch etwas in meiner Umwelt interessiert.

Hoy, 16. 7.

[...] Ich arbeite an den letzten Seiten der »Geschwister«. Heute bekam ich einen Brief von Dorli. Mein Schwesterchen wird klug und vernünftig. Sie schrieb auch von unseren Hamburgern, denen sie sich immer mehr entfremdet, sie erträgt ihre herablassende Arroganz und Oberflächlichkeit nicht mehr, dieses beständige »man trägt das nicht« und »ihr in der Ostzone«. [...]

Ich war so froh über ihren Brief, er hat mir auch Mut gemacht für meine Erzählung, meine Geschwister werden mich verstehen, und mit ihnen die Tausende junger Leute, die, wie Dorli, »glücklich und zufrieden sind auch ohne die schöne bunte Filmstarwelt«. [...]

Hoy, 23. 7.

Zu meinem 29. Geburtstag war Daniel da, er brachte Vater und Uli mit [...]. Ich lief schreiend die Treppe hinunter, erst später dachte ich: Wie, Ehebrecherin, woher diese unverstellte Freude? Am Tag vorher hatte ich das Wort ENDE unter die »Geschwister« geschrieben, ich hatte mich schwer betrunken (aber das tue ich in der letzten Zeit täglich, Alkohol beruhigt mich, und ich bin nie wirklich betrunken) [...].

Sie überschütteten mich mit Geschenken und mit Rosen und Nelken, und zuerst war ich auch fröhlich, aber dann mußten wir noch die letzten Seiten abschreiben [...].

Hoy, 3. 8.

[...] Freitags waren wir in Berlin gewesen, ich habe ein paar Dutzend polnischer Jazz-Platten gekauft, (eine wunderschöne Aufnahme vom Saint Louis Blues). Im »Lukullus« gabelte uns Otto Braun auf, Erster Sekretär des Verbandes. Er wollte mich für eine Ulbricht-Hymne gewinnen (zu U.s 70. Geburtstag wird ein Elogenband erscheinen), aber ich habe abgelehnt. Unmöglich für einen Menschen mit Verstand, über U. als den Förderer der schönen Künste zu schwatzen.

B. überredete mich dann, mitzukommen zu einem Empfang, ein burmesischer Gast hatte sich angemeldet. (Ich muß noch anmerken: B. wollte versuchen, mich mit Ulbricht bekanntzumachen, er setzte hinzu: »Aber es ist besser, wenn

Lotte nicht dabei ist.« Ich hätte ihm ins Gesicht spucken mögen.) Bei dem Empfang wurde nur englisch gesprochen, ich konnte aber ziemlich gut folgen. B. nutzte die Gelegenheit, mich über Gebühr vor dem Gast herauszustreichen. Was soll das? [...]

Hoy, 14. 8.

[...] Wenn ich nächstens zusammenbreche, wird es gründlich sein – aber ich bin entschlossen, nicht umzufallen, gerade jetzt nicht, da mich Daniel dringender braucht als sonst jemals. Er ist seit einer Woche krank, und ich habe seine Schwäche erbarmungslos ausgenutzt, um ihm sein Fernsehspiel aus dem Kopf zu reden, und nun habe ich ihn gottlob soweit, daß er nächstens seinen Roman beginnen wird. [...] Manchmal komme ich mir vor wie eine Maschine, die immer funktioniert und funktioniert, weil sie einmal in Gang gesetzt worden ist, und ich habe es so satt, Kraft zu zwei aufzubringen und auch den Dritten noch anzuspornen, gleichzeitig Frau und Geliebte und Schriftstellerin und Wäscherin und hundert anderes zu sein. Ach was, natürlich habe ich es nicht satt, das ist larmoyantes Geschwätz, und ich nehme es selbst nicht ernst. Aber natürlich ist es auch nicht wahr, daß ich die brutale Energie für drei habe, in Wahrheit bin ich abgenützt, ich laufe auf Reserve, ich brauchte ein paar Wochen Erholung (und spätestens am dritten Tag würde ich vor Ungeduld sterben). [...]

Hoy, 24. 8.

[...] Gestern habe ich 3 Seiten erster Notizen zu meinem Franziska-Roman geschrieben, der bis jetzt »Singend im Regen« heißt, ich weiß selbst nicht warum.

Heute erfuhren wir von Planungsingenieuren, daß ein atomsicherer Bunker in der Nähe gebaut wird – für die MfS-Leute. Ich teile dies ohne Groll mit. Wen werden sie beschnüffeln, wenn sie aus ihrem Bunker auf die verwüstete Erde zurücksteigen? Vielleicht werden sie sich später gegenseitig auffressen, und das ist das Gescheiteste, was sie tun können, nachdem sie vergessen haben, ein paar Bauern und Arbeiter mit in den Bunker zu nehmen.

Ein Phänomen, über das ich oft nachdenke: wir haben uns daran gewöhnt, mit der Atombombe zu leben [...].

Hoy, 14. 9.

Schon wieder Ärger mit der Defa, das Treatment soll umgeschmissen werden, irgendwelche künstlerischen Beiräte pfuschen mir in die Arbeit. Ich habe die Schnauze voll. Ich habe den Sportwagen, den ich mir jetzt kaufen wollte, abbestellt; der Preis – eine Arbeit ohne Lust und Liebe – ist mir zu hoch. Auch den Plan für eine Sommer-Datsche haben wir aufgegeben, unser Lebensstandard darf nicht noch höher geschraubt werden. Jedenfalls mache ich aber Pläne für meine eigene Wohnung, ich freue mich auf das Alleinsein und habe ein Grausen davor. Immer in eine leere Wohnung nachhaus kommen ... Aber das Zusammenleben ist auch kaum noch erträglich. [...] Manchmal liege ich bis zum Mittag im Bett und lese oder döse, die Tage gehen so dahin ... ein furchtbarer Zustand. (Ich bin aber einfach arbeitsunfähig, obgleich ich keine organischen Leiden habe. Ich war gestern beim Arzt zur Generaldurchsicht, ich habe mich auch auf Krebs untersuchen lassen. Als ich auf dem weißen Bett lag, machte ich eine Entdeckung: ich habe einen hübschen flachen braunhäutigen Bauch und die Hüften eines siebzehnjährigen Jungen.) Mir fiel auf, daß ich auch zu den Frauen gehöre, die sich täglich vor dem Spiegel prüfen. [...]

Hoy, 20. 9.

Heute schien zum erstenmal nach vielen Tagen wieder die Sonne, der Himmel war ein bißchen verschleiert, die Farben von einer sanften Melancholie. Ich bin sehr unglücklich, manchmal überfällt es mich, als ob sich Krallen in mein

Herz schlagen. Ich bin aber entschlossen, keinen kleinsten Schritt zu tun. Ich bin so fatalistisch [...]; ich warte immer, bis sich Entscheidungen mir aufdrängen, bis ich ihnen nicht länger ausweichen kann. [...]

Hoy, 29. 9.

[...] Mittwoch Bücherball. Wir saßen eine Zeitlang mit Leuten einer Jugendbrigade zusammen. Hier stecken Geschichten, wir wollen sie kennenlernen. Einen haben wir schon eingeladen: Betonbauer, 27 Jahre alt, keine fachliche Ausbildung (er holt sie jetzt nach), weil er für seine neun Geschwister arbeiten mußte; ein kräftiges offenes Arbeitergesicht – aber sein Lächeln ... Teufel! [...] Er sieht aus wie der Mensch von morgen (und hoffentlich haben wir uns nicht wieder mal bitter geirrt). Der Brigadier ist ein relegierter Student. [...]

Petzow, 29. 10.

Daniel war wieder für drei Tage hier, er sieht ganz blaß und mager aus – es wird Zeit, daß ich nach Hause komme. Es war so friedlich wie vorige Woche [...]. Wir sind für einen Tag nach Burg gefahren, und hatten einen sanften trägen Nachmittag bei Vati und Mutti. Was müssen Eltern empfinden, die zwanzig Jahre lang vier lebhafte Kinder um sich hatten und jetzt allein sind? Mir war ganz schwer ums Herz, als ich sie in der Gartentür stehen und uns nachwinken sah.

Am Freitag waren wir im Jazzkonzert mit dem Manfred-Ludwig-Sextett[1]. Ich habe nie soviel Freude am Spielen gesehen wie bei Jazzmusikern.

Gestern abend unterhielt ich mich lange mit Dr. Hajek aus Prag und mit Walter Öhme, über die ökonomische Lage der DDR. Die Wahlen sind verschoben worden, weil man sie nicht riskieren kann, die »Stimmung« (nennt man das Stimmung?) ist überaus schlecht. Die Arbeiter verdie-

1 Eine der wichtigsten Formationen des Modern Jazz in der DDR der sechziger Jahre.

nen weniger, das Fleisch und die Butter sind rationiert, es fehlt an Industriewaren, unsere Industrie geht zurück, der Flugzeugbau ist mißglückt und hat uns viele Millionen gekostet. Wir haben schon wieder Arbeitslose, nicht nur unter der Intelligenz (daß unser Bedarf an Ingenieuren in verschiedenen Wirtschaftszweigen gedeckt ist, wußte ich schon). Schuld sind die Automatisierung, die Umstellung, die der RGW mit sich bringt, und zum Teil wahrscheinlich auch die Mauer. Seit niemand mehr weggehen kann, ist der Mangel an Arbeitskräften behoben.

Zu alldem machen wir einen psychologischen Fehler nach dem anderen. Wie soll das weitergehen? Öhme (er ist Historiker) sagte, wenn wir jetzt auch noch die Normen überprüfen würden, hätten wir einen zweiten 17. Juni zu erwarten. Aber in der Regierung gibt es keine Änderungen, Personenkult hat es bei uns nie gegeben, wir haben die Grundlagen des Sozialismus geschaffen (Ulbricht). Es werden Stimmen laut, die endlich aussprechen, daß die Vergenossenschaftlichung zu früh und übereilt betrieben worden ist. Dank unserer Propaganda (»Wir werden Westdeutschland überholen.«) stellt sich jetzt vielen Leuten der Sozialismus als eine Sache des Lebensstandards dar.

Petzow, 31.10.

[...] Zum erstenmal ist mir aufgefallen, daß manche Leute sich meines Namens wegen [...] irgendwelche gescheiten Sentenzen erwarten. Ich habe schon einen Namen – das ist eine belustigende Vorstellung. Ich vergesse immer das Publikum, weil mir das Schreiben Freude macht, und ich bin, sobald ich vom Schreibtisch weggehe, nichts als eine ganz normale junge Frau, die gern lacht und trinkt und ebenso normale Leute um sich zu haben wünscht – und in Wahrheit behandeln sie mich die ganze Zeit als die Schriftstellerin Reimann. Hier wird überhaupt zu viel über Literatur gequatscht und meist über Dinge, die sich von selbst verstehen. [...]

Petzow, 4. 11.

[...] Der Daniel hat mich angerufen, ganz aufgeregt: Ich habe vor Wochen eine Analyse für das ZK geschrieben, über die Arbeit an der Basis ... Ich hatte ein paar scharfe Angriffe gestartet, meine unausgegorenen Ideen dargelegt ... Die Analyse wurde in einer ZK-Sitzung diskutiert, wie Daniel erfuhr, sie ist jetzt bei Ulbricht, soll der Presse übergeben und auf dem 6. Parteitag ausgewertet werden. Ist es immer noch so schwierig, bei uns mutig zu sein? Wovor scheuen die anderen Schriftsteller zurück? [...]

Petzow, 11. 11.

Die Tage gehen so dahin, ich arbeite. [...]

Ich telefoniere jeden Tag mit Daniel. Er arbeitet unermüdlich an seinem Buch, manchmal liest er mir ein paar Sätze vor. Wie ich seine Telefonstimme liebe! Was aber wird sein, wenn wir wieder Tag für Tag zusammen leben? Und wie wird es mit Jon weitergehen? [...] Ich mache mir Sorgen um ihn. [...]

Petzow, 18. 11.

Heute nachmittag ist mein liebster Daniel abgefahren, ich saß noch eine Weile bei ihm im Wagen; ich war dann sehr traurig, als ich ihm nachsah. Manchmal begreife ich nicht, wie ich immer wieder imstande bin, mich in andere Männer zu verlieben [...].

Gestern, während Daniel auf meinem Bett schlief, habe ich einiges zu meinem Roman notiert. Gott, was für eine schöne Arbeit! Ich wollte, ich könnte schon zu schreiben beginnen, statt mich in dieser Pflicht-Mühle zu schinden.

Franziska Carmesin bekommt Gesicht. Vielleicht – eine Art Entwicklungsroman?

Petzow, 20. 11.

[...] Ich [...] habe Heimweh, heute wäre ich beinahe Hals über Kopf abgereist.

Petzow, 27. 11.

Seit zwei Tagen liegt Schnee, einen halben Fuß hoch, und der Anblick des weißen Parkes beschwört Erinnerung an Weihnachtsfreuden herauf.

Daniel ist wieder bei mir (er liegt jetzt auf meinem Bett und schläft), und ich werde ihn erst morgen wieder fortlassen. [...]

Vorgestern waren wir in Berlin (nach einer langen beschwerlichen Fahrt auf der vereisten Autobahn; unterwegs sahen wir sieben zertrümmerte Wagen), zuerst beim ZK, im Friedrichshagener Kulturhaus, abends bei Caspar. Bartsch war da und zeigte mir die Illustrationen zu den »Geschwistern«; die impressiven Zeichnungen haben wir verworfen, und ich entschied mich für ein Schabblatt – hier hatte er den Geist der Geschichte erfaßt und selbständig gestaltet, freilich waren wir nicht sicher, ob er das durchhalten wird. Er hatte sich für seinen Versuch die attraktivste Szene (in Westberlin) ausgesucht: das Gesicht des Mädchens in einem Chaos von Wolkenkratzern, Reklameschildern und Grenzsymbolen (war es Stacheldraht? Ich weiß nicht, ich hatte den Eindruck von GRENZE – und darauf kommt es an.) [...]

Die Diskussion beim ZK litt unter der Anwesenheit von Otto Gotsche (solange das Triumvirat Gotsche, Kurella und Rodenberg regiert, bleiben die Meisen im Exil). Ich weiß nicht, ob er uns mißverstand oder nur vorgab, nicht zu verstehen, und manchmal erschien er mir beinahe feindselig gegen eine Generation, mit der ihn nichts verbindet und die nicht gewillt ist, sich von ihm gängeln zu lassen. Wir respektieren seine Leistungen in der Vergangenheit; in der Gegenwart hat er uns wenig mehr zu sagen, ja ich glaube, er hat einfach den Anschluß verloren, er hat falsche – heute falsche – Ansichten und richtet Schaden an. Er gab ein paar Ungeheuerlichkeiten zum Besten, die für eine erstaunliche Ignoranz sprachen, ließ niemanden ausreden und war böswillig bemüht, die Meinung der Jungen falsch zu interpretieren. Er sagte Dummheiten über Noll (»er ist noch nicht zur Gegenwartsliteratur vorgestoßen, und ich bezweifele, daß er in zehn Jahren soweit sein wird«, – das nach dem »Werner Holt« […]); er forderte uns auf, aktuell zu schreiben – also über heute, für heute, für die Zeitung (dies aber mit Ausschließlichkeit gefordert), er schien auch zu glauben, wir seien, wie er, imstande, in sechs Wochen einen Roman zu schreiben. Die alberne Diskussion über die Schulterklappen an den FDJ-Blusen notiere ich mir für meinen Roman.

Es war erfreulich, zu sehen, wie die Jungen – Wiens, Hauptmann, Beierl, – ihn unter Feuer nahmen und uns vertraten. Rücker sagte ein paar gescheite Sachen über die zehn Jahre lange Erziehung zu falschem Denken; es gab ein paar friedlich verschleierte Angriffe auf die offizielle These, es habe bei uns keinen Personenkult gegeben, und Vorwürfe gegen die Alten, die schuld sind daran, daß es an Charakter fehlt. Hauser sprach, sehr laut und lebhaft, über das längst fällige Ersetzen von starrer, zu Zeiten der Illegalität notwendiger Disziplin durch Verantwortungsbewußtsein und eigenes Denken – auch gegen ein Kollektiv. (Auch mit diesem Gedanken werde ich mich in meinem Buch zu beschäftigen versuchen.) […]

Petzow, 28. 11.

Heute hat Jon Geburtstag, ich habe ihm nicht einmal geschrieben: das ist nicht ritterlich.

Das Treatment ist von Produktionsgruppe genehmigt und sogar gelobt worden, aber das ist mir jetzt nicht so wichtig: ich lese Rousseaus »Bekenntnisse« …

Gestern hatte ich [einen] schönen Abend, Reiner Kunze ist mit ein paar jungen Lyrikern gekommen, er las gestern in der Halle tschechische Gedichte, die nicht veröffentlicht werden (bei uns, wohlgemerkt). Ich bin froh, daß Reiner, dem ich immer eine Art Verehrung entgegengebracht habe, mich jetzt schätzt – nachdem er mich damals, in der Arbeitsgemeinschaft, jahrelang befehdet und hart kritisiert hat, nicht zu Unrecht, wie ich heute weiß. Aber auch er war damals ein anderer: ein dogmatisch strenger Genosse, kalt und trocken (dieser in Wahrheit so leidenschaftliche Mensch, dieser Feuerbrand in dem zerbrechlichen Gefäß eines kranken Körpers). Er hat sich verwandelt, nach den schrecklichen Vorfällen (das muß 1957 oder 58 gewesen sein), als man ihn zu Unrecht denunzierte, verurteilte, von der Hochschule jagte, als er eben seinen Doktor machen wollte, und ihn buchstäblich auf die Straße warf.[1] Er war eine Zeitlang Lastwagenfahrer. Heute schreibt er herrliche Gedichte, atemberaubend ehrlich – er spricht alles aus über unsere unselige Vergangenheit, was endlich ausgesprochen werden muß, und natürlich ist der Gedichtband noch verboten. Er las mir heute daraus vor. Das beklemmende »Die Bringer Beethovens« ... 1984. Nein, anders, weil von einem anderen, einem guten klugen Genossen gesehen.

Wir besuchen uns oft über den Balkon (er wohnt neben mir) und reden und finden immer wieder Übereinstimmungen. Wir sind gleichaltrig. Wir hassen den Militarismus in der Republik, dieses unausrottbare Preußentum und seine militante Sprache (»Getreideschlacht, Kartoffelfront« – das ist nicht nur lächerlich, bei Gott), und ich fand mich bestätigt, als ich auch aus seinem Munde das Urteil »faschistisch« hörte für gewisse Erscheinungen: Jazz = Niggermusik; der deutsche Arbeiter = der beste Arbeiter der Welt; die Sprache unserer Presse – siehe LTI[2]; Rassenwahn ersetzt durch Klassenwahn (es gibt Beispiele, ich schwätze nicht ins Blaue); moderne Malerei = entartete Kunst. Alles wie gehabt.

Man sagt, Kurella (den ich in Kuratella umgetauft habe) K. also habe im kleinen Kreis geäußert, wir machen die einzig

1 Reiner Kunze mußte nach schweren politischen Angriffen gegen ihn 1959 die Karl-Marx-Universität Leipzig verlassen, er wurde zunächst Hilfsarbeiter im Maschinenbau und in der Landwirtschaft.

2 Victor Klemperer: »LTI. Notizen eines Philologen«, 1946, (Lingua Tertii Imperii – Die Sprache des Dritten Reiches).

richtige Kulturpolitik. Was heißen soll, die anderen sind Revisionisten oder auf dem Weg zum Revisionismus; was auch erklärt, warum man ängstlich die Kultur anderer, auch der sozialistischen, Länder fernhält. Man muß nur unsere ausländischen Gäste hören, die ins Heim kommen. Ich schäme mich. Hemingway? Richtig, irgendein Amerikaner, kaum bemerkenswert, auf jeden Fall schädlich, den wir »sehr kritisch lesen« (dies in Gegenwart des Kubaners [?], der sich in einen Vulkan verwandelte). Louis Aragon? Von seiner Rede in Prag nehmen wir nicht Notiz, die anderen drucken sie: desto schlimmer, wir konnten es nicht verhindern, da wir doch berufen sind, die Reinheit der Lehre zu überwachen und zu hüten. Wachhund Europas – wie gehabt. In Moskau nennen sie uns »Die Westchinesen«.

Petzow, 2. 12.

Ich lese immer noch Rousseaus »Bekenntnisse«. Die ersten Tage lief ich wie verrückt und verzaubert herum, und bis heute kann ich mir nicht die Wirkung des Buches auf mich erklären, nicht durch seine beklemmende Ehrlichkeit, die Größe und Kleinheit des Mannes R. gleichermaßen spiegelt, nicht allein durch seine Leidenschaft und Herzenseinfalt, seine tiefe Beziehung zur Natur (habe ich jemals Schilderungen einer Landschaft mit soviel Spannung gelesen?), ich weiß nicht, ich weiß nur meine tiefe Anteilnahme und die Begier auf seine Werke und wiedererwachte Begier auf Flauberts »Erziehung der Gefühle«, die ich nun wohl endlich zu würdigen verstehen werde, auf Stendhal und Tolstoi (ich habe hier auch Turgenjew für mich entdeckt.) Warum lerne ich dies alles erst mit 29 Jahren kennen? Gott, was habe ich mir entgehen lassen! Ich fühle mich wieder bestärkt in meinen Gedanken über die große einfache Erzählkunst der vergangenen Jahrhunderte. Warum kehren wir immer wieder aufatmend zu ihr zurück? Während ich in der Malerei stets für neue Formen, neue Ausdrucksmöglichkeiten spreche, bin ich in der Literatur ganz konservativ. Die hektische oder primitive Sprache unserer neuen Bücher, understatement bei Hemingway, Auflösung und Zerfall bei Grass, wilde Assoziationsketten – all das ist zuweilen interessant und diskutabel und gibt sich modern oder ist es – gleichgültig, schließlich bleibt doch nur die schöne gelassene Prosa der großen Russen und Franzosen.

[...] Reiner Kunze war ein paar Tage hier, er ist gestern abgefahren. Wir hatten nicht einmal mehr Zeit, über die Beratung bei Ulbricht zu sprechen.

Daniel war am Donnerstag noch gekommen, um mir zu sagen, daß ich am nächsten Morgen im ZK sein sollte: eine Einladung von Walter Ulbricht, er wollte mit Kulturschaffenden beraten. Wir waren einigermaßen aufgeregt – was versprachen wir uns eigentlich? Toleranz, Freimut – Gott weiß was. Im Plenarsaal saß alles, was gut und teuer ist: Seghers, Hermlin, Strittmatter, Weigel, Cremer, Dessau, Langhoff usw. Wahrscheinlich verdanke ich die Ehre, eingeladen worden zu sein, meinem Brief, den Ulbricht zitierte und lobte (Cremer schimpfte: »Die Reimann soll Romane schreiben, aber keine Briefe.«) – und eben dieses Lob macht mich stutzig. Nach all dem, was ich an diesem Tag erlebte, sind mir Schlußfolgerungen, die U. »klug und ausgezeichnet« nannte, verdächtig geworden. Der Brief ist nicht kritisch und klug genug, sonst hätte er U.s Unwillen hervor gerufen. Wie immer, er wird im ND abgedruckt, und ich kann nichts dagegen unternehmen.

Ich saß neben Hermlin und sah, wie er litt. In der Tat, für die Ohren eines Mannes wie H., mit seiner Weltoffenheit, seinen Auffassungen von Literatur, mußte die eingangs von U. gehaltene Rede eine Qual sein. Offenbar soll der Roman ein Lehrbuch der Ökonomie ersetzen, die Konflikte liegen auf der Straße, man braucht nur in einen Betrieb zu gehen; eine Maschine wird konstruiert, nicht gebaut, es gibt Streit zwischen den Ingenieuren, schließlich produziert man sie doch (dies eines der banalen Rezepte) – »und dann kommt es nur noch auf die künstlerische Meisterschaft an«.

Es sprachen eine ganze Anzahl Künstler, auch die Seghers (über die »Enge«), auch die Weigel und Womacka, der von Cremer wild angegriffen wurde (»du bist so glatt und gefällig, du hast natürlich keine Probleme«). C. war sehr bitter, er hat heute noch Schwierigkeiten wegen der Akademie-Ausstellung. Wiens wurde von U. immerzu unterbrochen, in der unverschämtesten Weise, rechthaberisch und bösartig, mit seinem ewigen »Was ist denn los?«, vorgebracht von einer widerwärtigen Eunuchenstimme. Dieser Mann ist von Machtrausch besessen, er läßt keine Meinung gelten außer der seinen, er ist ein Demagoge, der falsch und verlogen argumentiert und mit der linken Hand nimmt, was er eben mit der rechten gab. Man hörte seine mißtrauische Abneigung gegen die sowjetische Kunst heraus, und auf Conny Wolfs Frage, warum »Schlacht unterwegs« so lange in den Verlagen herumgelegen habe, behauptete er (der sich bei anderer Gelegenheit als »Gedankenleser« bezeichnete), das ZK habe davon nichts gewußt. Zu Jewtuschenkos Gedichten: »Warum denn drucken? Wer will, kann sie ja auf dem Marx-Engels-Platz vorlesen, und ich werde den Sicherheitsorganen Bescheid sagen, damit sie ihn vor den Menschen schützen.«

Es ist hoffnungslos, Besserung für unsere literarische Situation zu erwarten, solange dieser amusische Mensch mit seinem Kleinbürgergeschmack sich Urteile anmaßt. Wütender Streit über moderne weiße oder grauen Vasen [...]. »Die Formgestalter wollen damit das Leben der Werktätigen grau machen, während sich die Bourgeois in Westdeutschland mit Farbenpracht umgeben. Das Leben unserer Menschen soll auch bunt sein. Diese Vasen kann ein Lehrling machen, wenn er ein Stück Ofenrohr als Modell nimmt ...« Und so fort. C. explodierte, U. fuhr ihm über den Mund. Er ist falsch unterrichtet oder will die Wahrheit nicht hören. Das Schlußwort war entsetzlich, schließlich brach ich in Tränen aus vor Wut und Haß gegen diesen Mann, der die Künstler in der gemeinsten Weise beschimpfte, und Daniel war in Angst, ich könnte irgendetwas Skandalöses anrichten. U. behauptete hartnäckig, eine Anzahl Schriftsteller hätte nur den ersten Teil von »Schlacht unterwegs« gelesen und als antisowjetische Propaganda benutzt, und er schalt die Schriftsteller wie einen Haufen dummer oder unartiger Kinder, und wenigstens in diesem Augenblick hätte es beinahe einen Aufruhr gegeben: Hauser als Parteisekretär des Verbandes sprang auf und verwahrte sich gegen diese Unterstellung, sogar Braun (den man »General Pflaume« nennt) nahm die Schriftsteller in Schutz, und die Weigel widersprach ... Ich mag jetzt nicht alles aufführen, was sich da [an] Bosheit und Verleumdung über die Schriftsteller ergoß – genug, es war ein furchtbarer Eindruck, ich war ganz entmutigt.

Er kann uns nicht leiden – vielleicht glaubt er, wir haben als Propagandisten versagt. Er weiß nicht, daß man mit uns nicht mehr über die Grundfragen zu diskutieren braucht – wir sind weiter. Jetzt geht es um künstlerische Fragen, von denen aber versteht er nichts. Ich werde diese »Beratung« nicht vergessen, nicht diese hohe schneidende Stimme, nicht diese üblen Verdrehungen, nicht, wie er selbst seinen Mitarbeitern das Wort abschnitt, nicht das selbstgefällige Grinsen, und die Gesichter unserer Künstler [...]. Er muß aber die Welle von Kälte gespürt haben, denn am Schluß mäßigte er sich ein wenig, nachdem er Wolf noch zurechtgewiesen hatte, der nach sowjetischen Filmen gefragt hatte. (Zu »Als die Bäume groß waren«: »Wir brauchen keinen Film über Säufer, wir brauchen keine Extreme.«)

Nachher sprachen wir mit Uhse und Hauser, die mich mitleidig betrachteten. Ich war außer mir. Sie waren auch niedergeschlagen, schienen aber an solche Auftritte gewöhnt und trugen sie mit Fassung, Hauser sogar mit Anflug von Humor. Uhse bat uns, ihn anzurufen, wir wollen uns endlich wieder mal unterhalten. Er ist älter und kleiner als in meiner Erinnerung [...].

Dieser Tag hat mich kurz und klein geschlagen, ich muß erst damit fertigwerden. Man sollte nicht mehr reden oder Reden hören, sondern unbeirrt schreiben. [...]

1963

Petzow, 13. 1. 63

Seit einer Woche sind wir wieder im Heim. Wir haben unglaublich geschuftet die letzte Zeit. Mein Zimmer ist endlich fertig und genau so, wie ich es mir vorgestellt hatte, mit einer Bücherwand bis unter die Decke, mit einem richtigen Schreibtisch und Großvaters gewaltigem »Kaisersessel« (weil der 99-Tage-Kaiser drin gesessen hat) und einer neuen Liege (wir schlafen jetzt getrennt und finden das vorläufig noch ganz romantisch), und die schöne alte Uhr, die früher bei den Großeltern auf dem Glasschrank stand und mir heute ein Stück Kindheit und Familientradition bedeutet, hat Daniel mir auch gegeben. Ich habe – immer mal wieder – neue Bilder aufgehängt, Chagalls »Ertrinkende«, die alle außer mir scheußlich finden, und das wunderschöne Selbstbildnis des Zöllners Rousseau [...].

Petzow, 14. 1. 63

Heute fahren wir nach Berlin, um am VI. Parteitag teilzunehmen; wir sind als Gäste vom Politbüro eingeladen worden. Mein Brief hat riesiges Aufsehen erregt, eine Institution, eine Zeitung nach der anderen kommt zu mir (auf einmal wollen auch alle Geschichten von mir haben), ich bekomme viele Briefe von mir ganz fremden Leuten, die mir danken für meinen ermutigenden und mutigen Artikel ... Im Kombinat gibt es einen Haufen Ärger, meine Brigade fühlt sich auf die Zehen getreten, und der arme Järkel (den ich als den »jungen Schmied aus der Kreisleitung« erwähnte) ist vom Parteisekretär [...] bedroht worden – er müsse sich verantworten, weil er »parteiinterne« Dinge verraten habe. Ich werde jetzt einen zweiten Artikel, für das »Forum« schreiben: über die Folgen eines Briefes. [...]

Creutz und Andrießen sind auch wieder hier, und wir sitzen jeden Tag ein paar Stunden zusammen. [...] Daniel hat uns vorgeschlagen, daß wir – Creutz und ich – zusammen ein Fernsehspiel schreiben, nach den »Geschwistern«. Ich hatte jetzt die Fahnen hier, und C. hat sie gelesen, und [nun] singt er allen Leuten ein Lob [...]. Natürlich freue ich mich sehr, daß dieser scharfe Kritiker meine Geschichte mag. Jetzt hat sie Professor Kamnitzer und der Regisseur Dr. Köhlert, der sich für ihre Verfilmung interessiert. Ich wäre mit einer Coproduktion einverstanden, bloß saufen darf er nicht, während wir arbeiten.

Mit Michel hocke ich jeden Tag über dem Drehbuch – eine beschissene pedantische Arbeit.

Petzow, 18. 1. 63

Zurück vom VI. Parteitag. Wo anfangen? Eine Menge starker Eindrücke, manche schön, manche bös. Welche Erwartung hatten wir denn? Weg mit Kurella, weg mit Rodenberg – pah. Die Kulturpolitik ist starrer denn je zuvor (und privat: Rodenberg ist eifrig dabei, meinen Film kaputtzumachen, unter vielen lieblichen Reden, die er mit mir im Wandelgang führte: »Sie sind eine Frau, mit der man nur ehrlich« usw. – diese ekelhafte von-Mensch-zu-Mensch-Masche)

Es entluden sich Gewitter über den Häuptern der Schriftsteller. Übrigens saßen nur die Unschuldigen auf der Seitentribüne: Nachbar, Wolf, Seghers, Wiens (nein, der ist nicht unschuldig, der Arge, und Kurella nannte sein und anderer Auftreten damals bei Ulbricht – der ja in Wahrheit keinen richtig zu Wort kommen ließ – »rüde und unverschämt«), Neutsch, Pitschmann und – als einzige lobend erwähnt – die Reimann, und Gott weiß, wie ich [mich] fühlte als Kronzeuge wider andere, die ich schätze. Nun haben uns freilich in der Tat einige Kollegen, voran dieser Snob Kunert, ein paar modernistische Kuckuckseier ins soz.-real. Nest gelegt.

Modern ... mein Gott, ein alter Hut, der sich auf kühn

herausputzt, und Experimente, die man sich in den zwanziger Jahren schon an den Schuhsohlen abgelatscht hat. Wie immer: fast jeder Redner fühlte sich bemüßigt, »die Schriftsteller« irgendwelcher Verzerrung zu bezichtigen, und das Parkett (dort saßen die Delegierten) murrte und pfuite, und der Bredel heizte die Stimmung noch mehr an, indem er seine Geschichte von der Akademie erzählte, übrigens unkonkretes Geschwätz, und dann in einer Art, die nach Denunziation roch – offenbar aber die eigene Weste weiß waschen sollte – den Fall Huchel breittrat, die Abweichungen der Zeitschrift »Sinn und Form«, die Kämpfe mit Huchel, den hochbezahlten Vertrag, aus dem man ihn angeblich nicht rausdrängen konnte (heftiges Murren im Parkett), und zum Überfluß zitierte er Westzeitungen: »Enklave des Liberalismus« und »Insel des Intellekts«. Jahrelange Schädlingsarbeit, sagt Bredel – und B. muß es ja wissen, denn er ist Präsident der Akademie, und vorher war er ihr Parteisekretär. Das Parkett sandte immer finsterere Blicke zu uns rauf – die Künstlerschaft saß wie auf einem Tablett. Wie, klatscht ihr auch [an] der richtigen Stelle? Wie, wir schmeißen euch Riesengelder an den Kopf und ihr macht keine volksverbundene Kunst? Wäre jetzt einer von uns aufgestanden, die Schriftsteller zu verteidigen – man hätte ihn runtergepfiffen und ein bißchen zerrupft. Wir fühlten uns, gelinde gesagt, unbehaglich ... [...] Die nächsten 2 Jahre können wir uns nicht mal einen inneren Monolog leisten ... Und doch verstehe ich den Zorn der Genossen, wenn ich einen Hacks sagen höre, er könne bei uns keine Helden entdecken.

[...] Möglich, daß ich eine schlichte Auffassung von Heldentum habe, über die Hacks mit einem Bonmot hinwegginge; man sollte aber beginnen, den Begriff des »Helden« in der Literatur zu klären, ohne auf die antiquierten positiven Helden einer dogmatischen Literaturtheorie (die Aragon angriff – übrigens im letzten und am schärfsten verurteilten Heft von »Sinn und Form«) zurückzugreifen. Und was eigentlich sind diese »Experimente«, von denen man nahezu im Bühnen-Verschwörerton flüstert? In »Fetzers Flucht« jedenfalls schien die experimentelle Form nur dazu zu dienen, die Dürrheit und Dummheit der Fabel zu verdecken, und selbst das mißlang.

Trotzdem: das Geschrei mißfällt mir, diese Pogromstimmung entsetzt mich, ich sehe den Schematismus wieder seine finsteren Blüten treiben, und ich finde es lächerlich und zynisch, vom Rednerpult herab zu verkünden, der Schriftsteller bei uns habe alle Freiheit und Möglichkeit zur schöpferischen Entfaltung.

Petzow, 20. 1.

Den ganzen Vormittag Gespräch mit Georg Maurer. Er (immer zwischen Verwunderung und olympischen Belustigtsein und den Kopf in den Wolken, Kind und Weiser) erzählte, wie er die Gedichte für den »Dreistrophen-Kalender« schrieb: als die Gräser und Blumen in ihm waren und als er auf die Bäume zulief, sie zu fassen, und als er zum erstenmal »Wasser« begriff, an der stinkenden Pleiße, und als er die Rindenschrift der Bäume lesen zu können glaubte ...

Er ist einer der ganz Großen, dessen Gedichte eine klügere und empfindsamere Menschheit verstehen wird – und einer, dem manchmal die hundert Mark bitter fehlen, die wir, schwache Anfänger, im Vorbeigehen verdienen.

[...] Es fanden sich am letzten Tag doch noch etliche, die eine Lanze für die Schriftsteller brachen. Kuba sprach über die »Unterkühlten«, und mag man von Kuba halten was immer, er hat recht, wenn er den Jungen vorwirft, sie scheuten sich vor dem schönen Pathos, ja verachteten es und hielten für altmodisch, was nicht »unterschwellig« serviert wird. Auch Ulbricht war mild und freundlich, [...] beim Schlußwort, bekam ich auch wieder mein Lob; schon im Politbüro sagte man von mir, ich sei ein Held ... Trauriger Held: ich fühle mich gar nicht tapfer [...], taumele zwischen Optimismus und Depression. Vielleicht bin ich einfach nur starrköpfig?

Petzow, 22. 1. 63

[…] Die Schriftsteller im Heim sind alle empört oder sogar verzweifelt. Die Stimmung war gestern auf dem Nullpunkt. Wir haben im Fernsehen die Parteitag-Sendung zu Kulturfragen gesehen, und der Raum kochte: man hatte all das ausgewählt und zusammengeschnitten, was bös und schädlich war für die Schriftsteller und herabsetzend (immer mit dem Unterton: »feindlich«) für die Akademie, deren famoser Präsident auf ZK-Tribüne saß und fett grinste. Kurella ist massiv geworden und hat personelle Änderungen angekündigt. Auch werde man sich von jenen Genossen, die da immer wieder abseits der Linie latschen (er drückte sich feiner aus; gemeint ist u. a. Hermlin), trennen müssen.

Zuletzt: Ulbricht – und natürlich Lob für BR, und jetzt hängt's mir zum Halse raus, […] ich bin nicht Zeuge, da man dort persönliches Verhalten und literarische Arbeit voneinander abtrennt und durcheinanderwirft. Ich bin sicher, daß die meisten Kollegen mich abschätzig oder sogar zornig ansehen werden, und ich kann, bei Gott, nichts dafür, habe nur, wie ein Dutzend anderer, die verlangte Analyse geschrieben. Vielleicht haben die anderen (ich denke nur an […] diesen heiteren und ahnungslosen Schwätzer und lieben großen Jungen und professionellen Stipendienempfänger Wohlgemuth[1]), vielleicht also haben sie nur gequasselt und die Basis besungen.

Jeden Tag gibt es bei Tisch und in der Halle erregte Debatten, und sogar der gelassene Eddy Klein war einigermaßen deprimiert. Am liebsten spreche ich mit Professor Kamnitzer, der, mit seiner jüdischen Weisheit, beiden Seiten gerecht zu werden versucht und gelassen abwägt. Gestern abend war es noch mal schlimm: Letzter Tag in Berlin (wir saßen alle vorm Fernsehapparat), die Pionierdelega-

1 Joachim Wohlgemuth (1932–1996), Schriftsteller.

tion: Marschtritt, Marschmusik (hier verschwand Kamnitzer), Kommandos: Stillgestanden! Rührt euch (hier ging Dr. Köhlert), Pioniermeldung, zack-zack, die kleinen Preußen, markige Stimme des Meldenden …

Ich floh, mir war übel, ich sah meine unrühmliche Vergangenheit – Marschtritt, Halstuch, markige Meldung. Ich goß einen Schnaps runter. In der Halle saßen schon Kamnitzer und Köhlert, wir waren erschüttert, erschreckt: Warum das alles? Warum diese Militärs von acht Jahren […]? Mit 16 Jahren werden sie im Stechschritt zum Rendezvous marschieren … Herrgott, ja, wir sind eine gebrannte Generation, wir können's nicht mehr sehen, verdammt. Wir haben begreifen gelernt, warum ein sozialistischer Staat eine Armee braucht – wir begreifen nicht, warum Kinder trommeln und Fanfaren blasen und »Stillgestanden!« brüllen.

Das klingt nun freilich alles bös und nörglig, und ich lasse mich seitenlang über die Schriftsteller aus … Dabei hat mich der Parteitag tief beeindruckt, ich habe eine Menge kluger Dinge gehört, ermutigende Pläne und gründliche Analysen. Am besten gefiel mir, was über die Wirtschaft gesagt wurde […]. Leuschner sprach vom RGW – und dies allerdings war großartig: weitreichende Pläne (bis 1980), Zusammenarbeit mit den sozialistischen Staaten, Koordinierung. Hier war ein Ausblick auf die Welt von morgen, eine geeinte, friedliche Welt, […] die wirklich imstande ist, alle Schätze zu heben, […] Wüsten zu bewässern und den Nordpol in fruchtbares Land zu verwandeln.

Diese Bewegung, ja Ergriffenheit spürte ich auch, als die Vertreter der Bruderparteien begrüßt wurden. Siebzig Länder – und ihre Delegierten kamen zu uns, und die Welt saß auf der Tribüne, sichtbarlich die Welt, die einst kommunistisch sein wird.

Dann: die Rede von Nikita, sein Humor, seine herrliche Ruhe (und wie sollte er nicht diese Ruhe haben, da die Sowjetunion durch ihn sprach), die Zuversicht – und plötzlich jener Augenblick tödlicher Stille im Saal, als er von der hundert Millionen-Bombe sprach, die sowjetische Wissenschaftler entwickelt haben und die nicht einmal erprobt werden kann, weil das Experiment schon Europa zerstören würde. Seine eindringliche Warnung vor einem nächsten Krieg – und keine Verschönerung, keine Bagatellisierung, wie sie bei uns gebräuchlich ist: es gibt keine Rettung, keinen Schutz (aber empfahl man uns nicht: mit Zeitungspapier zudecken, Füße zum Explosionszentrum?), beim ersten Atomschlag werden 800 Millionen Menschen getötet und alle Hauptstädte der Welt zerstört. Warnung nicht nur für den Westen, sondern auch für Albanien und China, die mächtiges Kriegsgeschrei angestimmt haben, blutige Revolution wollen [...].

Schrieb ich schon, daß ich ein paar Worte mit Anna Seghers sprach, daß ich sie sah, die Angebetete, ihr in den Mantel helfen durfte? Herzklopfen zum Zerspringen ... Einmal rempelte sie mich an (sie ist ein bißchen ungeschickt oder tut so) – ich war selig. Eine wunderschöne Frau – und wirklich Frau. [...]

Petzow, 3. 2. 63

Wir sind jetzt viel mit Walter Kaufmann zusammen, den wir beide sehr sympathisch finden. Manche seiner Geschichten erinnern an die Jack Londons, und auch in seinem Leben gibt es solche Ähnlichkeiten. Jetzt, über Sonntag, ist seine hübsche Frau hier, Angela Brunner, früher Malerin, jetzt Schauspielerin; sie ist liebenswürdig und gescheit, und wir haben unsere Kaufmann-Sympathie gleich auf sie übertragen.

Morgen abend fährt mein Daniel fort, und ich heule jetzt schon beim Gedanken, daß ich ihn vier Wochen nicht sehen werde. Er tritt Mittwoch seine Kur an. Nicht einmal den letzten Tag haben wir zusammen: ich werde morgen früh abgeholt zu einer Tagung des Präsidiums des Nationalrats, wo ich auch sprechen soll. [...]

Heute war ein infamer Artikel über Ehrenburgs Memoiren[1] im ND. Das Buch ist bei uns noch nicht erschienen, und vielleicht sind das Vorhutsgeplänkel, die uns darauf vorbereiten sollen, daß die Bände (die es in Westdeutschland und vielen anderen Ländern längst gibt) überhaupt nicht rauskommen. Erwin Bekier[2] sagte uns heute morgen, er habe vor zwei Jahren mit Ehrenburg gesprochen. Ehrenburg sagte zu ihm: »Ich bin ein alter Mann, ich kann es mir nicht mehr leisten zu lügen. Ich schreibe jetzt die Wahrheit.«

Wer bei uns ist interessiert, uns die Wahrheit vorzuenthalten? Warum, warum? [...]

Petzow, 9. 2.

[...] Mein Leben ist mal wieder völlig durcheinandergeraten. Ich habe eine schreckliche, verzehrende Unruhe, ich trinke jeden Abend, ich werde mit mir nicht mehr fertig. Manchmal bin ich so niedergeschlagen, daß ich mich verkriechen möchte wie eine kranke Katze, und dann wieder werde ich albern ... Seit Montag ist Günter Felkel mit seinem Dramaturgen Buerschaper hier, wir haben uns angefreundet, und abends holen sie mich in mein Zimmer, wir trinken ein paar Flaschen Wein und machen Unsinn und lachen – so habe ich seit meiner Schulzeit nicht mehr gelacht (und manchmal wurde ich dann aus der Klasse rausgeschmissen, weil ich nicht wieder aufhören konnte, und dabei liefen mir schon die Tränen aus den Augen). Wahrscheinlich ist das das Gescheiteste, was ich jetzt tun kann: Wein trinken und lachen, lachen ... Allein in meinem Zimmer habe ich das »ärm Dier«, wie unsere Köllsche Großmutter sagte. [...]

Ich fühle mich immer tiefer hineingezogen in den Streit: »Die Alten – die Jungen«, und wir reden stundenlang dar-

1 Ilja Ehrenburg (1891–1976), russisch-sowjetischer Schriftsteller. Seine Memoiren schildern u. a. die Jahre während des Zweiten Weltkrieges in der Sowjetunion unter Stalin.

2 Erwin Bekier (geb. 1920), Schriftsteller.

über. Neulich nahm mich Kaufmann mit zu Eduard Claudius (er hat mich damals, 56, in den Verband aufgenommen und war ein finsterer Diktator – jetzt ist er ein alter Mann, er hat aber immer noch einen ziemlich rüden Ton). C. besitzt ein tolles Haus am Stadtrand von Potsdam, sein Arbeitszimmer sieht so aus, wie Klein-Moritz sich das Studio eines erfolgreichen Schriftstellers vorstellt: Bücherwände und Liegen, über die Haufen von schönen Teppichen gebreitet sind, orientalischer Tisch und kostbare Figuren (C. war lange in Damaskus und Vietnam als diplomatischer Vertreter), wunderschöne alte Möbel und eine lange Reihe von Blumenfenstern, über allem eine traulich dachförmige Decke, durch Balken in bunte Felder eingeteilt.

Da sitzt der Mann, umgeben von Komfort und Schönheit, hat Geld, fordert hohe Honorare, sitzt da und räsoniert. Ich bin höflich, ich habe eine Weile zugehört. Dann wurde ich böse [...]. Er liest nichts von uns, er sieht sich keine Filme und keine Fernsehspiele an – es ist alles Dreck und langweilig. Seine Geschichte aber, »Das Mädchen Sanfte Wolke«, ist das Beste und Schönste, was in den letzten Jahren bei uns erschienen ist (sagt er). »Schlacht unterwegs« ist um 500 Seiten zu lang und hatte keine Wirkung – sagt er. Die Jungen schreiben um des Geldes willen, ihre Unzufriedenheit ist ökonomischer Natur, sie wollen mehr Geld verdienen, mehr haben als nur ein Auto und eine Villa (beides haben wir schon – sagt er). Und dann: als wir in eurem Alter waren – wir haben gekämpft, wir haben gehungert, ihr könnt euch das ja nicht vorstellen, ihr kennt keine Arbeitslosigkeit, ihr seid verwöhnt, ihr legt euch in gemachte Betten ... und so fort.

Schließlich stritt ich erbittert mit ihm (und wenn ich will, verfüge ich auch über so rauhe Ausdrücke wie ein alter Arbeiterschriftsteller). Wir haben uns nicht verständigen können. [...]

Er neidet uns das leichtere Leben – aber wofür hat er denn gekämpft? Er wirft uns unser Glück vor – aber wie

[ist] dann sein Ziel? […] Freilich habe ich mich selbst schon dabei überrascht, daß ich die Generation, zu der meine kleinen Geschwister gehören, beneide, und daß ich ihnen vorwerfe, wie klein ihre Probleme, wie überflüssig ihre Modetorheiten seien: Wir hatten es damals schwer, wir sind in Holzsandalen gegangen und haben für die FDJ gearbeitet, und Mode und neue Kleider gab es nicht, und überhaupt – ihr seid verwöhnt und undankbar. Alles wie gehabt, und das wäre nicht beunruhigend, wenn es heute nicht politische Konsequenzen hätte, die wir vorerst nur ahnen können. Man beginnt (wer ist »man«? Zuweilen, sehr offen, der Westen und seine Radiostationen) den Gegensatz aufzubauschen und auszuschlachten, die jungen Feuerköpfe gegen die alten Genossen auszuspielen, und natürlich kann es irgendwann ernste Konflikte deshalb geben. […]

Petzow, 12. 2.

Endlich habe ich einen Brief von Daniel, er hat Heimweh, […] er hat ein schlechtes Gewissen, weil er nicht zum Arbeiten kommt; er fühlt sich immer verpflichtet seiner tüchtigen Frau gegenüber, die doch nichts mehr wünscht, als daß er endlich gesund wird.

Wir, Michel und ich, sind über die schlimmste Klippe hinweg. Gestern nachmittag habe ich plötzlich das Fädchen erwischt und aufgespult, und dann habe ich […] zehn Stunden geschlafen.

[…] Tausend Fragen: die Leidenschaft und leidenschaftliche Kunst in unserer Literatur – erstickt von Konvention und Reglements und Moralgesetzen. Ich habe eine zwiespältige Moral entdeckt: die Konsequenzen meiner Helden sind auch meine Konsequenzen, ich bin ihrer Entscheidung nicht fähig, ich vollziehe in meinen Geschichten ein Leben, das eigentlich ich leben müßte – nacherlebte Abenteuer, ein Scheinleben, wie verträgt sich das alles? Als habe ich zwei Leben – […]

Petzow, 18. 2.

[…] Wäre ich gestern nur freundlicher zu B[uerschaper] gewesen! Ich habe ihn so schroff aus dem Zimmer geschickt. Aber mir war wirklich scheußlich, ein Herzanfall nach dem anderen, und abends sahen wir dann noch Millers »Tod des Handlungsreisenden«, und das zerschmetterte uns vollends. Trotzdem.

Nachts mußte noch der Arzt für Annemarie geholt werden. Sie war an meiner Tür und hat geklopft, aber ich hörte nichts, aus meinem Kinderschlaf vermag mich [nur] zu wecken, was Daniel angeht: wenn er spät heimkommt oder sich in seinem Zimmer rührt, da reagiere ich wie eine Mutter. Ich war vorhin wieder bei A. So ganz nebenbei erfuhr ich, daß sie fast 50 Jahre alt ist. Ich habe ihr zehn Jahre weniger gegeben.

Heute Einladung zum ZK bekommen. Ich soll in der neuen Arbeitsgruppe Literatur mitarbeiten. Mir wird himmelangst. Wo soll das hinaus? Bin ich denn die, für die sie mich halten? Oder wissen sie es und nehmen mich gerade darum? Ich habe doch nie Hehl gemacht aus meinen Vorbehalten, und mit meiner Kritik habe ich nicht zurückgehalten.

[…] Ich bin todmüde, 20 Seiten Drehbuch geschafft. Aber ich muß endlich die Sache mit Prof. Norden hinter mir haben, und meine Müdigkeit zwingt mich zur Kürze. […] Zuerst kam er zu mir, um zu sagen, wie ihn meine Schilderung von Hoy an die Städte im amerikanischen Mittelwesten erinnert habe, in denen er während des Exils lebte: die Mainstreet, rechts und links schnurgerade Straßen, ein Haus wie das andere, neu und langweilig.

Und dann: die Schriftsteller. Ich hatte ja eine Verteidigungsrede gehalten, und nun erklärte er mir, warum sie diese Diskussion auf dem Parteitag gemacht haben: daß viele der alten Genossen sich nicht mehr zurechtfinden, daß es Verzweiflung und Resignation gibt, und daß jetzt die Genossen vom Politbüro (er sagte immer nur »PB«, und ich wußte erst gar nicht, was gemeint ist) Lehrgänge haben, weil auch sie kaum noch imstande sind, die neuen Probleme zu verstehen. (Ich sage das jetzt mit meinen dummen, dürren Worten)

Nach der Tagung setzten wir uns nochmal zusammen und – nein, ich kann immer noch nicht schreiben, und alles geht mir durcheinander. Ich sagte ihm, wie schrecklich und deprimierend es damals bei W[alter]U[lbricht] gewesen sei, und Norden: Die Genossen hätten ihn gebeten, sich nicht mehr so mit literarischen Fragen zu beschäftigen, sondern seine Aufmerksamkeit den Wirtschaftsproblemen zuzuwenden. Dies mit einem Blick, der meine Zweifel, ob ich recht verstanden habe, beseitigte. WU sei überbeansprucht ... Auch dies hieß etwas anderes.

Er ließ sich von meinem neuen Buch erzählen, und natürlich brachte ich meine Frage an, was man denn nun noch schreiben dürfe. »Alles, wenn die Proportionen stimmen.« Nun gut. Auf einmal aber erzählt er von seinen Freunden, die ermordet worden sind: die einen von Hitler, die anderen von Stalin. Und seine Rede nach Ungarn: von weißem und von rotem Terror, und die Rüge, die er dafür vom ZK bekam. Und dies und immer anderes, Schlimmeres, was ich nicht einmal meinem Tagebuch anvertraue, und mit »liebste Brigitte« und in einem Ton, der mich erst mit Unruhe, dann mit Angst erfüllte: in was für ein Abenteuer habe ich mich da eingelassen? Ein Blick in die Welt der Drahtzieher, die ich nicht verstehe und nicht verstehen will. Ich bin Schriftsteller, ich bin ein naiver Mensch, und meinetwegen auch doof – ich will auf meinem Boden bleiben. Ich will die Augen zumachen vor denen da, aber ich kann es nicht mehr: ich starre gebannt auf ein Schauspiel, in dem eine fremde Sprache gesprochen wird: Sind sie zynisch? Sind sie nur hart, weil die Zeit, die Politik (Gott, was ist das: die »hohe Politik«?) es verlangen, weil sie furchtbare Erfahrungen gemacht haben. Was ist »die Macht«?

Sind die Mächtigen weise? Sind sie verderbt? Sind sie wirklich immer die hart Arbeitenden?

Jetzt rege ich mich doch wieder auf, und stehe da mit meinen hundert Fragen und Angst und einer brennenden Neugier, *diese Menschen* kennenzulernen.

Ja, und dann: mein Erfolg. »Sie haben doch jetzt Publizität«, sagte Norden, »nützen Sie sie, wo Sie nur können.« Und jetzt muß ich es wieder mit meinen dummen dürren Worten sagen, weil ich diesen teuflisch klugen Mann (manche nennen ihn einen Jesuiten) nicht wiederholen kann: Ich habe erfahren, wie man jemanden »macht«. Sie haben nachgeholfen, sie wissen schon, wen sie sich aussuchen, und nun bin ich es, heute noch, und ich habe publicity, weil das PB sie mir verschafft hat – und morgen? Ein Schritt daneben ... Niemals habe ich mich so ausgeliefert gefühlt, so dicht an einem Abgrund, ich bin ohnmächtig, man kann mich wegpusten wie ein Staubkorn. »Liebste Brigitte, nützen Sie das ...« Wie lange noch?

Ich sehe Gespenster. Ich spinne. Ich will nicht mehr darüber nachdenken. Mir ist hundeelend. Ich gehe jetzt ins Bett. Ich will arbeiten und gute und ehrliche Bücher schreiben, verdammt. Sie sind doch *Genossen*. Ach, ich Esel und albernster aller Dummköpfe mit meinem gemütvollen Sozialismus: »hienieden Brot genug für alle Menschenkinder ...« Doch. Und die Rosen und die Myrthe und die Zuckererbsen. Doch. Genau das. Den Menschen Schuhe an die Füße. Das ist das Nächste, das Erste, dafür schreibe ich. Ich laß mir nicht Angst machen vor mir selber.

Petzow, 21. 2.

Was habe ich nur immer für abstruse Ängste? Natürlich war es gut und schön beim ZK (was für ein labyrinthischer Bau, und 'ne Masse Marmor und paar tausend Zimmer), und Willi Lewin war reizend (der Mann ist einen ganzen Roman wert), und die Blüte der jungen Literatur war versammelt (bißchen Unkraut auch dabei: dieser treudeutsche eifrige Görlich und »Zwerg Allwissend« alias Zimmering), und Dieter Noll sagte eine Menge kluger und ehrlicher Dinge, und Lilly Becher lobte mich für den Auszug aus den »Geschwistern«, der in der NDL war, und überhaupt waren alle nett zu mir (und ich erwähne das, um mein schwächliches Selbstbewußtsein zu stärken), und die ganze Arbeitsgruppe Literatur kann eine nützliche Sache werden, obzwar ich dem vielen Theoretisieren abgeneigt bin und finde, man sollte lieber Bücher schreiben. [...]

Hoy, 23. 2.

Am Nachmittag kamen wir in der Stadt an: ein Haus wie das andere. Lärm, Tristesse ... Ich, sozialistische Schriftstellerin, hatte einen Anfall von wildem Haß gegen all das, was da auf den Straßen herumkroch, dieses dumme, klatschhafte, laute Volk. Im Haus. Radiogebrüll, Kindergeplärr, kein Daniel, ein Chaos von halbausgepackten Koffern. Ich goß ein paar Wodka runter. Ich war so krank und kaputt, und dann lag ich in meinem neuen Zimmer, von dem ich erst wieder Besitz ergreifen mußte, und ich wünschte, Jon käme [...].

Hoy, 24. 2.

[...] Manchmal habe ich Angst vor meinem Beruf: als Schriftsteller gehört man nicht mehr sich selbst, man trägt so schwere Verantwortung – oder ist das nur hier in dieser schrecklichen engstirnigen Umgebung, wo sie einen zu Tode hetzen können mit ihrem Klatsch und ihren gemeinen schmierigen Reden? [...]

Hoy, 31. 3.

[...] Am 25. und 26. war die Kulturkonferenz beim ZK. Vorher war Lewin bei uns, wir sollten einen Diskussionsbeitrag geben. Wir wußten schon, daß es eine harte Abrechnung mit den Abweichlern geben würde, und ich war schrecklich aufgeregt, wir erwarteten etwas in der Art wie damals bei Walter Ulbricht. Am Saaleingang (die Beratung fand im Kongreßsaal des ZK statt) erfuhr ich, daß ich im Präsidium sitzen sollte. Die Präsidiumsleute versammelten sich in einem Hinterzimmer, ich fühlte mich ziemlich unglücklich unter der Prominenz, obgleich die meisten mich kannten – weiß der Teufel, woher – und begrüßten. Und dann der große Augenblick, auf den ich fünfzehn Jahre lang gewartet habe (seit ich »Das siebente Kreuz« las, 1945 oder 46, bei rororo erschienen, auf miserabelstem Zeitungspapier): Anna Seghers sprach mich an. Sie zog mich an den Haaren und fragte mit ihrer tiefen rauhen Mainzer Stimme: »Wer bist du, Mädchen mit dem Pferdeschwanz? Du bist mir doch schon öfter aufgefallen.« Ich stammelte meinen Namen. Sie sagte: »Ich habe schon mal über dich geschrieben.« Ich sah sie wie durch Nebel, ihr weißes, nachlässig gekämmtes Haar, ihre schwarzen hohen Brauen [...] die Augen wirken ganz dunkel, sie sind aber, das weiß ich von Fotos, zwischen blau und grau. Sie sieht ein bißchen schlampig aus – von einer genialen, wunderschönen Schlampigkeit –, sie benimmt sich so ungezwungen, wie ich es noch bei keinem Menschen gesehen habe: im Präsidium drehte sie sich immer nach uns um und lachte, und dann schwatzte sie mit Arnold Zweig, der winzig und gebrechlich neben ihr saß, und mit Helene Weigel. Die Weigel, ganz klein und dünn, war in einem unsäglich sackartigen Kleid und trug eine schäbige Ledertasche über der Schulter, die wie ein Requisit aus der »Mutter Courage« aussah, und es gibt nichts Erstaunlicheres, als die Stimme der Weigel zu hören, dieses große Organ aus einer schmächtigen Brust. [...]

Ich saß zwischen H.-E. Meyer und Maxim Vallentin, der die ganze Zeit in lebhafter, beinahe unanständiger Bewegung war, sich auf seinem Sessel herumwarf, grinste, in den Ohren bohrte und amüsante Zwischenbemerkungen machte. Das Referat hielt Professor Hager, gescheit und ausgewogen und mit den erwarteten harten Worten an Hermlin, Kunert, Hauser, Hacks und Kurt Stern.

Hoy, 2. 4. 63

Ich schreibe erstaunlich viel Blödsinn. Eben blätterte ich im Tagebuch, ich werde rot vor Scham. Ich muß ja hübsch verwirrt gewesen sein, politisch wirr, meine ich, und wahrscheinlich habe ich auch die allzu plötzliche publicity nicht verkraftet. Ich bin jetzt manchmal auch so unfreundlich zu Leuten, die mir nicht ausgesprochen sympathisch sind. War ich früher auch so ein Grobian? Nein, nicht grob: eher von kalter Höflichkeit, aber das ist vielleicht noch schlimmer? Sind das schon Anzeichen von Überheblichkeit?

[...] Die Kulturkonferenz: Wohlgemuth war der erste Diskussionsredner. Seine hübsche Unbefangenheit artet allmählich in gefährliche Dummheit aus: er gab eine Menge Plättitüden von sich, über die scharfen Waffen der Literatur (»wir haben nur die Waffengattung gewechselt«), allerlei Militantes über Disziplin und Schnoddrigkeiten über die Lyrik (»wir bedichten nicht die Unsterblichkeit der Maikäfer«) – seine »Frische« vermag nicht mehr seine alberne Oberflächlichkeit zu verdecken.

Maaßen quatschte und wurde runtergeklatscht; Baumert führte einen lächerlichen Eiertanz wegen Kunert auf, sprach sehr lange von seinem (Baumerts) Talent, wurde ausgelacht und mußte vom Pult abtreten; Kaul ließ ein rhetorisches Feuerwerk los, sprach ohne eine schriftliche Notiz, hielt ein Plädoyer für Hacks, zitierte mit phänomenalem Gedächtnis seine Vorredner und erzählte – dies war das Einpägsamste – eine Anekdote: Er sprach mit dem Generalbundesanwalt in Karlsruhe, jener sagte: »Es ist noch nicht raus, Herr Kaul, wer von uns beiden eines natürlichen Todes sterben wird«, worauf Kaul erwiderte: »Wenn man Ihnen den Strick um den Hals legt und sie hochzieht, so ist das die natürlichste Sache von der Welt.«

Felsenstein hielt eine kluge Rede in geschliffenem Deutsch: über Qualität, über die Leichtfertigkeit, mit der das Prädikat »Meisterschaft« erteilt wird; Sandberg sprach über seinen etwas verzwickten Begriff von Moderne ... und dann begann die Asche zu rieseln, Langhoff übte Selbstkritik wegen der Aufführung von Hacks' »Sorge und die Macht«: er sei verliebt gewesen in Hacks' Talent. Es war ziemlich peinlich. Egal, er ist ein großer Schauspieler; ich erinnere mich mit nachträglichem Genuß an seinen Geheimrat in Hauptmanns »Vor Sonnenuntergang«. Übrigens gab es demonstrativen Applaus, als er ans Pult trat. Es herrschte überhaupt viel Bewegung und erregte Stimmung im Saal, es wurde gelacht und laut gemurrt, es gab Zwischenrufe, und mir schien (soweit man das vom Präsidium aus beurteilen kann), daß die Sympathien der meisten den Kritisierten gehörten. Es gab Augenblicke, für die später im Foyer der Ausdruck »Hexenverfolgung« angewandt wurde: wenn Mitglieder des PB oder W[alter]U[lbricht] selber die sich Rechtfertigenden mit Fragen oder Anwürfen unterbrachen oder sagten: »Das glauben Sie selbst nicht«, oder: »Das ist nicht wahr, Sie wollen bagatellisieren«, und wenn plötzlich von Gruppenbildung die Rede war. Übrigens verschwand diese Hexenjagd-Atmosphäre im Laufe der Konferenz, vielleicht aus Einsicht, vielleicht wegen der Reaktion im Saal – es gibt ja solche lautlosen, schwer deutbaren, dennoch nicht zu ignorierenden Schwingungen.

Über Kunert war man sich einig. »Massenware Mensch« zieht nicht bei uns. Alter Schuh und nicht mal attraktiv. Sterns Vergehen schien mir läßlich: ein Satz über Form und Inhalt, der Art, daß nur der Inhalt gefährlich sein könne, nicht aber die Form. Darüber kann man streiten, tunlichst unter den Leuten vom Fach, eine politische Verfehlung sollte man daraus nicht konstruieren. Harald Hauser hatte »Unklarheit in Fragen des Personenkults«, er hat ein bißchen zu viele und vielleicht auch provokante Fragen gestellt. Er wurde scharf gerügt und mehrmals, als er zu seinem Verhalten sprach, von WU unterbrochen. Er muß eine böse Zeit hinter sich haben, sein Haar ist weiß geworden, ich erschrak, als ich ihn sah. Ich kenne die Debatte im Berliner Verband zu wenig, um […] über die Berechtigung der scharfen Tadel urteilen zu können; jedoch habe ich [?] als einen guten bewährten Genossen kennengelernt, und ich glaube nicht, daß Menschen wie Stern und Hermlin – die jahrzehntelangen Kampf und Emigration und KZ hinter sich haben – leichtfertig oder böswillig falsche Tendenzen in die Welt setzen. […]

Quartier im christlichen Hospiz … Auf dem Nachttisch ein Büchlein mit Tagessprüchen. Der Spruch für den 26. (2. Konferenztag) lautete etwa so: »Ich schreie zu dir, Herr, und du neigst dich zu mir in deiner Gnade.« So war es dann ja auch.

Hoy, 6. 4.

Die Kulturkonferenz rückt immer weiter weg, meine Erinnerung verblaßt. Hermlin: Wir bewunderten ihn, er zeigte Würde und Haltung, sprach gemessen (wie gern möchten wir spötteln: jeder Zoll seine Lordschaft), verteidigte sich klug und zurückhaltend, distanzierte sich nicht, wie man offenbar erwartete, von Biermann und Kunert, und sagte, er habe Fehler begangen, fühle sich aber auch für die Zukunft nicht gegen diese Fehler gefeit und bitte deshalb, ihm keine Verantwortung mehr zu [über]tragen. […]

Rodenberg redete seinen abgedroschenen Totalen- und Kinofilm-Quatsch wie immer und schoß scharf gegen die jungen Leute, auch gegen mich, resp. meinen Film. Mittags hatte er mit mir gesprochen und unschuldig getan, als ich ihm sagte, ich habe gehört, daß mein Film sterben werde. Als ich mit Kolus zusammensaß (der Fernsehfunk will die »Ankunft« bringen), kam Wischnewski vorbei und klopfte mir auf die Schulter und sagte: »Wir werden schon durchkommen.« Den kleinen beweglichen Mäde kennengelernt. Dieter Noll sieht furchtbar aus, gelb und grau, und hat ständig Gesichtszuckungen.

Walter Ulbricht hielt das Schlußwort. Davor hatte ich gezittert, ich erinnerte mich nur zu gut an jene Sitzung bei ihm, vor Weihnachten. Diesmal aber war er ganz anders, und meine mißtrauische Spannung lockerte sich immer mehr, schließlich konnte ich sogar lachen: er machte ein paar gescheite Scherze (ich entsinne mich, daß er unseren 1. Verbandssekretär Braun – den wir »General Pflaume« nennen – mit einem Verkehrspolizisten verglich, der nur dazu da ist, die verschiedenen Richtungen im Verband zu regeln), er sprach verständnisvoll und durchaus versöhnlich und schloß mit der Forderung, man solle nun die alten Geschichten ruhen lassen und nach vorn sehen, nicht mehr soviel reden, sondern lieber schreiben, und jedenfalls war es, bei aller Prinzipienfestigkeit, für die Künstler ermutigend, und an eine »harte Welle« glaube ich nicht mehr.

Übrigens hat er mir auch Genugtuung verschafft: er zitierte ein paar Sätze der Genossin Schriftstellerin Reimann, die aus meinem Artikel im »Forum« stammten. Hinterher erfuhr ich von Nahke, daß es dieses Artikels wegen Ärger gegeben hatte, er sollte nicht gedruckt werden, weil er zu kritisch sei und zuviel Negatives aufgreife. N. triumphierte: gleich am nächsten Morgen wollte er die betreffende Abteilung im ZK anrufen, da ja ein ER seinen Stempel unter den Artikel gesetzt hatte. So einfach ist Kulturpolitik ... [...]

Petzow, 13. 5.

Eben angekommen, ich sitze auf der Terrasse, die Sonne scheint, Wind geht und der See ist bewegt.

Drei Tage in Burg, um Schwesterchens Kind zu bewundern. Heute morgen habe ich ein bißchen geheult, weil ich kein Baby habe. Susanne ist – natürlich – bezaubernd süß, drei Wochen alt und – natürlich – sehr artig, sie hat lange schwarze Haare und die winzigsten Fingerchen, die man sich vorstellen kann, und der Nagel vom kleinen Finger ist wie ein Stecknadelknopf. Ich durfte sie jedesmal wecken [...], und das Aufwachen vom Fratz ist das Reizendste und Rührendste – mit Recken und geballten Fäustchen und großem Gähnen und Zunge-rausstrecken und den abenteuerlichsten Grimassen. Ein Wunder, das ganze Geschöpfchen ist einfach ein Wunder. Ich durfte es trockenlegen und baden und hatte schreckliche Angst, weil es so zapplig und naß und glatt war. Und diese süßen Fältchen am Hals und an den Ärmchen und Beinchen …

Ach, das ist wirklich mehr als ein Buch und mehr als die Anerkennung, man sei nun also in die erste Reihe der jungen Nationalliteratur aufgerückt. Ich bekomme ein Lob nach dem anderen. Ebert hat eine Seite im Forum für die »verratenen Gefühle« gebraucht, Uhse schreibt in seinem »Tagebuch« (im Sonntag) über meine Erzählung, und er hat mir einen schönen Brief geschrieben, der mich sehr stolz macht; er hat, einer der wenigen, das Süß-Unheimliche dieser Geschwisterliebe erkannt und benannt. Es klingt aber immer Bitterkeit durch, das Unbehagen – und mehr als Unbehagen – an einer Zeit, die dem Schriftsteller die Lust am Schreiben nimmt; es bleibt die »unselige Leidenschaft«.

Was war all die Wochen? Ich weiß nicht; eine Menge Sitzungen, glaube ich, Dutzende Bücher, die ich las, Verzweiflung über mein Unvermögen, zu schreiben; nachts Spaziergänge mit Jon, bei dem ich alles vergaß, auch den Tag, auch mein Alter, und wir küßten uns auf dunklen Wegen, und auf den Kinderspielplätzen wippten wir und erstickten vor Lachen, und Jon fuhr mich auf einem Kinderkarussell herum, bis irgendwelche mißbilligenden Leute aus den Fenstern glotzten, und wir flüchteten kichernd in die Büsche. Daniel war entsetzt: die junge Nationalliteratur auf dem Karussell … An diesem Abend war ich ganz vergnügt und glücklich. […]

Hoy, 18. 6.

Heute früh um 9.00 hätten wir mit dem Vindobona nach Prag fahren sollen. Wir hatten uns so gefreut, wir hatten Reisefieber, träumten von Prag; Wolfgang Schreyer hatte mir aus seinem Privatkonto 1000 Kronen zur Verfügung gestellt (er hatte manchmal diese rührenden Einfälle eines verläßlichen Freundes), und der liebe Prof. Kurella hatte geschrieben: Reisen Sie, Sie müssen die weite Welt sehen, und wenn Sie auch vorläufig nicht nach Florenz oder Madrid können, so steht Ihnen doch der ganze Osten offen ... Ja, Scheiße! Zwei Tage vor der Abreise bekamen wir ein Telegramm, und gestern kam der Brief mit der Begründung: Die Lage unter den tschechischen Schriftstellern sei sehr kompliziert, was ihr letzter Schriftstellerkongreß erneut bewiesen habe[1]; zudem finde unsere Literatur in der CSSR nicht die Anerkennung, die wir uns wünschten ... Kurz, der DSV zieht es vor, seine unmündigen Schäfchen nicht in die Höhle der ideologisch unklaren Wölfe zu schicken. Wir sind dankbar für die Fürsorge des Herrn Görlich. Diese Slawen sollen ja sogar Kafka lesen! Zwar erfahren wir nicht, was für Greuel auf dem Kongreß geschehen sind (Information ist Objektivismus), aber über Rias wenigstens kann man hören, daß die Schriftsteller, das »Gewissen der Nation«, für die Rehabilitierung der während der stalinschen Ära hingerichteten angeblichen Agenten eingetreten sind. Die DDR aber, immer mal wieder Wachhund Europas, macht die einzig richtige Kulturpolitik, und so gesellt sich allmählich ein Tabuland zum anderen: Polen, die CSSR, Ungarn ... Heute beginnt das Plenum in der SU; Iljitschow, den wir damals so beflissen nachdruckten, wird sprechen, und Gott verhüte einen neuerlichen Pendelausschlag nach links.

Wir sind zornig und traurig. Was für ein Land! Die reine Lehre – for germans only. Zum Teufel mit diesen widerwärtigen, sturen, flachköpfigen Eiferern und Proselythen-

1 Am 27./28. 5. 1963 hatte in Liblice die Internationale Kafka-Konferenz stattgefunden, auf der es um einen neuen Zugang zum Werk von Franz Kafka aus marxistischer Sicht gehen sollte. Auf der Konferenz kam es zu Auseinandersetzungen über Grundfragen der marxistischen Literaturtheorie.

machern. Ich schäme mich, zu diesem Volk zu gehören, ich schäme mich, die dümmlichen Blauhemden wie Görlich zu meinen Kollegen zählen zu müssen. Sie sind die Landser und Studienräte geblieben wie eh und je.

Vorige Woche Diskussion über »Geschwister« im Kombinat. [...]

Jon und ich litten. Kein menschliches Wort zu meinen armen Geschwistern, nur Phrasen, heruntergeleiert von Automaten, bei denen der Hebel auf »Literaturdiskussion« runtergeschaltet worden war. Und dann, infam durch den Zusammenhang: »Gefühlsduselei«. Das kenne ich noch. Damals sagte man »Humanitätsduselei«.

Hoy, 24. 6.

[...] Sonnabend Buchbasar in Cottbus. Dieter Noll war da. Die ganze ZK-Prominenz lustwandelte. Unterhielt mich eine Weile mit Abusch, der Hoy besichtigt hatte. Der Bezirkslakai stand daneben und bebte, vermutlich haben sie wieder zugescharrt, bevor die hohe Obrigkeit kam. Bekam von A. einen sanften Tadel, weil ich mich an dem Ulbricht-Band nicht beteiligt hatte. Er nahm sich aber gleich wieder zurück: die Zeit sei sehr knapp gewesen. Ich möchte wissen, was er wirklich denkt über diese Art von kultischen Huldigungen. – Abends mit Noll zusammen. [...]

Hoy, 9. 7.

Über den Empfang beim Staatsrat – zu Ulbrichts Geburtstag – will ich schon seit einer Woche erzählen, auf einmal hatte mich aber solch eine Arbeitswut gepackt, daß ich, für mich selbst überraschend, innerhalb weniger Tage das Exposé zum geplanten Fernsehfilm runterschrieb. [...]

Ignatjews »Fünfzig Jahre in Reih und Glied« gelesen und – große Entdeckung – die »Französischen Hefte« von Ehrenburg, die mich heftig bewegen. Ich finde auf jeder Seite, triumphierend und glücklich, Übereinstimmung, und klar formuliert die Gedanken, die bei mir nur verschwommene

Empfindung waren. In seinem Aufsatz über Stendhal kann ich hundert Zeilen auf mich beziehen. Auch fühle ich mich ermutigt: ich bin also doch kein Dummkopf, da ich zu denselben Denkresultaten gekommen bin wie der geistreiche Ehrenburg. Übrigens finde ich seine Essays interessanter als seine Romane, er ist ein vorzüglicher Kenner der französischen Literatur, zu der [ich] mich von Jahr zu Jahr mehr hingezogen fühle. Ermutigt auch durch all das, was er über Realismus sagt – und was so abweicht von unserer offiziellen Kulturpolitik. Und noch dies: die Vorliebe der franz. Schriftsteller für Malerei und Architektur. Wie, wäre es denn von ungefähr, daß mich diese verwandten Künste so anziehen?

Morgen fahre ich nach Berlin, zu Professor Henselmann, der mir seine Baustelle zeigen wird, den Entwurf für einen Wandfries, den Plan für einen Kuppelbau – er wolle, schreibt er, mich auch ausnutzen. Nun habe ich Furcht, nicht zu bestehen ...

Also, der Empfang: Dynamo-Sporthalle, ein roter Läufer, auf dem die Heilige Dreifaltigkeit einherschritt, ein Stehbankett (mit Bananen!), Sekt, eine Menge interessanter und später nur noch lauter Gespräche mit Prof. Koch, Sindermann, tausend Leuten, die ich nicht kenne, mit Erik Neutsch, der mich für den Bezirk Halle abzuwerben versuchte. Der beste Eindruck: die drei Arbeiter aus dem Kombinat, die mich immer führen, mit Orden behängt, kluge, tüchtige, taktvolle und sehr selbstsichere Leute, die sich beim Bankett bewegten wie am Mittagstisch zuhause. [...]

Berlin, 26. 7.

[...] Ich notiere aus Sartres »Was ist Literatur?« (beileibe nicht die gewichtigsten Sätze, aber Anhaltspunkte für meine Gedanken über Sprache und Stil): »[...] Man ist nicht Schriftsteller, weil man die Wahl getroffen hat, bestimmte Dinge auszusagen, sondern weil man gewählt hat, sie auf eine bestimmte Art und Weise auszusagen. Und ganz sicher macht der Stil den Wert der Prosa aus. Nur muß er unbemerkt bleiben. […] Der Stoff legt einen Stil nahe; er fordert ihn aber nicht; es gibt keinen Stoff, der a priori außerhalb der literarischen Kunst läge. Man muß wissen, worüber man schreiben will […]. Und wenn man das weiß, dann bleibt immer noch zu entscheiden, wie man darüber schreiben will. Oft verschmelzen beide Entscheidungen, nie aber rangiert bei guten Autoren die zweite vor der ersten … Wenn man die Stoffe als stets offene Probleme betrachtet, als dringende Anliegen und Erwartungen, dann wird man begreifen, daß die Kunst in der Bindung nichts verliert; im Gegenteil: wie die Physik den Mathematikern neue Probleme aufgibt, die sie zur Erfindung neuer Symbole verpflichten, so verpflichten die stets neuen Ansprüche des Sozialen oder des Metaphysischen den Künstler zur Erfindung einer neuen Sprache und neuer Techniken. Wenn wir nicht mehr wie im 17. Jahrhundert schreiben, so liegt das wohl daran, daß die Sprache eines Racine und eines Saint-Evremond nicht dazu geeignet ist, über Lokomotiven oder über das Proletariat zu schreiben. Dennoch werden die Puristen uns vielleicht verbieten, über Lokomotiven zu schreiben. Aber die Kunst stand nie auf der Seite der Puristen.« […]

Hoy, 16. 8.

[…] Ich habe wieder Anfälle von Existenzangst, und überflüssige Ausgaben machen mich nervös. Dabei gibt es noch keinen Grund zu ernsthafter Unruhe, ich habe ein kleines Konto, davon können wir ein Jahr leben. Trotzdem bleibt die Sorge. Mir sind auch soviele Entwürfe kaputtgegangen, jetzt meldet sich wieder eine herzabdrückende Angst, ich sei nicht mehr fähig, zu schreiben. […]

Hoy, 20. 8.

Daniel ist wieder da. Wir hockten den ganzen Sonntag im Bett, herrliche Schlamperei, tranken zuviel Kaffee, rauchten zuviele Zigaretten und redeten, redeten … Wir sprachen auch über Scheidung. Wir waren erstaunt zu sehen, daß sie an unserer Beziehung nichts ändern würde: [...] wir würden zusammenleben wie Bruder und Schwester, gemeinsam arbeiten, kochen, wegfahren. Der Stempel von irgendeinem Standesamt ist nur ein Äußerliches, und eine Konzession an die Umwelt. Wir waren so eins wie in der besten Zeit. [...]

Hoy, 27. 8.

[...] Seit zwei Tagen sprechen Daniel und ich über unsere Scheidung. Daniel wird die Klage einreichen. Nein, nicht Klage: Monsieur K. soll nicht erwähnt werden. [...]

Ich glaube, ich habe während der drei Jahre nicht gespürt, wie furchtbar Daniel litt. Gestern sagte er mir, er habe seine Liebesfähigkeit verloren, er habe auch für mich keine Liebe mehr – und trotz allem hänge er mit einer schmerzlichen Neigung an mir. Und ich, voller Abscheu gegen mich selbst, fühlte während unseres Gesprächs Rachsucht aufsteigen, eine böse, zänkische, kleinliche Rachsucht gegen ihn, weil er einem furchtbaren Zustand ein Ende machen will ... [...] Worüber beklage ich mich? Warum kann ich nicht mit Anstand mit einer gegebenen Situation fertigwerden? Die Energie, die meine Freunde mir nachrühmen, die Brutalität, die Daniel mir zweilen zuschreibt, sind nur erworbene Eigenschaften, ohne die ich zugrunde gegangen wäre. Ich wünschte mir aber manchmal, ganz im Stillen, ich brauchte nicht dieses Maß an Energie, die immer nahe der Grenze zur Hysterie ist. [...]

In Halle mit Christa Wolf zusammengetroffen. Ich war froh überrascht, sie hat sich sehr verändert, ihr Gesicht ist fraulicher, gelöster, sogar zierlicher geworden, seit sie schreibt; der Zug von Härte ist verschwunden. Und – auch sie wagt sich an das neue Buch nicht heran und rettet sich, glückliche Lösung, in eine Biographie über Anna Seghers. [...]

Hoyerswerda, 2. Oktober 63

[…] Am Sonntag fliege ich nach Moskau, als Delegierte des DSV zur Woche des Deutschen Buches. Zuerst hatte ich mich gesträubt, habe auch jetzt noch Angst und fange doch an, mich zu freuen.

Ahrenshoop ist ein Traum und weit weg. Nur das Meer, Sonne, Trägheit, die Hitze auf der Haut, die fröhlichen Abende, wenn wir Mikado spielten und Tonbänder mit amerikanischer Schlagermusik hörten, die so herrlich verblöden macht – das ist nicht mehr vorstellbar. Hier ist Lärm, Geschäftigkeit, Telefonklingeln, Ärger, manchmal eine rasche Freude, und Eile, Eile. […]

Moskau, 8. 10. 63

Seit gestern abend in Moskau. Schwer begreifbar nach zweieinhalb Stunden Flugzeit, zwei Stunden Zeitunterschied – und Daniel war gewiß noch nicht einmal in Rheinsberg zu der Zeit, als ich auf dem Flugplatz ankam, zwischen Wäldern, dunkelblauer Abendhimmel, Lichter, Sprachgewirr, die IL 18 sehr weiß gegen Himmel und Wald. […]

Christa Wolf ist eine gute Reisegefährtin, freundlich und gelassen und erfahren und sehr viel erwachsener als ich. […]

Das Erstaunlichste an Moskau: es ist russisch, in der Art russisch, daß es genau dem Bilde entspricht, das man sich nach Filmen und Büchern gemacht hat. Am Wenzelsplatz hatte ich niemals so das Gefühl von Ausland und Fremde wie hier. Ein überwältigender Anblick: der Rote Platz, die Kremlmauer […], vielgestaltige Hügel von Türmchen und Zwiebelkuppeln, und dies, Byzanz und altes Rußland, wieder so schön und unglaubhaft und weit, weit zurück wie ein Märchen. Eine Stadt der Kontraste: Holzhäuser mit Vortreppchen, Wohnhochhäuser, weitgespannte Brücken, schäbige Lädchen, breite Boulevards und holprige, abenteuerlich gewundene Gäßchen, und dies alles dicht nebeneinander, ohne Übergang, befremdlich und reizvoll. Und dann die

Adelspaläste, niedrig, gelb oder rosa gestrichen und mit weißen Säulenreihen, und man wäre nicht erstaunt, im schmiedeeisernen Tor der Anna Karenina zu begegnen. […]

Moskau, 12. 10.

[…] Wir besuchten dann noch eine Buchhandlung, in der sehr viele DDR-Bücher verkauft werden; selbst zu dieser für Moskau frühen Stunde – um elf Uhr – drängten sich schon die Käufer an unserem Stand. Die Bücher sind um zwei Drittel billiger als bei uns.

Dann: der Moskauer Verkehr. Das ist einfach sagenhaft. So viele Autos habe ich mein Lebtag nicht gesehen (wenigstens jedes zweite ist ein Taxi), die Verkehrsregeln sind schwer zu durchschauen, es gibt keine Kreuzungen, und an die Geschwindigkeitsbegrenzung (bei 60 km) scheint sich niemand zu halten. Auf sechs oder acht Bahnen nebeneinander flitzen die Wagen, dicht aufgereiht, in blödsinnigen Kurven und abenteuerlicher Fahrtechnik, und eigentlich müßten alle 100 Meter die Autos ineinandergerammt stehen […]. Ich war wenigstens dreimal in Gefahr, von diesen verrückten Chauffeuren niedergewalzt zu werden, und in den ersten Tagen hat mich schon der Anblick der Straßen zerrüttet. Aber es gibt eine geheimnisvolle höhere Gewalt, die die Autos im letzten Moment stoppt, die Bremsen kreischen, die Getriebe krachen, und wahrscheinlich kann man alle diese Wolgas[1] nach einem Jahr auf den Schrott werfen. Diese Unbekümmertheit findet man überall; schon die neuen Häuser sehen verwahrlost aus, und für Pflege und Erhaltung der Bauten stehen nur kleine Summen zur Verfügung. […]

Moskau, 13. 10.

[…] Es fällt auch auf, wie wenige anziehende oder in unserem Sinn hübsche Frauen es gibt. (Im Vergleich dazu sind

1 Automarke.

wir beide beinahe Schönheiten.) Ich bemerkte dann auch, als wir durch die Straßen gingen, den Zug von Müdigkeit in vielen Gesichtern, eine Abgespanntheit, die die Züge vergräbt. Das Leben ist viel schwerer als bei uns: noch immer Wohnungsnot (auch Leute wie St. hausten jahrelang mit der ganzen Familie in einem Raum), Mangel an Industriewaren, an allen möglichen Arten von Komfort und Annehmlichkeiten; die Läden sind abends, wenn die Leute von der Arbeit kommen, so unglaublich überfüllt, daß die Kaufhöfe in Hoy dagegen gähnend leer wirken. Es gibt noch immer zuviele wirtschaftliche Schwierigkeiten, zudem ist in diesem Jahr die Ernte schlecht ausgefallen, die SU mußte Tausende Tonnen Weizen in Amerika kaufen. [...]

Hoy, 28. 10.

[...] Anruf von Turba: die Einladung zur ersten Sitzung der Jugendkommission und zum ZK-Plenum, auf dem ich sprechen soll. Ich habe versucht, diesen Kelch zurückzuweisen, aber T. beharrte. Am Sonntag unterhielt ich mich mit vier FDJ-Sekretären, von denen ich einige interessante Geschichten erfuhr. Nun habe ich zwei Tage an der Rede gekritzelt und das Gefühl, es sei doch witzlos. Es wird bloß wieder Nackenschläge geben. Ich denke noch mit einer Art von Haß an das Forum zurück, wo uns keiner der Funktionäre die Hand gab, und wo ich so viele üble Unterstellungen und Verdächtigungen schlucken mußte.

Am Freitag erste Sitzung des neuen Zentralvorstandes vom Schriftstellerverband. Das Ganze war ein schlechter Witz. Lewin zog seinen Bericht ab, dann sollte Diskussion sein, aber niemand meldete sich zu Wort. Wir haben uns nichts mitzuteilen. Wozu auch? Die Sekretäre denken ja für uns. Nachher sprach ich mit Prof. Koch. Nachdem ich auch von ihm gehört hatte, daß unsere Bevölkerung nicht reif ist für gewisse Bücher aus der Sowjetunion, gab ich auf, nicht ohne mein Erstaunen darüber auszudrücken, daß die unreife

Bevölkerung mit 99,5 % ihre sozialistische Regierung gewählt hat.

Am Vormittag ein schönes Gespräch mit Lewerenz. Er ist ein kluger Junge, ich habe seinetwegen Lust, zum »Neuen Leben« zurückzugehen. Thema: immer mal wieder das Generationsproblem, das es offiziell nicht gibt.

Berlin, 30. 10.

4. Plenum des ZK. Eben spricht Norden, Hauptreferat. Gestern unsere erste Tagung der Jugendkommission. 17 Mitglieder. Turba wirkte schrecklich überanstrengt, er war hinterher völlig fertig. [...]

Hoy, 12. 11.

[...] Hamburger, der Chefarchitekt, war bei mir. Er war liebenswürdig, bereit zu erzählen, mir bei meinem Buch zu helfen, er ist von edlerer Gesinnung als diese Funktionäre, die mich hassen. H. ist ein müder, alter Mann [...]. Er sagt, er habe sich vorgestellt, er werde eine wunderschöne Stadt bauen und später, wenn er alt ist, zuweilen aus Dresden rüberkommen, die Straßen entlanggehen und in seiner Stadt Kaffee trinken.

Die Mittel für die zentralen Bauten sind rigoros gestrichen worden. Während des Gesprächs mit ihm habe ich mein Buch umprojektiert (und wie oft werde ich das noch tun?): Franziska ist keine »Schlacht unterwegs«-Heldin; sie kommt voll strahlender Pläne in diese Stadt, in der man nichts verlangt als nüchternes Rechnen, schnelles und billiges Bauen. Kein Platz für persönlichen Ehrgeiz – eine Namenlose in einem Kollektiv, dessen Heldentum darin besteht, daß man nach langem Tüfteln an der Korridorwand drei Zoll einspart. Manchmal habe ich Phantasien von einem Buch wie Gontscharow »Alltägliche Geschichten«. Wohin sind am Ende die leidenschaftlichen Entwürfe der Jugend? Man hat die Welt nicht aus den Angeln gehoben.

Und, schrecklicher Gedanke: Wo ist die flammende Liebe? Erstickt in einer konventionellen Ehe, im gemeinsamen Badezimmer, zwischen Wäsche waschen, Fernsehen und dem »was essen wir morgen?« [...]

Hoy, 23. 11.

Heute habe ich das Buch »Franziska« begonnen.

Hoy, 27. 11.

[...] habe [...] die beiden ersten Seiten weggeworfen und noch einmal und noch einmal angefangen. Was mir vorschwebt – diese Zola-Sprache – gelingt mir nicht, wahrscheinlich liegt's am Stoff.

[...] Herabgemindertes Interesse an Mitmenschen. Die ersten Tage miserable Laune, das Übliche also. [...]

Ein Haufen alter Fotos und Liebesbriefe weggeschmissen – als ob man Vergangenheit verbrennen könnte. Gegen früher bin ich heute geradezu ein Ausbund an Tugend.

Hoy, 28. 11.

Gestern vor Wut besoffen, zuviele Telefongespräche, zuviele Besucher. Zu Mittag hatten sich zwei Journalisten von der westdeutschen Illustrierten »Revue« angemeldet; sie kamen erst nachmittags. [...] Sie studierten die Weihnachtsvorbereitung in der DDR, verhörten und fotografierten mich, zwei ganz passable junge Burschen, mit denen man Koexistenz praktizieren konnte. Ein DDR-Journalist war dabei, über dessen Funktion wir uns nicht ganz klar waren [...]. Nach den stimmungsvollen Weihnachtsaufnahmen konnte ich endlich mit meinem Paket zu Jon laufen, der tief enttäuscht war, weil er so lange hatte warten müssen. Es war schon gegen Abend. Er hatte sich so viele schöne Dinge für die Geburtstagsfeier ausgemalt, und nun saßen wir ganz tränenklüterig herum ... Zum Abend war ich wieder mit den

Journalisten verabredet, weil ich dachte, J. ginge zur Nachtschicht, aber er hatte gerade die Nachtschicht abgesagt – kurz, alles ging schief, wie meist bei geplanten Festen. [...]

Schließlich ging er mit zu mir, [...] und die Journalisten kamen mit einer Flasche Whisky, wir schwatzten und waren uns wenigstens über Jazz und Architektur einig. Der eine scheint ein guter Mensch zu sein, der andere war mir zu clever. Er schimpfte auch unflätig auf Marlene Dietrich, wegen ihrer »linken Touren« damals, und ich glaube, er begriff nicht einmal, warum wir empört auffuhren. Für ihn scheint antifaschistische Arbeit eine Art Vaterlandsverrat zu sein. Für ein paar Minuten kam Schärfe in unser Gespräch. Mir mißfielen auch seine Ausdrücke (selbst in der Sprache haben wir uns voneinander entfernt), Wörter, die uns nicht mehr geläufig sind: Von »jemanden verladen«, was aus dem Rotwelsch kommt, bis zur Scheußlichkeit wie »bis zur Vergasung«. Er hat keine Assoziationen bei diesem Wort »Vergasung«.

Ein Gebiet, auf dem wir immer Eindruck machen: die Mietpreise. Der Reporter bezahlt für eine Vierzimmer-Wohnung 520 DM. [...]

Hoy, 22. 12.

Drei Tage in Halle zur Verbandssitzung gewesen, mit Grippe zurückgekommen. Gestern wieder aufgestanden. [...] Referat von Koch, eine glänzende Analyse von Strittmatters »Bienkopp« wir hörten drei oder vier Stunden gefesselt zu. Referat von Sindermann – demagogisches Geschwätz, als es um die »hohe Politik« ging; klug und lebendig, als er über seinen Bezirk berichtete.

Abends Autorenlesung [...]. Industrieliteratur mit Unfall, hörte immerzu nur »Katalysator«. Viel mit Lewin zusammen, abends immer bei den Alten. Kam mir manchmal vor wie unter Mumien. (Gotsche, Wangenheim, Tschesno-Hell), sie fangen jeden zweiten Satz an mit: »Wir in der Weimarer Republik ...«, »Als wir noch unsere Spieltrupps hatten …« Befremden über die Gedichte der Jungen. Am besten gefiel mir, wie so oft, Kurt Stern, er ist klug, zurückhaltend und liebenswürdig. […]

Hoy, 30. 12.

[…] Weihnachten zuhaus war wunderschön, mit ungeheuerlichem Lärm und tobenden Albernheiten wie immer. […]

Va spielte dieses Jahr zur Abwechslung mal Schneemann, weil er seine Weihnachtsmann-Larve nicht fand; er kam mit einem Wäschekorb voller Geschenke. Während der vier Tage gab es nur einen ruhigen Nachmittag, als die ganze Familie beisammen um den Tisch saß. Uli brachte seine Doktorsche mit, die einzige gelassen ruhige Person in unserem Kreis […]. Zum erstenmal haben wir Lutz nicht vermißt; wir sind alle böse mit ihm, weil er so häßliche Dinge über die »Geschwister« geschrieben hat, und jeder in der Familie fühlte sich beleidigt […].

1964

2. 1. 64

Kein Talent für Silvesterfeiern. Mit Jon in der »Freundschaft«, unter lustigen und lauten Leuten, wir tranken Sekt und tanzten, und ich war die ganze Zeit traurig: ich hatte ein böses Gewissen wegen Daniel, der allein zuhaus geblieben war. Nach 12 Uhr rief ich ihn an, er war auf der Umgehungsstraße gewesen, hatte das Feuerwerk gesehen und Glockengeläut gehört, ganz allein. [...]

Gestern abend fuhr er ab, er wird zwei Monate in Petzow arbeiten. Nun warte ich auf seinen Anruf, habe Heimweh nach ihm und keine Lust zu schreiben.

Hoy, 11. 1.

Gestern 2. Sitzung der Jugendkommission[1], die immer lebhafter, kritischer wird. Unser erster Beschluß (über Berufsbilder) liegt dem PB vor; hier – in der Berufslenkung – wird sich einiges ändern. Wir sind also keine Schwatzbude, nur Horst Schumann, mit seinem schlichten Verstand, quatscht. Wenn man diesen 1. Sekretär der FDJ hört, versteht man alle Schwierigkeiten in der Arbeit des Verbandes. Als Gäste Dr. Korn und Dr. Otterberg, die über Kontakte mit westdeutschen Studenten-Verbänden berichteten. O. ist Historiker, so sehr, daß er mit der ganzen Unbefangenheit des Wissenschaftlers über Erscheinungen des Dogmatismus[2] sprach, darüber, daß – im Gegensatz zu anderen

1 Die Jugendkommission beim Politbüro des ZK der SED war im Juli 1963 auf Anregung von Walter Ulbricht gegründet worden, der damals Reformen in der DDR anstrebte. Die Kommission sollte Probleme der Jugend diskutieren und Vorschläge zur Lösung unterbreiten. B. R. gehörte der Kommission seit Oktober 1963 an.

2 »Dogmatismus« war ein Begriff der marxistisch-leninistischen Theorie: Seine Vertreter beriefen sich »in völlig unhistorischer und eklek-

Ländern – in unserer Parteiführung nichts verändert wurde seit dem 20. Parteitag[1] – er verletzte eine Menge großer Tabus.

Todmüde. […] Und dabei möchte ich seitenlang nur von einem großen Erlebnis erzählen: ich war bei Daniel.

Von Berlin ließ ich mich nach Petzow fahren. […] Als ich in sein Zimmer trat, unangemeldet, sah er mich an und sagte: »Ich habe darauf gewartet.« Wir waren sehr aufgeregt und – einfach glücklich. Er sagte erstaunt: »Als du reinkamst, sah ich, daß du ganz schwarze Augen hast.« Ich hatte ihm eine Mappe voller Geschenke mitgebracht, es ist so schön, Daniel etwas zu schenken.

Wir aßen im Heim zu Abend; Maurer[2] ist da, der sympathische Bereska, […] natürlich Oehme (der inzwichen rehabilitiert worden ist – er saß 10 Jahre in Bautzen), »Protoplasma« Mickel, der scheußliche Gedichte schreibt.[3] […] Übrigens war der Wagen unterwegs kaputt gegangen, und alle redeten mir zu, in Petzow zu bleiben, und ich hätte es nur zu gern getan – wegen Daniel. Eine seltsame Beziehung. Wir küssen uns wie Geschwister […].

Ach, es war wunderbar, ihn endlich wieder zu sehen. Er brachte mich noch zu Bett, und er sagte, es sei eine Katastrophe, und ich weiß schon, was er gemeint hat. Es ist eine

tischer Weise auf einzelne Thesen und Worte von Marx und Lenin […], ohne Geist und schöpferischen Charakter des Marxismus-Leninismus erfaßt zu haben. Die Dogmatiker treten in Worten als die konsequentesten Marxisten auf […]. Sie trennen die Theorie von der Praxis und gelangen in ihrer Politik zu einer pseudorevolutionären, sektiererischen Position.« (»Kulturpolitisches Wörterbuch«, Hrsg. Dr. Harald Bühl u. a., Berlin 1970, S. 111.)

1 XX. Parteitag der KPdSU (14.–25. 2. 1956). In einer Geheimrede rechnete Nikita Chruschtschow mit Stalins Herrschaftsmethoden ab und kritisierte den Personenkult. Der Parteitag gilt als Beginn der Entstalinisierung.

2 Georg Maurer (1907–1971), Lyriker, 1961–1970 Professor am Literaturinstitut »Johannes R. Becher«.

3 »Protoplasma« Mickel – Spitzname B. R.s für Karl Mickel, weil er so bleich sei »wie Protoplasma«.

Katastrophe. Dann hörte ich den Wagen abfahren und war sehr traurig. Es war so schrecklich kalt draußen, und die Autobahn war spiegelglatt. Aber er ist gut heimgekommen – heute früh um ½5.

Hoy, 12. 1. 64

Heute hat der Daniel Geburtstag. Ich habe ihn ganz früh angerufen [...]. Nachts um 12 sind ihm die roten Nelken gebracht worden, die ich schicken ließ. Er hat sich so gefreut ...

Jon kam, um mich abzuholen [...]. Wir hatten uns gestern schon gestritten, jetzt brach der Streit wieder los, aber böse und gereizt. [...] Den ganzen Tag war ich verzweifelt: er züchtet, bewußt oder unbewußt, das niederdrückende Gefühl in mir, ich sei ein oberflächlicher Denker; er meint, man dürfe nicht schreiben, wenn man nicht ein Problem zuende gedacht und eine Lösung gefunden habe. Aber wie kann denn einer die Lösung finden? Einer allein? Warum soll ich nicht meine Meinung sagen, ohne Anspruch auf letzte Gültigkeit zu erheben? Lieber schweigen? Er zieht es vor, gar nichts zu sagen, ehe er es riskiert, etwas Falsches zu sagen. Es ist ja wahr, ich bin wirklich zu schnell, zu spontan mit meinen Ansichten, zu freudig in meinen Entdeckungen, ich habe keinen ordnenden Verstand ...

Lieber Gott, es ist schrecklich, daß dieses Gefühl immer mehr in mir wächst, es mangele mir an Intelligenz, Logik. Den ganzen Tag saß ich vor einem leeren Blatt Papier. Bei Zusammenkünften wage ich kaum noch den Mund aufzutun. Bin ich dumm, oberflächlich oder nur ungeschult [...].

Hoy, 16. 1.

Ich hatte ein paar widerwärtige Tage mit Kopfschmerzen, Depressionen, Fremdheit bei Jon. Er kam getreulich, um nach mir zu sehen, aber das Band war gerissen. Ich lag den ganzen Tag auf der Couch, schlief, starrte an die Decke, schlief wieder, betäubt von Tabletten. Vorgestern abend saß Jon bei mir, wir schwiegen, aber – seltsam – rückten uns ohne Bewegung immer näher, bis zum Kuß. Ein paar Minuten rasenden Begehrens, dann erhob er sich. »Wenn man nicht mehr miteinander sprechen kann, kann man auch nicht miteinander schlafen.« Furchtbarer Augenblick. Aber gestern, plötzlich, sprachen wir wieder, gerieten in Streit über ein Marx-Wort, auf einmal war es wieder wie sonst: wilder Zank, später eine wilde Umarmung. Umarmung ist aber nie als Versöhnung zu verstehen, es gibt nichts zu versöhnen, wenn man um eine Sache streitet. Ich sei klug, sagt er, aber ich müsse lernen, Denkresultate anderer nicht einfach zu übernehmen, [...] sondern unabhängig und durch eigenen Denkprozeß zu diesem Resultat zu kommen. [...]

Fast eine Seite geschrieben. Endlich!

Petzow, 23. 1. 64

Für zwei Tage in Petzow – zwischen zwei Gesprächen. Ein Abend bei Henselmann, der meine Beziehung zu Jon zergliederte: Ohne daß ich mich irgendwie geäußert hatte, sagte er, J. [...] rede mir ein, ich sei unwissend oder dumm, um mich an sich zu binden [...]. Ich schwieg zu allem, weil ein Wort schon Verrat an Jon hätte werden können. Er darf auch nicht wissen von der körperlichen Fessel.

Vormittags Buerschaper und Lewerenz im Pressecafé! Sie redeten mir meine Ängste aus. L. las das Manus[1], es fehlte ihm an »originellen Details«. Er hat recht. Es ist von des Gedankens Blässe angekränkelt, ich beginne zu philosophieren. Dumm, dumm, dumm! Ich werde alles wegwerfen und ganz neu beginnen. [...]

Nachmittags Gespräch in der Akademie, Kurella, Herzfelde, Hermlin (letzterer sehr liebenswürdig, gar nicht arrogant). Natürlich war ich sehr befangen, erst nach zwei

1 Gemeint ist das Manuskript von »Franziska Linkerhand«.

Stunden taute ich auf. […] Zum Schluß hatte ich einen Lacherfolg, als ich fragte, was denn nun eigentlich sozialistischer Realismus sei.

Die zwei Tage mit Daniel tun mir gut. Ich fühle mich immer noch verletzt, unsicher. Er ist gut und sanft, wir sprachen viele Stunden.

Hoy, 26. 1.

Zwei Tage schreckliche Herzattacken, düstere Gedanken an den Tod (man glaubt zu sterben); um mich zu belustigen, formulierte ich mein Testament […].

Wie soll ich nur dieses verdammte Buch anfangen? Ich muß mit Jon sprechen, einfach sprechen. Aber wir sagen nichts. Wozu auch? Man hält Monologe und hört Monologen zu. Es bröckelt, es bröckelt.

Hoy, 10. 2.

Nun ist die D-Schwester[1] schon seit einer Woche mit ihrem Susannchen bei mir, und wir hatten eine schöne Zeit. Zum Arbeiten bin ich natürlich nicht mehr gekommen, wir waren den ganzen Tag mit Baby beschäftigt oder haben geschwatzt. D. ist ein so liebes und natürliches Mädchen, und sie hat nun auch meine Beziehung zu Jon verstanden (Mutti hatte ihr eingeschärft, ja nicht nett zu diesem Menschen zu sein). […] Gestern haben wir einen richtigen Familien-Sonntag veranstaltet, mit ausschweifenden Mahlzeiten, Kaffeetrinken und müßigem Geschwätz zu dritt, und schließlich rauchte Jon eine Zigarre und trank einen Kognac dazu, und wir fanden es ein bißchen komisch und sehr gemütlich, so faul zusammenzusitzen. Dieses Gefühl, eine Familie zu sein, war mir ganz verlorengegangen.

Heute, zu unserem Hochzeitstag, schickte mir Daniel Blumen, es kam auch ein Brief, und ich war sehr traurig. »In Verehrung und Neigung …« […] Er ist gefangen in sei-

1 Dorothea, Schwester von B. R.

nem Zauberberg, und mir graut schon vor der Zeit, die ich in Petzow sein werde. [...] Übrigens war ich [...] geschockt durch die Nachricht, daß D. in all den Wochen drei Seiten geschrieben hat. [...] Vielleicht schreibe ich später Reißer, aber sie werden wenigstens gelesen.

Ein bißchen mehr Sicherheit für mich ... Seit meiner Schulzeit habe ich allein kämpfen müssen, mich erhalten, einen anderen erhalten müssen. Manchmal bin ich mürbe, sehne mich nach einem Leben ohne so gewichtiges Risiko. Jon würde wenigstens versuchen, mir ein bißchen Sicherheit zu geben. Er wird Redakteur bei einer Betriebszeitung, und heute sagte er, wenn er dann ein gutsituierter Mann mit 450 DM Monatsgehalt ist, wird er seinen Stresemann anziehen, nach Burg fahren und bei Vater um meine Hand anhalten. [...]

Hoy, 4. 3.

[...] Donnerstag Kulturkonferenz in Cottbus. Das übliche. Hinterher mit Dieter in Siegers Atelier, endlich wieder laute und leidenschaftliche Streitereien, diese glückliche Atmosphäre: Verständnis, schöpferische Leute, ringsum Bilder, ein schöner Akt, die Ungezwungenheit, die man nur bei Malern findet (die meisten Schriftsteller sind so seriös und haben Besitzer-Komplexe) – ich atmete auf. Dieter fuhr mich nach Hause [...]. Ich hatte früher immer gedacht, er käme eigentlich nur den Daniel besuchen [...]. Aber nun ist Daniel seit mehr als zwei Monaten weg, und pünktlich jeden Mittwoch kommt Dieter – also auch zu mir, und er wird mir immer sympathischer. Bei ihm habe ich nie das Gefühl, gegen eine Wand zu sprechen – nicht mit einem einzigen Wort. Er ist aufrichtig, ohne verletzend zu werden, und in einer schwer zu präzisierenden Weise treu, auch als Genosse, meine ich. Er quatscht nicht, bei ihm ist ja ja und nein nein – und von wievielen Menschen kann man das schon sagen? [...]

Freitag Kulturkonferenz in Pumpe. Ich saß halt meine

Zeit ab – übrigens schon mit Fieber und dergleichen. Kontroverse zwischen Dieter und unseren Funktionären, für die mir kein Schimpfwort einfällt, das stark genug wäre. Er kritisierte einige von ihnen, und sie revanchierten sich mit dem Vorwurf, er leugne die Kraft und Weisheit der Partei (denn natürlich sind sie die Partei), leugne also auch die friedliche Koexistenz und den Weltfrieden. Es war zum Speien. [...]

Hoy, 29. 3.

Heute ist Ostersonntag. Unmöglich zu arbeiten, ich bin wie gelähmt, liege die ganze Zeit herum und verschlinge Bücher. Reizende Ostern: mit Regen, grauem Himmel, Traurigkeit. Und bei jeder Handreichung, im Gespräch, bei Tisch derselbe Gedanke: das ist nun das letztemal, daß er als mein Mann in dieser Wohnung sich bewegt. Er wird noch einmal kommen, wenn ich eine Wohnung für ihn gefunden habe, und dann ist er nur noch Gast. Manchmal bereue ich meine Verfehlungen, meine Unduldsamkeit und wünsche, wir könnten wieder von vorn anfangen – dann freue ich mich auf wiedergewonnene Freiheit und Unabhängigkeit – bald wünsche ich den Daniel weit weg, bald in meine nächste Nähe. [...]

Eben kam Daniel zu mir, er hat mein Manuskript gelesen und sagte: »Phantastisch.« Er war ganz aufgeregt, bezaubert von Franziskas Pubertätsgeschichte, fand auch alles ein wenig unheimlich, beinahe morbid – genehmigt aber unter der Voraussetzung, daß mein Mädchen in eine andere, gesündere Welt kommt, und das wird sie ja wohl auch. Keine Glätten mehr – er rühmte die Sprache, und das will was heißen, und jetzt bin ich stolz und sehr ermutigt. Es war wieder wie früher (und gewiß ist es das, was uns auch in Zukunft bleiben wird): hitziges Gespräch unter Kollegen. Verständnis und das Gefühl, mitteilen zu können. [...]

Vergaß, glaube ich, von den Amerikanern zu berichten, die neulich bei mir waren: Journalisten von der »New York

Herald Tribune«. Einer sah aus wie Gershwin. Sie stellten ulkige Fragen, wollten auch etwas über die Einmischung der Partei in unsere Literaturgespräche hören, und ich mußte, guter Patriot, einiges verteidigen, was mir gegen den Strich geht. Begriff, warum wir über manche Dinge nur unter Freunden sprechen. Vor Fremden sind sie zu blamabel.

Vorige Woche Kongreß im Verband Bildender Künstler. Cremer trat auf. Man erzählt, die jungen Leute, seine Parteigänger, hätten in den Wandelgängen gemobt. Das ND brachte idiotische Berichte. An einer Stelle – Cremer sagte, alles sei schön, was dem Reichtum des Menschengeistes entspringe – setzte der Bericht in Klammern hinzu: »Auch die Atombombe?« Ein Klein-Moritz-Argument. Auch die Schriftsteller weichen bedenklich vom Bitterfelder Weg[1] ab. Information aus dem Politbüro: Sie weigern sich, Huldigungsartikel zur Bitterfelder Konferenz zu schreiben. Anweisung an die Redakteure, sie wenigstens zu Interviews zu bewegen.

Wurde aufgefordert, ein »Bekenntnis zum soz. Real.« zu schreiben. Weigere mich. Habe bis heute nicht begriffen, was das ist. [...] Interessanter Artikel von Fühmann, aggressiv, aufrichtig, sehr klug, traf genau mein Gefühl. Die Interpretation durch die Westsender war allzu leichtfertig, sie schaden uns nur, wenn sie zu unterstützen scheinen, vielleicht absichtlich, vielleicht aus Unkenntnis der Dinge. Sie sind in letzter Zeit bemerkenswert schlecht informiert [...].

1 Die Bezeichnung ist von der 1. Bitterfelder Konferenz abgeleitet, einer Autorenkonferenz des Mitteldeutschen Verlages Halle (Saale) im Kulturpalast des Elektrochemischen Kombinates Bitterfeld unter der Losung »Greif zur Feder, Kumpel, die sozialistische deutsche Nationalkultur braucht dich!« (24. 4. 1959). Walter Ulbricht formulierte dort die Grundaufgaben der Entwicklung der sozialistischen Kultur: die Vereinigung von Kunst und Leben, von Künstler und Volk und sozialistischer Gesellschaft, wobei der sozialistische Realismus die der Entwicklung der Kultur angemessene Methode sei. Die Hauptforderung war auf die Veränderung der Lebensweise der Künstler gerichtet, auf ihre Verbindung mit der Arbeit und dem Leben der Werktätigen, und auf das Heranführen der Werktätigen an Kultur und Kunst.

Hoy, 15. 4.

[…] Wir werden noch immer miserabel informiert. FORUM[1] tut Havemann[2] als einen »dummen Lügner« ab; der Westfunk bringt seine Vorlesungen, die viele kluge, neue Gedanken enthalten; die SU soll ihm einen Forschungsauftrag angeboten haben. Die Radiogespräche zwischen Kant–Schulz und Richter–Grass kann man auch nur [im] Westsender hören[3]; Cremers Rede wurde in Auszügen vorgelesen. Die Schriftsteller beklagten sich über mangelnde Information, darauf Gotsche: »Es steht doch alles im ND.« Hier protestierte sogar Koch.

Jakob Weber, der noch irgendwo in den zwanziger Jahren lebt, sprach von seiner Erschütterung über den Fall Cremer und fragt, wo denn die Arbeiterschriftsteller (!) seien, die ihn zurechtweisen könnten. Er stellte C. auf eine Stufe mit Harich und Heym[4]. (Bewegung unter den Jungen, kein lauter Widerspruch.) Max Walter wenigstens sprach ein paar Worte über die alten Künstler, die zwanzig Jahre lang geschwiegen haben und jetzt »ihre Seele retten wollen«. Kant verteidigte sich gescheit und amüsant gegen Angriffe der »Welt«, die ihn (sie zitierten dafür Kantorowicz' Tagebuch[5])

1 FORUM – »FORUM. Organ des Zentralrats der FDJ. Zeitung für geistige Probleme der Jugend« (Berlin).

2 Robert Havemann (1910–1982), Naturwissenschaftler, 1947–1964 Professor für physikalische Chemie an der Humboldt-Universität Berlin, 1964 Ausschluß aus der SED, dann faktisch Berufsverbot, später Hausarrest. Trat in Beiträgen für eine Reformierung der DDR ein.

3 Es handelte sich um ein Radiogespräch zwischen Heinz von Cramer, Günter Grass, Uwe Johnson, Hans Werner Richter und Hermann Kant, Max Walter Schulz, Paul Wiens in der Reihe »Jour fixe. Literarisch-politischer Salon von Hans Werner Richter« (3. Programm des SFB am 17. 3. 1964). Das Gespräch ist abgedruckt in Carsten Gansel (Hrsg.): »Wenigstens in Kenntnis leben. Notate zum Werk Uwe Johnsons« (Federchen Verlag. Neubrandenburg 1991, S. 123–146).

4 Stefan Heym (1913–2001), Schriftsteller, kritisierte in seinen Romanen und Essays das Fehlen einer demokratischen Öffentlichkeit in der DDR.

5 Alfred Kantorowicz: »Deutsches Tagebuch«. 2 Bde., 1959, 1961.

als Spitzel bezeichnet hatten. Nicht einmal zu den ärgerlichen Stipendien-Angelegenheiten wurde gesprochen. Jährlich werden 900000 DM für Verträge, Unterstützungen etc. ausgeworfen. Es gibt keinen Gegenwert, der diese Summe rechtfertigte. Auf uns, die wir wirklich arbeiten und Bücher rausbringen, ist kein Pfennig dieser horrenden Summe gefallen. [...]

Aber wen wundert dieses beharrliche Schweigen? Wer im Vorstand etwas sagen will, muß aufstehen, an ein rotüberzogenes Katheder treten und ins Mikrofon sprechen, während draußen ein Tonband läuft und jedes Wort festhält. Das ist ein wichtigster unter vielen Gründen, und ich habe Koch und Lewin solange zugesetzt, sie würden nie ein offenes Gespräch, gar einen Streit unter den Schriftstellern zustandebringen, solange dieses verdammte Tonband mithört, bis sie wenigstens bereit waren, es sich zu überlegen und eine andere Form der »Aussprache« zu suchen. [...]

Hoy, 18. 4.

[...] Noch ein Gespräch mit Gotsche[1], den ich um eine Aufenthaltsgenehmigung für Lutz bat.[2] Wenig Aussichten, man darf keinen »Präzedenzfall« schaffen. G. nannte den »Bienkopp«[3] parteischädlich. Wie liest er bloß Bücher? Er bewies es mir auch des langen und breiten und fing bei der Bodenreform an. Er bewies auch, daß die meisten Republikflüchtigen kriminelle Elemente gewesen seien. Guter Gott! Wir haben eben nie was falsch gemacht. Und zwischendurch legte er mir die Hand aufs Knie, auf die Schulter, immer mit väterlichem Gesicht. [...] Was bleibt mir übrig, als meinerseits ein töchterliches Gesicht zu machen?

1 Otto Gotsche (1904–1985), Schriftsteller, Sekretär des Staatsrates der DDR.

2 Ludwig Reimann wollte zum 60. Geburtstag seines Vaters kommen, aber die Amnestie für Flüchtlinge, die die DDR vor dem 13. 8. 1961 verlassen hatten, wurde erst am 1. 9. 1964 beschlossen.

3 Gemeint ist Erwin Strittmatters Roman »Ole Bienkopp« (1963).

Ich mag ihn sonst ganz gut leiden, weil er aufrichtig ist, wie mir scheint. Man kann auch mit ihm streiten, ohne daß er den Staatsrats-Sekretär hervorkehrt.

Ich fuhr dann mit Lewin zum Kunsthandel, entdeckte einen wunderschönen Barockschrank und kaufte besinnungslos und bezahlte mit einem nicht gedeckten Scheck. Es gab auch noch einen Barock-Schreibtisch, und eigentlich hinderte mich nur Willis entsetztes Hausvater-Gesicht ihn auch gleich zu kaufen (das besorgte ich einen Tag später telefonisch). Nun habe ich also mein »eisernes« Konto geschröpft. Nun, egal. Ich habe eh für niemand mehr zu sorgen. [...]

Hoy, 30. 4.

Am 24. und 25. II. Bitterfelder Konferenz.[1] Die Bezirksdelegation fuhr schon Donnerstag; mich nahm Frau Apel in ihrem Dienstwagen mit. Sie ist unsere neue Ratsvorsitzende, eine kluge, empfindsame Frau, Musikwissenschaftlerin (sie promoviert – und das neben ihrer aufreibenden Funktion) – und eine richtige Frau, mit Eitelkeit und Koketterie und allen erlaubten Mitteln. Ich mag sie sehr, die Kulturarbeit im Bezirk hat sich schon merklich verbessert.

Wir schliefen in einem Lehrlingswohnheim, wo uns morgens um 6 schmetternde Musik aus einem unerbittlichen Lautsprecher weckte. Scheußliches Wetter, eine scheußliche Gegend, grau und schmutzig, die Luft stank wie Kloake. Auf der Konferenz war alles vertreten, was gut und teuer ist. Hauptreferate von Bentzien und Ulbricht. Ein paar kluge und witzige Reden: Neutsch, Sakowski, Strittmatter, Wolf – die Schriftsteller waren wieder groß im Rennen. [...] Kuba war ärgerlich wie immer, der ewige Linksradikale, der – immer mal wieder – vorm Sumpf des Revisionismus warnte.

1 Die 2. Bitterfelder Konferenz wurde am 24. und 25. 4. 1964 von der Ideologischen Kommission beim Politbüro des ZK der SED und dem Ministerium für Kultur im Kulturpalast des Elektrochemischen Kombinates Bitterfeld veranstaltet.

Ein paar Leute wurden runtergeklatscht. Alles in allem – eine gute Sitzung, und was da von der Bühne kam, war diesmal so interessant wie die Wandelganggespräche, und das will schon was heißen.

Ich war meist mit Lewin und Caspar zusammen, ein paarmal mit Nachbar, der erstaunlich liebenswürdig und heiter war – und natürlich der schönste Mann im Saal. Übrigens interessierte sich jedermann zu heftig für unsere Scheidung, ich antwortete mit Schnoddrigkeiten und kam mir vor, als spuckte ich mir selbst ins Gesicht. Aber soll ich denen was vorheulen? Das mache ich mit mir selbst ab [...]. Die mich kennen und deshalb zu kennen glauben, denken, ich rettete mich mal wieder mit heiler Haut aus einer bösen Geschichte [...].

Hoy, 3. Mai 64

[...] Am 1. Mai haben wir uns den Festumzug von Jons Fenster aus angesehen. Nachher fiel uns ein, daß es einfach eine Provokation war: das sündige Paar Aug in Aug mit der Parteiprominenz – denn die Tribüne befindet sich direkt gegenüber Jons Fenster, am Rande des scheußlichen Aufmarschplatzes. Von hoch oben, aus dem 7. Stock, sah der Umzug ganz heiter und feierlich und bunt aus: die Bergmannsuniformen, die FDJ-Hemden, Sport-Jerseys, Volkstrachten, die Schalmeien-Kapelle und Fanfarenzüge (die ich noch immer nicht hören mag) – [...] und ich staunte, wie viele Leute schon in unserer Stadt wohnen. Von unten, zu ebener Erde, sieht die Welt sich freilich anders an: Dieter, der auf der Tribüne gestanden hatte, kam nachher zu uns rauf, um einen Kaffee zu trinken, und erzählte, mit wie mürrischen Mienen die Leute vorbeigelatscht seien. Und dann schwärmten die beiden Veteranen Jon und Dieter von den Maifeiern der ersten Nachkriegsjahre, und ich merkte wieder, was diese wenigen Jahre Altersunterschied zwischen uns bedeuten – eine halbe Welt, tausend Abenteuer und gewichtige Erlebnisse, die sie mir voraus haben. [...]

Hoy, 21. 5.

Seit zwei Tagen zurück vom Deutschlandtreffen.[1] Liege nur herum und lese Krimis, die ich mir bei Henselmann geholt habe (wir waren dort nur eine knappe Stunde; H. mußte auf die Zinnen seines Hauses. [...] Übrigens stellte ich beim Betrachten des Lehrer-Hauses[2] fest, daß H. eine organische Verbindung zwischen Hochhaus und Kuppelbau nicht geschafft hat – die beiden Körper stehen beziehungslos nebeneinander, jeder für sich reizvoll – wenn auch nicht wahnsinnig originell –, aber eben keine harmonische Einheit. Aber das kann man ihm wohl nicht sagen, er ist ohnehin einer Kritik kaum zugänglich, erst recht nicht schon jetzt während des Bauprozesses.) [...]

Freitag abend hatte ich tatsächlich mein Kapitel geschafft [...]. Ich war nicht mehr ganz von dieser Welt – nichts gegessen, kaum geschlafen, aber glücklich erleichtert. Auch Daniel machte den Eindruck eines Somnambulen. Er wohnt seit einer Woche in einem Campingwagen, unmittelbar neben Nolls Wochenendhaus. [...]

Hoy, 25. 5.

Krank, Fieber, irgendeine blöde Erkältung. [...]

Noch schnell vom Deutschlandtreffen. Morgens auf der Tribüne, der Vorbeimarsch dauerte fünf Stunden. Eine Riesenshow, die ich etwas fatal und unzeitgemäß fand. Saß bei Nahke und Dr. Bittighöfer, der zuerst wacker sein Papierfähnchen schwenkte, sich dann aber genierte, weil N. und ich keinen Enthusiasmus aufbringen konnten. Fanfaren, Wälder von Fahnen, hurraschreiende Jugendliche – nun, ich bin zu nüchtern, mein Herz schlug nicht höher. Ein Sprecher begleitete jeden Auftritt mit unsäglichen Versen (vermutlich von Zimmering) und viele Hochrufe für unsere Partei mit Walter Ulbricht an der Spitze. [...]

1 Von der FDJ organisierte Treffen der Jugend beider deutscher Staaten zu Pfingsten in Berlin (27.–30. 5. 1950, 6./7. 6. 1954, 16.–18. 5. 1964).

2 Haus des Lehrers am Berliner Alexanderplatz.

Nachmittags Buchbasar in der Karl-Marx-Allee. Es war ungeheuerlich. Ich konnte keine Minute aufstehen, konnte nicht einmal einem Leser ins Gesicht sehen, mit keinem ein Wort wechseln. Ich schrieb die ganze Zeit Autogramme, halb erstickt von der Masse. Nach zwei Stunden hatte ich eine Blase am Daumen. Meinen Kollegen ging es nicht besser, und sicher kann man das als gutes Zeichen nehmen, obgleich es mir nicht der Sinn eines Basars zu sein scheint, daß die Autoren zerquetscht werden. Wahnsinniger Trubel in der Allee, Musik, ein Strom von schönen jungen Leuten, Blumenräder, eine Beatle-Gruppe (warum morgens diese scheußliche Marschmusik? Ich hätte eine Jazzband verpflichtet) [...].

Bis drei Uhr nachts Diskussion an der Friedrichstraße. Das große Ost-West-Gespräch war ausgebrochen, und das war unbestreitbar das Beste am ganzen Deutschlandtreffen. Am nächsten Tag konnte man Unter den Linden kaum noch durchkommen, alles war verstopft von Gruppen debattierender Leute. Unser Partner, nachts, war ganz geschickt (offenbar vorher geschult); schließlich erledigte ihn aber ein Maurer mit der Frage nach seiner Arbeit. Er konnte weder darüber noch über den Beruf seines Vaters Auskunft geben. Oberfaul.

Der Gaismaier, den wir kennengelernt hatten (vom Münchner Fernsehen) war eine Errungenschaft, ein kluger, gebildeter Junge, der auch schreibt. Wir saßen nachmittags noch im Klub zusammen, nachdem das Gespräch über Nationalkultur ziemlich daneben gegangen war, weil sich die westdeutschen Gäste untereinander wegen Wirtschaftsfragen in die Haare geraten waren. (Übrigens waren sie beeindruckt von unserem liebenswürdigen jungen Minister Bentzien. Wagner quatschte. Zwischenrufe vom Rang: »Und was macht ihr mit den Negern?«) Ich saß mit im Präsidium und war stumm wie ein Fisch. [...]

Hoy, 2. 6.

[...] Ich habe immer noch nicht von der idiotischen Kommission berichtet. Übrigens läßt sich diese Szene auch nicht wiedergeben, die kann man nur auf Tonband genießen. (Als ich zum Schluß sagte, es wäre gut gewesen, ein Tonband laufen zu lassen, fielen sie empört über mich her: ob das heißen soll, daß ich sie verdächtige, irgendwo ein Mikrofon versteckt zu haben? [...] In dieser Tonart verlief die ganze Aussprache).

Ich saß mit Dieter zusammen. Richter hielt das Referat, in dem es ganz massive Angriffe gegen uns beide gab. Darüber haben wir bloß gegrinst, aber dann ging es gegen Cremer los. R. »zitierte« aus seiner Rede, halbe Sätze, aus dem Zusammenhang gerissen, entstellt und in der niederträchtigsten Weise interpretiert [...]. Wir hatten uns vorgenommen, diesmal die Schnauze zu halten; D. ist ja ohnehin als Parteigegner und Cremer-Grüppler diffamiert. Zum Glück hatte ich die originale Cremer-Rede einen Tag zuvor, bei Henselmann, in der Hand gehabt.

R. hatte kaum das letzte Wort gesagt, da schossen wir los. Wir hatten uns flüsternd verständigt und warfen uns dann die Bälle zu (wir standen ja allein gegen ein Zimmer voller »Gesellschaftswissenschaftler« – so nennen sie sich nämlich, ohne zu erröten, und geben unbekümmert das unmarxistischste Gefasel von sich). Und dann begann ein Gemetzel, und dem L[...] half kein Lügen und kein priesterliches Unfehlbarkeitsgehabe, er mußte vollständig zitieren, und nun hörte sich das alles schon anders an. Gerade deshalb brüllten sie nun den Dieter an, er sei Genosse und müsse ein klares, unmißverständliches Bekenntnis gegen C. abgeben. Ich sagte, die Zeit der Bekenntnisse sei vorbei – außer im Kombinat – und sie hätten den 20. Parteitag nicht zur Kenntnis genommen. Na, du lieber Himmel ... [...]

Sie hassen uns, weil wir schon zuviel von ihnen wissen,

weil [wir] sie »privat« gesehen haben, bei ihren Saufereien, weil wir von Weibergeschichten, Korruption und Betrug wissen und weil wir uns ihrer Diktatur von Hohlköpfen nicht unterwerfen. (Nur ein Beispiel: 12 Paare – aus dem Kreis dieser zweifelhaften Werksprominenz – haben an einem Abend 6000 DM vertrunken und verfressen, natürlich auf Kosten des Kombinates. Ein bißchen Ferien vom Ich). […]

Hoy, 15. 6.

Eine Woche lang brüllende Hitze – bis 35° im Schatten. Ich schrieb den Artikel über Hoy für die Freie Welt, stand um 4 oder 5 Uhr auf, tippte in Daniels Zimmer (das jetzt keine schmerzliche Erinnerung mehr ist, seit ich drin arbeite) und war gegen 10 schweißüberströmt. Die Luft war wie eine glühende Wand, man fühlte sie körperlich als einen bleischweren Druck. In der Nacht wurde es auch nicht kühler, morgens um 6 waren schon über 20°. Trotzdem fühlte ich mich sehr wohl, ich liebe die Hitze, sie macht mich nicht schlaff.

Hoy, 17. 6.

Gestern unterbrochen: […] Erika Alex, die junge Malerin, die einen Auftrag hat, mein Porträt zu malen. Bis zum Nachmittag haben wir uns nur unterhalten, sie hat kühle Augen und beobachtet mit Passion. Sie hat gerade erst ihr Diplom gemacht; ihr Mann, Plastiker, ist geext worden, weil er einen Artikel gegen Sindermann geschrieben hat. Sie gefällt mir: eine moderne junge Frau; wir haben auch verwandte Neigungen für gewisse mißliebige Maler. Heute haben wir den ganzen Tag gearbeitet – ich sage »wir«: dabei habe ich nur gesessen und stillgehalten, und E. hat skizziert.

Meinen »F. W.«-Artikel habe ich zum Termin geschafft, er ist viel schärfer als alle vorhergehenden, allmählich sehe ich die Probleme komplex. Neben der Orgie an Bürokratismus ist die Unfähigkeit unserer Funktionäre schuld, die vor zehn Jahren sicher tüchtige Leute waren und heute nicht mehr mitkommen. […] J. war mit meiner Arbeit einverstanden, obgleich er sie mehr aggressiv als geschickt findet. Ein guter Polemiker wird wohl nicht mehr aus mir. […]

Hoy, 24. 6.

Es geht noch nicht recht voran.

Von den Festspielen haben wir so gut wie nichts zu sehen gekriegt, aber unsere Reise war sehr vergnügt. Lewin holte mich ab, er hatte noch eine junge Frau vom Verband dabei, mit der ich mich sehr rasch befreundete (auf der Rückfahrt hatten wir stundenlang ganz vertrauliche Weiberchen-Gespräche, und ich merkte, daß mir ab und an doch eine Freundin fehlt). […] L. war ordentlich ausgelassen, […] eigentlich entlarvt er sich als ein Typ, den ich hasse: […] er möchte reglementieren und leidet unter der Arbeit mit Schriftstellern, die alle mehr oder weniger »individualistisch« sind und sich nicht wie Automaten einstellen lassen. […] Ich halte ihn auch für dogmatisch, obgleich er selbst behauptet, bei uns gebe es keine dogmatischen Erscheinungen, und wenn jemand jemals etwas zugestoßen ist, war er selbst schuld.

[…] Ich griff mir an den Kopf: Stalin war gar nicht so arg, die Liquidierten haben sich selbst erschossen, bei uns war immer alles in Ordnung, wir wissen von nichts, und die Partei, die Partei, die hat immer recht. Das ist 1984[1], das ist ein Gespenstertanz. Und da erwartet dieser Mensch, daß ich in die Partei eintrete. Soll ich auch jedes Jahr meine Überzeugungen wechseln, Wunschdenken lernen und in den Genuß einer doppelten Moral kommen? L. sagte, ich sei politisch reif und gehöre dazu, und »man erwarte jetzt von B. R.« … Aber ich will nicht und will nicht und habe es ihm laut und deutlich genug gesagt. Diese Leute sind doch schizophren. Vor ein paar Tagen sagte Ulbricht, daß wir nie daran gedacht

1 Anspielung auf George Orwells Roman »1984«.

hätten, einen separaten Friedensvertrag abzuschließen und Westdeutschland den Imperialisten in den Rachen zu werfen. Aber wir erinnerten uns genau – Jon ist ein wandelndes Archiv – daß vor ungefähr zwei Jahren an jedem Haus ein Transparent den Vertrag forderte, und ich sollte auch eine Stellungnahme dazu schreiben. Sowas kann man doch nicht auf Parteibeschluß vergessen! [...]

Beredelkino bei Moskau, 8. 7.

Gestern Verabschiedung auf dem Flugplatz Schönefeld; großer Bahnhof. Ein Spalier von FDJlern, die uns zuklatschten, junge Pioniere mit Nelkensträußen, Ansprache von Rau und Schumann. Wir flogen mit einer TU 104 (Höhe zwischen 9000 und 10000 m, Stundengeschwindigkeit 900 km) Ich saß am Fenster, zum Glück neben Kurt T., an den ich mich klammern konnte. Er fand alles »hervorragend« und versicherte es immer. Ich überwand dann aber, aus literarischer Disziplin, meine Angst und blickte unverwandt aus dem Fenster – wie sich das Flugzeug hob und die Häuser und Felder und Straßen immer kleiner wurden. Wir waren dann bald über den Wolken. Manchmal sah man unter einem kleinen Riß die Erde, aber die meiste Zeit schwammen wir über Weiß, aus dem sich grelle Hügel erhoben wie Eisberge. Es glich den Bildern von einer Polarlandschaft, und der Himmel war von einem dunklen, violettgrauen Blau, das es über der Erde nicht gibt. Das Flugzeug schien sich gar nicht zu bewegen, und ich sah immer erstaunt die scheinbar ganz still in der Luft stehende Tragfläche. Ein paarmal dreht sich das Flugzeug, und dann drehte sich die ganze Himmelskuppel. [...]

Peredelkino, abends.

Kann mich nur auf Stichworte beschränken. [...] Muß Hals über Kopf einen Bericht für Forum schreiben.[1] Ge-

1 Das Reisetagebuch erschien zunächst in der Wochenzeitung Forum unter dem Titel »Das grüne Licht der Steppen«.

stern abend keine Arbeit, viel Wodka, Billard, Gespräche. Heute morgen Empfang im ZK des Komsomol, interessanter Vortrag von Pawlow. Sehr sachliche Atmosphäre, kein Geschwätz. Nachmittags bei den Tamanskern, Kaserne besichtigt. In einem Schlafsaal ein aufgeschlagenes Bett, unter einem Bild: das Bett eines gefallenen Soldaten, Held der SU, kein anderer darf darin schlafen. Er wird auch beim Appell immer aufgerufen, mit dem Zusatz: »Heldenhaft gefallen.«

Besuch am Schießplatz, riesige moderne Anlage. Wir mußten alle schießen. Zuerst mit einer Maschinenpistole, die mir Todesangst einjagte (ich ließ den Hahn nicht los und feuerte, ohne zu zielen, eine halbe Kompanie über den Haufen), dann mit einer Makarow-Pistole. Als ich schoß, wunderte ich mich über den Aufruhr hinter mir, der Zentralrat ging in Deckung, und ein halbes Dutzend Offiziere sprang mir bei; ich hatte vergessen, daß die Waffe nicht gesichert war, und fröhlich in der Gegend rumgefuhrwerkt.

Jetzt sitze ich also allein hier, es ist Abend. Die anderen haben ein Meeting. […] Heute nacht um 2 Uhr fliegen wir nach Zelenograd. […]

Zelinograd, 9. 7.

Heute morgen in Z. angekommen, einer Stadt im Neuland, in Kasachstan. Nachts um 2 flogen wir von Moskau ab, und durch irgendeine merkwürdige Zeitverschiebung ging uns die Nacht verloren, und wir waren nach vier Flugstunden um 9 auf dem Flugplatz v. Z. Kurt hatte seine Uhr noch nach deutscher Zeit, und nun verstehe ich gar nichts mehr. Wir müssen wenigstens 5 Stunden voraus sein. Um 5 Uhr früh überflogen wir die Grenze zwischen Europa und Asien – ich kann es noch nicht ganz begreifen, daß ich jetzt in einem anderen Erdteil bin. Ein unglaubliches Völkergemisch, man sieht viele mongolische Gesichter. Und die Steppe – nein, das war nicht vorstellbar, auch nach all den Büchern nicht. Nur Himmel und tellerflache Ebene, die irgendwo aufeinanderstoßen – kein Hügel, kein Wald, ein paar junge Bäume, Gras, irgendeine Zwischenfrucht. Die alte Stadt besteht aus Hütten, im letzten Stadium des Verfalls, ärger als der schlechteste Ziegenstall, die neue aus nüchternen Ziegelbauten und einige Häuser in Großplattenbauweise. [...]

Zelinograd, 10. 7.

Im Auto, das über eine unmögliche Straße tobt. Wolken von Staub, wahnsinnige Hitze. Das Land ist knochentrocken, es gibt wenig Wasser. Heute morgen mit Billy[1] auf Extratour durch die alte und die neue Stadt, wo wir tolle Bilder machten: erdgedeckte Hütten vor Kränen und Neubauten. Eine Straße war blockiert von Lastwagen, auf denen abenteuerlich gestrandete Studenten ins Neuland fuhren, Mediziner und Ingenieure, die draußen Speicher bauen. Phantastische Gesichter, Tadschiken, Kasachen, Moskauer; auf einem Lastwagen schrubbten ein paar schwärzlich braune Jungs ihre Gitarren. Wir waren zum erstenmal richtig fröhlich und glücklich und hatten das Gefühl zu arbeiten, während in den letzten Tagen zuviel geschwatzt wurde. Außerdem macht es Spaß, mit Billy unterwegs zu sein, der auf seinem Gebiet ein Künstler ist, mit den Augen eines Künstlers, den raschen Einfällen und einer gewissen Naivität: er staunt. Wir hatten sofort Kontakt miteinander.

Wir sind jetzt im Forschungsinstitut, und ich schreibe heimlich, während wir wieder Zahlen über uns ergehen lassen. Gestern Besuch eines Kolchos; wir waren hundemüde, weil wir in der Nacht zuvor, im Flugzeug, kaum geschlafen hatten, und mir fiel bald der Kopf ab. Trafen auf der Steppe einen Studententrupp, Physiker aus Moskau, »die künftigen Sterne unserer Wissenschaft«, wie einer sagte. Sie bauen in den Semesterferien Wohnhäuser für den Sowchos. Wir saßen am Lagerfeuer, Schumann erzählte vom Deutsch-

1 Thomas Billhardt (geb. 1937), Fotograf.

landtreffen, ich von der deutschen Literatur. Gebildete, aufgeschlossene, ungeheuer interessierte junge Leute. […]

Nowosibirsk, 13. 7.

[…] Nowosibirsk ist eine ganz moderne Stadt mit guten Autostraßen, breiten Boulevards und neuen Häusern im Kirow-Viertel. Die Altstadt hat die elenden Hütten wie in Neulandkray. 1 Million Einwohner. […] Die Leute sind modern angezogen, wir sahen elegante und hübsche Mädchen. Hier scheint man auch selbstbewußter zu sein: sie wissen, daß sie Weltgeschichte machen. Die Leute in Kasachstan waren irgendwie verklemmter – sie sind nicht zum Denken erzogen worden, sagt Kurt, viele der »alten« Funktionäre sitzen noch auf ihren Posten, eine von Stalin erzogene Generation.

Wir fuhren gleich in die »Stadt der Wissenschaften« hinaus. Sie liegt im Wald, überall sind Institute, moderne Wohnblocks, das Hotel ist eine Erholung. Wahnsinnige Hitze; jetzt, am frühen Morgen, haben wir schon 30°. Gestern Abend wieder großes Essen, aber nicht so ausschweifende Toasts. […]

Berlin, 7. 8.

Bin in der Redaktion vom Forum. Manuskript abgeliefert, 20 Seiten. Bis gestern noch gearbeitet. Aber morgen früh geht es weiter, 2. Fortsetzung. Es war eine furchtbare Schinderei. Der Martschuk ist schon erschienen. Daniel schickte ein Glückwunschtelegramm für »rasante Reaktion und gute Arbeit«. Jetzt fahre ich zu Billi, Kontakte ansehen. […]

Ich hatte nicht mal mehr Zeit für Jon. […] Er ist wütend, weil ich mich so hetzen lasse. Gestern abend haben wir uns verzankt – wegen Maetzig, der nächsten Sonnabend zu mir kommt – J. ist eifersüchtig, und ich verstehe nicht, warum. Meine Taille habe ich wieder. Jeden Tag eine

Büchse Presto und 2 Schachteln Karo, es ist Wahnsinn, aber es muß ja wohl sein. […]

Hoy, 12. 9.

Gestern zur Messe, am Buchstand vom »Aufbau«[1]. Den ganzen Tag mit einem reizend liebenswürdigen C[aspar] zusammen. Nachmittags kam der U-Bruder und diese Schwägerin […]; wir verschwatzten fröhlich ein paar Stunden. […] Muß unbedingt mal wieder meine ganze Familie sehen – wenn wir bloß schon den Antrittsbesuch von Jon hinter uns hätten! […]

Beim Stand vom »Neuen Leben« versammelte sich die alte Truppe: Lewerenz, Püschel, Gruner … Wir tranken Wodka und gedachten der fernen Zeiten, als ich, ein vor Angst zitterndes kleines Mädchen, zum erstenmal ins Lektorat stolperte. Ich lernte auch den neuen Verlagschef Frankenberg kennen; er war schüchtern, errötete, und das fand ich sehr nett. Keine Zeit für Messebummel, wir schwatzten vor Schaufenstern mit Bananenstauden … […]

Hoy, 20. 9.

Vor ein paar Tagen war Daniel hier, er kam spätabends, weil er gehört hatte, daß ich krank bin. Und ich war so unfreundlich … […] Ich glaube, es war verspätete, unsinnige Eifersucht, weil er mir erzählte, er sei mit B. für einen Tag in Karlovy Vary gewesen. Dumm und albern, jetzt noch versäumten Möglichkeiten nachzutrauern. […]

Hoy, 14. 10.

Wir sind geschieden. Das Urteil ist mit Delikatesse formuliert, ohne Peinlichkeiten. Auf einmal, auf dem Gerichtskorridor, mußte ich doch weinen, und während der Verlesung

1 Aufbau-Verlag, Berlin und Weimar.

habe ich mir die Lippen kaputtgebissen. Jetzt, da es wirklich und endgültig ist, tut es verflucht weh. Und wir konnten uns nicht mal richtig verabschieden [...]. Und wir haben uns so geliebt, lieber Jon, und uns so gequält ...

Mir ist sterbenselend. Den ganzen Tag geschuftet, um noch den Forum-Artikel zu schaffen. Morgen muß ich mit der Arbeit für die »Sowjetfrau« beginnen – und ich wünschte doch nichts sehnlicher, als im Bett bleiben zu können, auszuruhen, Schlaftabletten zu nehmen. Zum Überfluß habe ich Grippe, Fieber, Husten.

Gestern, als Daniel fort war, war es schlimm. Ich rief Jon an, draußen im Schacht, damit er nach der Spätschicht kommt. Ich hatte Sehnsucht nach ihm – sie war verflogen, als er dann kam, ja in eine Art gereizten Widerwillens verkehrt. Auf einmal erschreckte mich der Gedanke, frei zu sein für ihn – frei, ja, aber für mich allein! –, mich an ihn zu binden, ihm Rechte zu geben. Ich war abscheulich, und er verstand gar nichts mehr. Er hat drei Jahre gewartet, und jetzt zögere ich, fürchte mich geradezu vor Stempeln und Standesamt – und heute kam ein Brief von Mutti: sie lädt uns herzlich ein, sie will nun doch meinen »Wunderjon« kennenlernen, vielleicht wird sie ihn auch liebhaben, und Vati freut sich. [...]

Abends kamen westdeutsche Journalisten, von der »Constanze«. Zuerst wollte ich sie nicht empfangen, weil die Revue-Leute damals sich so schäbig benommen haben, aber dann war ich doch ganz froh, Gesellschaft zu haben. Ich hatte gerade angefangen zu trinken. Sie untersuchen die Lage der Frauen in der DDR. [...] drei interessante Leute, sehr intelligent (und sehr gut aussehend), der Gescheiteste und Aggressivste unter ihnen soff am meisten. Wie schwer ist es, sich zu verständigen! Sogar dieselben Wörter haben verschiedene Bedeutungen gewonnen.

Meine ersten Gäste in der neuen Wohnung. Jetzt sind meine Zimmer so eingerichtet, wie ich es mir immer erträumt habe. Ich habe irrsinnig viel Geld ausgegeben (mein letztes Geld – und mit ungedeckten Schecks bezahlt) für Teppiche, Möbel, Bilder (einen van Gogh und einen wunderschönen Heiligen Georg) und tagelang geschrubbt und geräumt. Nun ist alles modern, schön, geschmackvoll, sogar kostbar – und ich sitze allein in meiner Traumwohnung und bin unglücklich. Es ist zum Totlachen. [...]

Hoy., 21. 11.

Strittmatter hat einen Herzinfarkt, nur seine Frau darf ihn besuchen; er ist nach einer Sitzung zusammengebrochen, schreibt Christa, er hat die letzten Monate nur noch Briefe beantwortet ... [...] Ich sollte der Eva schreiben – man sollte freundlich zueinander sein, Anteilnahme, wenn man sie empfindet, den anderen auch zeigen.

Ich lese ein aufregendes Buch, Vaillands »Seltsames Spiel« – aufregend in seinem Geist, seinem Scharfsinn. V. muß ein phantastischer Liebhaber sein, er weiß soviel, schrecklich viel über die Liebe, über die Frauen. Jon ist hingerissen, auch da, wo ich mich wild empöre. Wie immer, wenn ich auf einen ernst zu nehmenden Widersacher stoße. Ein Gesang auf die körperliche Liebe, und: Liebe ist, was zwischen zwei Menschen geschieht, die sich lieben. Und: Stendhal widmet 300 Seiten der Eroberung, eine Zeile dem Gelingen. V. veröffentlicht Tagebuchaufzeichnungen über seine Liebe zu B., die mich rasend machen: als habe er über mich geschrieben. Ich bin B., wenn ich lese.

Abends

[...] Was wir bei allen unseren Büchern vermissen: Gedanken, geistige Unabhängigkeit. Unsere Literaturdiskussionen strotzen vor den abscheulichsten, schlimmsten Mißverständnissen. Die Autoren denken nichts *zuende*. Ich möchte lernen unabhängig zu sein, und mich auszudrücken, den verdammten inneren Zensor, den man uns so geschickt eingebaut hat (Rücksichten um der SACHE willen) auszurotten.

In der Woche, bevor wir reisten, war Gotsche hier (Delegation der Regierung, mit W[alter] U[lbricht] »an der

Spitze«, im Kombinat, das ganze auf Kollektivität gequält, da Nikitas Spuren schrecken). Ich freute mich über G.s Besuch, seine Herzlichkeit; ich mag ihn, weil man ihm widersprechen kann, er kehrt nicht die Autorität heraus, aber er umwirbt mich, trotz seiner 60 Jahre, allzu stürmisch, als daß ich es länger als eine Viertelstunde im Zimmer, allein mit ihm, aushalten kann [...]. Ich bin zu alt und zu jung für solche Szenen mit alternden Staatsmännern, die mir auf die Brust starren, während sie über meine Arbeit sprechen, und das Knie tätscheln, während sie politische Zusammenhänge erläutern. [...] nichts ist unangenehmer, als alte Männer zurückweisen zu müssen. Ich erröte für sie und habe gleichzeitig Mitleid, weil sie sich ihrer Würde begeben – Väter auf Abwegen. [...]

Hoy., 27. 11.

Heute, an Jons Geburtstag, heiraten wir. Auf einmal bin ich wahnsinnig aufgeregt, nachdem wir die Wochen vorher diese Zeremonie mit Witz bedacht hatten, ja ich glaube eine gewisse Leichtfertigkeit bei mir zu entdecken, die mir im Inneren zuwider war. Aber nun: doch wieder die – vorsichtige – Hoffnung auf Dauer. Und siehe, auch Jon ist aufgeregt, rast in der Stadt herum nach den bunten barbarischen Ringen, die ich mir wünschte (letzte Auflehnung gegen die übliche EHE), [...] wir feiern ganz allein, niemand weiß, daß wir heiraten. Wäre es nicht mit Jon – vielleicht würde es mich trübe stimmen. Aber so: wir haben den ganzen Nachmittag, die ganze Nacht für uns allein, haben uns, merkwürdige Überreste von Aberglauben, in Enthaltsamkeit geübt. [...]

Hoyerswerda, 15. 12.

Eine Menge Abenteuer: Vier Tage unterwegs, mit Jon natürlich. Am Freitag fuhren wir nach Berlin, mieteten uns – obgleich wir kaum noch Geld haben – ein komfortables Appartement in der »Newa«, und am späten Nachmittag ging ich mit Dr. Eckert über die Grenze. [...] E. ist ein charmanter junger Mann, ganz clever und mit »Westerfahrung«. [...] Passierschein, Kontrolle, Katakomben, menschenleere Hallen, strahlendes Licht, Intershop[1] mit amerikanisch aufgemachten DDR-Delikatessen für devisenstarke Kunden, Vopos mit Maschinenpistole – ach, es war schrecklich. Und über dem Kontrolltisch hing ein rotes Transparent, das unseren Verständigungswillen anpries (»Beweis: 2. Passierschein-Abkommen«).

Bahnhof Zoo, Licht, Glaskästen, wüste Ganoventypen (und schwarzgefärbte Strichjungen, wie sie auch an der Friedrichstraße herumlungern); ohne E. wäre ich verloren gewesen. Außerdem war ich halbtot vor Angst wegen der Lesung. Morgens, eine Viertelstunde vor Abfahrt, hatte ich eine Karte von Lutz bekommen: ich solle bei Hans-Jürgen anrufen, unserem Schulfreund und Blutsbruder. Ich erreichte ihn in seiner »Auto-Service GmbH« – er hat es zum Chef, zu einem dicken Auto und einer florierenden Werkstatt mit 40000 DM Schulden gebracht, zu einem weiten Gewissen und rechtschaffenen Zynismus. Aber er ist noch der Charmeur [...], kaufte mir die »Lolita« und raste in lebensgefährlichem Tempo durch die Straßen, schnitt Kurven und riß den Wagen haarscharf an fremden Stoßstangen vorbei – er wollte sich ein bißchen zeigen, und das Jagen machte ihm Spaß. Ich hatte schon mit meinem Leben abgeschlossen.

Der Kudamm ist einfach ein Wahnsinn. Man sieht die Häuserwände nicht mehr, sie sind von oben bis unten mit grellen Lichtreklamen bedeckt, eine Orgie von buntem Licht, eine Bar neben der anderen, Nachtklubs, Striptease, Paris und New Orleans und Drugstores, und auf der Fahrbahn ein unübersehbarer Strom von Autos, dollen Schiffen, rollenden Diwans, Heckflossen wie Tragflächen – ich war

1 Läden, in denen Ausländer mit westlicher Währung und später auch DDR-Bürger mit eingetauschten »Forum-Schecks« vorwiegend westliche Waren einkaufen konnten.

völlig zerrüttet. Wie kann man da bloß leben, sich über den Damm wagen, als Mensch existieren zwischen Lichtschreien und flachschnäuzigen gefräßigen Stahltieren? Ich zitterte vor Aufregung, war den Tränen nahe – nun ja, Provinz. [...]

Wir rasten zum Flugplatz Tempelhof (ich sah zum erstenmal das Luftbrückendenkmal – nicht als Denkmal zu identifizieren, aber attraktiv), eben war Lutz' Maschine von Hamburg gekommen. Alle Türen öffneten sich von selbst (ich glaube, die Stäbchen heißen Fotolinsen – nein, ach ich weiß nicht mehr), aber ich zeigte meine Verblüffung nicht und war froh zu sehen, wie kindlich begeistert der kleine Oliver immer wieder durch die automatischen Türen spazierte – immerhin ein Westkind. Ich mußte Gelassenheit und Weltdame tragen, nachdem H.-J. mir das Kompliment gemacht hatte, ich sei so elegant, daß niemand mir die Ostdeutsche ansähe. (Aber auf dem Bahnhof, als E. und ich ein paar Schachteln »Roth Händle« kauften, hatte ich doch das fatale Gefühl, sie merkten mir den Fremdling und östlichen Kunden an, aber das lag wahrscheinlich an [...] dem schlechten Gewissen, weil wir uns gleich auf Westzigaretten warfen.)

Und dann, in der Halle, zwischen Swiss-Air und Pan american tauchte auf einmal mein Lutz-Bruder auf [...]. In diesem Augenblick war ich glücklich und sogar ruhig trotz des drohenden Abends. Oliver war noch selig erschüttert von seinem Flug: Lutz hatte ihm Burg gezeigt ...

Wir tranken noch einen Ermutigungskognac bei H.-J. (ein kleiner Triumph: seine hohe Miete für eine Wohnung, die nicht komfortabler ist als meine), dann holten wir seinen Bruder Manfred ab – ich weiß noch, wie ich mit ihm durch Burgs Straßen getigert bin, er war groß und weise und älter als ich, und er war mir immer ein bißchen unheimlich, weil er mit meiner Bank-Nachbarin Hilde geschlafen hatte (Gott, wir waren in der 11. Klasse und bestaunten Hilde, gleichzeitig angezogen und abgestoßen: sie war nicht mehr Jungfrau ...) M. ist Abteilungsleiter bei Siemens, fährt einen Mercedes (und wie wichtig ist hier die Automarke ... obgleich Lutz sagte, die meisten Autos, die ich sähe, seien nicht abgezahlt), er ist toleranter als sein Bruder, der mich partout bekehren und abwerben wollte: ich sei doch ein intelligentes Mädchen – wie könne ich mich nur diesem System verschreiben?

Siegmundshof ist eine Studentenstadt und eine architektonische Augenweide. Wege und Mauer, die Initiatoren der Lesungsreihe, empfingen uns; [...] es gab viel Whisky [...]: ich hatte den Eindruck, daß es – für unsere Begriffe – ziemlich linke Leute sind. Velten, freier Journalist (Weltmann mit Kinnbart und Sherlock Holmes-Pfeife) war auch dabei; ich beantwortete aber sehr zurückhaltend seine Fragen, weil ich vorher erfahren hatte, daß er für den RIAS[1] arbeitet und geschickt alle Auskünfte verkauft.

Nachher im Saal sah ich eine ganze Anzahl Journalisten, auch Soldat und Schonauer, die erbitterte Artikel gegen uns schreiben (E. stellte sie mir vor). [...]

Hoy., 18. 12.

[...] Also, Westberlin ... Ich las aus dem neuen Buch, aber eine richtige Diskussion kam nicht zustande, weil die Leute zuviel Zeit damit verbrachten, sich totzuwundern, daß wir so »liberal« sind, daß wir so »frei« schreiben dürfen. Zuerst hatte ich schreckliche Angst, der Saal war gestopft voll, die Studenten saßen auf Fensterbrettern, standen, die Stühle waren so dicht an meinen Tisch herangerückt, daß ich mich kaum in meine Ecke zwängen konnte, und es gab ein halbes Dutzend Mikrophone, und die Fotografen waren aufdringlich, fidelten mir mit ihren Kameras unter der Nase herum »bitte, lächeln«, und die Journaille machte mich unsicher (sie mögen uns nicht, und ihre Artikel werde ich besser gar nicht erst lesen). Leider erfuhr ich zu spät, daß die Dame mir gegenüber Feli Eick war, deren Aufsätze in der BZ

1 Rundfunk im amerikanischen Sektor (Berlins).

mich immer sehr gefesselt haben (sie ist auf widerliche Art »abgeschossen« worden); ich hätte mich gern mit ihr unterhalten, sie wohnt jetzt in Westberlin, wir haben einen gemeinsamen Bekannten: Georg Piltz. Schonauer versuchte, mich in eine Debatte über Rückblenden zu verwickeln, die ich ziemlich überflüssig fand.

Es gab ein paar ausgesprochen idiotische Fragen nach Franziskas Entwicklung: bleibt sie zweiflerisch oder wird sie linientreu? u. dgl. Merkwürdige Vorstellung über »Parteileben« und »politische Menschen«. Aber trotzdem: daß man überhaupt schon miteinander sprechen kann, daß man sich trifft, einander zuhört ... Jedenfalls brauchte ich E.s Unterstützung nicht und schlug mich allein. Formal.-Diskussionen gab es nicht wie bei dem armen Brezan, der jetzt noch geschockt ist und sich hat verwirren lassen, so sehr, daß er jetzt bei jeder Gelegenheit verkündet, man müsse unsere Gegenwart mit anderen formalen Mitteln ausdrücken (während ich nachdrücklich und überzeugt für die Alten plädierte und – ein bißchen aus Widerspruchsgeist – behauptete, die höchste Form sei der Roman wie vor hundert Jahren, die gelassen hinfließende Erzählung).

Provokatorische Fragen und hahnebüchene Dummheiten wurden von den Studenten niedergezischt, wir brauchten uns gar nicht erst zu bemühen. Wütendes Zischen und Lachen, als einer, ein Wohlmeinender, aufstand und sagte, man solle Frau Reimann doch nicht mit politischen Fragen zusetzen, damit sie sich nicht exponiere, man wisse ja, daß jene gewissen Damen und Herren im Saal sitzen, denen sie morgen Rechenschaft ablegen müsse.

Als Dr. Eckert vorgestellt wurde, rief einer sofort (natürlich englisch – übrigens, warum sage ich »natürlich«? Albern.): »Er bewacht sie.« Und in der Tat, ich stieß auf Unglauben, als ich sagte, ich spräche hier nicht anders als bei uns drüben.

Manfred war überrascht von meiner Art zu schreiben – sie denken, wir sind geistig verkrüppelt und haben irgendwelche schaurigen Erinnerungen an rote Traktätchen. Lutz hatte sich unter den Studenten umgehört: sie sind enttäuscht, weil sie nicht provoziert wurden; ich habe ihnen »den Wind aus den Segeln genommen«. (Sie freuen sich händereibend schon auf Kuba [...]).

Wir saßen noch bis ein Uhr nachts in der Bibliothek zusammen, tranken Whisky, der Raum war verqualmt, ein Bierkasten stand auf der Erde – und hier flogen die Fetzen. Ein paar Republikflüchtige waren auch dabei – die armen Hunde, sie sitzen immer zwischen zwei Stühlen, hassen uns und sind dennoch infiziert, auf eine merkwürdige Art mit dem verlassenen Land verflochten. Es gab immer Punkte, wo wir nicht weiterkamen, wo Behauptung gegen Behauptung stand, und selbst mein cleverer E. kam ins Schwimmen. Es gibt halt einige Dinge, die man guten Gewissens nicht verteidigen kann.

Nachts um 2 waren wir wieder zuhause. Mein armer Jon lag angezogen auf seinem Bett, und ich schlief sofort an seiner Schulter ein. [...]

1965

Hoyerswerda, 3. 1. 65

Jon hat einen scheußlichen Job, im Tagebau als Bandwärter, mit »rollender Woche«, und er ist immerzu griesgrämig, weil er da draußen verblödet: acht Stunden lang starrt er auf ein Band, das mit Sand beladen an ihm vorüberrollt. Lesen darf er nicht, schlafen darf er nicht, er wird schlecht bezahlt – aber er hat eine »Perspektive«, sagt sein Werkleiter. Und ich sitze einsam hier herum und komme mir wie eine Witwe vor. Er hat jetzt Spätschicht, heute ist Sonntag, ohnehin ein unerträglicher Tag in Hoy. Gestern dasselbe: allein bis in die Nacht, Lärm bei den Nachbarn – alle schalten zu derselben Zeit den Fernsehapparat ein –, […] ich war wie gelähmt, konnte mich zu nichts aufraffen. Abgearbeitet durch die Hetzerei mit dem Sibirienbuch, das am 7. in der Druckerei sein muß: und natürlich konnte ich vor Terminangst keinen Gedanken fassen und schrieb idiotisches Zeug. […]

Hoy, 11. 1.

Heute habe ich endlich mal wieder halbwegs gute Laune; die meisten Briefe sind geschafft, die Sonne scheint (wochenlang halbtotes Wetter, Regen, wolkiger Himmel), und gestern habe ich mit Jon geschlafen. Tagelang war ich eine Giftnatter, mißhandelte ihn, war kalt und weidete mich an seinem Erschrecken, seiner hilflosen Demut: er glaubte sich nicht mehr geliebt. Und manchmal wußte ich selbst nicht mehr, ob ich noch Liebe für ihn empfand – aber an allem ist nur das Buch schuld. Ich will doch wieder alles wegwerfen und von neuem beginnen. Aber wie? Und zu welchem Ende soll ich das führen? Ich möchte ein böses Buch schreiben, ein trauriges Buch; und alles soll schlimm ausgehen. Aber wem dient das? Nur mir – ich reagiere meinen Pessimismus ab. […]

Hoy, 15. 1. 65

Heute bin ich seit langem zum erstenmal wieder glücklich. Nach ein paar abscheulichen Szenen (die zu zwei Dritteln aus verbissenem Schweigen bestanden) fielen wir uns stumm und zitternd in die Arme. Ich sei ein egoistisches Tier – aber leider liebe er mich gerade deshalb. Das mag hingehen; wirklich erschreckt hat mich sein bitterer Vorwurf, ich machte ihm keinen Mut, nähme ihm sein Selbstvertrauen, wenn er sich ein anderes Leben aufbauen wolle. Wir sprachen von Scheidung und heulten fast. Und gestern abend blieb ich bei ihm, und wir feierten wieder Hochzeit [...].

Hoy, 20. 1.

Gestern fing ich das Buch an, nur ein paar Zeilen, aber jetzt ist alles wie verwandelt, ich bewege mich in Franziskas Welt [...]. Erhitzt von Phantasien, und dazwischen die kühlen Überlegungen, wie es zu machen sei, ich habe die Form noch nicht, beginne schon zum drittenmal. Ungeheure Aufregung, ich kenne das alles, und es ist ganz neu, das ist die Stimmung, in der man Gläser an die Wand schmeißt.

Ich lese Stendhal, ein Reise-Tagebuch. Was für ein Schriftsteller! Auf jeder Seite möchte ich Kreuzchen und rote Striche machen [...].

25. 2.

Ich arbeite und arbeite, so, daß ich abends tot umfalle und nicht einmal mehr imstande bin, ein paar Zeilen ins Tagebuch zu schreiben.

Gott sei Dank, ich habe den Faden und erzähle, und heute nachmittag war es, als schriebe ich nach Diktat, so liefen mir die Geschichten und Erinnerungen zu. Wundervoll, nach solch einem Tag schlafen zu gehen – er war doch gelebt.

Nachts schneit es, tags scheint die Sonne, die Stadt ist weiß, keine Spur von Frühling, trotz blauen Himmels.

Manchmal ist im Hintergrund die Angst, daß die Geschichte schlecht ist, überflüssig, niemanden interessiert außer mir – aber das vergesse ich dann meist über der Lust am Erzählen. Ob ich freilich je über dieses erste und vielleicht noch ein zweites Kapitel hinauskomme ... Ich sehe keinen Menschen, außer Jon, mag auch keinen sehen. Ich führe das regelmäßigste Leben, Arbeit bis zur Erschöpfung, dann Bücher, keinen Schund mehr, keine »Unterhaltung«, es ist mir leid um die Zeit, ich kann auch keinen Geschmack mehr daran finden. Gestern las ich, nach langer Zeit, wieder in der Bibel, die fünf Bücher Mose, ich las mich fest [...].

Hoy, 4. [3].

Heute nacht kam Jon ganz verfroren heim und zu mir; er hatte die Schichtzeit über bei Schneesturm an den Bandstraßen geschippt. Soviel Schnee hat es seit zwanzig Jahren nicht mehr gegeben, wir sind eingeschneit, die Busverbindung zwischen Cottbus und Hoy Dresden ist abgerissen, auf der Straße nach D. liegen 3 Meter hohe Schneewehen. Die Leute von der Spätschicht, die mit dem Zug von Pumpe[1] kamen, waren erst 2 Uhr morgens zu Hause.

Kurt Maetzig hat angerufen, er wird nun doch das »Kaninchen«[2] drehen. Er will wieder einmal kommen [...], er sagte, er unterhielte sich im stillen oft mit mir. [...]

Hoy, 10. [3].

Vor ein paar Tagen bekam ich einen Brief von Prof. Kurella, eine als inoffiziell bezeichnete Nachricht: ich sei von der

1 Schwarze Pumpe: Industriegemeinde im Niederlausitzer Braunkohlen- und Industriegebiet, zwischen Spremberg und Hoyerswerda. – VEB Kombinat Schwarze Pumpe: damals größtes Braunkohlenveredlungswerk Europas (auf 25 km^2), bestehend aus 3 Braunkohlentagebauen, 5 Brikettfabriken, 3 Industriekraftwerken, BHT-Kokerei, Druckgaswerk.

2 Nach dem Roman »Maria Morzek oder Das Kaninchen bin ich« von Manfred Bieler entstand 1964/1965 unter der Regie von Kurt Maetzig der Film »Das Kaninchen bin ich«. Der Film geriet auf dem 11. Plenum des ZK der SED 1965 in die Kritik und kam nicht in die Kinos.

Sektion Dichtkunst dem Präsidium der Akademie für den Heinrich-Mann-Preis vorgeschlagen worden. Zuerst war ich wahnsinnig aufgeregt, dann sagte ich, daß ja gar nichts entschieden ist, daß ich mich besser gar nicht erst freue (ich weiß von Strittmatter, wie solche Entscheidungen gefällt werden) – ach, ich wäre so begierig darauf: unser repräsentativster Literaturpreis ... Aber am Ende werde ich doch bloß wieder enttäuscht, und meist vergesse ich jetzt wirklich die aufregende Nachricht, jedenfalls immer, wenn ich arbeite.

Ich stehe jeden Tag früher auf, es wird ja auch immer früher hell, um sechs ahnt man schon die Sonne. Tagsüber ist es mild, aber der Schnee im Häuserschacht liegt noch meterhoch aufgeschaufelt, und nachts fällt das Thermometer auf minus 13 Grad.

Die Arbeit ist ungeheuer anstrengend, mittags falle ich vor Erschöpfung bald um. Gestern fiel mir ein neuer »Faden« ein und ein Titel der Art: »Monolog mit einem Geliebten«. Gott weiß, wie oft sich Faden und Titel noch ändern werden. [...] Wir sind beide ziemlich durchgedreht, manchmal albern bis zur Verblödung, manchmal müde und schlechtgelaunt – vielleicht müssen wir auch mal wieder in einen anderen Kreis, unter neue erregende Leute (nach einer Woche hat man genug von ihnen, hat aber auch gespeichert. Leider ist uns Petzow versperrt, weil Daniel dort noch wohnt. [...]).

Hoy, 15. 3.

Freitag in Berlin. [...] Aussprache über unsere West-Lesungen. Aus den gewundenen Erklärungen von Dr. Eckert konnte man heraushören, daß der Verband (oder wer immer ihm diktiert), diese Veranstaltungen nicht fortzusetzen wünscht. Einmütiger Protest der Schriftsteller, die das Ganze denn doch als Erfolg für uns buchten. [...] Scherner war dabei und berichtete begeistert von Kubas Auftreten, das wir skandalös fanden (ich glaube, niemand kann dieses proletkultische Überbleibsel ausstehen).

Lernte Günter de Bruyn[1] kennen, der mir einen vorzüglichen Eindruck machte, ein stiller, blonder, ziemlich häßlicher Mensch, sehr schüchtern. Wir hatten ein friedliches Gespräch und schnell Sympathie füreinander. Er wäre einer, den ich mir zum Freund erwählen würde. [...] Kant saß auch an unserem Tisch, er ist wieder gesund (er hatte im Winter einen Autounfall), er ist wirklich ein glänzender Kopf. Die »Aula« ist ein großer Männerspaß. [...]

Übrigens hat uns Berlin wieder schrecklich mitgenommen. Eine menschenfresserische Stadt. [...] Diese Hetzerei geht einem auf die Nerven, diese Betriebsamkeit, der Klatsch, all die undurchsichtigen Intrigen, von denen unsere Freunde berichten. [...]

Hoy, 2. 4.

Nun habe ich also den Heinrich-Mann-Preis bekommen. Bin ich glücklich? Ich weiß nicht. Es war wie mit dem ersten Buch: wenn ich es in der Hand hielte, dachte ich, würde ich rasend glücklich sein. Und dann, da es erreicht war, verlor alles an Glanz. Vielleicht habe ich zuviel vorweggenommen. Ich bin stolz, ja, und fühle auch so etwas wie Ermutigung – aber das hält nicht an, wenn ich wieder an der Arbeit bin. [...] das alles ist gefärbt von einer Art Tristesse – [...] mein Selbstbewußtsein ist überhaupt nicht gestärkt, ich bin mit Schüchternheit geschlagen wie zuvor – aus irgendeinem Grund hatte ich erwartet, daß dieser hohe Preis, den ich so gierig erstrebt hatte, mir helfen würde, sicherer aufzutreten.

Außerdem hat mir dieser Monat Aufregung, seit Kurellas Brief kam, die letzten Nerven geklaut. Die Bestätigung – ich hatte schon aufgegeben [...] – bekam ich erst am Freitag abend, zwei Tage vor der Verleihung, und von da an begann ich mich vor der Feier zu fürchten und wäre am liebsten noch Sonntagmorgen ausgerückt. Geheul, Streit mit Jon, dem die Strudelei zum Halse raushing.

1 Günter de Bruyn (geb. 1926), Schriftsteller.

Wir waren die ganze Woche vorher unterwegs gewesen. Das meiste habe ich vergessen. Donnerstag in Cottbus, Sibirien-Diskussion. Billi war auch da, charmant und fröhlich wie immer, und natürlich wieder mit einem neuen Mädchen. Von den anderen abgekehrt, hatten wir ein ernsthaftes Gespräch [...].

Nachmittags in der Schule Vorführung eines Filmes – »Denk bloß nicht, ich heule«[1] –, der nicht freigegeben worden ist. Turba und Burger kannten ihn schon, waren entrüstet, alles lief auf Todesurteil hinaus. Übrigens hat der Film wirklich seine Macken, aber es gab so bewegende Szenen, so gut beobachtete Details, eine zarte Liebesgeschichte (sogar das obligate Nacktbaden haben sie mit Delikatesse absolviert), daß ich hinterher zu Kurt sagte, ich müsse ihm leider, Kommissionsmitglieder oder nicht, in den Rücken fallen. (Übrigens traf ich bei der Gelegenheit Wischnewski wieder und Frank Vogel; wir haben uns 56, als er aus Moskau kam und mit Walter »Joe«, meiner großen Liebe, arbeitete, in Sakrow kennengelernt.)

Anfangs herrschte Progromstimmung ... Ich wütete, der kluge Wessel saß neben mir und beruhigte mich, ich denke jetzt, er baute – trotz Disziplin und Jugendkommission auf die Empörung der jungen Leute (W., ein skeptischer und ironischer Mensch, ist immer noch terra incognita für mich [...]).

Zuerst sprachen nur die Funktionäre, [...] der übliche Quatsch: so ist unsere Jugend nicht, der Held ist nicht typisch, wo bleibt die Partei? Es gab Stürmer-Formulierungen, am liebsten hätte ich Stuhlbeine rausgedreht. Der Film schien schon gestorben, als endlich, eingeschüchtert aber unüberhörbar, die Jungs sich zu Wort meldeten, die trotz

1 Spielfilm, DDR 1965, R.: Frank Vogel. – Der Film, der die Geschichte eines 18jährigen Oberschülers erzählt, der von der Schule gewiesen wird, war im Februar 1965 fertigestellt worden, nach Testvorführungen wurden zahlreiche Änderungen gefordert, er erhielt dennoch keine Aufführungsgenehmigung.

allem die Geschichte als ihre Geschichte empfanden. Sie drängten schließlich die Funktionäre in die Defensive. Es gab keine dramatische Szene, trotzdem empfand ich diese Diskussion in der Aula als ungeheuer dramatisch. Kurt schaltete um, schließlich Kompromiß: ändern, dies und das – jedenfalls nicht das vernichtende Urteil wie geplant. Irgendwann werde ich versuchen, diesen Nachmittag in einem Buch zu beschreiben. [...]

Hoy, 21. 4. 65

[...] Über Ostern waren wir in Burg, vorher war Uli ein paar Tage hier. [...] Vati ist wieder halbwegs gesund – nicht mehr so zerrüttet wie damals im Dezember, und Mutti ist von unbesiegbarer Heiterkeit wie immer. Und sie sieht noch so jung aus ... Die meiste Zeit buhlten wir um die Gunst von Spätzchen, die sich aber ungnädig zeigte.

Ich möchte mal über meine Geschwister schreiben. Merkwürdig, sie sind auf einmal erwachsen, haben ihren eigenen Lebenskreis, ihre Liebe, ihre Arbeit, eigene Ansichten ... Ein Disput mit dem verrückten kleinen Bruder (der gar nicht mehr verrückt ist) über Mut und Freiheit. Mehr als Rebellion imponiert ihm das Ausharren auf einem Platz, fertig werden mit Alltagsproblemen, Geduld, der stille, zähe, ganz unauffällige Kampf um – was weiß ich: eine Schraube, irgendeine Verbesserung, nicht weltbewegend, aber wichtig jetzt und hier.

Hoy, 26. 4.

Vorhin habe ich mit de Bruyn telefoniert; wir sind für morgen verabredet. Er war so aufgeregt, daß er stammelte (ich übrigens auch), und er sagte, ich solle ja vorsichtig fahren, und er freue sich wahnsinnig auf mich. Ja, ich freue mich auch ... Das große Abenteuer, einen Menschen kennenzulernen – und ein Glücksfall, den wir der Akademie verdanken. Wir sind beide so schüchtern, daß wir wahrscheinlich nie miteinander zu sprechen gewagt hätten, wäre uns nicht die heitere Aufregung zu Hilfe gekommen, der Sekt, der Trubel ringsum. Wir haben schon in der Pause vor der Verleihung ein paar Worte gewechselt, aber ich starb ja beinahe vor Angst – und hinterher, als ich all die Glückwünsche entgegengenommen hatte und den Plenarsaal verließ, wartete er an der Treppe und nahm meinen Arm, und dann saßen wir still und eingeschüchtert in einer Ecke, während ringsum die Empfangsfeierlichkeit tobte, und er sagte, er habe mich damals bei der DSV-Sitzung die ganze Zeit angestarrt und er sei meinetwegen hergekommen, und auf einmal, ganz überstürzt, machten wir uns Geständnisse: Sympathie auf den ersten Blick, Freude über diese Begegnung ... Wir tranken in der halben Stunde schrecklich viel Sekt und redeten und redeten, als müßten wir wunder was nachholen – und dabei ist er mindestens so langsam wie ich, ich meine: in der Annäherung an einen neuen Menschen. Mit Gleichgültigen schnell ins Gespräch kommen, das ist keine Kunst, [...] aber mit so einem, bei dem man das Gefühl hat, auf »derselben Welle zu senden« ... [...]

Hoy, 29. 4.

Eben hat Jon angerufen, um zu sagen, daß er mich liebe. Bin ich nicht eine glückliche Frau? Vorher war ich nicht so glücklich gewesen – es ist noch früh am Morgen (ein grauer Morgen, es regnet und regnet seit Wochen, ich weiß gar nicht mehr, wie blauer Himmel aussieht), ich saß herum und wußte nicht, wie ich das 2. Kapitel anfangen soll. Jetzt weiß ich es – ich werde erzählen, als erzählte ich Jon; auf einmal fühle ich mich wieder sicherer, aufgehoben, weil 500 Meter entfernt ein Mensch sitzt, der mich liebt, den ich liebe, zu dem ich gehen kann, wenn ich traurig bin. Vielleicht aber bleiben für ihn zu oft die Stunden der Traurigkeit, des Krankseins? Meine besten Stunden, wenn ich mutig und ausgeruht bin, brauche ich für die Arbeit. [...]

Hoy, 30. 4. 65

Draußen Trommeln und Fanfaren, man übt Feststimmung. [...] Man ist wehrlos ausgeliefert dieser Stadt und ihrem sozialistischen Lärm. Ich mache Gegenlärm mit Armstrong und Mulligan – die waren damals wenigstens verboten. [...]

In der Erinnerung sieht alles anders aus. Deshalb konnte ich auch nicht über das Gespräch mit Ulbricht schreiben. Es fällt mir so schwer, nachträglich zu werten. Hinterher korrigiere ich herum und weiß schließlich nicht mehr, was wahr ist, was zurechtgemacht. [...]

Hoy, 9. 5.

Wenn man die Zeitungen der letzten Woche liest, kann man wie Liebermann sagen: Man kann gar nicht so viel essen, wie man kotzen möchte. Unter dem Aspekt der »historischen Wahrheit« wird die Wirklichkeit umgebogen. Jedenfalls liege ich mit meinem ersten Kapitel gründlich schief.

Gestern abend Militärparade im Fernsehen, Stechschritt, die treffsichersten Geschütze und die größten Panzer der Welt und die Soldaten mit Kinderchen auf dem Arm, und jubelnde Leute – vergessen, daß Waffen zum Töten da sind. Verdammte Preußen. Wir saßen beklommen, tief erschrokken vor dieser Schaustellung von »aufdringlichem Militarismus«, wie Klaus Mann[1] schreibt. (Sein Buch »Wendepunkt« hat mich erschüttert, auch seine Darstellung von Geschehnissen, die uns ganz anders dargestellt worden sind.)

Ulbricht bekam die Ehrenspange – mit Lorbeer und Brillanten – zum Vaterländischen Verdienstorden, denn »er hat

1 Klaus Mann (1906–1949), Schriftsteller, Sohn von Thomas Mann. Als Teilnehmer am Ersten Kongreß der Sowjetschriftsteller 1934 in Moskau, notiert er in seinem Lebensbericht »Der Wendepunkt« (1952): »Was mich am meisten beunruhigte und abstieß, war nicht [...] der aufdringliche Militarismus [...]. Schwerer fiel es mir, mich mit einer amtlich vorgeschriebenen Philosophie abzufinden, die meinem Gefühl nicht zusagt und meinen Verstand unbefriedigt läßt.« (Berlin und Weimar 1974, S. 430f.)

mehr geleistet als alle anderen«. Überhaupt wieder ein Regen von Orden. »Banner der Arbeit« für Hermlin und Langhoff (und damals bei der Märzberatung? Vergessen, vergessen.)

Ich bin so bitter, manchmal voller Haß – und ohnmächtig. Das alles quält mich so, daß ich zuweilen wünsche, ich könnte wieder selig zurückkehren in den Schoß des alleinigen Glaubens, die religiöse Sicherheit der Partei empfinden [...]. Fort, fort auf eine einsame Insel, fliehen wie Gauguin, aber wo gibt es schon Inseln ohne Truppen, ohne Parteien, ohne Touristen? Lächerliche Wünsche, feige. [...]

Lust zum Buch, aber tausend Abhaltungen. Seit Tagen Briefe geschrieben, auf die klugen und guten Briefe von Henselmann, Annemarie, Schreyer, dem Journalisten Brzoska aus Düsseldorf, an Lutz, der mir Bücher geschickt hat, »Exodus« und Kolakowskis »Mensch ohne Alternative« (Konterbande). [...]

Hoy, 15. 5.

Gestern ist das Sibirienbuch gekommen. Im Druck sieht es gleich nach etwas aus, ich habe es nochmal gelesen, es ist ganz ulkig, manchmal mußte ich lachen. Ich wußte gar nicht, daß ich Humor habe.

Heute mit Jon in Bautzen, große Einkaufstour (hierzulande einkaufen ist eine Strafe), und weil er dabei war und unermüdlich alle Läden frequentierte, war's lustig und beinahe ein Ferientag. Morgen fahren wir nach Weimar, zum Internationalen Schriftstellertreffen. [...]

Ahrenshoop, 17. 6.

Nun, wir haben uns gewöhnt. Seit zwei Tagen Regen, man gammelt so herum. Nähter, Chefarchitekt von Berlin, getroffen; natürlich langes Architektur-Gespräch. Gestern zum erstenmal bei Schreyer, wo wir bei Kuba-Rum boshaft den Verband durchhechelten.

Mit Jon geht alles gut, ich meine: wir sind uns keinen

Moment lästig, das Zusammenwohnen bringt keine Peinlichkeiten mit sich. Und er ist so gut und gutgelaunt, wir sind sehr verliebt, und jeden Abend schlafe ich auf seinem Arm ein. Wir sind unsagbar faul, es ist schon eine Tat, wenn man sich zu einem Brief aufrafft. [...] Natürlich essen wir zuviel – es gibt hier einen verführerischen Bäckerladen – und schleppen unsere dicken Bäuche mühsam an den Strand. Die Leute, die wir nicht leiden können, haben wir mit Namen belegt, die wir endlos variieren – es gibt den Friseurmeister, den Abdecker (das ist der Unverschämte vom Strandkorb), die Dame Schmollmündchen; ein kindisches Vergnügen, aber wir reagieren uns ab.

Ich habe wieder Lust auf meine Arbeit. [...]

Hoy, 2. 7.

2. Kapitel fertig, 3. in Arbeit. Heute ruft C[aspar] an: er ist dahintergekommen, daß Lewerenz mit mir »flirtet«. Peinlich. Ich wagte ihm trotzdem noch nicht zu sagen, daß ich sogar schon einen Vertrag habe. C. wird schrecklich böse sein, und sicher habe ich dann beim »Aufbau« verspielt. [...]

Rostock ist nicht ganz die Wunderstadt, die ich erwartete (keine Bananen), aber die Lange Straße gefiel uns, ganz Backsteingotik, hanseatisch, schöne Giebel, ein Türmchen mit Glockenspiel (statt der Sirene wie in Hoy), viele Läden, Torwölbungen, durch die man die winkligen alten Gassen des ehemaligen Hafenviertels sieht. Auch D[orli]s neue Wohnung ist dort neben der Langen Straße, eine ulkige Bude, das Haus hat gerade Zimmerbreite; eine verwahrloste Küche, hinter dem Größeren ein winziges Zimmer zum Hof, ohne Ofen. Aber sie werden es sich schon zurechtmachen, und nachmittags scheint die Sonne rein. [...]

Bei Uli im Studentenheim (moderne Blöcke mit Drei-Mann-Zimmern), wir gingen mit ihm essen; am nächsten Tag hatte er seine letzte Prüfung vor den Ferien. Welche Zärtlichkeit ich für die »Kleinen« empfinde! Beim Essen möchte ich sie vollstopfen, als seien sie noch die ewig hungrigen Studenten wie früher, ihnen tausend schöne Sachen schenken – und ein dolles Buch schreiben, damit sie mit mir angeben können (obgleich sie das jetzt schon tun, die kleinen Affen). Auch Uwe ist wie ein Bruder für mich. Vielleicht suche ich in dieser Geschwisterliebe Ersatz für ein Kind, das ich wohl nicht mehr haben werde. [...]

Hoy, 31. 8.

Ein freundlicher Nachmittag und Abend mit Maetzig, der – was mich immer wieder verwundert – so gar kein professorales oder Prominenten-Gehabe zeigt. Wir mögen uns sehr leiden, vielleicht weil wir uns ein bißchen ähnlich sind in Gefühlsunbedachtheit, Egoismus und dem Anspruch an andere, sie mögen rückhaltlos unsere Begeisterung und unseren Kummer teilen. Das »Kaninchen« ist fertig, es hat auch schon eine Vorführung gegeben, die S. Wagner und sein Adlatus Kimmel von der ZK-Kulturabteilung schweigend verließen: sie könnten sich nicht äußern (W[alter] U[lbricht] muß erst seine Zustimmung geben, und die Benjamin, und die Volksbildung – und denen allen wird der Film nicht schmecken). Der strenge Knietzsch vom ND war begeistert, er sagt, es sei M.s bester Film seit der »Ehe im Schatten«. M. ist sehr glücklich, daß er endlich wieder den Anschluß gefunden hat, er empfindet wieder Selbstvertrauen, und nun bangt er um die Zulassung und ist entschlossen, bis zum letzten zu kämpfen. Übrigens hatten sie die ganze Zeit Reklamesperre, und der Generalstaatsanwalt sagte schon, bevor die Produktion begann, »wenn die den Stoff drehen, wird er alle diese Burschen festsetzen«. [...]

Hoy, 5. 9.

Johannes Bobrowski[1] ist gestorben. Ein schrecklicher Verlust. Mir wurde ganz schlecht, als ich die Zeitung aufschlug

1 Johannes Bobrowski, Schriftsteller, starb am 2. 9. 1965. Er hatte mit B. R. zusammen am 28. 3. 1965 den Heinrich-Mann-Preis der Akademie der Künste erhalten.

und den schwarzen Rahmen um das freundliche, verschmitzte Fernandel-Gesicht sah. Ich konnte nicht mehr arbeiten, weil mir zumute war, als sei ein Freund gestorben. Und wie gern hätte ich mich mit ihm befreundet! Henselmann hatte ein Treffen mit ihm vorbereitet, da hätten wir uns richtig kennenlernen können (mein sehnlicher Wunsch, seit ich B. das erstemal sah, damals in der Akademie), aber da war er schon krank. Einen Tag vor B.s Tod erzählte mir Daniel in Berlin, daß er seit drei Wochen ohne Bewußtsein sei [...] (er hatte einen perforierten Blinddarm). Daß man an so einer idiotischen Krankheit heutzutage noch stirbt! Und wie gemein und ungerecht, daß ein so großer Dichter stirbt, während Millionen dummer und böser Menschen uralt werden und zu nichts nütze sind. Nach »Lewins Mühle« haben wir Wunderbares von B. erwartet. Er war erst 48. Es gab dann übrigens eine Menge Gerüchte um seinen Tod, Vorwürfe, die aus Westdeutschland kamen, von unseren Ärzten scharf zurückgewiesen wurden – [...] lauter schmutziges Zeug. [...]

Hoy, 19. 9.

Die ganze Zeit keine Lust: hänge immer noch am 4. Kapitel fest, an ein paar teuflischen Zeilen. Übrigens komme ich jetzt endlich dahinter: wenn es von innen her nicht stimmt (wenn es nicht wahr ist), kann ich es nicht schreiben, selbst wenn ich mir hundert originelle Formulierungen einfallen lasse, sie sind hübsch unverständlich und klingen gut. Alles Schwindel.

Also nichts mehr vom Empfang außer daß ich mit der Konkurrenz zusammensaß und mit Frankenberg flirtete [...]. Caspar war ziemlich hinüber und schielte mir ins Dekolleté, das Beste an diesem Abend sei mein Busen, sagte er, und soweit war ja noch alles lustig. [...] Aber dann wurde es doch noch schlimm: er will mein Buch haben [...]. Ich sitze ganz schön in der Zwickmühle, beim Neuen Leben kann ich auch nicht zurück. [...]

Hoy, 6. 11.

Lesungsreise beendet. In Berlin Diskussion mit ein paar Dogmatikern, ging laut her, war aber interessant. Vormittags trafen wir Strittmatter, der wieder halbwegs gesund ist. Er war so nett und herzlich wie immer [...]. Im Dezember will er mit Eva uns besuchen kommen.

Mittagessen mit Caspar. Er fragte nicht nach dem Buch, Gott sei Dank. Abends, vor der Lesung, war ich noch mit Lewerenz verabredet. Er kam, ein gebrochener Mann: Frankenberg ist abgelöst worden. Cheflektor L. wurde vor vollendete Tatsachen gestellt, bei der Konferenz am Nachmittag war F. schon nicht mehr anwesend. Der Grund: er hat eine Liebesgeschichte mit einer verheirateten Frau. Ich wollte es nicht glauben [...]. Die Zeiten, dachten wir, seien vorbei. [...] Ausgerechnet einen so anständigen Menschen trifft es, für den die Geschichte wirklich ein »Konflikt« ist, die ihn quält – andere huren herum und hüten ihre Posten. Wir waren außer uns vor Empörung. [...]

Inzwischen bekam ich die Einladung zur Aussprache über »die künftige Arbeit im Verlag«. Ich war geladen, hätte alles in Stücke schlagen mögen. Was wird herauskommen? Denken und vorwärtsschreiten und keinen Blick zurück auf die Leichen am Weg. Aber da spiele ich nicht mit. [...] Man muß doch mal etwas tun [...].

Die Zügel werden wieder straffer gezogen ... Mein Land gefällt mir immer weniger. Manöver »Oktobersturm« war schon arg, mit Siegesgeschrei, Atomexplosion (»die schwarzen Pilze der Vergeltung«), Aggressor-im-eigenen-Land-schlagen, Frontberichterstattung zwischen Heldenphrasen und Kasernenhofhumor, und Einbeziehung westdeutscher Patrioten (es fiel niemandem auf, daß sie unbekümmert im strahlenverseuchten Raum operierten). Jetzt macht die Jugend Scherereien, Illusionen verfliegen, und den Gammlern geht's an die langen Haare. Bis vor zwei Monaten sprach niemand über die paar Gammler, die am Bahnhof Lichtenberg herumstehen – jetzt sind sie eine Seuche, eine Gefahr, westlicher Dekadenz, Staatsanwälte drohen, man greift unerbittlich durch, den Jungs werden die Haare gewaltsam geschoren (das hatten wir doch schon mal?), die Jugendkommission steht Kopf. Ich war im ZK und erfuhr schreckliche Dinge. Es hat Demonstrationen gegeben, die Polizei setzte Wasserwerfer ein, verhaftete, es gibt Gefängnis und Arbeitslager. Das Lachen ist uns vergangen. Diese Art aufzuräumen ist uns tief zuwider, verdächtig und gefährlich. Weiß der Teufel, wie ich mich in der Kommission verhalten soll. Meinetwegen können die Knaben doch lange Pagenlocken tragen und Beat-Musik hören. [...]

Hoy, 25. 11.

Montag in Berlin, im Studentenclub. Diskussion mit Germanisten über mein neues Buch. Da kommt was auf uns zu ... Illusionisten, ausgerichtete Gläubige. Theoretiker, die nach Symbolen suchen und dergleichen Zeug, über das kein Schriftsteller Auskunft geben kann. [...]

Schauderhafte Nacht auf der Autobahn. Der Wagen tanzte auf den gefrorenen Straßen. Obgleich wir uns in eine Decke gewickelt hatten, waren wir ganz erstarrt. Seit mehr als einer Woche liegt Schnee. In Berlin blieb man in den Nebenstraßen stecken. Man sagt, es sei der kälteste November seit 70 Jahren.

Heute ist eine »persönliche Aussprache« zwischen W[alter] U[lbricht] und Schriftstellern. Ich bin der Einladung nicht gefolgt. Keine Lust, mit der Macht zu flirten und anspruchsvolle Plattheiten zu hören. [...]

Hoy, 1. 12.

Mein U-Bruder wird Vater. Und ich hatte gedacht, er wenigstens, als einziger unter lauter verkommenen Kindern, würde gesittet in die Ehe eintreten. Übrigens ist Sigrid Ärztin, also wird das Baby doch erwünscht sein. Mutti war nicht sehr geschockt, sie ist nun wohl an Überraschungen gewöhnt. Und vor kurzem war er noch ein Halbstarker … Weihnachten, nach dem großen Familientreffen, wollen die beiden heiraten.

Bei dem WU-Gespräch muß allerhand losgewesen sein (Berichte vorerst nur vom Rias), klingt so, als seien die Schriftsteller mal wieder schuld an der Jugend-Vergammelung. U. fordert »weniger Erotik«; wahrscheinlich sollen wir wieder lauter Ostrowski-Helden erfinden. Mein armes Buch.

Kursschwankung. Man nimmt es nicht mehr recht ernst, ärgert sich aber doch. Heute im ND »Keine Toleranz in Fragen der ideologischen Koexistenz«. Scharfe Sprache wie vor ein paar Jahren. Hieb gegen skeptische Studenten, gegen Walser und Biermann (»niedriges geistiges und ideologisches Niveau«). Pinscher? Die begreifen nichts.

Hoy, 7. 12.

Die Kurve steigt wieder. Auseinandersetzung im Literatur-Institut, wegen einer provokanten Szene von einem gewissen Mucke[1]. Angriff auf Lehrer Bräunig; die Logik ist verblüffend: M. mußte ja B.s sicher sein, wenn er ihm eine solche Szene vorzulegen wagte. Wenn man die Zusammenhänge kennt, sieht man, wie gut mal wieder die Regie klappt: Heute ist im ND ein Brief von Wismut-Kumpeln (die inzwischen Funktionäre sind) an Bräunig, wegen eines Kapitels aus seinem – noch unveröffentlichten – Roman.[2] Er hat historische Wahrheiten verletzt, im Schmutz gewühlt, wüste Szenen geschrieben über die braven Kumpel, die ein grandioses Werk aufgebaut haben. Die Schreibenden berufen sich nur auf das Jetzt – die Vergangenheit ignorieren sie ein-

1 Gemeint ist Dieter Mucke (geb. 1937), Schriftsteller.

2 »Das Erz des Lebens und der Literatur. Wismut-Kollegen schreiben an Bräunig zum ›Rummelplatz‹« (in: ND vom 7. 12. 1965, S. 4). – Der Brief bezieht sich auf den Vorabdruck aus dem Roman »Rummelplatz« von Werner Bräunig (in: NDL Heft 10/1965) über die Anfangsjahre der Wismut.

fach. Sie verlangen vom Schriftsteller, daß er alles nur am heutigen Stand politischer und historischer Einsicht mißt – Szenen (wie die, die ich damals bei der Wismut gesehen und erlebt habe) darf es nicht gegeben haben. Das Ganze verbrämt mit Vorwürfen gegen den Schriftsteller-Verband, der mit B. nicht genügend diskutiert, gegen die NDL, die diese Episode gedruckt hat. Ich fühle mich mitbetroffen, wegen meines ersten Kapitels, in dem der Einmarsch der Roten Armee von den Bürgern nicht als Befreiung, sondern als Zusammenbruch der alten Welt empfunden wird.

Weiter: Dr. Apel, unser Wirtschaftsboß, hat sich das Leben genommen.[1] Das ärztliche Bulletin spricht von Kurzschlußreaktion nach Nervenzusammenbruch. Diskretion. Staatsbegräbnis.

Weiter: am Sonntag gab es gleich zwei Artikel wider die Schriftsteller; einen von Axen (»Braucht unsere Zeit Propheten«), in dem von »einigen Schriftstellern« gesprochen wird, die sich einbilden, sie hätten Wahrheiten zu verkünden, dürften über Fehler schreiben, verständen ihre Aufgabe als Kritik an der Gesellschaft. Das denn doch nicht! Natürlich hat es Fehler gegeben, aber ... folgt die bekannte Litanei.

Der zweite Artikel ist von Höpcke – denunziatorisch, muß man wohl sagen, gegen Biermann; gegen seinen bei Wagenbach veröffentlichten Gedichtband.[2] Die Gedichte werden freilich nicht zitiert, dafür gibt es fünf Spalten Widerlegung, Beschimpfung (auch der Verband wird angeklagt). Ich

1 Nach Auseinandersetzungen mit Walter Ulbricht und Günter Mittag über die Fortführung des Neuen ökonomischen Systems der Planung und Leitung, das er durch die Unterzeichnung des Handelsabkommens zwischen der DDR und der Sowjetunion für 1966–1970 gefährdet sah, da es die DDR-Wirtschaft zu stark an sowjetische Strukturen band, beging Erich Apel am 3. 12. 1965 Selbstmord durch Erschießen.

2 Klaus Höpcke, »... der nichts so fürchtet wie Verantwortung. Über ›Antrittsrede‹ und ›Selbstporträt‹ eines Sängers« (in: ND vom 5. 12. 1965, S. 6). Anlaß dieses Artikels war das Erscheinen des Lyrikbandes »Die Drahtharfe« (West-Berlin 1965) von Wolf Biermann. B. erhielt nach dem 11. Plenum des ZK der SED ein endgültiges Auftrittsverbot.

kann über B. nicht urteilen, weil ich eben seine Gedichte nicht kenne. Aber wie immer: hier sind die Pinscher, hier tobt das Kommando: »Fertigmachen den Mann!«

Weiter: Prozeß gegen die »Freundschaftskanne«, eine Gruppe junger Rowdys. Berichterstattung ungenau. Zuchthausstrafe bis zu fünf Jahren; für Notzucht, Diebstahl und einige andere Delikte, für die es bis vor kurzem drei Monate mit Bewährung gab. Man hat festgestellt, daß »die Jugendkriminalität zurückgegangen ist, allerdings nicht in dem Maße, wie wir es erwartet haben«.

Immer wieder Berichte über jugendliche Missetäter und Gammler, die in Arbeitslager eingewiesen werden und in der Braunkohle lernen, anständige junge Sozialisten zu werden.

Jugendkommission hat immer noch nicht getagt.

Hoy, 12. 12.

Drei Tage mit einem Antwortbrief verbracht – auf den Brief der Wismut»kumpel« an Bräunig. Der »Sonntag« hatte angefragt, ob ich etwas schreiben wollte, vorsichtig Formuliertes freilich, denn in der jetzigen Situation ... Inzwischen soll der Redakteur, der die Protestaktion zum Fall B. bearbeitet, aber schon kalte Füße gekriegt haben. Der Brief hat mich Nerven gekostet; [...] gestern habe ich zur Erholung einen Haushaltstag eingelegt.

Das Gebell gegen die Schriftsteller hält an. Jeden Tag was Neues: Offene Briefe an Biermann, an Manfred Krug, der B.s Lyrik verteidigt hat. Die Junge Welt schlägt einen »Stürmer«-Ton an; das sind rüde Rempeleien, wüste Denunziationen; die Redakteure sind Dreckschleudern geworden, die Biermann alle möglichen Vergehen unterjubeln, von Pornographie bis zur Staatshetze.

Die Lage wird verschärft durch die Affäre Apel. A. hat sich nicht in aller Stille aus dem Leben befördert, sondern mit Aplomb: er hat sich in seinem Büro erschossen. Brand behauptete, der Westen sei im Besitz von Dokumenten und Tagebuchaufzeichnungen A.s, sein Selbstmord Protest gegen das Handelsabkommen mit der SU, bei dem uns das Fell über die Ohren gezogen werde. ND dementiert: das Dokument existiere nicht, werde erst von den Leichenfledderern bei Gehlen gefälscht; A. sei begeistert gewesen von dem Handelsabkommen, das für uns lauter Vorteile ... etc. Seit einer Woche Tauziehen mit Behauptungen und Gegenbehauptungen, jetzt wartet alles gespannt auf Brands Enthüllungen. Dunkle Geschichten, und die Schriftsteller sind Ventile für den Volkszorn, wie immer, wenn was schiefgeht in der Wirtschaft.

Etwas, was mich besonders getroffen hat: »Das Kaninchen« ist von dem Produzenten zurückgezogen worden, freiwillig, versteht sich, und aus Einsicht. Armer Maetzig. Und er wollte kämpfen bis zum letzten Atemzug; er hatte ja alle seine Hoffnungen auf den Film gesetzt. Höpcke und Knietsch vom ND, die damals so begeistert waren vom »Kaninchen«, werden ihr Urteil natürlich vergessen haben. [...]

Hoy, 14. 12.

Heute in ND grundsätzlicher Artikel von Abusch – die »Linie« der Wismuter, bloß eleganter. Ignorieren von Lebenstatsachen. Wenn wir nach den Rezepten Bücher schreiben, langweilen sich die Leser zu Tode – falls nicht vorher schon die Literatur gestorben ist. – Bräunig wird im Rias zitiert.

Letzte Nacht war Jon bei mir. Wenigstens mein Leben darf sich noch »sexuellen Ausschweifungen« hingeben ...

Hoy, 16. 12.

B. hat eine Antwort an die Wismuter im ND veröffentlicht. Anmerkung der Redaktion: Nicht genügend. Daneben ein Leserbrief »Früher prüde, heute rüde.« Gespannt, ob mein

Brief im Sonntag veröffentlicht wird. Wenn ja, gibt's Ärger. Na, nun kommt's nicht mehr darauf an, ich bin so zornig und deprimiert. Die Lage hat sich so zugespitzt, daß Jon sagt, das beste sei, die Schnauze zu halten. Widerstand welcher Art auch immer ist jetzt ganz sinnlos.

Heute war die Rede Honeckers auf dem ZK-Plenum abgedruckt.[1] Die Katze ist aus dem Sack: die Schriftsteller sind schuld an der sittlichen Verrohung der Jugend. Destruktive Kunstwerke, brutale Darstellungen, westlicher Einfluß, Sexualorgien, weiß der Teufel was – und natürlich die böse Lust am Zweifeln. Die Schriftsteller stehen meckernd abseits, während unsere braven Werktätigen den Sozialismus aufbauen. Der Staat zahlt, und die Schriftsteller – blablabla. Es ist zum Kotzen.

Das ist harter Kurs, wie er im Buch steht. Jetzt sind wir ganz unten. Der Volkszorn wird auf uns gelenkt, uralter Instinkt geweckt – »die Künstler, die sich nicht selbst die Hände schmutzig machen« (Fehlleistung eines Journalisten) werden freigegeben zum Beschuß.

Mein Archiv wächst beängstigend rasch. Die Lesungen, vor zwei Monaten in Berlin, wären heute unmöglich. Nach meinem Material werde ich später einmal eine »Phänomenologie einer Kursschwankung« schreiben.

Namentlich genannte Zersetzer (außer den üblichen): Heiner Müller wegen »Der Bau«, Gerd Bieker wg »Sternschnuppenwünsche«.

1 Erich Honecker, »Aus dem Bericht des Politbüros an die 11. Tagung des ZK« (in: ND vom 16. 12. 1965, S. 3–7). Erich Honecker weitete die Kritik, die bis dahin an Bräunig, Biermann und Maetzig geübt worden war, auf Stefan Heym, »Der Tag X«, Heiner Müller, »Der Bau«, und Gerd Bieker, »Sternschnuppenwünsche«, aus. Er behauptete, daß die gehäuft auftretenden Fälle von Jugendkriminalität und Rowdytum nicht nur auf den negativen Einfluß der Westmedien zurückzuführen, sondern daß »die Ursachen für diese Erscheinungen der Unmoral auch in einigen Filmen, Fernsehsendungen, Theaterstücken, literarischen Arbeiten und in Zeitschriften bei uns« zu suchen seien. (Ebd., S. 6.)

Hoy, 22. 12.

Sonntag waren die Diskussionsreden vom 11. Plenum im ND. Konzentriertes Feuer, Schmähungen im »Pinscher«-Stil.[1] Alles wie gehabt, wie 56. Rückfall in den Stalinismus. Abgrenzung auch gegen andere soz. Staaten und ihre revisionistischen Tendenzen. Kurella ist wieder groß da; Fröhlich beschimpft uns in seiner bewährten rüden Manier. Ich habe immerzu geheult vor Wut. Mein Anti-Wismutbrief war natürlich nicht im »Sonntag«. Christa Wolf wagte wenigstens Bräunig zu verteidigen. Sakowski fiel uns glatt in den Rücken; er hat wohl inzwischen vergessen, daß er uns den ersten Bildschirm-Nackedei beschert hat, und wetterte gegen Pornographie in der Kunst.

Witt übte Selbstkritik wegen des »Kaninchens« und bat flehentlich um Vergebung für seine Irrung. Zwischenrufe: »Du wußtest doch, daß es sich um ein verbotenes Buch handelte.« Verboten – mit solcher brutalen Deutlichkeit haben die (nicht wir) nie von der Tätigkeit des Mifkult gesprochen. Keine Einzelheiten mehr; ich habe das Zeug gesammelt. Durch die Hager-Rede erfuhr man wenigstens, daß Böll und unser Lieblingskind Peter Weiss protestiert haben; sie wurden zurückgewiesen. Wir gehen einer Eiszeit entgegen. Überall herrscht Konfusion, die Stücke und Bücher werden jetzt en masse sterben. Wer will noch Verantwortung übernehmen? […]

Burg, 26. 12.

Am Tag, bevor wir abfuhren, hörten wir noch die letzte Nachricht: Joho ist von seinem Posten als Chef der NDL abgesetzt worden (unter Berufung auf den Bräunig-Abdruck); einige andere Redakteure haben daraufhin, als Protest, ihre Ämter niedergelegt; die Namen von Henryk

1 Bundeskanzler Ludwig Erhard hatte in einer Rede im Juni 1965 kritische Autoren in der Bundesrepublik – darunter Rolf Hochhuth – als »ganz kleine Pinscher« bezeichnet.

Keisch und Helmut Hauptmann wurden genannt. H. erstaunt uns; er ist ein frommer Genosse. Bis jetzt hat sich auch noch kein Schriftsteller gefunden, der sich öffentlich von Biermann distanziert hat.

Unser Geschwistertreffen ist ziemlich anstrengend. Es hat schon Krach gegeben; sachliche Diskussion ist nicht mehr möglich. [...]

1966

Hoy, 1. Januar 66

Wir haben den Silvesterabend ganz brav bei mir in der Wohnung verbracht. Endlich habe ich »Krieg und Frieden« bekommen, und nun kann ich mich nicht davon losreißen. Manchmal malen wir uns aus, wie wir alte Leute sein werden – wir werden Kognac trinken und Zigarren rauchen und vor einem Kamin sitzen und boshafte Geschichten erzählen, zwei kinderlose giftige Alte. Dieses Bild hat aber etwas Amüsantes für uns. Zuhaus erregten sich diese jungen Karotten schon über ihre Altersversorgung. Wir lachten, wir haben nie darüber nachgedacht. Nachher sprachen wir mal darüber und sagten uns: wenn es irgendwann nicht weitergeht, werden wir uns zusammen vergiften. Das war aber nicht scherzhaft gemeint. Für Jon ist, wie für mich, der Selbstmord eine Äußerung der Freiheit, [...] und der Gedanke an einen selbstgewählten Tod hat etwas Beruhigendes.

3. 1.

Wir waren auch bei Wolfgang Schreyer, in seinem Haus am Birkenweg. Sein Arbeitszimmer hat er im Keller eingerichtet, ganz mit Holz verkleidet, Holzläden vor den Fenstern zum Garten: das ist sein »Führerbunker«. Ein sehr schöner Raum, in dem läßt es sich arbeiten. Jon hatte mit Wolfgang eine Diskussion über den Havemann-Aufsatz zur KPD-Neubildung [...].

Bei W. habe ich auch den Aufsatz von Heym gelesen,

1 Stefan Heym nimmt Bezug auf den Satz von Bertolt Brecht, Minsk sei eine der langweiligsten Städte der Welt. Brecht fordere Realismus; das bedeute, daß der Autor die Pflicht habe, die Wahrheit auszusprechen, wenn z. B. eine Stadt langweilig sei, und daß er keine Rücksicht auf Tabus nehmen dürfe.

»Die Langeweile von Minsk«.[1] Bei uns ist er nicht gedruckt worden, dafür aber zerrissen vom Kriegsverlierer v. Kügelgen. Ich finde den Aufsatz sehr klug, sachlich, er enthält interessante Gedanken. Wenn man hierzulande weniger verbieten und mehr drucken würde, hätten wir endlich das Literaturgespräch, nach dem wir seit Jahren [...] ergebnislos schreien. [...]

Hoy, 14. 1. 66

Die Vorstandssitzung war noch schlimmer, als ich befürchtet hatte. Am Tag vorher wurde das »Kaninchen« gezeigt; leider konnte ich nicht nach Dresden, weil wir eine Aussprache mit Bezirksparteichef Stief hatten. Schriftsteller, Maler, Theaterleute. [...] Ich fuhr dann mit D. nach Cottbus. Wir hatten uns vorgenommen, nicht zu sprechen. Im Präsidium der kleine Zigeuner Stief, der doofe K[...] und der gute alte Papa Schmidt (der später leicht besoffen war und immerzu von Frau Luna schwärmte). Alles lief nach Programm. Meine Kollegen erklärten, daß sie das Plenum richtig verstanden hätten, die Kritik akzeptiert, sich von Heym und Biermann distanzierten blahblah. Und dann habe ich ihnen die Show vermasselt, und während ich sprach, fing auch Dieter an zu sieden – aber wir standen allein. Das war zu erwarten. Ich habe über die »Langeweile von Minsk« gesprochen, über Meinungsfreiheit, über das organisierte Denunziantentum, über Bräunig und die Unterdrückung unserer Proteste – eben alles, was sich so in den letzten Wochen angestaut hatte. Na, du lieber Himmel! Ich bin mit beiden Füßen ins Fettnäpfchen gestiegen; übrigens war ich mir dessen bewußt, verzichtete auch auf »vorsichtige« Formulierungen, hatte also mit einem Schlag die ganze empörte Ideologiekommission auf dem Hals; sogar Frau Apel, die sonst immer so freundlich war [...]. Dabei hatten sie aber nichts anderes zu erwidern, als daß man der Partei eben glauben müsse [...] – wir können doch feindliche Propaganda nicht auch noch veröffentlichen ...

Wenn ich »glauben« will, kann ich auch in die katholische Kirche gehen. Nun wollen sie »Gespräche« mit mir führen; Herr Namokel erinnerte daran, daß ich schon wegen der Pinscher Unklarheiten hatte. Was für eine zuwidere Gesellschaft mit ihrer Rechthaberei; ihrem blinden Vertrauen, [...] ihrem frappanten Mangel an Kunstverstand! [...]

Hinterher, im kleinen Kreis, ging es weiter. K[...] hatte den Film »Liebe einer Blondine« für den Bezirk abgelehnt. Dann über die anderen Filme ... Ich kann jetzt verstehen, warum Leute, die einmal in Isolation gedrängt worden sind, anfangen, blindwütig um sich zu schlagen. Ich habe schließlich Dinge verteidigt, die ich sonst, im ruhigeren Gespräch mit Jon, ablehne. Übrigens sind »diese Leute«, wenn man ihnen Auge in Auge gegenübersteht, freundlicher und gemäßigter als im offiziellen Kreis. Stief entfaltete sogar Charme, nachdem er mir lange genug auf den Busen gestarrt hatte; schließlich bot er mir an, meinen Bräunig-Brief zu lesen und vielleicht in der LR zu veröffentlichen. K[...] machte rüde Witze über die »Blondine«; »unter uns« läßt er sich sofort gehen [...]. Dieter und ich kamen erst gegen 11 Uhr nach Hause; wir waren wütend, aber nicht eigentlich deprimiert. Aber freilich, wir genießen eine Art Narrenfreiheit, das habe ich an gewissen Anzeichen gemerkt, weil wir die »profilierten Künstler« des Bezirks sind. Jemand nannte mich das enfant terrible des Verbandes, dem man allerhand nachsieht – und das ist wirklich kein Grund, heiter zu sein. Noch werden wir gebraucht ...

Gestern wurde mitgeteilt, daß Bentzien abgesetzt ist, weil sich das Ministerium seinen Aufgaben nicht gewachsen zeigt. Der neue Kultur-Minister ist Klaus Gysi. Gespannt, wie sich der schlaue kleine Faun auf dem Ministersessel ausnehmen wird, auf diesem undankbarsten aller Posten. Überall ist eine große Ablösungsaktion im Gange; am meisten ist der Fernsehfunk betroffen. Man erfährt aber nirgends Genaues; nicht einmal beim Verband, nicht einmal beim Redaktionsmitglied Auer konnte ich rauskriegen, was mit Joho ist […] alles ist im Gerüchtestadium, die Leitung des Verbandes berät hinter geschlossenen Türen, was die allgemeine Verwirrung komplett macht. Bei der ersten Parteiversammlung muß es furchtbar hergegangen sein; A. erzählte, daß Hans Koch in Tränen ausgebrochen sei. Christa Wolf ist krank geworden und erholt sich in Thüringen.

Niemand von den Alten war bei der Sitzung, niemand, dessen Name Gewicht hat. Von den Jungen waren nur Kant, Kohlhaase und Bräunig da; Neutsch sah ich im Vorsaal, er kam aber nicht ein einziges Mal in den Sitzungsraum. (Wir tagten in Dresden, im Ardenne-Club, einem prunkvollen Schloß am Weißen Hirsch; draußen parkten Opel – hier verkehrt sonst nur die Creme von der Gehaltsstufe 5000,– monatlich aufwärts.) Dafür war die ganze ZK-Kulturabt. vertreten, Wagner, Scherner, Dr. Baumgart (mit dem ich's auch verscherzt habe, weil ich Heym verteidigte), und ein Haufen Leute, die ich noch nie im Vorstand gesehen habe, wahrscheinlich Partei- und Verbandsbürokratie, und Presseleute vom ND. Ich nehme an, daß die meisten Schriftsteller deshalb nicht gekommen sind, weil sie wußten, was ich nur dunkel befürchtet hatte: daß es über eine Erklärung abzustimmen gilt, in der der Verband die Kritik des Plenums akzeptiert, sich von jenen »Erscheinungen« abgrenzt und überhaupt verspricht, in Zukunft brav und folgsam zu sein. Vielleicht, ich hoffe es, war diese Abwesenheit eine Art Demonstration. Sie hat nichts genützt. Als die Vorlage durchgepeitscht wurde (das ist genau das richtige Wort: Wagner drängte, alles geschah überhastet), machte Kuba hämisch darauf aufmerksam, daß sie hundertprozentig mit ja verabschiedet werden würde: man würde zu jedem einzelnen Mitglied, das heute nicht erschienen sei, hingehen und seine Zustimmung eintreiben. Drücken gäbe es nicht – und Wagner fügte hinzu, man werde dafür sorgen, daß die gewissen Kollegen nicht erst in die Lage kämen, »redaktionelle Änderungen« vorzuschlagen; sogar dieser taktische Weg der Verzögerung war also verbaut. Natürlich hätte ich noch die Möglichkeit gehabt, eine Gegenstimme abzugeben, die einzige Gegenstimme, da Flucht nicht mehr glückte, aber dazu gehörte Mut, und den hatte ich nicht mehr nach diesem Tag. Im Präsidium saßen Koch, Kuba, Zimmering und Sakowski, und das sagt schon alles: die Antiquierten sind wieder da, die Fahnenschwenker und Mittelmäßigen. Das Referat hielt Z.: schlechte Lyrik wie alles, was er absondert. Von den Jungen hat sich niemand zu Wort gemeldet außer Baierl; sonst traten nur die miesen Typen auf, und immerzu quatschte Kuba dazwischen […]; er wollte alles noch schärfer, erinnerte an längst verjährte Parteistrafen (z. B. bei Kirsch, der einen Artikel in der Schweiz veröffentlicht hat), er rächte sich, er übte brutal eine wiedergewonnene Macht aus, grölte herum (Koch wand sich) und gebrauchte solche Redewendungen: »Wer zuletzt hängt, hängt am besten.« Gnade uns Gott, wenn Kuba wieder über uns kommt! […] In seiner Rede schäumte er gegen alle, die seine »Terra incognita« nicht gewürdigt haben, gegen das Deutsche Theater, das sein Stück absichtlich totgespielt hat, und verstieg sich zu der Behauptung, er und Gotsche seien »unterdrückt« worden.

Und dann Wagner … Unter dem Motto »am deutschen Wesen soll die Welt genesen« gegen jene Gruppe, gegen die Bruderländer mit ihren revisionistischen Tendenzen. Gegen die anderen kommunistischen Parteien, denen wir endlich mit Nachdruck erklären müssen, was in der Welt vor sich geht, gegen die Kritteler an der Kritik der Partei (damit war ich auch gemeint: gewisse Schriftsteller wollen, daß wir Heyms Artikel hier veröffentlichen), gegen – Gott und die Welt. Nur wir, immer mal wieder, sind allein im Besitz der Wahrheit. Die »Gruppe« will die DDR aufweichen, »an den Machtfragen rütteln«, wie er sich ausdrückte. Aufschrei: »Welch ein Glück für das deutsche Volk, welch ein Glück für alle Völker der Welt, daß es die DDR gibt!« Ohne die DDR säßen die westdeutschen Schriftsteller schon in den KZs der IG-Farben. Er bewies diese ungeheuerliche Behauptung durch einen Artikel aus dem Industriekurier, in dem es heißt, die Schriftsteller müßten die Folgen ihrer Entscheidung tragen. Und im selben Atemzug stieß er Drohungen gegen die »Gruppe« aus: man wird ihnen ihre Wirkungsmöglichkeit nehmen; keine Passierscheine mehr; wer keine kämpferische Haltung zeigt, kriegt kein Reisegeld.

Hoy, 17. 1.

Endlich wieder an der Arbeit. Die Szene, die ich nicht bewältigen konnte, habe ich weggeschmissen; jetzt sitze ich an einer Episode, die mir wieder Spaß macht (ein bitterer Spaß: die Exß-Familie enteignet Franziska). Ich habe mir vorgenommen, ohne Selbstzensur zu schreiben, ohne an die Folgen zu denken – einfach so, nach meiner Wahrheit. Mir ist aber doch unbehaglich zumute, die Szene fällt, fürchte ich, glatter aus als geplant. [...]

Hoy, 27. 1. 66

Heute vor fünf Jahren war der Jon zum erstenmal bei mir, und zum erstenmal haben wir uns geküßt. Und jetzt schreibe ich ein Buch, um »Benjamin« zu preisen und unsere Liebe zueinander ...

Gestern hörten wir zusammen eine Sendung von Daniel, der drei Kurzgeschichten las. Nachher gestand mir Jon, daß er eigentlich vorher habe gehen wollen, weil er fürchtete mitansehen oder fühlen zu müssen, daß ich [...] bedauerte, einen phantastischen Dichter von mir getrieben zu haben. Und vielleicht, wer weiß, hätte ich wirklich eine Art Rivalen-Neid gespürt – aber Reue, nein [...]. Die Geschichten waren aber nicht gut, [...] alle drei unoriginell, immer unverbindlich antifaschistisch, das wiederum immer (wie in der zweiten) eine Art politischer Verbrämung ist, um die Geschichte, jedenfalls hierzulande, überhaupt publizierbar zu machen. [...] Ich denke aber, daß die anderen Geschichten aus dem Band besser sind; wahrscheinlich hat der Rundfunk aus Vorsicht das Platteste, Allgemeinverständlichste ausgesucht [...].

Von der Kulturfront: Hacksens »Moritz Tasso«[1] ist abgesetzt. W[alter] U[lbricht] hat an Maetzig einen Offenen Brief geschrieben, väterlich aber prinzipienfest, und mit einer kleinen physikalischen Bedenklichkeit: »Die Schatten, die die Schriftsteller sehen, wirft das Licht des Aufbaus des Sozialismus«, und mit vielen Zitaten nach Becher und Brecht ... Jon fand jetzt Dokumente vom 5. Plenum 1951, Rede wider den »Lucullus«, wider Brecht, von dessen »Mutter« es heißt, das Stück sei »eine Mischung von Proletkult und Mayerhold«.[2] Brecht, alles in allem, ein ganz begabter, aber volksfremder Bursche. »Der Lucullus wird nie ...« – mit demselben Pathos wie jetzt Wagner: »Der ›Tag X‹ wird nie erscheinen!« Grausig und ridicul auch Reden von Shdanow gegen die Formalisten Schostakowitsch, Kabalewski, Prokofiew, Chatschaturian ... Jon las Dieter und mir vor, wir brüllten vor Lachen, es war aber doch eher unheimlich; erschütternd und empörend. Das ist nicht Mißtrauen, das ist erbitterte Feindschaft gegen die Kunst. Der Sprachschatz übrigens, bis in einzelne Wendungen, immer noch der gleiche; manches klang, daß man denken mußte, die Redner vom 11. Plenum hätten's wörtlich abgeschrieben.

Hoy, 2. 2. 66

Das 5. Kapitel angefangen, endlich, mit der Geschichte vom persischen Architekten und Tamerlans Lieblingsfrau. [...]

Hoy, 6. 2. 66

Die letzte Kosmos-Sensation: Luna 9 ist auf dem Mond gelandet – »weiche« Landung und hat Funkverbindung mit

1 Peter Hacks' Stück »Moritz Tassow« wurde nach dem 11. Plenum des ZK der SED in Dezember 1965 verboten.

2 Für eine Opernfassung (Musik: Paul Dessau) hatte Bertolt Brecht sein Hörspiel »Das Verhör des Lukullus« (1940) bearbeitet. Auf der 5. Tagung war vor allem die Musik als formalistisch kritisiert worden; Brecht arbeitete das Libretto um.

der Erde. Die ersten Mondfotos sind veröffentlicht, sie sind so scharf, daß man jeden Stein erkennen kann. Nun wird es wohl nicht mehr lange dauern, bis der erste Mensch den Mond betritt. Merkwürdig finde ich unsere Reaktion: wir sind nicht überwältigt, betrachten die Fotos vom Mond mit einer Gelassenheit, als wären es Bilder einer Landschaft von nebenan. Aber vor zwanzig Jahren hätten wir es nicht für möglich gehalten, daß irgendsoein Maschinchen durch den Weltraum segelt. Wenn man erfahren hat, in wie kurzer Zeit man riesige Entfernungen überbrücken [...] kann, dann denkt man: Die paar Kilometer zum Mond ... Zwei Tage war Luna 9 unterwegs. Woher kommt diese Haltung »Uns kann gar nichts mehr imponieren«? Vielleicht ist es eine Art Abwehr, eine Art Selbstschutz, weil die Differenzen zu groß werden zwischen dem, was im Weltall und was auf der Erde geschieht. [...]

Hoy, 15. 2.

Ich habe schon ein paar Seiten vom neuen Kapitel. In einem nervösen, aber eher angenehm nervösen Zustand [...].

Hoy, 14. 3.

Ein paar Tage auf Materialbeschaffung – Hochbauprojektierung Cottbus und Hoy. Nächstens gehe ich zu den Architekten hospitieren.

Arbeit am fünften Kapitel. Versuche alle anderen Verpflichtungen abzuwälzen. Es geht voran, freilich langsam.

Katastrophale Finanzlage. [...] Verlag will keinen »Präzedenzfall« schaffen und lehnt Stipendium ab, trotz Lewerenz' Fürsprache. Wir warten auf den neuen Verlagsleiter, Hans Bentzien, vielleicht hat der ein Herz für arme Autoren. Sonst gute Laune und große Liebe. Gestern, an unserem Sonntag, hörten wir, sündhaft im Bett, Beethovens Neunte. Merkwürdige Vermischung von Liebe zum einen und den vielen.

Wochenlang Thomas Mann gelesen. Nach dem »Faustus«, der mich bis zu Tränen erschütterte, zwei Bände mit Briefen. Ich kann über nichts anderes mehr sprechen, das wird schon manisch.

Hoy, 31. 3.

[...] Am Freitag dramatischer Auftritt in Cottbus. Dieter hatte mich gebeten, zur Abnahme seines Wandbildes mitzufahren. Er fürchtete organisierten Widerstand. In der Tat war alles zum »Abschießen« vorbereitet: die Abnahme öffentlich, Volkszorn, ein Abteilungsleiter mit der Anweisung, die Ab. zu verhindern um jeden Preis, Presse, Rundfunk mit Ü-Wagen. Gegen D.s Willen nahm der Rundfunk die ganze Diskussion auf Band. Eine erbitterte Schlacht, die vier oder fünf Stunden dauerte. Das Volk mobte, geschickt aufgestachelt vom Parteivertreter und von einem fetten Spießer aus dem Elternbeirat [...]: er nannte die Dargestellten »Neandertaler«, er sprach von »Dreck«. Das Wandbild ist sehr anständig – das sage ich nicht, weil ich mit D. befreundet bin.

Was für eine Kluft zwischen Künstler und Publikum [...]. Grotesk falsche Auffassung von Kunst, und wieder die Forderung nach gültigem soz. Menschenbild – unter dem sich aber keiner etwas vorstellen konnte. Sie plapperten einfach Phrasen nach. Und dieser idiotische [?]: Das könnte ich auch. Das macht mein Sohn mit ein paar Strichen. In dieser Preislage. [...] Wir bildeten eine Fraktion: die Architekten, die Maler und ich [...]. Eines jedenfalls hat unsere Kulturpolitik zustande gebracht: jede Achtung vor dem Künstler, vor seiner Arbeit zu beseitigen. Wo das »Volk« spricht (das zuhause einen Ölschinken überm Bett hat), wo verfettete DFD-Weiber fordern, daß die Figuren schön sein müssen, gefallen müssen, da können die Musen einpacken. Der Parteispießer verstieg sich zu der Forderung, daß die Menschen »so aussehen müssen wie wir«. Das war irrsinnig komisch – man müßte ihn nur sehen ...

Schließlich die alte Taktik: Vertagen wir die Diskussion. In 14 Tagen geht's weiter. Wir wußten, was das bedeutete. Die Abnahmekommission machte sich stark, setzte Abstimmung durch. Wir siegten mit knapper Stimmenmehrheit. Ein Pyrrhus-Sieg. Heute rief Dieter an: der Rat des Bezirkes ist so erbost, daß er insgeheim Auftragssperre über ihn verhängt hat. Auch die Abt.-Leiter Kultur in den Städten sind angewiesen, D. zu schneiden. Das bedeutet Ruin für ihn. Hätten wir bei der Diskussion (nach dem 11. Plenum) doch lieber die Schnauze halten sollen? Wir sind unten durch, wie man sagt. Mir kann man finanziell nichts anhaben, kann keine Aufträge entziehen. Dafür fängt wieder das Theater wegen der Wohnung an. (»Die Bevölkerung fordert«) Macht nichts. Wir ziehen sowieso nach Neubrandenburg. Sprach in Berlin mit Wohlgemuth. Wir sind willkommen, denke jetzt also endlich an Umzug.

Hoy, 12. 4.

Über Ostern waren wir in Burg. [...] Ein paar friedliche Tage – obgleich der Lärm, den die paar Familienmitglieder veranstalteten, kaum dem Krach zu Weihnachten nachstand. Meine Eltern sind so explosiv und wild wie ihre Kinder – am meisten bewundere ich Mutti, die noch so jung aussieht, [...] und immer [...] ihre rheinische Heiterkeit behält. Sie klagt nie, obgleich sie jetzt zuckerkrank ist [...] (immerhin ist sie über 60), und sicher hat sie am meisten Verdienst daran, daß Vati und sie eine märchenhaft glückliche Ehe führen.

Uli arbeitet an seinem »großen Beleg«, und Sigrid ist Ärztin in Kühlungsborn. Sie haben keine Wohnung, nicht einmal Aussicht auf anderes als ein kleines Zimmer mit Küchenbenutzung. [...] Jetzt weiß er auch nicht, ob er in die Partei eintreten soll, um »weiterzukommen«, sagt aber frei heraus, daß er [es] eben aus Karrierismus tun würde, also ein schlechtes Gewissen erkaufen würde, also keine Lust dazu hat. [...]

2. 5.

[...] Seit einer Woche arbeitet Jon wieder im Kombinat, er fährt eine Raupe, man bloß eine kleine, aber er sagt, er sei nicht mehr beherrscht von dem jugendlichen Wunsch, ein großes Tier zu reiten. Die Arbeit macht ihm Spaß, aber für Schreiben bleibt nicht viel Zeit, und wir sehen uns zu wenig, bloß ein oder zwei Stunden am Abend. [...]

Montag vergangener Woche waren wir in Berlin, zum Arbeitskreis Kultursoziologie (zu dem uns Henselmann eingeladen hatte). Der Tag fing gut an: Jon war beim Aufbau, ich bei der NDL. Im Verlag erfuhr J., daß der Reportagenband nicht erscheint – er hat also monatelang umsonst gearbeitet. [...] Soviele Fehlschläge in so kurzer Zeit müssen einen Menschen ja kleinkriegen. Und ich, statt ihm Mut zu machen, habe ihn noch angeschnauzt, weil er den Caspar nicht in die Zange genommen, sondern schweigend kapituliert hat. [...]

Übrigens hatte ich auch eine Niederlage. In der NDL empfing mich der neue Chefredakteur, Dr. Neubert, forscher junger Mann (für den abgesetzten Joho). Sie hatten um mein Manuskript gebeten, um ein paar Kapitel zu veröffentlichen. N. war höflich und liebenswürdig: Leider, leider, aber das ist aus einem Guß, da kann man nichts rausreißen und außer dem Zusammenhang abdrucken. Das klang ganz schmeichelhaft, aber [...] ich [...] ahnte schon Böses [...]. Na schön, dann kam's raus: in dem Manus sind problematische Stellen, und Sie wissen ja, damals mit Bräunig – also lieber abwarten, vorsichtig sein, keine Mißverständnisse, blahblahblah. Ich sollte aber etwas über meine Schaffensprobleme schreiben. Hab keine, sagte ich, ich schreibe ein Buch. Nach einigem Hin und Her: doch, eines – die Tabus, hier kann man nicht unbefangen schreiben, kurzum, der Finger auf der Linse. Er, etwas süßsauer: Dann schreiben Sie doch darüber, zur internen Auswertung. Wozu? sagte ich. Stefan Heym hat es auch versucht –

bekannt, mit welchem Erfolg … Der Abschied fiel also sehr kühl aus.

Diese feigen Idioten. »Problematisch.« Wofür ist die Literatur denn zuständig, wenn nicht für Probleme? Ein widerliches Land. […]

Hoy, 19. 5.

Heute bloß ein paar Zeilen. Heiligabend und verschneite Straßen beschreiben, – und draußen ist Hochsommerhitze.

Zwei Tage geschwänzt: Sonnabend fuhren wir zur Moritzburg und spazierten im Park herum und beschauten uns die fürstlichen Gemächer mit Ledertapeten und Dutzenden Boule-Uhren, eine immer schöner und prächtiger als die andere. Eiskalte Säle bei 30 Grad Außentemperatur – was müssen die im Winter gefroren haben! Wir kauften die knallbuntesten Ansichtskarten und schickten sie unseren Eltern, damit sie sehen, was für ein ausschweifendes Leben ihre Kinder führen. […]

Hoy, 3. 6. 66

Morgen fahren wir nach Neubrandenburg. […]

Verbandssitzung in C[ottbus]. Die Partei hat erfolgreich eingegriffen: Wir werden nicht nach Dresden gehen. Die Genossen haben aus Parteidisziplin zugestimmt, und ich stand allein. […] Frau Apel befragte mich über unsere Gründe für N., sie ging so weit, uns ein Haus in Boxberg zu offerieren. Merkwürdige Leute, die denken, man sei durch Lebensstandard zu kaufen.

Hoy, 8. 6.

Zurück aus N. Sonnabend zuerst in Neustrelitz, bei Sakowski, der ein aufwendiges Haus bewohnt. […] S. ist bald lebhaft und lachlustig (auch klatschlustig), bald finster und in sich gekehrt. Ich glaube, er kommt mit seiner Arbeit nicht zurecht, sucht nach neuer Ausdrucksform, möchte Prosa schreiben und schafft es nicht. Inzwischen verdient er Geld ... muß er auch: er hat jetzt fünf Kinder. Margarete Neumann ist originell, [...] dick, mit fettigen Haarsträhnen; sie wohnt im Wald, veranstaltet Weihestunden und Sonnwendfeiern bei »enthemmendem« Feuer. Eine begabte Frau, aber ziemlich verrückt, und zu alledem zeigt sie Kleinmädchen-Koketterie, die peinlich zu sehen ist. Jochen Wohlgemuth war nett, laut und unbefangen wie immer. Ein Abend in Weisdin im Gästehaus des Bezirks, herrlich gelegen an See und Tümpel, in dem tausend Frösche quarrten; zum erstenmal hörte ich auch Unkenrufe, tief und dunkel (aber »Glockenruf« ist eine poetische Übertreibung; es klingt eher wie das Geräusch von Pumpenschwengeln). [...]

Am Sonntag in Neubrandenburg las ich aus meinem Roman-Manus, mit verblüffendem Erfolg: alle die großen Diskutierer schwiegen, schwiegen, bis mir unbehaglich wurde, und schließlich sagte Wohlgemut: So möchte ich auch mal schreiben können. Er und Sakowski waren begeistert [...], und Lubos küßte vor Entzücken seine Fingerspitzen, und die anderen waren einfach verstummt. Hinterher kam M[argarete] N[eumann] zu mir und sagte mit süßsaurem Lächeln, sie habe sich nicht äußern können, die Franziska sei ihr wildfremd, überhaupt eine fremde Welt. S. lachte sich eins und sagte, sie sei eifersüchtig und neidisch zum Platzen, und nun begänne also im Bezirk der Streit der Königinnen. Am meisten bewegt hat mich aber die Reaktion von Jon; er kannte das Kapitel noch nicht und war ganz erschüttert [...] – wenn Jon mich mal lobt, dann muß wirklich was dran sein. [...]

Hoy, 11. 8. 66

Hat das Tagebuchführen seinen Reiz verloren? Oder bin ich einfach zu müde? Unökonomische Arbeit, bis zur Erschöpfung, an einer Seite, die nicht gelingt – statt alles fortzuwerfen, spazierenzugehen oder zu lesen (aber neue Bücher gibt es auch nur selten, von DDR-Literatur zu schweigen). Manchmal euphorische Aufschwünge, meist Depression, Zweifel an der Fähigkeit, den Roman zuende zu schreiben, Charaktere darzustellen, einen Handlungsfaden zu verfolgen, – und niemals Ausgeglichenheit, eine anhaltende heitere Stimmung. […] Früher habe ich mich vor den Sonntagen gefürchtet, jetzt sehne ich mich die ganze Woche danach, nach diesem Gefühl, sorgenlos und beschützt zu sein, in einem Kreis von Wärme und Liebe. […]

Hoy, 16. 11.

Heute Rekord: 80 Zeilen. Die ganze Zeit nicht zum Tagebuchschreiben gekommen (vielleicht Unlust?). Dabei eine Menge Erlebnisse: Buchwoche, Jahreskonferenz, neue Menschen, aufregende Bücher, und immer wieder Jon, eine unruhige, eine endlose Reihe von Vorstößen in unbekanntes Land. Neulich – wir hatten zusammen ein bißchen getrunken, aus reinem Spaß am Manhattan-Mixen – gestand er, daß er noch immer nicht an eine Dauer unserer Beziehung zu glauben wagt; er denkt, ich gäbe mich nur seinetwegen und nur vorübergehend mit der Einsamkeit unseres Lebens, wie wir es jetzt führen, zufrieden … in Wahrheit, auch uneingestanden, sehne ich mich nach der Welt, Trubel, Männern, Gott weiß was für Dingen, die er mir »nicht bieten« kann. Ich war bestürzt und fragte mich, ob er recht damit hat, daß ich anpassungsfähig sei, bei nächster Gelegenheit aber ausbrechen werde. In der Tat hat es mir Spaß gemacht, ein, zwei Wochen im Wirbel zu sein, umworben zu werden (auf einem Kongreß finden sich immer Courschneider), in einer Hotelhalle zu sitzen und Fremde zu begaffen – aber jetzt, da es vorbei ist, vermisse ich es nicht; meine Gedanken sind wieder fast ausschließlich auf den Roman gerichtet – und auf unseren Sonntag, diesen einzigen Tag in der Woche, an dem ich einen ganzen Nachmittag bei ihm liege, nichts anderes denke und empfinde als ihn. Ich habe auch, solange ich schreibe, nicht das Gefühl, nichts zu erleben: ich teile Franziskas Leben, indem ich es ihr gebe – das ist abenteuerlich genug. Trotzdem will mich Jon nach Petzow schicken (das er haßt), gewissermaßen auf Bewährung … Na, ich weiß nicht. Die Petzowschen Gefahren sind nicht irgendwelche Männer, sondern die Zauberberg-Atmosphäre, das Gefühl, auf einer Insel zu leben, auf merkwürdige Weise jeder Verantwortung enthoben.

1967

Hoy, 16. 3. 67

Vorige Woche der schwerste Orkan seit zwanzig Jahren. Die Straßen übersät mit Ziegeln, unser Dach wurde zum Teil abgedeckt. Todesangst, allein mit zwei Frauen im Haus, das zu schwanken schien.

Jon hat Spätschicht; einsame Abende. Schachspielen gelernt, ein unerwartet hohes Vergnügen, stundenlange Konzentration auf das Feld. – Seit einigen Tagen wieder mit Lust am Buch, nach Wochen voll Verzweiflung; fühlte mich unfähig und voller Angst vor der endlosen Schreiberei. Solche Zusammenbrüche werden noch öfter kommen, das kenne ich von der Arbeit an den anderen Büchern.

Letzte Woche in Neubrandenburg. Gespräch mit dem Ersten Sekretär (dank Sakowskis kräftiger Hilfe). Umzug für Mai oder Juni geplant. Vorweggenommenes Heimweh, wenn ich jetzt durch die Straßen gehe. Ein Glück, daß ich darüber in meinem Buch schreiben, es mir also von der Seele schaffen kann.

In Bautzen habe ich mir – in einem Anfall von Wahnsinn – ein wunderschönes altes Pastellbild gekauft (in der Manier von A. Graff). Die Hälfte eines Monatsstipendiums. Egal. Dafür versage ich mir soviele andere Dinge. Verkaufe neuerdings Schuhe und Pullover. […]

Hoy, 2. 5.

Vor zwei Wochen in Burg und Magdeburg (Lesungen), abends bei Schreyer […].

Am 23. ist der VII. Parteitag zuende gegangen.[1] Viel Vernünftiges betreffs Wirtschaft und Wissenschaft; wenig über

1 VII. Parteitag der SED in Berlin (17.–22. 4. 1967).

Kultur, Gottlob. Keine Kritiken – woran auch? Es erscheinen ja kaum Bücher und Filme (außer Musicals und Maetzigs rotem Märchen vom »Mädchen auf dem Brett«. Ein Glück, daß M. soviel Anstand besitzt, sich hier nicht mehr blicken zu lassen. Also doch bloß ein Karrieremacher – glaubte damals wohl, mit seinem »Kaninchen« im richtigen Strom zu schwimmen). Nur eingängiges und bequemes Zeug. Vorwort: Neutschs neues Buch, Loest, Kirschs SU-Reportage ... [...] Bieler, Bräunig etc. weiter in beschuß. Forderung auf dem VII.: »Würde und Schönheit unserer Menschen gestalten.« Seeger [...] war ganz groß da. Quatschte denselben Mist, sogar wörtlich, wie auf der Bezirksdelegiertenkonferenz – also von sich und seinen Meisterwerken. Er wird ermüdend. Über sein letztes Stück haben wir viel gelacht. [...] S. ist jetzt im ZK. Christa Wolf ist nicht im ZK, nicht mal als Kandidatin. Womit so ziemlich alles gesagt wäre.

Nachtrag zu M[agdeburg]. Der Gegensatz zwischen zwei Welten: Lesung bei Lagerarbeiterinnen (die kaum jemals Bücher gelesen haben), im Keller einer Schwermaschinen-Fabrik. Ältere Frauen, alle verarbeitet, die Tag für Tag in diesem Keller schuften, nur bei künstlichem Licht, Schrauben sortieren und 75 Kilo schwere Kisten transportieren. [...]

Petzow, 4. 6. 67

Zwei Tage im Schriftstellerheim [...]. P. hat wieder etwas von seinem alten Zauber. Dutzende von Segelbooten auf dem See. Manchmal fliegt eine Karavelle oder eine Boeing vorüber, ziemlich tief, weil hier die Einflugschneise für Tempelhof ist. Aber schreckliche Leute, alt und arrogant und reich, siebzigjährige Gerippe in leichten Badeanzügen. Am ersten Abend war Reiner Kunze noch da, mein intimer Freund von vor zehn Jahren; jetzt hatten wir schon nach den ersten Sätzen Sympathie und Verständnis füreinander. [...]

Hoy, 5. 6.

Kriegsausbruch im Nahen Osten.[1] Israel gilt als Aggressor, weil es die Kriegshandlungen begonnen hat (nachdem Nasser großschnäuzig seit langer Zeit gedroht hatte). [...]

28. 7.

Jon hat mir zum Geburtstag eine prächtige alte Uhr geschenkt (bezahlt mit ungedecktem Scheck [...]). Einen Tag in Dresden, in der Gemäldegalerie, auf den Terrassen überm Zwingerhof. Wir waren sehr glücklich. [...] Jetzt sind wir mal wieder so weit, daß wir alle Hosentaschen und Handtaschen nach ein paar vergessenen Geldstücken durchwühlen. Das Stipendium vom Schriftstellerverband ist genehmigt, die erste Rate aber gleich draufgegangen für die unbezahlten Rechnungen.

2. 8.

Seit Wochen sengende Hitze, kein Gewitter, jeden Tag über 30 Grad (im Schatten). Die Zimmer werden auch nachts nicht mehr kühl. Kaum noch möglich zu arbeiten, man läßt sich gehen, öfter im Wittichenauer Strandbad. Dieser Tage wollte Jon in Boxberg anfangen, und ich wollte auch für einige Zeit hin, um eine Reportage fürs ND zu schreiben. Der Plan ist geplatzt, nach Beratung der Wirtschaftsexperten im ND: wegen unserer Energie-Lage (Reserven ausschöpfen statt neue Objekte errichten). [...] Inzwischen reden sie über Prognosen und warten auf die alleinseligmachende Atomkraft. [...]

1 Der Sechstagekrieg zwischen Israel und seinen arabischen Nachbarstaaten, Ägypten, Jordanien, Syrien, war durch die Sperrung des Golfs von Akaba für israelische Schiffe durch Ägypten ausgelöst worden.

7. 10.

Vorigen Sonntag 1. 10., zur Eröffnung der VI. Deutschen in Dresden.[1] Ein sehr starkes Bild, Sittes »Höllensturz in Vietnam«.

Petzow, 4. 11.

Werkstattgespräch mit Annemarie Auer. Früher Morgen, der See liegt in einem wundervollen Licht. [...] A. geht es sehr schlecht, seit sie bei der NDL gekündigt hat (zum unglücklichsten Zeitpunkt, nach dem 11. Plenum), findet sie kaum noch eine Arbeit, geschweige eine Anstellung. Sie ist jetzt über 50, ihr Zak noch älter, sie haben Angst vor einem Alter in Armut, bei jämmerlichster Rente (Zak bekommt keine OdF-Rente, trotz Haft und Exil, weil er gewissermaßen nicht »im Auftrag der Partei« gesessen hat). Trotz ihrer Begabung kommt die A. einfach nicht mehr auf die Beine. [...]

Für mich (das kam erwartet) Beunruhigendes über das Buch. Die Geschichte, meint A., ist noch nicht deutlich, das Anliegen noch nicht ablesbar. Ich weiß selbst, das Buch besteht aus lauter Abschweifungen, kann aber nicht erklären, warum ich's gerade so schreiben will: einfach Leben ballen, Alltäglichkeit mit Zufälligem, Nicht-notwendigem.

Protest gegen die Fabel, die Roman-Konstruktion, die mir zu kristallen, zu rein erscheint, zu künstlich, zu klar in einer unklaren Gesellschaft.

In den letzten Wochen mehrere Lesungen, eigentlich um Geld zu verdienen, aber dann werden es manchmal Erlebnisse, die auch anders lohnen. [...] Ein Werk in Pirna. Lebien, ein Dorf; der Vorsitzende ist mit seiner Frau, die noch nachträglich Landwirtschaft studiert hat, aus der Stadt gekommen. [...] nachts stapften wir mit ihnen über die stille Dorfstraße, weil sie uns den neuesten sowjetischen Trak-

1 Gemeint ist die VI. Deutsche Kunstausstellung in Dresden (1. 10. 1967–4. 2. 1968).

tor zeigen wollten, einen Riesenpanzer; ein Rad ist noch ein Stück größer als ich, die Fahrerkabine nur über eine Treppe zu erreichen. [...] Der Vors. schwärmte: wenn drei dieser Ungeheuer im Verband über die Felder fahren, mit 12 m breiter Pflugschar – das ist das beste Argument für Kooperation. Auf dem Land beginnen interessante Prozesse, Übergang zur Industrialisierung, Massen-Viehzucht; für die Bauern ein schwerer[er] Konflikt als damals der Zusammenschluß zu Genossenschaften. Heimfahrt gegen Mitternacht [...]; am Dorfausgang mußten wir eine Weile halten; ein Bulle ließ uns nicht über den Weg. Die Lichtenburg, unheimlich die tiefe Toreinfahrt, nur von ein paar Lampen erhellt. [...]

Hoy, 3. 12. 67

Wieder in der Romanarbeit (die Ballszene, als F. zum erstenmal mit Ben tanzt). Nachricht von Gebrüder O u. W: diese Woche ist Gruppendiskussion über unser Exposé. Wär schön, wenn wir's bis zum Drehbuch und zum Film schafften. Den Flirt mit O. habe ich gestoppt, als ich merkte, daß es Herrn Lolli weh tat, unsere Spielereien mitanzusehen. In Wirklichkeit mag ich Lolli viel lieber, O. läuft ihm bloß den Rang ab (zu Anfang), weil er attraktiver und leichtblütiger ist. W. hat fünf Jahre Theologie studiert, ehe er zum Marxismus überlief. O. war früher Erzieher in einer Kadettenanstalt. Hoffentlich hat die Freundschaft zwischen ihnen Bestand – ich jedenfalls würde W. mehr vertrauen als O. Am letzten Abend sind wir noch durch die Kneipen der Altstadt gezogen und haben unser Exposé gefeiert. Nach Mitternacht tanzten wir auf der eiskalten Straße herum. [...]

Heute früh Telefonanruf [...]; meine Wohnung wird morgen frei. Blödes Gefühl, zwischen Roman und Film, Neubrandenburg, Hoy und Petzow zu sitzen. Jetzt warte ich erstmal auf Reiner Kunze, der zu Lesungen nach Hoy kommt und bei uns wohnt [...].

Neustrelitz, 17. 12. 67

Im Café am Markt, das Jon so entzückt, wegen des riesigen Kuchen-Buffetts. Seit zwei Tagen im Bezirk, um die Wohnung zu besichtigen und auszumessen [...]. Erdgeschoß-Wohnung in einem Einfamilienhaus, ziemlich geräumig, wenn auch verbaut, allerdings kein Bad und eine miese Küche, nur ein Zimmer heizbar. Dafür habe ich einen Garten, Rasen und eine Terrasse (»Terrasse« ist ein bißchen geprahlt). Marquardt vom Wohnungsamt [...] war so offensichtlich scharf darauf, sie selbst zu bekommen, daß es mir schon peinlich war. Vor allem seine Frau machte taktlose Anspielungen, daß »unser[eins] sowas ja nicht bekommt«. Ein Stück von meinem Garten haben sie mir gleich abgehandelt. Na, macht nichts, ich will ja nicht einen Morgen Kartoffeln anbauen. Wir müssen nochmal mit Müller verhandeln, wegen der nötigen Umbauten, Bad. Öfen, etc. Jetzt ein paar tausend Mark ... Aber die habe ich nun mal nicht, und unser Film ist so gut wie gestorben, jedenfalls ist das Exposé erledigt, von der Gruppe »Berlin« abgelehnt worden. [...] Meine Companeros waren zertrümmert nach dieser massiven Kritik. Ausgerechnet Maetzig (»Kaninchen«!) findet unseren Film zu grau; auch die anderen möchten lieber das sozialistische Menschenbild und eine fröhliche Wunschwelt.

Hoy, 31. 12.

[...] Weihnachten waren wir allein (zum erstenmal in meinem Leben ohne die Eltern und Geschwister), wir hatten nur so einen Tannenstrauß geschmückt. Heiligabend für Hagestolze, mit polnischem Wodka und Beethoven. Muß arg sein, später, wenn man alt ist, keine Kinder hat ... Am nächsten Morgen kam Dieter – mit dem Stilleben, auf das ich schon lange scharf bin und das ich ihm irgendwann mal abkaufen wollte (aber diese arrivierten Burschen haben Preise!) Nun hat er es mir geschenkt, und ich war sehr glücklich, schon deshalb, weil ich nicht erwartet hatte, er würde es sich vom Herzen reißen. In N. werde ich jede Woche einmal vor Heimweh heulen, am Freitag, unserem Dreßler-Tag.

1968

12. 4.

Vor zwei Wochen Berlin. Vorstandssitzung (Nachwuchsfragen), kaum Schriftsteller anwesend. Kein Interesse mehr am Verband, der in Bürokratie, Langweile und Obrigkeitsgehorsam erstickt. Wenn man vergleicht, was die Schriftsteller in der CSSR dazu beigetragen haben, daß man jetzt dort versucht, die Idee einer sozialistischen Demokratie zu verwirklichen. (Über alle politischen Ereignisse, Informationen usw. führe ich eine Chronik – vielleicht schreibe ich auch deshalb so selten mehr Tagebuch). Gestern hörten wir im Radio ein Gespräch – eine Konferenzschaltung zwischen Westberlin und Rom –: Goldstücker und Mnacko. M. will in die CSSR zurückkehren, aber nicht als Bittender, sondern auf Recht bestehender (er hat seine Ausbürgerung nie anerkannt). Das Gespräch ein bißchen unheimlich, weil gemütlich klingend (der wienerische Tonfall, das »Hallo, Edo«, und »Hallo, Laszlo«), undenkbar, daß Gleiches möglich wäre zwischen DDR-Leuten, undenkbar Goldstückers Versicherung, daß er dem Beschluß über M. nicht zugestimmt hat (bei uns wär's einstimmig gewesen – und mit welchen Beschimpfungen!). Ich habe geweint: unseretwegen, über uns, aus Zorn. Zornig auch gegen mich selbst – Mitmacher, Schweiger.

Hoy, 5. 5.

Besuch bei Strittmatters.

Gestern abend Rede Ernst Blochs (in Trier) gehört, »Marxismus heute«. Großartiger Rhetoriker (dabei muß er jetzt über achtzig sein), aggressiv, unbestechlich. Der hätte mich für Philosophie gewinnen können, wenn ich damals Vorlesungen bei ihm gehört hätte. [...] Ein Satz, der mich immer noch beschäftigt: »Wenn ein Interesse und eine Idee zusammenstoßen, ist es immer die Idee, die sich blamiert.« (Marx, Schopenhauer, Freud)

Heute wieder ins Krankenhaus. Seit zwei Wochen krankgeschrieben wegen endogener Depression. Scheußlicher Zustand: Angst, über die Straße zu gehen, unter Leute, etwa gar eine dichte Menschenmenge; Niedergeschlagenheit. Das Buch bleibt liegen. Jeder Brief wird zur Qual. J. behauptet, ich sei von einem Trieb zur Selbstzerstörung besessen. Warum? Die Arbeit ohne ausreichendes Talent? [...]

Was auch an den Nerven zerrt: der Umzug, auf den wir so lange warten. Meine Wohnung ist besetzt: ein Musiker, ehemals beim Musikkorps der Stasi. Er weicht nicht, sollte zwangsexmittiert werden [...], ist aber nach Berlin gefahren, um seine »Hebel« in Bewegung zu setzen, also das MfS, Gotsche, Ulbricht, »vor dem er gespielt hat«, etc. Hoffentlich spricht Gen. Müller bald ein Machtwort [...].

Schwarze Pumpe, 9. 8. 68

Komme eben von Dr. M. (Fädenziehen), hatte Dienstag OP, spannend, weil bei lokaler Betäubung, konnte also hören und sehen, was vorging. In der Universitätsklinik hatte Prof. S. diagnostiziert: verkapselter Fadenrest. Gott, war ich glücklich! Monatelang diese tagsüber verdrängte Angst, ich hätte vielleicht Krebs ... Beim Operieren ergab sich leider, daß noch mehr Knoten im Gewebe steckten, widerliche rosa Kugeln, die müssen noch ans Path. Institut geschickt werden. Soll die Angstpartie wieder beginnen?

Ich warte hier auf Jon [...], vielleicht zum letzten Mal im Hotel »Glück auf«, wo wir früher so oft gefeiert oder konferiert haben, und wo wir beide unser Hochzeitsmahl eingenommen haben, als wir aus der Baracke nebenan, vom Standesamt, kamen. Ich denke jetzt oft an früher, an die Zeit vor fünf oder zehn Jahren [...]. Alles schmeckt nach Abschied. Heute ist Freitag, unser »Dreßler-Tag«, an dem wir sonst immer nach Spremberg gefahren sind, zum Plachandern und zum West-Krimi, mit Simon Templer oder dem »Baron« [...]. Aber heute ist Dieter nach Rumänien gefahren, [...] und vielleicht werden wir ihn vor der Abreise (nach N.) nicht mehr sehen. Wie werde ich diese Freitagabende vermissen! In den letzten Jahren sind die Gruben abgesoffen, die Tagebaue, zwischen denen die Betonbahn verläuft. Das Becken mit der Kohlentrübe ist vollgelaufen, ein fettig schwarzer See; damals (wann? vor drei oder vor fünf Jahren?) sah man noch den Boden, die Birken und Sträucher, die nun längst ertrunken sind. Merkwürdig, wie man sein Herz an diese öde Landschaft gehängt hat, an diese unmögliche Stadt, an die Leute [...]. Unser Centrum-Kaufhaus sieht elegant aus, ist aber schon ziemlich runtergewirtschaftet, schlampig wie alle Läden und Restaurants hier, die nach wer weiß welchem teuflischen Prinzip träge und lotterig werden, kaum bestehen sie ein paar Wochen. Trotzdem – wenn ich denke, daß nur ein paar Blöcke in einer Sandwüste standen, als wir hierher kamen, und jetzt ist es eine Stadt von fast 60000 Einwohnern, und das Kombinat ist ein riesiger Komplex geworden (in dem so gut wie nichts ordentlich funktioniert). Die Kohle geht zuende, vielleicht ist Hoy in zwanzig Jahren eine Geisterstadt wie die verlassenen Goldgräber-Siedlungen. [...]

Hoy, 21. August 68

Truppen der SU und von 5 Pakt-Staaten haben die CSSR besetzt.[1] Ein Schock. Den ganzen Vormittag klingelte das Telefon [...]. Habe den ganzen Tag am Radio gesessen und die Nachrichten gehört. DDR-Sender berichteten nichts, verlasen nur immer wieder die TASS-Erklärung und den SED-Aufruf an die Bürger[2] – verlogenes Geschwätz von Freundschaft und Bruderhand und Liebe zum tschechischen Volk –

1 Am 20. 8. 1968 marschierten Truppen der Warschauer-Pakt-Staaten in die ČSSR ein.

2 In der Erklärung der sowjetischen Nachrichtenagentur TASS wurde die Invasion mit einem vermeintlichen Hilfeersuchen der tschechoslowa-

während in Prag und Pilsen und allen Städten der CSSR die Panzer rollen. Wieder mal deutsche Uniformen in Prag. Dubcek und die führenden Leute sind verhaftet oder verschleppt, wer weiß, man erfährt nichts über ihr Schicksal. Und welche Hoffnungen haben wir auf das »Modell« CSSR gesetzt! Unfaßbar, daß immer noch, immer wieder mit diesen Methoden des Stalinismus gearbeitet wird. Angeblich gibt es in der DDR eine »Flut von Zustimmungserklärungen«. Wir sind so erbittert – kein Vertrauen mehr (falls wir jemals diese Sorte »Vertrauen« hatten. Geplante Reise nach N. aufgeschoben, bin wie gelähmt.

22. 8.

Wieder den ganzen Tag verwartet, unfähig, etwas zu tun. Nur über Westsender erfährt man von Tagungen der Nationalversammlung und der Partei und angekündigtem Aufruf zum Generalstreik. Es soll Tote gegeben haben. (Und während der ganzen Zeit der »Konterrevolution« hat niemand, der anderer Meinung war als die Dubcek-Anhänger, auch nur Prügel bezogen.) [...] Die anderen kommunistischen Parteien verurteilen die Intervention. Einen schlimmeren politischen Rückschlag hätte man sich nicht einhandeln können. In aller Welt ergreift man Partei für die Tschechen. Was immer geschieht: eine Rückkehr zur Nowotny-Zeit wird es, kann es nicht geben.

11. 9. 68

Am Montag sind wir aus Neubrandenburg zurückgekommen. Die Wohnung ist endlich erkämpft, umgebaut, herge-

kischen Partei- und Staatsfunktionäre gegen antisozialistische Kräfte begründet. Im SED-Aufruf heißt es: »Indem die Regierungen unserer Länder dem dringenden Hilfeersuchen der tschechoslowakischen Patrioten und Internationalisten unverzüglich Folge leisten, geben sie ein leuchtendes Beispiel des sozialistischen Internationalismus, verwirklichen sie [...] die feierliche Verpflichtung [...], wonach [...] der Schutz der sozialistischen Errungenschaften der Völker die gemeinsame internationale Pflicht aller sozialistischen Staaten ist.« (ND vom 21. 8. 1968, S. 1.)

richtet, wenn auch noch in chaotischem Zustand. Am 23. wollen wir umziehen, der Möbelwagen war bestellt. Heute habe ich von Dr. Marquardt erfahren, daß ich Krebs habe. Die rechte Brust muß abgenommen werden. Es war ein fuchtbarer Schock. Ich dachte immer: Warum muß das gerade mir zustoßen? Nun habe ich den ganzen Tag gearbeitet – das beruhigt. Tränen wird's bestimmt noch geben, aber jetzt bin ich ziemlich gefaßt. Man muß eben durch.

Jon ist wunderbar.

15. 9.

[…] Jon ist jetzt [jeden] Abend bei mir. Einmal waren wir […] einen ganzen Tag, in Dresden. Ich habe Giorgiones Venus besucht; mein anderes Lieblingsbild, den Evangelischen Johannes, konnten wir nicht finden. Dafür ergötzten wir uns an Cignanis »Frau Potiphar« (die ich irgendwann aus dem Gedächtnis – aber merkwürdig verwandelt – im Buch beschrieben habe. […] Auf einer Terrasse langhaarige Gammler, einer sehr schön, die anderen blöd, mit dummen herausfordernden Gesichtern Gummi kauend. Sowas fotografiert man fürs ND, um die Schrecken der Konterrevolution zu zeigen.

Die »Erklärung« des Deutschen Schriftsteller-Verbandes habe ich nicht unterschrieben. Diesmal kein – wenn auch nur formaler – Gehorsam. Einige andere haben sich auch geweigert, wenige, ach, zu wenige.

Hoy, 18. 9. 68

Übermorgen muß ich ins Krankenhaus – in was für eins! Häßlich, schmutzig, verludert. Ich habe geheult, als ich bloß den Gang sah. Aber was hilft's? Sterben mag ich nun nicht. Schreckliche Sorgen wegen Vati und Mutti. Sie nehmen sich alles, was ihren Kindern widerfährt, so zu Herzen. Ich habe solche Angst, aber mehr vor der Umgebung als vor der Operation und der ganzen Schweinerei.

Hoy, 20. 9.

In letzter Minute gerettet – jedenfalls vor dem abscheulichen Krankenhaus. Jon hat Hilfsaktion eingeleitet. Sakowski auch, wie ich gestern abend erfuhr, als er anrief, um mir zu sagen, daß die Neubrandenburger nach wie vor »mit offenen Armen« auf mich warten. Mir fiel ein Stein vom Herzen. Hatte die verrückte Vorstellung, sie wollen einen Menschen nicht haben, der so einen Knacks hat. Hellmut hatte aber nur »aus Verlegenheit«, wie er's nannte, nicht gleich angerufen. Hat vermutlich erwartet, ein heulendes Bündel Frau am Telefon quieken zu hören.

Inzwischen hat Henselmann mit Buch die beste Variante geliefert. [...] Mittwoch abend rief er noch Prof. Gummel an, Donnerstag konnte ich mich ihm schon vorstellen. Eine wunderbare Klinik, vor den Fenstern hohe alte Bäume. In G.s Zimmer hängt ein herrlicher Grundig (Original, versteht sich), ein weiblicher Akt, Leas Züge, im Hintergrund die weißlichen Geisterpferde. G. untersuchte mich mit seinen berühmten Händen, fand, es fühle sich nicht bösartig an, sagte aber, ich solle mir keine Hoffnung machen; er muß erst die Gewebeprobe untersuchen. Natürlich hoffe ich doch auf ein Wunder, wenigstens ein ganz kleines. [...] Mache mich trotzdem gefaßt auf OP. Wenigstens die Umgebung ist ein Trost; man weiß sich in guten Händen. Die Rössle-Klinik ist ja auch Forschungsstätte. Inzwischen bin ich nochmal mit dem Jon nach Hause gefahren und arbeite am Umzug weiter. Dienstag bekomme ich Bescheid über die Probe und so. Dazwischen liegt also noch ein Sonntag mit Jon. Ich bin glücklich über jeden Tag, der mir noch bleibt.

Vati und Mutti haben geschrieben. Sie versuchen's halt nicht so schwer zu nehmen, und in meinen Briefen explodiere ich geradezu vor Munterkeit und Optimismus.

Offener Brief von Max Walter Schulz an Martin Walser. Joe von damals ist mausetot. Armer Hund! Er wird einen

Herzinfarkt kriegen oder Kulturminister werden. Zum Schreiben langt es offenbar micht mehr – außer zum Schreiben von parteiamtlichen Briefen und Essays über die Kunst des Schreibens und die Erlernbarkeit von Meisterschaft.

Berlin-Buch, 1. oder 2. Okt. 68

Das Ärgste überstanden. Prof. G. versichert, wenn ich entlassen werde, bin ich gesund, also keine verdächtige Zelle mehr. Alles weggeschnitten. Achselhöhle völlig verstümmelt, muß erst wieder lernen, den Arm zu gebrauchen. Immerhin, ich kann schon schreiben – so unleserlich wie immer. [...] habe bloß Angst vor dem Augenblick, wenn der Verband entfernt wird. Muß ein scheußlicher Anblick sein. Jon war am Sonnabend und Sonntag hier, er macht sogar frivole Scherze über meinen Amazonen-Zustand und über gewisse Spiele. Ich hoffe, doch, ich glaube, es macht ihm wirklich nichts aus. Aber er hat es ja noch nicht gesehen. Und das soll er auch nicht.

Hoy, 1. 11. 68

Seit ein paar Wochen zu Hause. Ich arbeite wieder: zunächst Korrekturen (L. will die »Frau«, »Geständnis«, »Geschwister« in einem Band herausbringen). Finde schrecklich, was ich da früher geschrieben habe, sprachlich und politisch. Ich war ein gutgläubiger Narr. Seit der CSSR-Affäre hat sich mein Verhältnis zu diesem Land, zu seiner Regierung sehr geändert. Verzweiflung, manchmal Anfälle von Haß. Daß ich mich geweigert habe, die Erklärung zu unterschreiben, hat einige Folgen (vielleicht ist das erst der Anfang), läppische – mein Antrag, daß die Kronen, die ich für die in Prag erschienenen »Geschwister« bekommen habe, nicht hierher transferiert werden, ist abgelehnt, damit indirekt eine Prag-Reise –, und sehr ärgerliche: die Stasi weiß schon Bescheid, neulich war einer der Herren mit den abstehenden Ohren bei Jon [...], um ihn zu befragen; ferner hat jemand [...] die Bezirksleitung unterrichtet, und diese erstens die hiesige Kreisleitung (Warnung vor hierorts beheimateten Staatsfeind) und zweitens die Bezirksleitung Neubr. Dort hat man kalte Füße bekommen und dem Bezirksverband nahegelegt, das verdächtige Element besser nicht in N. anzusiedeln. Sakowski und Ebert hatten Krach mit der Bezirksleitung (das habe ich jetzt erst durch Jobst erfahren), sie haben sich offenbar für mich verbürgt und bei der Gelegenheit den Genossen sehr deutlich gesagt, daß die Schriftsteller ihre »innerverbandlichen« Angelegenheiten selber regeln können. Solche Auseinandersetzung war längst fällig, sagt Jobst – trotzdem ist es mir fatal, daß ich ungewollt den Anstoß gegeben habe.

Jedenfalls habe ich diesen Bezirk hier satt bis obenhin. Zu den – von oben gelenkten – Verleumdungen [...] – kommen jetzt politische Diffamierungen.

In einer Parteigruppe wurde mitgeteilt, B. R. habe mit ihrem Buch bei der Bezirksleitung erscheinen müssen; das Manuskript sei diskutiert und für schädlich, wenn nicht feindlich erklärt worden, und man werde dafür sorgen, daß das Buch nicht erscheinen darf. Lügen. Die Leute kennen keine Zeile; ich wäre auch um keinen Preis solcher Vorladung gefolgt. Nun gut. Ich wußte, was ich riskiere, also beklage ich mich jetzt nicht, nachdem ich mir den »sensiblen Luxus« (M. W. Schulz) geleistet habe, einmal meinem Gewissen zu gehorchen. Die Studenten, die sich nicht mit Schweigen begnügt haben, sondern demonstriert und Flugblätter gedruckt haben, sind verurteilt und für ein paar Jahre eingesperrt worden. Übrigens lauter Prominenten-Kinder: die Hunziger, die Berthold (Tochter des Prof. B. vom ZK-Institut), die Havemann-Söhne, der Sohn von Brasch, stellv. Minister für Kultur. Aber es gibt kein Generationsproblem in unserem Sozialismus.

Hoy, 13. 11.

Kleiner Nachtrag: eben war der Reiner K. da (Lesungen in Hoy; woanders wird er nicht eingeladen). Er ist am 21. 8.

aus der Partei ausgetreten. Als er das Parteibuch abgab, machte niemand den Versuch, mit ihm zu diskutieren. R. hat die tschechischen Zeitungen immer gelesen, daher jetzt die Möglichkeit, zu vergleichen. Fälschung über Fälschung in unseren Zeitungen, Sätze willkürlich aus dem Zusammenhang gerissen, Lügen.

Erfuhr auch, daß ich eine Einladung vom Kulturzentrum der tschechischen Botschaft hatte (vermutlich, weil ich nicht unterzeichnet habe). Reiner hat meinen Namen auf der Liste gesehen; es waren etwa 40 Personen. Die Einladung ist nie in meinen Briefkasten gelangt.

Hoy, 18. 11. 68

Der letzte Tag in Hoyerswerda. 6 Uhr früh; gleich kommt der Möbelwagen. Die allmorgendlichen Geräusche, Schritte auf der Treppe, M.s überlautes Radio, B.s Husten (deutlich zu hören durch den Luftschacht), der Lärm der Baumann-Kinder. Ilse hat geweint. Gestern abend, mitten im Chaos, noch einmal Schmidts zu Besuch.

Neubrandenburg, 20. 12.

Schon vier Wochen in N. Merkwürdig, kein Heimweh nach Hoyerswerda; freilich vermisse ich ein paar Leute, Dreßlers, Schömanns, die Schmidts. Zu Anfang, als Jon wieder abgereist war, fühlte ich mich abends manchmal sehr einsam, ich hatte auch ein bißchen Angst: die Wohnung zu ebener Erde, Schlafzimmerfenster zur Terrasse, die Erkerfenster. Einmal spät abends klopften ein paar Männer ans Fenster. Todesschreck (ich lese gerade »Kaltblütig«[1]!), aber es waren unsere netten Möbelpacker, die wieder einen Umzug nach N. hatten, und wir tranken eine Runde, und von dem stärksten Mann ließ ich ein Fenster aufreißen. Die

1 Roman von Truman Capote (1966).

Fenster waren alle nach dem Lackieren geschlossen worden und nun wie zugenagelt. Überhaupt die Wohnung ... Die Wände schon gerissen, das Badezimmer unter Wasser (ein Rohr war gebrochen), überall feuchte Kälte. Als es dann auch draußen kalt wurde, bin ich beinahe erfroren. Die Elektro-Öfen waren ab Mittag bloß noch lauwarm, am Nachmittag und Abend eiskalt.

21. 12.

Saß gestern in der Halle vom Interhotel, wo mir die nette Frau in der Zentrale die Gespräche mit Boxberg vermittelt; diesmal ging es so schnell, daß ich bloß die paar Zeilen schreiben konnte.

Neubrandenbg, 24. 12.

Jon ist da, seit gestern. Wir genießen – wissend, daß wir dies allenfalls ein paar Tage aushalten könnten – Familienleben, gehen zusammen einkaufen, schlafen in einem Bett, richten die Mahlzeiten (für die feineren Dinge, den Wildbraten z. B., ist der Jon allein zuständig), und jetzt – während drüben schon der Geschenketisch aufgebaut ist – sitzen wir in meinem Arbeitszimmer, der Jon ganz vergraben in dem riesigen Ledersessel, den ich seinetwegen angeschafft habe, lesend, bei Kaffee, Zigaretten, Pralinen, [...] und ich in meiner Arbeitsecke, also im Erker, in dem ich auf winzigstem Raum zusammengeschleppt und aufgebaut habe, was ich so zum Arbeiten brauche: Tonbandgerät und die Bänder dazu, Plattenspieler und die Schallplatten, den Schreibmaschinentisch, mein »Archiv« (all das Zeug über Architektur und Städtebau) und meine Lieblings- oder Lehrbücher, die Bibel, ein paar Bücher von Freud, den Kolakowski, »Gantenbein«, Baldwin, Braines »Weg nach oben«, Sartre, Mitscherlich, Ehrenburg (»Die französischen Hefte«), Leduc's »Bastardin«. Eine gemischte Gesellschaft, das schon ... Sogar meinen – leicht lädierten – Lieblingssessel habe ich noch untergebracht; in dem sitze ich abends und lese, manchmal übergruselt, wenn mir einfällt: im Rücken das Fenster, keine Vorhänge, die gegen einen Blick von draußen schützen – aber gegenüber, im Nachbarhaus, kann ich das ebenfalls erleuchtete Fenster von Müller sehen, stehe also unterm Feuerschutz der Partei, notfalls.

Mir gefällt's jetzt. Verschneit ist der Garten zauberhaft; hinterm Garten sind hohe Bäume, Tannen, Birken, Erlen, was weiß ich (und darin Hunderte von Krähennestern, und manchmal kriegen die Krähen einen Rappel und stürzen sich schwarz und schreiend über den Garten). Die Weinranken hängen über die Fenster und bis auf die kleine Terrasse hinab, und im Sommer – ich erinnere mich – ist das Zimmer in ein grünes Licht getaucht. Zwischen den Terrassensteinen wächst Moos und Gras, und am liebsten würde ich es so lassen, auch den verwilderten Steingarten. Hoffentlich sehen meine Nachbarn – ruhige, nette Leute – nicht allzu streng auf Garten-Ordnung; ich mag keine gezirkelten Wege und pingeligen Beete. Aber das Unkraut wird wohl dran glauben müssen [...].

25. 12.

Wieder so ein Junggesellen-Heiligabend wie im letzten Jahr, Kerzenlicht, Kognac, wir hörten uns das Violinkonzert von Brahms an, das Mutti uns geschenkt hat, dann Chopin, die Sonate b-moll, ausgerechnet, dann Theodorakis (die »Zorbas«-Musik, irgendwas Macedonisches, Kollo, in der letzten Woche war es meine Lieblingsmusik).

Heute ein bißchen Melancholie. Nun ja, Feiertage ... Draußen Schneeregen. Verstimmt und beängstigt, weil mein Arm weh tut. Sieht aus, als wäre ein Stich von der Naht aufgeplatzt. An das andere habe ich mich gewöhnt, wenn man's so nennen will. Die Schwäche im Arm, gelegentliche Beschwerden; wieso hatte ich nicht damit gerechnet? Ein halber Mensch. Eine halbierte Frau. Das Entsetzen morgens beim Aufwachen (ich träume jede Nacht von der Zerstückelung), und abends, wenn ich mich ausziehe, dieses

Gefühl von Fremdheit: ich sehe ohne Schrecken die Narbe. Das bin ich nicht, das kann nicht gerade mir zugestoßen sein. […] Jon bleibt dabei: ihm macht es nichts aus […] – es hat sich nichts geändert. Ja, ja, ich weiß von Prof. Gummel, daß die meisten Männer ihre Frauen noch lieber haben nach so einem Unglück. (G. verstieg sich sogar zu Frivolitäten: daß nur ein richtiger Mann eine Amazone zu schätzen weiß). Ja, die Männer, und ich will's auch glauben. Aber als Frau, als die Betroffene … Habe ich mich wirklich gewöhnt, oder ist es mir noch nicht ins Bewußtsein gedrungen, sperre ich mich, es mir bewußt zu machen? Ach, genug davon.

Vor drei Tagen zum erstenmal wieder am Buch gearbeitet. Die letzten Seiten […] waren in der Klinik gekritzelt, auf einem Briefblock. Nicht mal schlechte Seiten […]. Eine Seite geschafft, weil ich noch »in der Szene« war, aber nun ist der Faden doch gerissen […]. Muß die letzten Kapitel nochmal lesen. Am liebsten würde ich was Neues anfangen, aber diese Franziska-Geschichte muß durchgestanden werden. Ab Sonnabend, also auch über Silvester, bin ich wieder allein, da werde ich eben arbeiten und versuchen, nicht an diesen sentimental-feierlichen letzten Tag eines beschissenen Jahres zu denken.

Im Januar oder Februar zieht Jon hierher, – eine Einzimmerwohnung, die Müller beschafft hat, mit allerlei Kniffen (Es soll wohl nicht bekannt werden, daß wir getrennt wohnen; das scheint hier wie in Hoy auf die Leute schockierend zu wirken). […]

Gestern früh ein Brief von Christa Wolf. (Gerd war bei mir, kurz vorm Umzug aus Hoy.) Ein guter, ein unerwartet offener Brief – nicht die herbe Zurückhaltung, die man sonst bei Ch. kennt. Sie will mit mir reden, in Briefen, wenn möglich ohne diesen Umweg. Habe ich das meiner Haltung in der CSSR-Frage zu verdanken? Wohl auch. Und wer weiß, was Gerd ihr von unserem Gespräch erzählt hat … Ich bin – wie soll's ich nennen? – ja, ich glaube, ich bin stolz auf diesen Brief. Die beneidete, bewunderte Christa nimmt mich ernst. Merkwürdig: Dabei »liegt« mir ihre Art zu schreiben nicht, ich respektiere sie, gewiß, finde sie aber essayistisch, ich meine: sie erzählt nicht. Auch ihr Wesen ist dem meinen ganz entgegengesetzt. Vielleicht gerade deshalb diese Anziehung, die sie gleich anfangs – als wir zusammen nach Moskau fuhren – auf mich ausübte, eine immer bekämpfte und unterdrückte Anziehung, wer weiß warum. (Wahrscheinlich eine Art Konkurrenzneid, weil sie mir überlegen ist, klüger, nachdenklicher, ihre Prosa klarer, geschliffener. Trotzdem würde ich nicht versuchen, sie nachzuahmen. Ich bin, wie ich bin.) Jedenfalls werde ich antworten – und wie gerne, mit Hoffnung, aber auch bange, weil ich mir so unreif vorkomme. […]

Neubrandenbg, 27. 12.

Mittags ist Jon abgereist. Wieder eine Woche warten, vielleicht sogar zwei Wochen … Es schneit und schneit. Letzte Nacht wieder ein gräßlicher Traum: im Gefängnis, in einem Keller, eine Gefängnisärztin, die mir sagt, ich sei vom Krebs zerfressen, Operation nötig, aber Operation ohne Narkose; Gefühl hoffnungslosen Ausgeliefertseins. Ich wagte nicht wieder einzuschlafen, aus Angst vor Träumereien.

Neubr, 28. 12.

Die köstliche Stille, nach der ich mich so gesehnt habe … Jetzt verlangt es mich nach meinem lauten Jon und der Lilo-Hermann-Straße […]. Mein Garten, so romantisch verschneit, stimmt mich melancholisch statt froh. Ich brauche Leute, ich brauche – dies vor allem – die Nähe von Jon. Wenigstens wissen, daß er erreichbar ist … Vorhin sah ich, wie sich ein Vogel auf einen Zweig des Kirschbaums setzte, und wie der Schnee von dem Zweig stiebte, und mir fiel ein, daß ich dies – einen Vogel auf einem verschneiten Kirschbaumzweig – seit vielen Jahren nicht mehr gesehen hatte, nicht so nah und unmittelbar, schon gar nicht mit dem Gefühl, daß es mein Kirschbaum ist, von dem ich im Sommer ernten werde. Da sollte ich nun glücklich und zufrieden sein – aber ich denke an ein großes häßliches Mietshaus! Ach, es war nicht mal häßlich.

Zuerst habe ich viele Briefe geschrieben, ziemlich schwärmerisch, nehme ich an. Der Enthusiasmus der Ankunft. Außerdem war meine Wohnung endlich warm, das versetzte mich in Hochstimmung nach den bitterkalten Wochen, als meine schönen, modernen, idiotischen, völlig unzulänglichen Elektro-Öfen bloß morgens ein bißchen laue Wärme spendeten [...]. Plötzlich und viel zu früh hatte es scharfen Frost gegeben. Ich hockte in meinem Erker, in eine Wolldecke gewickelt, die Höhensonne im Rücken, überhaupt alle elektrischen Geräte angeschaltet (der Zähler raste wie verrückt), die Finger waren so klamm, daß ich nicht mehr Maschine schreiben konnte; ich zitterte noch unter der Bettdecke und habe mir sogar die Zehen erfroren, die so geschwollen waren, daß ich keinen Schuh mehr anziehen konnte. Schließlich konnte ich es nicht mehr aushalten und klagte meinem Nachbarn Müller mein Leid. [...] er hatte sich immer Zeit genommen, mir Auskunft zu geben über alles mögliche: die Entwicklung Neubrbgs, die Bauvorhaben – aber auch über den nettesten Weg in die Stadt, über den Wall, durchs Stargarder Tor, das er am schönsten von allen Toren findet, und über Läden, Fleischer, Bäcker, Brot und Schinken. Diese Gegend zeichnet sich durch Lust am Essen und Trinken aus. In jeder Gasse drei Schnapsläden. In jedem Geschäft Berge von Lebensmitteln, eine Fülle von Dingen, denen man in Hoy nachjagen mußte: Schlagsahne, Sahnequark, delikate Würste, warmes Brot. Hier habe ich auch zum ersten Mal Wildgänse im Fleischerladen gesehen, ziemlich bedrohlich – obgleich natürlich tot – mit ihren grauen Federn und dunkelgrauen Fittichen. Und was ich hier schon an Schnaps ausgeschenkt habe! Mein Vorrat an Bergmannsschnaps ist alle, und dabei hat sich jetzt herumgesprochen, wie gut der Bergmannsschnaps bei der Reimann schmeckt. Ein Lob, das man nur zu würdigen versteht, wenn man weiß, wie stolz sie hier sind auf ihre Neubrandenburger Schnäpse, vor allem den Kognac »Stammarke extra«. [...] Überhaupt sind die Leute mächtig stolz auf ihre Stadt, auf die Wallanlagen (die unter Denkmalschutz stehen, gleichrangig dem Dresdener Zwinger, und sorgsam restauriert werden, jedes Stück der Mauer, und die Tore und die putzigen kleinen Wiekhäuser in der Mauer), auf die künftige Oststadt, auf ihren ganzen Bezirk, der einmal alle anderen Bezirke überflügeln wird, jungfräuliches Land sozusagen. Ein Königreich. [...]

Neubr, 31. 12. 68

Vorhin hat Jon angerufen (bei Müller; ich habe noch kein Telefon [...]). Er arbeitet noch, nachher fährt er nach Hoyerswerda zurück. Sein Herz »klappert«. Er macht sich noch tot in seinem verdammten Boxberg, obgleich – ich bin schon froh, daß er eine Arbeit hat, die ihm Spaß macht, in der er ganz aufgeht. Ich glaube, er ist sehr – wie sagt man? – erfolgreich. [...]

Ich war glücklich, für eine Weile wenigstens seine Stimme zu haben. Heute allein sein, das ist nicht gerade spaßig. Aber ohne ihn mag ich nichts unternehmen, werde also arbeiten, endlich die Szene zuende oder wenigstens weiterschreiben, in der mich damals die Krebserei unterbrochen hat. Es war kein gutes Jahr. Fürs nächste wünsche ich mir – wie immer – Frieden und – wie seit vielen Jahren – ein abgeschlossenes Buch, und – wie seit ich weiß nicht wie vielen Jahren – die Liebe und Treue von Jon. Und daß ich noch lebe, nächstes Jahr um diese Zeit. Die Glocken. Wieder, endlich wieder in einer Stadt, in der die Glocken läuten.

1969

Berlin, d. 28. 2. 69

[…] Eben hatten wir Vorstandssitzung – Probleme des Romans –, wie üblich Gequassel. Interessant bloß durch einen Verzweiflungsausbruch von Bastian (dem ein Drehbuch gestorben ist), und eine flammende Rede von Eva Strittmatter, leider erst am Schluß, als alles schon aufbrechen wollte, so daß es nicht mehr zur – endlichen, nötigen, und so sehr nötigen – Diskussion über Fragen kam, die uns wirklich angehen.

Neubrandbg, 24. 3.

Merkwürdige Überwachheit. Letzte Nacht […] mal wieder getrunken, aber nicht aus Angst, nur so, aus Spaß am Wodka, und mit hundert Zigaretten (nachdem ich mich wochenlang schinde, mir das Rauchen abzugewöhnen) und mit Musik, mal trauriger, mal scharfer, und der »Nachmittag eines Fauns«[1] und Mahalia. Wie oft in einer einzigen Nacht die Stimmung wechseln kann […]. Küsse und Diskussionen. Törichtes süßes Gestammel und Streit […]. Morgens um sechs hatten T. und ich zwei Flaschen Wodka ausgetrunken, dann ging T. zum Dienst im Sender (der Dienst hatte aber schon um vier angefangen) und ich an die Arbeit. Na, Arbeit. Viel ist nicht dabei herausgekommen, obgleich ich mich in den letzten Tagen ganz gut in das neue Kapitel gefunden hatte; mir scheint sogar, ich schaffe es, wieder zum Sprachstil der ersten Kapitel zurückzukehren. Ich lese, blättere während der Arbeit nur noch in französischen Büchern; Sartre, Beauvoir, die Leduc, das liegt mir, da fühle ich mich als – wenn auch kleine, geringe, sehn-

1 Claude Debussy: »Vorspiel zum Nachmittag eines Fauns« (1892).

süchtig bewundernde – Verwandte. Keine Beziehung zur deutschen Literatur [...]. Vielleicht die Blutmischung, diese Familie an der westlichen Grenze, mit ihrer starken Bindung ans Französische. (Sprache, Lebensart, Mentalität) Die große alte Dame im Buch hat ihr Vor-Bild. [...]

Übrigens kann das alles Gefasel sein. Nach so einer verrückten Nacht. Ich habe einen fremden Mann geküßt. [...] Verliebt? Ach nein, [...] aber angeregt [...]. Der Reiz besteht im Suchen, im Beginn, den ersten Küssen – noch mehr in dem Augenblick vorm ersten Kuß. Danach kommt nur in Frage: Liebe oder Abschied. Und Liebe? Aber nein. Sogar räumlich weit entfernt und abwesend ist mein lieber Herr stärker als ein gegenwärtiger und erreichbarer Anderer. [...]

Nbg. 4. 4.

Abends um 8 ist der Jon dann endlich gekommen – mit Geschenken beladen. Zigaretten, Wermut, ein Paar indische Hausschuhchen, grün und gold, mehr so zum Anschauen wie diese Pantoffel bei der Leduc (Herrgott, ich komme von der »Bastardin« nicht los; das Buch liegt immer in meiner Arbeitsecke, griffbereit neben der Maschine).

Mein Lieber und Guter. Und ich habe ihm viel zu lange von Wolfgang erzählt: W. als Generationsproblem. [...] Übrigens habe ich mir die Haare abgeschnitten, das ist gar nicht so »übrigens«, sondern von Bedeutung, ich weiß nicht genau welcher. Es war am Tag nach der Ausschweifung in der Bar. Alle diese Männer, die mir ins Haar griffen ... Es war wirklich zu lang, bis auf den Hintern, [...] in meinem Alter. Jetzt reicht es bloß noch über die Schulterblätter. Einmal habe ich in der »Franziska« davon geschrieben, die schneidet sich aus Protest die Haare ab. Manchmal tue ich Dinge, weil die Leute in meinem Buch sie getan haben – oder lasse ich sie etwas tun, was ich (vorläufig) nicht wage? Der Ebert liest jetzt das Buch und ist ganz hin, er »beölt«

sich, wie Sakowski sagt. Merkwürdig. Es müßte ihm doch gegen den Strich gehen! Und Pitschmann, dem es sehr entsprechen müßte, ist schon von ein paar Seiten empört, schockiert, beunruhigt, und findet, die Leute seien alle krank an der Seele. [...]

Burg, 3. Juni

Vorige Woche VI. Schriftsteller-Kongreß. J. holte mich von Berlin ab, zwei Tage in N., wieder schreckliche Szenen; ich war hysterisch nach all den Erlebnissen in Berlin [...]. Wir sprachen sogar über Scheidung, wenn auch ungläubig [...]. Gestern, als er mich in Berlin an den Zug brachte, brachen wir beinahe in Tränen aus, konnten uns eben noch zurufen: Aber ich liebe dich doch, es wird wieder gut werden, es wäre schade um unsere Ehe.

Ach, ich kenne ihn zu wenig, noch nach acht Jahren, halte ihn für unerschütterlich [...]. Aber in Wahrheit, wer weiß, ist Jon der sensiblere von uns beiden, und ich bin im Kern, bei aller Angst und Unsicherheit, eine zähe, notfalls brutale Person, jedenfalls von stahlhartem Egoismus, brauche und verbrauche andere Menschen, kann niemanden länger als für ein paar Stunden in meiner Nähe ertragen, gelte dabei als fraulich, charmant, anteilnehmend, zerfließe auch wirklich vor Mitgefühl – aber jetzt verdichtet sich immer mehr der Verdacht, daß mich im Innersten nichts berührt, oder nur soweit, wie es meiner Arbeit dienlich ist. Ich möchte schreiben, nur so kann ich existieren, nur, mein Gott, was ich schreiben möchte ... Ich werde es tun, Arbeit für die Schublade. Das Buch allerdings muß fertig werden, das enthält wenigstens eine Spur dessen, was ich zu sagen habe, ist andeutungsweise Selbstanalyse (Befreiung?) – aber das genügt nicht, es bleibt im Ansatz stecken, zuviel Rücksichtnahme (auf mich, auf andere, auf Ämter, die Zensur), nicht genug Mut, die Existenz aufs Spiel zu setzen oder als Schriftsteller für die Öffentlichkeit zu schweigen, totgeschwiegen zu sein. Wenn ich nicht irgendwann dahin komme, für die Schublade zu schreiben, wenn's denn anders nicht geht hierzulande, dann gebe ich mich auf und werde dafür büßen müssen – oder mich einrichten und zufrieden geben. Fragen, Fragen – [...] seit der Nacht mit M. W. sind sie nicht mehr wegzuschieben [...].

[...] M. W.s Referat (das Grund- oder Staatsreferat des Kongresses) habe ich im Koffer[1] – auch, um die Rede nochmal zu lesen, denn in der Halle habe ich nicht zugehört; vor allem, um gelegentlich einen Blick auf sein Bild zu werfen. Der Große Alte Mann. Joe, meine Sacrower Liebe. [...]

N. wird jetzt Heimat oder ist es schon. In meinem Garten blühen die ersten Blumen. Aufregend, wenn ich von einer Reise zurückkomme und die Stauden inspiziere, Blätter, dann Knospen, dann Blüten entdecke. Eine Hyazinthe, die endlich ihre grüne Spitze aus der Erde bohrt, ist ein Triumph, eine Bestätigung. Der Jasminstrauch ist dicht belaubt, und nächstens wird die Drossel einziehen, die bisher jedes Jahr im Strauch genistet hat. Ach, und der herrliche Wall! Die Krähen sind weggezogen, dafür gibt es jetzt eine Menge wilder Tauben, die frühmorgens, schon vor dem Sonnenaufgang zu gurren anfangen. Eine Lust, zwischen den hohen Bäumen entlangzugehen; im Dickicht blühen Maiglöckchen, und manchmal sieht man ganz zutraulich Eichhörnchen. [...]

Der Traum von einem Bündnis der Schriftsteller ist längst ausgeträumt. Das ist gut oder schlimm. Das Beispiel CSSR ermutigt nicht zu Versuchen. Aber das ist ein ganz anderes Thema. Jedenfalls ist es tröstlich zu wissen, daß es verbindende Ansichten gibt zwischen diesen und jenen [...].

Aus irgendeinem Grund bin ich in den letzten Jahren in diesen Kreis geraten, an Leute, die ich immer geschätzt, be-

1 Gemeint ist das Referat von Max Walter Schulz: »Das Neue und das Bleibende in unserer Literatur« (in: »VI. Deutscher Schriftstellerkongreß vom 28. bis 30. Mai 1969 in Berlin. Protokoll«, Berlin und Weimar 1969, S. 23–59).

wundert, deren Freundschaft und Vertrauen ich mir gewünscht habe. Sie finden mich verändert. Wieso, durch was verändert? […] Habe ich denn irgendwas dazu getan? Unbehagen, ein stiller Widerstand – das ist doch noch keine Haltung. Warum erzählt mir der Reiner Dinge, die er sogar den Wolfs verschweigt? Woher nimmt er […] die Sicherheit, daß ich zuverlässig bin, daß ich den Mund halten kann, daß wir der gleichen Meinung sind? Und warum werde ich auf dem Kongreß von manchen so herzlich (nicht verschwörerisch, das wäre idiotisch ausgedrückt) begrüßt, von anderen geschnitten? Die alten Herren der Partei-Prominenz sind sauer, Umarmungen (diese väterlichen Tatscheleien und lauten Liebenswürdigkeiten für »unsere« B.) entfallen, Rodenberg sieht mich überhaupt nicht, Gotsche ist merklich kühl, Selbmann bringt nicht mal ein »Guten Tag« über die Lippen; von all den ZK-Leuten ist nur Baumgart unverändert freundlich – und der ists aus persönlicher Sympathie. Auch die Verbandssekretäre gehen mir aus dem Weg […]. Nun ja, was soll's? Herrn Rodenbergs hängende Flappe soll mich nicht bekümmern, auf seine Protektion kann ich gern verzichten. Nein, ich sehe nicht Gespenster. (Daniel behauptet von […] allen möglichen Schriftstellern, daß sie unter Verfolgungswahn leiden oder gar, daß sie einen »Stasi-Komplex« haben.) […] Wen sehen sie in mir? Und bin ich, kann ich die werden, die sie sehen? Ich möchte nicht täuschen, enttäuschen. Ich halte nicht viel von mir, und wenn andere mich benennen – sensibel, kompliziert, mutig, zäh –, dann fallen mir dafür ganz andere Worte ein, böse und herabsetzende Worte. Mein Gott, ich muß wieder an dem Buch schreiben. Das ist besser als diese Sorte von Selbstanalyse. Sich ins Gesicht sehen, sich Wahrheiten mitteilen – nein, dazu habe ich zuviel Freud gelesen. Man durchschaut sich, seine Träume, seine Vorstellungen – das ist lästig und anstrengend.

Burg, 5. Juni

Zwei Tage Ruhe verführen zur Faulheit und zur Weitschweifigkeit. Und diese Fütterungen ... Vati und Mutti versuchen mich zu mästen [...]. Ich wiege 90 Pfund und mag nicht mehr in den Spiegel sehen. Vati ist entsetzlich nervös, von einer panischen Geschäftigkeit – jetzt, wo er sich Ruhe gönnen könnte. Aber er vermißt seine Arbeit und versucht zu kompensieren. Mutti wird im Juni auch aufhören zu arbeiten – nicht gern, aber sie muß einfach bei ihrem Mann bleiben, der sie keine Stunde entbehren kann, ohne in Angstzustände zu verfallen. Wenn Mutti nicht ihr prächtiges rheinisches Gemüt hätte [...]. Sie ist eine großartige Frau, selbstlos und weitherzig, eben eine Mutter wie aus dem Lesebuch. Und früher, als ich in der Pubertät war, habe ich sie gehaßt! Wirklich, ich erinnere mich genau. Damals hatte sie noch sowas Katholisches – oder kam es mir bloß so vor? Schade, daß ich alle meine alten Tagebücher verbrannt habe. Zweimal habe ich sie gezeichnet: in den »Geschwistern« und jetzt in der »Franziska«; im zweiten Buch als »die große Menschenfresserin im Kinderzimmer«, als die Feindin Mutter, deren Schatten über Kindheit und Jugend Franziskas liegt. Aus zwei oder drei Jungen habe ich eine arge Gestalt aufgebaut, Möglichkeiten zu einem Charakter verdichtet. Merkwürdig, daß dieses gräßliche Weib, diese Dame Linkerhand, ihren Ursprung in meiner guten Mutter haben soll. Ich denke oft mit Erstaunen, auch Erschrecken über das Buch nach: Flucht in die Kindheit, Flucht in Erinnerung, Flucht aus dieser Welt, mit der ich in Wahrheit uneins bin. Das ist mir nun klar geworden, und irgendwann werden es auch die anderen – oder manche – merken, die es lesen. Das kann man doch nicht überlesen. Und die Aktivität, die »schöpferische Unzufriedenheit« F.s wird vielleicht nur Ausdruck einer Unzufriedenheit und Unrast, die aus tieferen Schichten kommt: nicht auf, sondern gegen diese Gesellschaft gerichtet. Ich weiß nicht. Oder? Ich will es jetzt nicht so genau wissen.

Christa hat ein paar Kapitel gelesen und fand sie interessant; ich soll mir nicht den Mut nehmen lassen, unbedingt weiterschreiben, mir Zeit lassen – je später ein Buch wie dieses fertig wird, desto besser. Heute, in »unserer heutigen Situation«, wie es immerfort heißt (seit zwanzig Jahren!) hat das Buch kaum eine Chance. Um den Wellm-Wanzka hat es bösen Streit gegeben, das Buch sollte nicht gedruckt werden; glückliche Umstände, nicht die Linie der Kulturpolitik, haben dazu geführt, daß es schließlich doch erschien, von vielen allerdings scharf bekrittelt und bekämpft wurde. [...] Die Lyriker stehen wieder im Kreuzfeuer. »Saison für Lyrik«. Nun erst recht Reiners Gedichtband, den keiner kennt, weil er bei Rowohlt erschienen ist. Öffentliche Aburteilung durch M. W. Kritisiert (mit dem Unterton, als handele es sich um nahezu feindliche Bücher): Bartsch, Claudius' »Ruhelose Jahre«, Kunert. Über den »Buridan«[1] wird kaum gesprochen. »Christa T.« ist gerade noch so durchgeschlüpft. 3000 Exemplare ausgeliefert, nachdem das Buch zwei Jahre auf Eis gelegen hat, von allen möglichen Gremien zerquatscht wurde. Jetzt hat man sich höheren Orts auf Resignation und Skeptizismus geeinigt. [...] Man reißt sich um das Buch. Die Christa hat mir eins geschickt, das habe ich seit sechs Wochen nicht mehr zu sehen bekommen, es geht von Hand zu Hand. Hysterie, vorweggenommene hysterische Reaktion, oft Enttäuschung nach dem Lesen: man hat wunder was Arges erwartet. Dabei ist es [ein] schönes Buch, traurig, das schon, auch zweiflerisch (die Heldin ist, als sie stirbt, 35 Jahre; ihre Biographin 40 – beide haben hier begonnen, haben erfahren, sind enttäuscht worden, Illusionsverlust, auch Verlust von Idealen, was ist natürlicher?) Erschreckte, immerhin gutwillige Leser flüchten sich ins Lob für eine erlesene Prosa, der G. E., zum Beispiel, der als Genosse einerseits, als literaturfreudiger Mensch andererseits urteilt, übrigens

1 Günter de Bruyn: »Buridans Esel« (Roman, 1968).

in meiner Gegenwart besonders zahm und zögernd. […] Noch zur »Christa T.«: Den Rest (einen stattlichen Rest) der Auflage hat der Mitteldeutsche Verlag an den Luchterhand-Verlag verscheuert. Tüchtig. »Ihr habt gelernt«, sagt der Konzernherr in »Krupp und Krause«.[1] Wenn's um Devisen geht, schweigen die Ideologen.

Neubrandenbg, 10. 6.

Kaum bin ich wieder zu Hause, erfaßt mich von neuem ein panisches Angstgefühl. Angst, die Arbeit nicht zu schaffen, Angst wegen Zeit, Angst vor jeder kleinen Aufgabe, die mir eben durch diese Angst berghoch und unüberwindbar erscheint. Und der Jon hat erst einmal angerufen … Natürlich, er hat jetzt wahnsinnig viel Arbeit, aber wahrscheinlich, sicher liegt's auch daran, daß unser Verhältnis gestört ist. […]

Aber Margarete hat sich natürlich gleich gemeldet; bis heute habe [ich] ihren Verführungskünsten widerstanden und mich nicht wie in den Wochen und Monaten vorm Kongreß (»vor dem Kongreß« – das klingt wie »vor der Zeitenwende«) in irgendwelche Lokale oder Cafés schleppen lassen. Das endete jedesmal mit […] mehr oder weniger aufdringlichen Männern, die einen dann mit Telefonanrufen belästigen […] oder, wie dieser Troubadour neulich, in Herrn Blanks Blumenbeet stehen und nicht weichen, obgleich ich mich beharrlich weigere, die Tür aufzuschließen. Man plaudert halt so – er im Blumenbeet, ich durchs Badezimmerfenster. Blöd – aber lustig war es doch. […] Auch den Wolfgang habe ich rausgeschmissen. […] er nahm sich entschieden zu viele Freiheiten heraus […].

1 Fünfteiliger Fernsehfilm (1969, Teil 1 nach Motiven des gleichnamigen Romans von Helms, B.: Gerhard Bengsch, R.: Horst E. Brandt/Heinz Thiel).

Nbg. 28. 6. 69

[...] ich habe die Gedichte von Reiner bekommen, die »Sensiblen Wege«, für die M. W. Schulz so harte Worte gefunden hat ... der nackte, vergnatzte Individualismus ... dabei aktionslüstern ... Bündnis mit Antibolschewismus ...[1] Die meisten sind sehr schön, sehr bewegend, manche wie Seufzer, die ich selbst – ach, ich schreibe nicht mal Gedichte. War ein wenig befremdet: zusammen in einem Band wirkten sie denn doch bedrückend, schlimmer als nur bedrückend. Von einem DDR-Dichter? [...] Warum schreibe ich nicht endlich an R.? Seit dem Kongreß – Aber was mehr als einen Gruß? Der braucht keine Solidarität [...]. Er weiß, was er tut, und wenn er alleinsteht, dann, weil er alleinstehen will. (Max Walter, als ich ihn zornig zur Rede stellte, drückte es anders aus: R. gefalle sich in der Rolle des Märtyrers. Gefallen? Das ist nicht wahr.) Ich habe das Buch an Christa und de Bruyn geschickt. Christa ... Herrgott, ich bastele schon wieder tagelang an einem Brief; sie fand es verdächtig, daß ich im letzten Brief nichts Persönliches erwähnte. Aber wie? Die Dummheiten, die ich in mein Tagebuch kritzeln kann – wem darf ich denn sowas sagen? Die ewige Angst (immer häufiger Schmerzen in Hals und Magen); die kindischen Freuden, Spaziergänge auf dem Wall, meine Affären, die Unlust am Buch, die Leute hier [...] – das alles ist doch unwichtig für andere. Oder meine privaten Sensationen: eine Drossel singen zu hören, den Jasmin zu riechen (der Busch ist über und über mit Blüten bedeckt), oder zu sehen, wie die Blumen aufblühen, die ich gesät habe, oder dieses dicke Weinlaub um den Erker und das

1 Max Walter Schulz hatte Reiner Kunzes Lyrikband »sensible wege« scharf kritisiert: »Es ist [...] der nackte, vergnatzte, bei aller Sensibilität aktionslüsterne Individualismus, der aus dieser Innenwelt herausschaut und schon mit dem Antikommunismus, mit der böswilligen Verzerrung des DDR-Bildes kollaboriert [...].« (Max Walter Schulz: »Das Neue und das Bleibende in unserer Literatur«, a. a. O., S. 54.)

zauberhaft grüne Licht, das das Zimmer erfüllt (das habe ich noch in Erinnerung vom vorigen Sommer, als ich zum erstenmal hier war; die Kirschen werden jetzt reif), oder die Bäume ringsum ... Wie schön, wie wunderbar schön! Es gibt Augenblicke, in denen ich aufschreien könnte vor Glück – falls das Glück ist, ich weiß nicht – es tut weh, ja, es ist so schön, daß es mir weh tut wie ein körperlicher Schmerz. [...]

Nbg. 10. 7.

Gestern in Berlin, beim Fernsehen. Besprechung eines Filmprojekts (fürs 2. Programm[1]) Vertrag ist perfekt. Soll mit einem jungen Regisseur, Schariot, eine Art Dok.-Film machen (mehr Feuilleton oder sowas Freundliches). Palaver mit dem Chef von der Innenpolitik. Aus meiner ursprünglichen Idee (Bürgersteig als Kontaktzone: Geborgenheit, Tröstlichkeit, Schaulust etc.) ist etwas dieser Art geworden: eine Straße – wir werden wahrscheinlich in der Turmstraße hier in N. drehen – beobachten, vom frühen Morgen bis in die Nacht, also die Leute: zur Arbeit gehen, einkaufen, bummeln ... Ohne [...] große Worte (Menschengemeinschaft und so)[2] [...]. Dem Schariot schwebt so ein Super vor wie Ivens »Paris trifft die Seine«[3]. Text: Prevert. Da bekam ich gleich einen Schreck. Soviel Anspruch! Dabei möchte ich wirklich ein charmantes Filmchen machen ... Bloß, jetzt haben wir geradezu Angst bekommen. Und dazu ein irrsinniger Termin. Nächste Woche Exposé; Rohdrehbuch muß am 11. August vorliegen; beim Drehen

1 Anläßlich des 20. Jahrestages der DDR nahm der DFF am 3. 10. 1969 den Betrieb des 2. (teilweise in Farbe gesendeten) Programms auf.

2 Ironische Anspielung auf die Definition der sogenannten »sozialistischen Menschengemeinschaft«, im »Kulturpolitischen Wörterbuch« als »historisch neue, politisch-moralische und geistig-kulturelle Qualität des Zusammenlebens und -wirkens der Klassen und Schichten sowie der einzelnen Menschen in der sozialistischen Gesellschaft« definiert. (A. a. O.)

3 Joris Ivens: »Die Seine trifft sich mit Paris« (lyrischer Dokumentarfilm, 1957, Text: Jacques Prevert, Musik: Philippe Gérard).

kann dann noch am Text gearbeitet werden (es werden sich ohnehin Änderungen ergeben, weil mit verdeckter Kamera gearbeitet wird [...]). Ich [...] sage mir auch, daß es meinem Buch gut tun wird, wenn ich mal eine Pause einlege. Es eilt ja auch nicht, leider. Jetzt ein Buch veröffentlichen, das einigermaßen problematisch ist [...] Gott, das würde ja nicht mal das Kulturministerium, die erste Zensurstelle (falls man den Verlag nicht schon als erste Zensur rechnet) passieren. Die Republik hat Geburtstag[1], da darf bloß gelacht und gesungen werden (möglichst Hymnen). [...]

Beim Fernsehen werde ich auch Geld verdienen. Wird lustig sein, mal wieder mit vollem Portemonnaie durch die Läden zu streifen. Nach unserem Gespräch im Funk (bei dem ich mich ziemlich erhitzt und gestritten hatte, wegen Städtebau natürlich) kam die Rede aufs Honorar, etwa so: Wieviel wollen Sie denn haben? Eine Frage, die mich sofort mattsetzte. [...]

Nbg. 15.7.

[...] Der Kongreßbericht, um den ich mich immer noch herumdrücke ... Christa sagt, ich sollte diese beschämende Angelegenheit lieber so rasch wie möglich vergessen, und das werde ich ja auch, aber vorläufig macht er mir noch Magenbeschwerden (und das im Wortsinn). Die Reden habe ich gesammelt, ausgeschnitten und aufgehoben und frage mich, wozu. Übrigens dasselbe, was vorher im ND stand, von denselben Leuten, also den Artikelschreibern, vorgetragen. In der Woche vorm Kongreß war ich bei Wolfs in K[leinmachnow], einen Abend kamen Kurt und Jeanne Stern zu Besuch; bei der Gelegenheit hat er uns die – im internen Kreis aufgestellte und streng geheim gehaltene – Rednerliste gezeigt. Unglaubhaft, aber tatsächlich – nicht einer mehr, nicht ein einziger anderer als vorgemerkt hat seine (sicher vorher kontrollierte und zensierte) Rede

1 Der zwanzigste Jahrestag der Gründung der DDR am 7. 10. 1949.

gehalten; nur Noll, der auch auf der Liste stand, sprach dann doch nicht. Aus Klugheit? Aus Unlust? Ich weiß nicht.

Alles war vorzüglich organisiert. Die Presse – außer ND – war nicht zugelassen, also schon gar nicht Westpresse; nicht einmal die Dame von der brüderlichen »Literaturnaja Gaseta« durfte in die Kongreßhalle. Aber wir haben unsere Oberen nicht enttäuscht, wir waren alle artig und wohlerzogen (oder dressiert); trotzdem muß man die ganze Zeit noch einen Skandal erwartet haben. Als ich einen der Sekretäre am ersten Abend fragte, ob für den zweiten Kongreßtag ein Zwischenruf eingeplant sei, war der arme Mensch so verschreckt, als habe er den potentiellen Attentäter vor sich. Aus irgendeinem Grund zähle ich jetzt zu den schwarzen Schafen (es klingt ganz unwahrscheinlich, aber alles deutet darauf hin, daß man mir meine Haltung zur CSSR-Frage noch nicht verziehen hat) [...]. Dafür waren andere (zum Glück solche, auf die ich Wert lege) von betonter Freundlichkeit und Höflichkeit. War überhaupt interessant, die Gruppierungen zu beobachten ...

Diesmal hatten wir zwei Haupt-Schlachttiere: die Christa und den Reiner[1] (und noch ein paar Neben-Opfer: die Lyriker aus dem »Saison«-Band, Claudius, Bartsch); Wellm ist ja noch in letzter Minute gerettet worden[2], allerdings hatte sein Buch auch nahezu zwei Jahre auf Eis gelegen. Die Redner? Gott, ich weiß nicht, habe kaum zugehört; auch die anderen pennten oder lasen Zeitung oder unterhielten sich. Alle waren froh, daß sie wenigstens mal laut lachen konnten, wenn auch auf Kosten einer Dame: als die Ruth Kraft von einem neuen Schwiegermutter-Gefühl oder

1 Christa Wolf und Reiner Kunze.

2 In Alfred Wellms Roman »Pause für Wanzka oder Die Reise nach Descansar« (Berlin und Weimar 1968) wird die Geschichte eines Mathematiklehrers erzählt, der seine Schüler zur Selbstverantwortung erziehen und ihre individuellen Anlagen entfalten will und dabei auf Unverständnis und Behinderungen durch seine Kollegen und Vorgesetzten stößt. – Die Volksbildung war einer der Tabubereiche für die Kunst.

sowas schwätzte. Ja, und Max Walter ... der hatte also die Aufgabe übernommen, die Schlachtung vorzuführen, d. h. er hielt das Hauptreferat, allerlei Goethisches, Hölderlinsches und Staatserhaltendes, und dann machte er Reiner fertig, unterstellte sogar »Aktionslüsternheit« (in Richtung Antisowjetismus und so), das hörte ich mir noch an, weil ich Reiners Gedichte [...] noch nicht kannte), aber als er dann von der Christa T. anfing und von Resignation, wurde ich verrückt, schrie irgendwas wie »jetzt reicht es mir aber« und verließ türenschlagend das Lokal. Eine völlig überflüssige Demonstration, aber ich war wirklich geschafft, und draußen hatte ich einen Herzanfall. Nichts ist schlimmer als hilfloser Zorn, die Unfähigkeit zur Aktion. Totgeschwiegen werden – aber darüber habe ich im Roman geschrieben (auch so eine Stelle, die mit Sicherheit gestrichen wird). [...]

Nbg. 21. 7.

Geburtstag. Ich bin allein. Jon ist gestern nacht wieder nach Leipzig gefahren. Ein fremder Mann ... Ja, eine Menge Geschenke (Wünsche, die ich irgendwann mal geäußert und dann selbst vergessen hatte, erfüllt er), aber was hilft das? Ich bin verzweifelt. Lag gestern den ganzen Tag im Bett und heulte, und Jon saß daneben und starrte an die Decke. Zehn Stunden Schweigen, das ist die Hölle. Wenn ich nur wüßte, was uns zugestoßen ist [...].

Die verfluchte Wohnungsgeschichte. Wenn er nur erst hier wohnte und würde N. kennenlernen und die Leute, die meine Bekannten oder Fast-Freunde sind. Aber die liegen ihm ja nicht, das weiß ich auch so schon. Ach, der steinerne Gast. Er spricht nicht, er spricht einfach nicht. [...]

Nbg. 24. 7.

Am 21. sind zum erstenmal Menschen auf dem Mond gelandet. Der erste, der seinen Fuß auf den fremden Planeten setzte: der amerikanische Astronaut Armstrong. War interessant, während der letzten Woche die Zeitung zu lesen. Start von Luna 15 war als Sensation aufgemacht, allerhand Andeutungen – bloß die Sensation blieb aus. Alle Rundfunkleute hatten Alarmbereitschaft und Nachtdienst, und wieder Alarm am folgenden Nachmittag. Umsonst. Luna umkreist den Mond wie alle Lunas zuvor, und das ND beweist, wieviel wichtiger, streng wissenschaftlich genommen, solche Art der Erforschung [...] ist als die Landungs-Show. Ferner: die Rassenfrage, Hunger in den USA ... Erinnert mich an den uralten Witz: »Und was macht ihr mit den Negern?«

Dennoch und trotz aller Bemühungen: die psychologische Wirkung der Mondlandung ist stärker. Ferner ist interessant, festzustellen, daß die meisten Leute eine Art Schadenfreude empfinden, weil diesmal nicht die SU ihr Banner aufgepflanzt hat. Diese Schadenfreude haben wir ebenfalls unserer fabelhaften Geschicklichkeit zu verdanken, mit der die Zeitungen etc. eigene Leistungen hochjubeln und die Leistungen im anderen »Lager« nach Kräften (und manchmal auf geradezu alberne Weise) herabsetzen. [...]

Nbg., 17. 8.

[...] Nein, über den Besuch bei Christa kann ich doch nicht schreiben, schon gerade jetzt nicht. Wenn ich nur daran denke, welche Atmosphäre freundlicher Gelassenheit in diesem Haus herrscht, welche Harmonie zwischen Christa und Gerd und ihren Töchtern. Da kann man ja gar nicht aus den Schuhen kippen, trotz der Schweinereien mit dem Buch [...]. Allerdings, gegen Selbstbezweiflung hilft auch diese Art innerer Statik nichts. Neulich schrieb Christa, daß ihr eine Geschichte, an der ihr viel lag, völlig mißlungen ist [...]. Und ich dachte, sie könnte alles schreiben, was sie sich vornimmt (ohne Gedanken an Veröffentlichung), weil sie es eben kann. Also anders als ich, die an eigenem Unvermögen scheitert ...

Ab und zu Kartengrüße von Reiner und de Bruyn.

Wenn mir Reiner einfällt, denke ich an Prag. Jeden Tag Nachrichten im ND, beunruhigender, je näher der Jahrestag dieses unseligen 21. August, rückt. Offenbar rechnet man mit Aufständen und setzt sie rechtzeitig vorher aufs Konto des Westens. Jetzt schon Flugblatt-Aktionen, Aufrufe an die Bevölkerung, Alarmbereitschaft für Armee und Miliz. Und fette Überschriften, betreffend die unverbrüchliche Freundschaft zwischen CSSR und UdSSR, die getreue Brüderlichkeit zwischen CSSR und DDR.

Was wird, was kann schon geschehen in einem – wenn auch von Brüdern – besetzten Land? Schwarze Fahnen im Fenster.

Nächste Woche sehe ich mir mal wieder meine »Franziska« an – falls nichts mit Jon geschieht, was mich vollends aus dem Geleis wirft, und widme mich den vertrockneten Blumen im Garten. Ach, und die Sonnenblumen hatte ich extra für ihn angepflanzt …

Nbg. 23. 8.

Meine Ahnungen, meine Angst … Die Wirklichkeit war schlimmer. Alles ist zusammengebrochen: Die ungeklärten, unausgesprochenen Widersprüche, die sich in einem Jahr angehäuft haben – alles mit einem Mal. […] Er kam abends, nachts lief ich weg – um der Wahrheit nicht ins Gesicht sehen zu müssen? –, irrte in der Stadt herum, wurde von einem Streifenwagen aufgegriffen, zum Arzt gebracht, rückte aus und lief Jochen in die Arme. Jon war abgereist. Wir suchten die Stadt nach ihm ab. Morgens, nach einer schlaflosen Nacht, reiste ich nach Hoy. Der Abend, die Nacht in seinem Zimmer, in dem wir früher so glücklich waren – Nein! Es war die Hölle, es ist höllisch, ich sitze nun in N., Jon hat mich hergebracht, er wollte, er wollte nicht abreisen, er hatte Angst, ich bringe mich um, und ich hatte Angst, daß eines Tages, wenn er nicht nach B., zu seiner Arbeit zurückkehrt, der verpfuschte Beruf, eine zerschlagene Existenz auf mein

Konto kommt. Irgendwann bin ich mit dem Messer auf ihn losgegangen, ich war entschlossen, ihn zu töten, aber der Bruchteil einer Sekunde, seine Augen – Ich weiß nicht. Ich war wahnsinnig. […] Drei Tage lang habe ich geweint und geschrien, ja, vor Schmerz. […] Ich bin zu anstrengend, […] er versteht mich nicht mehr, er kann nicht mit mir leben. Mit einer Verrückten. Ich bin verrückt, das ist wahr. Jetzt lebe ich nur unter Medikamenten, warte auf seine Anrufe, seine Stimme, die mich nicht tröstet. Am Rande der Existenz. Was soll ich tun? In den Stunden, in denen ich halbwegs zurechnungsfähig war, haben wir uns gesagt, daß wir es noch einmal versuchen wollen, daß wir eine winzige Chance haben […]. Aber ich kann nicht an die Chance glauben. Und ich kann nicht existieren, so, ohne Jon, mit einer zerschlagenen Seele, kaputtem Körper, zerstörtem Selbstbewußtsein. […] Soll ich um Erbarmen wimmern? Dann lieber ein anständiger Abgang, ein Rest von Würde, indem man sich stillschweigend aus dem Weg räumt. Ich habe Tabletten, genug, um ein Pferd damit umzubringen. […]

3. 9.

Jetzt weiß ich alles – oder doch das meiste. Was ich inzwischen schon erfahren hatte: Jon hat ein Verhältnis mit seiner Sekretärin begonnen (»begonnen« klingt wie neuerdings – es muß aber schon ein Vierteljahr gehen), er dachte, es gäbe keine Voraussetzungen mehr für uns beide. […]

Diesen Treuebruch hätte ich noch überstanden, obgleich ich entsetzlich unter der Vorstellung leide, daß Jon mit einer anderen zusammen war. […] J. versprach, seine Kündigung einzureichen und mit dem Mädchen Schluß zu machen […].

Am Sonntag abend kam er wieder. Ich hatte noch einmal alle Reserven (Reserven? Das war die Substanz) zusammengerafft, und wir konnten uns eine halbe Stunde ganz munter und vernünftig unterhalten, lachten sogar. Wir lachten. Und dann kam der Schlag. Jon wollte – wollte er wirklich sein Wort halten? ich kann nichts mehr glauben –

mit A. sprechen, da sagte sie ihm, daß sie ein Kind von ihm erwartet. [...]

Nbg. 8. 9.

Ich [...] will nicht mehr. [...] Eines Tages bin ich aufgestanden und habe »nein« gesagt. Oh nein, ich bin mir durchaus noch nicht so sicher, wie ich vor anderen und vor mir selbst tue. Eine Art Trotz vermutlich, oder sowas wie Stolz – jedenfalls keine Träne in Gegenwart anderer; ich lasse mir nichts anmerken, bin geradezu munter, tagsüber also, unter Menschen. Nachts ist es noch arg, ich kann nicht schlafen, obgleich ich [mich] mit Schlaftabletten vollstopfe. Nachts rede ich mit ihm und mit mir und mit allen möglichen Leuten, mache Pläne und verwerfe sie, weil ich nicht weiß, ob meine Kraft ausreichen wird, sie durchzuführen.

Den Zeitpunkt, an dem die Verzweiflung aufgehört hat, weiß ich aber genau. Das war an dem Tag, als die D-Schwester zu mir kam. Irgendjemandem mußte ich die Geschichte erzählen, aber es durfte nur ein ganz vertrauter Mensch [sein] [...]. Seit ich hier in N. wohne, sind wir Schwestern uns auch in anderer Weise als nur räumlich näher gekommen; sie ist verständiger und verständnisvoller als früher, natürlich, sie ist älter geworden, sie hat einiges erlebt, was meinen Erlebnissen gleicht [...].

Nbg. 11. 9. 69

[...] So gehen moderne Katastrophen vor sich: man sagt sich, nicht mal [un]freundlich, am Telefon adieu. Nicht zu ändern. Ich war heute zum Glück nicht in Heulstimmung und konnte ruhig sprechen. Ich bin jetzt auch ruhig, aber ich fürchte, es ist eher die Ruhe des Schocks, eine Betäubung, und der Schmerz kommt später. [...] Die Große Liebe ist kaputt, ich sitze in einer fremden Stadt, ziemlich allein. Gut, ein paar Freunde, aber eben nicht der eine, zu dem man gehört. Und ich bin nicht mehr jung, ich bin eine

Amazone … es ist schon arg, und besser stellt man sich die Zukunft nicht deutlich vor, sonst kommt das große Elend und das Selbstmitleid. Herrgott, und dieses Buch! Ich darf nicht drin blättern. Immer Jon (oder vielmehr: Ben), immer die Liebeserklärungen für ihn, für ihn, den Geliebten – oder das Bild von ihm. Das wird ein hartes Stück Arbeit, über soviel Persönliches hinwegzukommen und eben ein Buch zu schreiben. Immerhin habe ich in dieser Woche aus meiner Verzweiflung zwei Seiten anständiger Prosa gemacht. Unglaubhaft, wie man sowas zustande bringt.

Jetzt bin ich unter Menschen, in diesem Hotel also, und die Männer drehen sich nach mir um, und ich weiß (und lese es aus Blicken), ich bin eine attraktive Frau, merkwürdigerweise allein (der Ober kennt mich und war so nett, auf meinen Tisch ein Schild »Reserviert« zu stellen, so daß ich unbehelligt schreiben kann) und niemand ahnt, daß die Dame heute abend ihren Mann verloren hat, mit dem sie alt werden wollte. Ja, das habe ich gedacht, gehofft, darauf habe ich vertraut, und jetzt ist alles zertrampelt. Oh Gott, und irgendwann werde ich nach Hause gehen müssen, in meine Wohnung, in der nie wieder jemand auf mich warten wird. Mir graut vor den Nächten, ich kann nicht schlafen, Tabletten helfen nicht mehr. […]

Inzwischen muß ich mir immer wieder sagen, vorsagen: Ich war mit Benjamin Trojanowicz verheiratet. Ich habe eine literarische Figur geliebt. (Übrigens hat mir Jon das schon vor einem Jahr gesagt, nur, damals wollte ich es nicht glauben, das heißt: er sollte meinem Bild von ihm gleichen. Ich erinnere mich, daß ich nach einer Auseinandersetzung über dieses Thema seine Worte aufgeschrieben habe, um sie später in meinem Buch zu verwenden. Der unschuldige […]

Nbg., 19. 9.

Wurde in Berlin […] wieder unterbrochen […].

Dann kam Christa, und ihr konnte ich die ganze Geschichte mit Jon erzählen mit allem, was so dazugehört. Sie bringt es fertig, auf eine Art zuzuhören und Zwischenfragen zu stellen, daß man kaum in die Lage kommt, in Tränen auszubrechen. Sie meint, hinter all dem müßte ein starker Antrieb stecken, [...] eine echte Angst vorm Risiko, eine endlich erreichte Sicherheit, Existenz, Stellung aufzugeben und woanders neu anzufangen. Sie hat mich auch bestärkt in dem Gedanken, daß die Ehe sowieso nicht mehr zu retten gewesen wäre, nicht nach einem Ehebruch, mag der Mann ihn auch als Bagatellfall bezeichnen. Ich sei so ein Typ, der den anderen mit Haut und Haaren haben will, haben muß – eine Art Leidenschaft, die heute leider aus der Mode komme. Merkwürdig, daß die gelassene und scheinbar kühle Christa ein so genaues Mitempfinden für die heftigen Gefühle anderer hat, für eine Liebe z. B., die Jon unheimlich und bedrohlich nennt ... Sie meint auch – wie die wenigen anderen, die von der Affäre wissen oder etwas ahnen –, daß dies alles, einmal überwunden, für meine Arbeit von Gewinn sein wird. Nur glücklich werde ich nie sein – was man so unter »glücklich« versteht. [...] Gestern abend – bis tief in die Nacht – war ich mit Scharioth bei Sakowski, um über den Film zu beraten, und später fingen sie an, über mich zu reden, in meiner Gegenwart. Das war mir wirklich ein bißchen unheimlich. Zwei Männer, die einen analysieren (und sie kennen mich beide ganz gut); sie sagten, ich sei eine fabelhafte Schriftstellerin, und vielleicht, wahrscheinlich würde ich mal sehr gute Bücher schreiben, aber glücklich würde ich nie sein, schon gar nicht mit einem Mann oder durch ihn, und das sei gut so: genau diese Sorte Einsamkeit und Bitterkeit, die ich jetzt erfahre, werde meiner Arbeit zugute kommen. Was für ein Beruf! Aus dem ganzen Jammer macht man ein paar Seiten anständigen Textes. Wir haben nämlich die ganze Film-Konzeption umgeschmissen und sind mit Hellmuts Hilfe (der hat so ein Gespür für das, was einer kann oder nicht zu leisten vermag) auf die Idee gekommen, daß die »Klammer« für den Film der Brief einer Frau sein soll, an ihren Geliebten, der weit weg ist, vielleicht nie zurückkommt (das lassen wir offen, diese Rahmengeschichte darf sich nicht verselbständigen). Wir haben dann ungeheuer viel gesoffen und dabei unsere Idee ausgesponnen, und ich habe mitgesponnen, natürlich ... Das ist doch verrückt, da [...] arbeitet [man] mit daran, aus seinem Unglück eine Filmfabel zu machen. Aber vielleicht ist es nicht verrückt, vielleicht fängt gerade da die Schriftstellerei an: gewissermaßen neben dieser Frau B. R. zu sitzen und zu schreiben und noch zu lachen, wenn man sieht, wie ihre Tränen auf die Schreibmaschine tropfen. Und so ist es gut und richtig, und zum Teufel mit allem anderen. [...]

Nbg. 29. 9.

[...] Ich muß an Christa schreiben. Sie sorgt sich. Es war gut, mit ihr zu sprechen, an dem Tag in Berlin. Aber was schreiben? Ich weiß nicht Bescheid über mich. Habe ich mich »gefangen«, wie man so sagt? Nach außen sieht es so aus. [...] tagsüber arbeite ich, wenn auch langsamer als sonst [...]. Aber nachts ... Immer noch Schlaflosigkeit, dann Betäubung durch Unmengen von Schlaftabletten, dann Träume, in denen Jon die Hauptrolle spielt. Jede Nacht diese Träume ... Morgens wache ich auf wie nach einer Sauferei. [...] Was mir nicht gelingt: Wut auf ihn, womöglich Haß zu empfinden. Das täte gut, und Grund hätte ich [...]. Allenfalls eine Spur von Verachtung. [...]

Er ist verblüfft, daß ich diesen Text – den Brief an einen fernen Geliebten – schreiben kann. Ich sagte: der Schriftsteller ist stärker als die traurige Frau. Ja, sagte er, bei dir siegt immer der Schriftsteller. Er hat nicht mehr die Stirn, mir »Hilfe« anzubieten. Übrigens wird diese Entwicklung sein Gewissen beschwichtigen. [...]

Nbg. 7. 10. 69

Der Große Tag ist angebrochen. 20 Jahre DDR (die zwei Unbekannten sagen wir, weil einem von jedem Dach und

Giebel die beiden X entgegenleuchten, entgegenschreien). Auch in der stillen Gartenstraße sammeln sich die Leute zum Demonstrationszug, Autokräne fahren auf, Lastwagen mit Transparenten, vorm Haus steht eine Beatgruppe, Jungs mit Panamahüten und spielt probeweis verjazzte Volkslieder, »wetscherni swon« und so, und vorhin war mir beinahe wehmütig, und ich sollte mich anschließen und mitmarschieren, eben dabeisein –, aber dann ging das Fanfarengeschmetter los, dieses militante Getön, das mich immer noch an Jungvolk und HJ erinnert, und da war die Anwandlung vorbei. Ich werde also lieber arbeiten. Bei aller Liebe zur DDR – in den letzten Wochen ist mir (und allen meinen Freunden) das Gebrüll auf die Nerven gegangen. Die größte DDR der Welt. Unsere Errungenschaften. Die mörderische Parole: »Wir sind richtig programmiert«. (Das zitierte M. W. in jener Nacht auch, mit einer Art Ekel und Entsetzen, und bei dem Wort »Staatsvolk«, sagt er, habe er die Vorstellung von 17 Millionen Ameisen, die eine monströse Krone auf ihrem Rücken schleppen.)

Für die »Sichtwerbung« sind Unsummen ausgegeben worden. Man sieht nur noch Fahnen, Fahnen, Fahnen, und Transparente und die Pappköpfe. Wie gehabt. Die Fernseh-Truppe ist vorgestern abgereist; man konnte nicht mehr drehen in diesen roten und roten Straßen. Scharioth ist sauer und schimpft auf den Jubeltag und das Fernsehen und die ganze Welt. Und grade jetzt ist strahlend schönes Wetter, Sonnenschein, tagsüber nahezu sommerliche Wärme, kurz, ideales Dreh-Wetter.

Eben ist die Demonstration eröffnet worden, mit Böllerschüssen, unter denen das Haus zitterte. […]

Nbg., 9. 10.

Es dämmert, ich kann schon die weiße Dahlie im Garten sehen. Es ist noch nicht sechs Uhr. Zum erstenmal seit langer Zeit sitze ich wieder in aller Herrgottsfrühe am Schreibtisch, zum erstenmal wieder an meinem Buch. Sieg und Triumph. Ich habe die letzten zwanzig Seiten gelesen, tief erstaunt: ich habe, bevor es geschah, aufgeschrieben, was geschehen wird.

Unser ganzes Unglück ist vorgezeichnet: da steht, was ich [...] in der Realität nicht wahrgenommen habe. Ich weiß schon, daß der Schluß des Buches anders sein wird, als ich geplant oder gehofft habe (gehofft, weil ich Franziska bin).

Aber es läuft ja schon seit dem Erscheinen Benjamins auf Abschied hinaus. Das letzte Wort des Romans wird »adieu« heißen. Ich bin befreit, beinahe glücklich. Ich werde wieder arbeiten. [...]

Leipzig, 13.10.

[...] Man müßte viel mehr reisen und mit neuen Leuten zusammenkommen, das ist das beste Heilmittel gegen Liebeskummer. Manchmal kann ich den gewissen Herrn K. völlig vergessen. Allerdings, diese wilde Lustigkeit beunruhigt mich zuweilen; ich habe den Verdacht, daß so etwas wie Hysterie unter dem Lachen schrillt. Immerhin, andere bemerken es nicht, dessen bin ich sicher, und niemand kann mir vorhalten, daß ich meinen Schmerz spazierentrage. Aber empfinde ich denn überhaupt noch Schmerz? [...] Gestern früh, Sonntag, bevor wir abreisten ... die Glocken läuteten, der Garten lag in der Sonne, die Blumen – Gott ja, die hatte ich angepflanzt auch für Jon ... Da bin ich einfach weggelaufen [...].

Nbg. 18. 10.

Bin ins Bett verbannt worden – irgendeine Verletzung an der Wirbelsäule, es tut schauerlich weh, trotzdem möchte ich aufstehen, etwas tun – ich hasse es, tagsüber im Bett zu liegen (falls ich nicht mich selbst, also freiwillig zurückziehe, von der Welt flüchte, vor meinem Kummer und der eigenen Feigheit), und ich hasse diesen Körper, der mir soviel Ungemach bereitet, diesen schwächlichen Körper, den meine ahnungslosen Verehrer eine »schöne Figur« nennen –

ja, eine Figur, eine Porzellanfigur, und zwar eine lädierte, mit hundert Sprüngen und immer wieder mühsam gekittet.

[...] Unter der Woche rief Jon an, und das hat mich gleich wieder umgeworfen. Dabei ging es bloß um sachliche Dinge, so eine Art Gütertrennung. Am Telefon sprach ich ganz ruhig, sogar kühl, leistete mir auch einige spöttische Bemerkungen, sein »normales Leben« betreffend, das ihm schon ein bißchen sauer wird. [...]

Nbg. 19. 10.

[...] Nachmittags war Sakowski hier, er brachte eine Flasche Kognac mit, wir haben getrunken und erzählt, und er war sehr lieb. [...]

Mein lieber Adoptiv-Papa H[enselmann] hat eine große Glanzzeit und reist in der DDR und »drüben« herum und projektiert alle möglichen Stadtzentren und hat überall die Finger drin, [...] hebt seine Jungs in den Himmel und tritt sie einen Tag später in den Staub – kurz, er ist unausstehlich und unwiderstehlich wie immer. Von Zeit zu Zeit telefoniert er eine Stunde lang mit mir, hält mir Vorträge über die Perspektiven des Städtebaus, beschimpft mich wegen Bescheidenheit (die eine Form von Feigheit ist, was immerhin stimmen mag) und hält mich immer noch für ein Genie. [...]

Christa ruft an, die Liebe und Kluge; sie sorgt sich, sie erzählt mir die Streiche von Kater Max und – mit Zurückhaltung – von ihrer Arbeit am »Eulenspiegel«-Film. Sie ist selbst verblüfft, daß die Defa, vorerst, das Projekt genehmigt hat, aber ich fürchte, es wird in Zukunft doch noch Huddeleien geben; nach allem, was ich von ihrem Eulenspiegel [weiß], faßt sie den jungen Mann (und seine Haltung in seiner Zeit) in einer Art auf, die bestimmt wieder mißdeutet und böswillig ausgedeutet wird. Ich habe ihr nicht geschrieben seit Berlin, aber dabei ist mir, als ob ich ihr hundert Briefe geschrieben hätte, so oft spreche ich in Gedanken mit ihr. Und dann ihre ruhige dunkle Stimme am Telefon zu hören ... Wie sollte man diese Frau nicht lieben!

Karten, manchmal ein Brief von de Bruyn. Ich lese sie mit einem Seufzer, der etwa »schade« oder »leider zu spät« sagen will. [...]

Nbg. 19. 10.

Schon wieder Tagebuch. In Zeiten psychischen Wohlbefindens habe ich es immer vernachlässigt. »Wieder ein Sonntag ohne Dich, mein Lieber ...« Wär ein Plagiat, wenn mit dem »Lieben« derselbe gemeint wäre wie damals, als ich den Satz schrieb (und wer weiß, ob ich ihn überhaupt noch gemeint hatte: ich konnte ja schon nach einem treffenden Wort suchen ...) Jedenfalls ein Sonntag, [...] und P. auf dem Bau oder schon zu Haus, bei seiner Familie. Wenn man das nicht kennte, das übliche Schicksal der Geliebten und Nebenfrauen – aber ich kenne es, zumindest aus der Literatur und bin ruhig, beinahe heiter. [...]

Nbg., 28.10.

[...] Aber ich arbeite wieder. Heute morgen war der Himmel blau, von einem tiefen, unbeschreiblich schönen Blau. Da konnte ich mich auf einmal in eine Verliebte versetzen, die lachend aufwacht – lacht und weiß nicht, warum. Aber später? Wenn die Liebesgeschichte mit Ben – nein, da muß ich ja immerzu den Jon sehen, all die Szenen sind schon vorausgedacht, und immer sind's Szenen zwischen ihm und mir. Wie soll ich über diese Hürde hinwegkommen? Daß die Geschichte jetzt eine Wendung nimmt, ist sicher. Lewerenz war hier (und hat frohlockt, er sagt: Du mußtest diesen Mann loswerden, um das Buch schreiben zu können.), ich habe ihm die neue Fassung erzählt, er war begeistert. Wieso »neu«? Seit ich weiß nicht wievielen Seiten steuert es ja schon auf einen bitteren Schluß zu ... Ich lese staunend von der Erschaffung eines Geschöpfes, erdacht, weil man es brauchte – als Bruder, als Bild, vielleicht Vorbild, und den Schrecken darüber, daß das Geschöpf der Vorstellung sich selbständig macht, eine unbeeinflußbare Vergangenheit hat und »eine unerwünschte dritte Person ins Spiel bringt«. Ahnung? Oder bloß Zufall? [...]

Nbg. 26. 11.

Morgen hat Jon Geburtstag. Der 27. ist auch unser Hochzeitstag. Es tut mir nicht mehr weh – jedenfalls jetzt in diesem Augenblick nicht – daran zu denken, und an die Sonntage in seinem Zimmer. Vielleicht werde ich allmählich doch zornig auf ihn. Hoffentlich. Oder einfach gleichgültig. Trotzdem male ich mir nachts aus, wie ich nach H. reise und Jon in seinem Zimmer erschieße. Ich kann es sehen – ohne so etwas wie Rachegefühl oder Haß ... mit nicht mehr Anteilnahme, als ob ich eine notwendige Arbeit erledige. Ich könnte mir denken, daß ich ein Gefühl von Befreiung hätte. Ja, das ist es, glaube ich – immer wieder kehre ich zu dem Gedanken und dem Wort »befreien« zurück. [...]

Eben kam P., um zu sagen, daß er morgen kommt. Ich hatte gerade einen Schnaps getrunken ... Es ist kalt (dies der Vorwand für den Schnaps), es ist schon dunkel, ich habe Schmerzen, die mich langsam mürbe machen. Ich bin so gott verflucht allein. Wie der P. plötzlich vor der Tür stand, mit Helm und mit Gummistiefeln, da ist mir beinahe das Herz stehen geblieben. Das fehlte noch, daß ich mich in ihn verliebe. Immerhin, er beunruhigt mich ... [...]

... Mein Gott, ich bin wirklich leicht glücklich zu machen. Es ist zum Lachen. Wie meine Franziska (oder schlüpfe ich, schreibend, in ihre Haut?), die beharrlich immer wieder, sich erinnernd, in ihre Kindheit zurückkehrt. Manchmal, wenn ich mein Manuskript lese, erkenne ich mit einer Art Erschrecken, wie tief diese Sehnsucht nach Schutz in mir ist – beinahe Sucht ... Die Augen zumachen vor dieser Welt, in der ich mich nicht zurechtfinde. [...]

Gestern war P[...] an der See, und ich konnte nicht mitfahren. Mehr aus Spaß sagte ich, er sollte mir ein paar Muscheln mitbringen. Und abends – die Maggy war gerade bei mir, und wir räumten mein Schlafzimmer um –, abends klingelte es, und als ich an die Tür ging, lag auf der Fußmatte ein Beutelchen mit Meeressand und Muscheln und Algenhalmen und wunderlich geformten Steinen. Sogar ein Stück Bernstein hat er für mich gesucht, es hat die Farbe von dunklem Honig und ist vom Wasser glattgeschliffen. Draußen hielt ein Lastwagen, der erst abfuhr, als ich das Licht in der Diele anknipste. Eine Botschaft. Ich hoffe, mein Lächeln hat mich nicht verraten, als ich wieder ins Zimmer kam. Dabei weiß ich, ich lächelte – dieses idiotische, unkontrollierte Lächeln, das ich jetzt auf meinem Gesicht fühle wie die Berührung einer fremden Hand.

Ich glaube, ich bin jetzt völlig betrunken, sonst würde ich mir das alles nicht erzählen. [...]

Nbg., 27. 11. 69

Habe gestern vermutlich fatales Zeug geschrieben. Heute trinke ich schon seit dem frühen Nachmittag – hatte auf einmal so einen scharfen Appetit auf Schnaps und die Erinnerung an Wärme und Augenblicke heiterer Gelassenheit. Heute früh mit Jon gesprochen. Seine Stimme war sanft und ein bißchen traurig. Letzte Nacht habe ich wieder von ihm geträumt. Nachts überfällt mich, was ich tagsüber beiseiteschiebe. Ich träume Liebe und Hoffnung und Heimkehr, und zuletzt rase ich Treppen hinab, rüttele an einer verschlossenen Tür und schreie vor Angst. Vorhin habe ich zum erstenmal seit langer Zeit gewagt, sein Bild anzusehen. Oh mein Gott, warum, warum ist mir das zugestoßen? Ich liebe immer noch. Natürlich sage ich ihm nichts davon; keine kleinste Andeutung. Er will den Wagen selbst herbringen, und ich sage »nein«. In Wahrheit ... Aber wenn er käme, wenn ich ihn wiedersähe, finge alles von vorn an. Schon so ein Telefongespräch ist eine Folter für mich. [...]

1970

Neubrandenbg, 8. 1. 70

Die letzte Eintragung, bevor ich nach Mahlow fahre. Bekam gestern ein Telegramm, daß ich ins Krankenhaus aufgenommen werde. Beinahe hat es mich gestört – ich war gerade wieder in der Arbeit am Buch, und es ging auch ganz gut voran, trotz Rückenschmerzen und k[...]schen Anrufen und gelegentlichen traurigen Träumen, in denen Jon die Hauptrolle spielt. [...]

Nbg., 9. 1.

[...] Vor ein paar Tagen, nach Silvester, habe ich mir die Haare abgeschnitten, sie sind jetzt bloß noch etwas über schulterlang. Immer diese blöden symbolischen Handlungen ... Aber Franziska schneidet sich auch ihre langen Haare ab, als sie sich von ihrem Wolfgang getrennt hat.

Silvester haben wir (der Dieter Jürn war mit mir) in Neustrelitz bei den Schriftstellern gefeiert, gutbürgerlich. Hellmut hat eine exquisite Feuerzangenbowle geschaffen, und alle waren lieb zueinander und haben sich um Mitternacht geküßt, und wahrscheinlich hatte jeder die üblichen guten Vorsätze. Nach 12 riefen eine Menge Leute an; worüber ich mich auch am meisten gefreut habe [...].

Eigentlich hatte ich mit Jürgen nach Warschau fahren wollen. Die Marchlewska hatte mich eingeladen. Aber dann war diese idiotische Sache mit meiner verknacksten Wirbelsäule [...].

Mahlow, 11. 1. 70

Seit zwei Tagen im Krankenhaus M. Den ersten Tag mit Heulen verbracht [...]. Und wieder die Träume um Jon ... es war für ein paar Stunden so schmerzhaft und noch wie damals im August, als wir uns trennten. Ich bekam eine Spritze und schlief wieder ein. Später konnte ich Briefe schreiben. Schon die Frage bei der Aufnahme – wer im Notfall zu benachrichtigen sei – hatte mich getroffen. Ich kam mir wie eine Witwe vor. Aber ich habe ja noch meine sehr lieben und guten Eltern, und die Geschwister, und Freunde, und meine Kollegen. Trotzdem. Damals, als ich in Prof. G.s Klinik kam – oh, ich hätte nie gedacht, auch nur geahnt, daß ich ein Jahr später nicht mehr die Adresse »meines Mannes« angeben darf. [...]

Mahlow, 14. 1. 70

[...] Jetzt versuche ich mitzumachen, artig zu sein, d. h.: Vitamine essen, baden, duschen, nicht rauchen, kurz, schrecklich gesund leben. Nachmittags einsame Spaziergänge im Park. Schöne hohe Kiefernbäume. Vor Langeweile (oder Vergnügen an dieser reinen Winterluft?) mache ich, aber allein, Schneeballschlachten und Zielwerfen nach den Kiefernstämmen, die in der Nachmittagssonne dunkelrot sind.

Ich spreche oft mit J., d. h. ich entwerfe Gespräche, die stattfinden werden oder nicht (aber wahrscheinlich nicht: ich werde nicht den Mut haben, ihn wiederzusehen und seine Stimme unmittelbar, nicht durch ein Telefon, zu hören). Ich weiß, daß ich immer noch eine verrückte Hoffnung habe. Weiß ich, daß diese Hoffnung verrückt ist? Ich versuche es mir einzureden. Eine Übung, auf die ich schon seit nahezu einem halben Jahr zuviel Kraft und Zeit verschwende. Ich habe keine Chance gegen das Kind und die Mutter – nicht jetzt [...]. Vielleicht später, wenn [...] die ganze romantische Epoche vorbei ist und der Alltag, das besungene »normale Leben« sich vordrängt. Aber dann bin ich nur noch eine Erinnerung, bestenfalls eine verdrängte Sehnsucht [...].

Aber manchmal, selten, in meinen aufrichtigen Augenblicken, ahne ich, daß ich ihn nur aus Starrsinn wiederhaben will, weil ich Niederlagen nicht mit Anstand ertragen kann; aus Trotz wie ein Kind, das sich genau auf das Spielzeug versteift, das man ihm weggenommen hat (und was habe ich – vor dem Debakel – in mein Tagebuch geschrieben? Etwa »Ich weiß nicht, ob ich Jon hier haben möchte.« Damals dachte ich mit Unbehagen an seine Übersiedlung. [...] Aber ich spielte mit dem Gedanken an eine dauernde Trennung nur solange, wie sie eben Spiel und Vorstellung war, vor dem Hintergrund einer [...] gesicherten Ehe ... Und warum ich ihn – drittens – zurückhaben will: aus Rachsucht, um ihn zu erniedrigen und zu beleidigen, sobald ich wieder Macht über ihn hätte. Abscheulich, ja, aber das sage ich nur so hin: in Wahrheit finde ich es ganz natürlich, nicht sehr moralisch, aber natürlich.

18. 1. 70

»Die Liebe in unseren Büchern ist die Trauer über ihre Abwesenheit.« (Alfred Andersch)

»Eros ist die Liebe zu etwas, und zwar zu dem, was ihnen fehlt, nicht wahr?« (Platon, Das Gastmahl)

»Liebe nennen wir das, was uns an bestimmte Wesen bindet, nur in bezug auf eine kollektive Sehweise, für die die Bücher und die Märchen verantwortlich sind.« (Albert Camus)

20. 1. 70

[...] Warum schreibe ich all dieses überflüssige Zeug? Eine unglaublich dusselige Schwatzsucht. Statt von Begegnungen zu sprechen, von Ereignissen, die in eine Art Tagebuch gehören, wie Reiner K. es sich vorstellt. Allerdings setzt er voraus, ich erlebte sehr viel, sähe und hörte mehr als er (nämlich politische, tagespolitische Dinge), was aber nicht zutrifft. Oder kommt mir manches, was ich erfahre, so unbedeutend, wenn nicht albern vor, weil ich es im Kostüm von Klatsch erfahre, oder als boshafte Anekdote oder so halblaut hinter der vorgehaltenen Hand? Sakowski ist doch eine Fundgrube. Reiner hat sich erboten, so ein Tagebuch – z. B. von diesem Jahr – aufzubewahren und keinesfalls ohne meine Zustimmung zu lesen. Erwartet er ein Zeitdokument? Ich müßte mir noch ein drittes Tagebuch anlegen (nachdem ich nun schon diese offizielle Chronik pol. Ereignisse führe), denn irgendwo muß ich doch so etwas wie Selbstverständigung betreiben, sei's auch durch Aufschreiben von Nichtigkeiten. Warum finde ich, was zur Privatsphäre gehört, »nichtig«? Wieder so ein Unsinn, ganz unüberlegt hingeschrieben. Das ist eingedrillt: Scham über Nabelschau, Unbehagen wegen Privatgefühlen (»Gefühlchen« heißt es in einschlägigen Aufsätzen oder Ansprachen, und »Wehwehchen«, jedenfalls wenn es ein Intellektueller ist, dem etwas weh tut).

Ich habe jetzt wieder die Beauvoir gelesen, »Lauf der Dinge«, der dritte Band ihrer Memoiren. Welche politische Engagiertheit! Und wieviel stärker sind Arbeit, Beschäftigung mit Politik, Vaterland, Literatur als die Intimsphäre, wieviel teilnehmender geschrieben! Allerdings, wer für die Öffentlichkeit schreibt, wählt aus und drängt zurück, was für die Öffentlichkeit weniger interessant ist (in so einem Memoirenbuch; im Roman ist das eine ganz andere Sache). Und gegen Schluß des Buches übermannt sie doch das Persönliche, das erschreckend Persönliche der Tatsache, daß sie altert. Dieser halberstickte Schrei, das Entsetzen über ihr Alter, noch mehr die sanfte, widerstrebende Resignation, hat mich aber genauso erschüttert wie ihr Leiden an Frankreich zur Zeit des Algerienkriegs. […]

Mahlow, 8. 2. 70

Muß bis zum 18. bleiben. Wozu? Die Rückenschmerzen haben sich eher verschlimmert. […]

Martin Walser in seiner Vorbemerkung zu »Ehen in Philippsburg«:

Der Roman enthält nicht ein einziges Porträt eines bestimmten Zeitgenossen, aber es ist die Hoffnung des Verfassers, er sei Zeitgenosse genug, daß seine von der Wirklichkeit ermöglichten Erfindungen den oder jenen wie eigene Erfahrungen anmuten. [...]

Mahlow, 15. 2.

In drei Tagen werde ich entlassen. Herzklopfen wie vor einer Premiere. Eine Menge guter Vorsätze: Fleiß, Arbeit am Buch, nicht mehr rauchen, mehr Ruhe und Toleranz im Umgang mit anderen etc. Ich habe ein paar Pfund zugenommen, habe glatte Haut, keine Krähenfüßchen, keine Andeutung einer Falte, runde Hüften (die Figur, die Jon mag – so sah ich aus, als ich aus Sibirien zurückkam). Ich höre mit Genugtuung, daß mich jedermann auf Mitte, schlimmstenfalls Ende Zwanzig schätzt, und wenn der Bademeister von meiner »schönen und ebenmäßigen Figur« schwärmt, vergesse ich beinahe, daß ich eine Amazone bin. [...]

M., 16. 2. 70

Warum bin ich bloß so schrecklich aufgeregt? Als erwarte mich wunder was Neues, als müßte sich plötzlich alles wenden. Eine Euphorie, die bald in sich zusammenfallen wird. [...]

Neubrandenburg, 20. 2. 70

Ich glaube, ich wollte fortfahren; ... daß ich ein paar gute Menschen kennen gelernt habe.

Vermutlich ist es einfältig, dieses Wort »gut« zu gebrauchen, oder altmodisch oder sowas, aber ein anderes weiß ich nicht für die Leute, die ich meine. Natürlich haben sie noch eine Menge anderer Eigenschaften, und ich wüßte hundert weitere Adjektive für jeden, aber ich sage »gut«, weil ich mich eine Weile geborgen gefühlt habe bei ihnen, oder weil sie mich nicht getäuscht haben. Ich wünschte so sehr, vertrauen zu dürfen. Ich bin 36 und immer noch nicht erwachsen und bin mir peinlich dessen bewußt, aber nicht imstande, gewisse Torheiten zu überwinden.

Nbg., 5. 3. 70

Ein Winter ohne Ende. Zwei Tage Tauwetter, Frühlingssonne, die das ganze Leben zu verändern scheint (gute Laune, das Lächeln auf der Straße, Blickwechsel voller Einverständnis), dann wieder Schnee, Schneemassen, Schneesturm. Katastrophale Wirtschaftslage, natürlich, Schwierigkeiten in den Tagebauen, auf Straßen, bei der Reichsbahn, die Energieversorgung ist ohnehin kurz vor dem Zusammenbruch, erstaunlich, daß es noch keine Stromsperren gibt. Dieser harte Winter, und so viele Leute ohne Kohlen und Holz. Nicht feststellbar (jedenfalls wird es nicht öffentlich festgestellt), wer verantwortlich für diese miserable Situation in der Wirtschaft ist. ZK, Plankommission? Die SU, die ihre Verträge nicht erfüllt und Erdöl, Erdgas an Devisen-Kunden abgibt statt an uns? Vermutungen und Gerüchte. Wie immer, in der Lausitz und in Mitteldeutschland sind eine große Anzahl Tagebaue geschlossen worden, ungeachtet der Warnungen von Ingenieuren und Planern in den Kombinaten, in Pumpe z. B., wo jetzt die Kohlenbunker leer sind und die Arbeit in den Tagebauen in aller Eile (und unter verzehnfachten Schwierigkeiten) wieder aufgenommen wurde. Ängstliche, schadenfrohe und sehr vorsichtige Leute (keine »kleinen« Leute) deuten an, daß man mit Verschärfung der Lage – vor allem im Energiebereich – rechnen muß und mit der Möglichkeit, daß es zu Unruhen kommt. Letzteres ist zu bezweifeln: Geduld ist die hervorstechendste Eigenschaft »unserer« Menschen. Es wird geschimpft, es kursieren Witze, im übrigen gibt es keine Anzeichen für eine Stimmung, die mit einem stärkeren Wort als Unzufriedenheit zu bezeichnen wäre. Das heißt, ich sehe keine Anzeichen – was überhaupt nichts zu besagen hat, da ich schon lange nicht mehr mit Leuten aus der Industrie zusammenkomme. [...]

Also: ich weiß nichts von meinem Volk, meinen Zeitgenossen und möglichen Lesern. Kenne Kleinbürger und

Funktionäre und korrumpierte Schreiber und verbitterte Schreiber und bin selbst von allem etwas. Ich weiß nicht, was ich will, und wenn ich etwas will, weiß ich nicht, mit welchen Mitteln es zu erreichen ist. Und was Politik angeht – also diesen Staat, diesen Sozialismus – bin ich bald hochmütig (abseits, allein, kritisch, krittelnd, skeptisch), bald fühle ich mich jämmerlich, unentschlossen, tief im Unrecht. Ein kleinbürgerlicher Schriftsteller.

Wer sind die Leute um mich herum? Wie fühlen sie sich, wo stehen sie, machen sie es sich bewußt? Henselmann nennt sich einen Revolutionär, und ich sehe sein Leben …

Nbg., 7. 3. 70

Gestern abend rief Irmchen aus Amsterdam an. Sie brach in Tränen aus und stammelte vor Freude, als ich ihr sagte, daß ich nicht krank bin (am Tag vorher war ich in Buch; nach der Untersuchung versicherte Prof. E., daß keine Anzeichen von Krebs zu finden sind). Meine liebe und liebste Freundin. Daß man über Telefon nicht umarmen und küssen kann! Sie ist ein wunderbares Mädchen, mit dem besten Herzen der Welt. »Ich bin ganz Gefühl«, sagte sie lachend unter Schluchzen. […]

Nbg., 19. 3.

Am Radio. Heute ist das Treffen zwischen Brandt und Stoph in Erfurt. Hunderte Journalisten, europäische und US-Fernsehgesellschaften, Dutzende Rundfunkstationen berichten und senden aus Erfurt. Wir sind heftig aufgeregt und rufen uns gegenseitig an. Brandt ist mit Jubel begrüßt worden. Eine schwierige Situation für uns. Unsere Kommentatoren reden von Provokationen. Was geschieht wirklich? Jetzt sollen Demonstrationen auf dem Bahnhofsplatz in Erfurt stattfinden, dazu Sprechchöre (»Anerkennung«), Gesang der Internationale. Ob das die beste Geräuschkulisse für das Gespräch ist? Jedenfalls eine äußerst gespannte

Atmosphäre.[1] Die Rundfunkleute sind in Bereitschaft – wofür? Hoffentlich wächst uns das nicht über den Kopf; immerhin haben wir das Ausland im Haus, jeder Vorfall wird registriert und ausgeschlachtet. Heute müßte man in E. sein. Wenn von historischen Tagen die Rede sein kann (und wie gern verwenden wir das Wort »historisch«), dann heute: das erste Treffen zwischen Staatsmännern aus den beiden deutschen Staaten.

Nbg. 22. 3.

Wahltag.

Endlich wieder in der Arbeit. Kinoszene (die zweite auf zwanzig Seiten; schwer, sich nicht zu wiederholen). Das Problem: Jon zu überwinden, ohne Benjamin aus den Augen zu verlieren. Trotzdem kriegt das Buch eine Wendung zur Bitterkeit, oder Skepsis – das richtige Wort stellt sich nicht ein –: eine Liebe kann zuende gehen. Zwei Charaktere, die nicht übereinstimmen, bei aller Leidenschaft nicht. Von beiden der Versuch zur Selbstaufgabe – ein untauglicher Versuch.

Die Gespräche mit Jon (am Telefon) werden immer schärfer. Er zerschlägt die Vergangenheit, und wie gern hätte ich wenigstens Erinnerung gerettet. […]

Nbg., 9. 4. 70

[…] Ich bin schon wieder im Krankenhaus, seit zwei Wochen. Ein Bandscheibenvorfall, mörderische Schmerzen. Zuerst war ich friedlich, immer durch Spritzen eingeschläfert, und es schneite und der Himmel war grau. Dann, als die Schmerzen nachließen, war ich ein paar Tage zu lustig (dachte, ich komme bald wieder nach Hause), machte den Stationsclown und brachte alle zum Lachen. Dann ging die

1 Willy Brandt und Willi Stoph trafen sich am 19. 3. 1970 in Erfurt, um über die Herstellung normaler gleichberechtigter Beziehungen zwischen beiden deutschen Staaten zu beraten. Vor dem Hotel »Erfurter Hof«, in dem Brandt logierte, hatten sich Tausende Bürger versammelt, die ihm zujubelten.

Heulerei los, als sich herausstellte, daß ich noch zwei Wochen bleiben muß und nächstens nach Berlin-Buch gebracht werde. Der Chef läßt mich [nicht] nach Hause, ungeachtet meiner Schwüre, daß ich mich nicht aus dem Bett rühren werde: bei Ihrem Temperament?, nein, sagt er. Man müsse mich an die Kandare nehmen – das klingt sehr drollig bei so einem korrekten Mann, der mich ein bißchen an meinen Schwager H. erinnert. […] Dieser Scheißrücken! Mein Kopf ist gesund und will arbeiten, und mit Herrn K. bin ich auch so ziemlich fertig (mal Träume, na schön), und ich könnte arbeiten, wenn ich bloß meine Schreibmaschine hätte, und zum Teufel mit Schmerzen, aber hier bin ich nicht allein im Zimmer, da kann ich nicht dichten, wenn andere über ihre Verdauung palavern. Zwei Tage Sonnenschein, und endlich riecht es nach Frühling, und ich bin wie elektrisch aufgeladen. […]

Nbg. 12. 4.

Am Dienstag komme ich nach Berlin-Buch. Weiß nicht, auf wie lange Zeit. Der Oberarzt hat mir ein Einzelzimmer in der Infektionsabt. gegeben, damit ich arbeiten kann. In den zwei Tagen habe ich viel mehr geschafft als sonst zu Hause; vielleicht weil sich hier keine schlauen Ablenkungsmanöver austüfteln lassen. Jetzt ist Besuchszeit, und auf dem Balkon, der an der ganzen Ostseite des Hauses verläuft, gehen immerzu Leute vorbei, und sie starren ins Fenster. Es ist Sonntag. Am ersten Sonntag hier habe ich sehr geweint, weil niemand zu mir kam, aber am nächsten Sonntag kamen eine Menge Leute, und ich war aufgeregt und glücklich. […]

Nbg., 14. 4. 70

Hatte eine Stunde Heimaturlaub. Meine Wohnung sieht wie ein Schlachtfeld aus. Am Abend, bevor ich ins Krankenhaus kam, hatte ich mit einem jungen Arzt getrunken. Eine völlig verkorkste Type von abstoßendem Zynismus;

aber manchmal flackerte sowas auf, was mich veranlaßte, ihm zuzuhören: [...] er sucht noch – also schön, ich will es mal Ethos nennen, und nach Sinn in seinem Beruf, einem Sinn, der doch zutage liegen müßte. Aber er findet die Leute, bei denen er Hausbesuche macht, schmutzig und stupide, und trägt seinen Arztkoffer zu ihnen hin wie ein Vertreter, der selbst nichts von seiner Ware hält. Bei mir ist er geblieben, weil er einen moralischen Katzenjammer hatte [...].

Berlin-Buch, 6. 5. 70

Gestern gab es das erste Gewitter in diesem Jahr. Ein paar Tage lang war es sehr warm, und ich saß in meinem Rollstuhl draußen auf der Terrasse. Die Birken sind hellgrün, und die Primeln blühen, und die Tulpen haben schon Knospen. Schade, die ganze köstliche Aufbruchszeit, den Vorfrühling, habe ich versäumt.

Bei Prof. Gummel habe ich ein Einzelzimmer [...]. Bin endlich an der Küchen-Szene, über die ich schon seit langem nachgedacht habe (eine erlebte Szene, mein erster Abend mit Jon, ich weiß sogar noch den Tag: 27. Januar 1961), aber es will mir nicht gelingen, weil mir der Herr K. von heute im Weg ist. Die Poesie, der Schwung (wenn nicht Überschwang) der ersten Liebesszenen im Buch ist zum Teufel, ich schreibe trocken und gleichsam stammelnd. Der Zauber beginnender Liebe vergißt sich wie ein Schmerz [...] – und leider muß ich empfinden, wenn ich schreibe.

Berlin, 9. 5.

Mittags, nach der Bestrahlung, sitze ich in der Sonne. Die Hunde toben und kläffen in ihrem Zwinger (diese Pawlow-Hunde, mit denen die Institutsleute arbeiten).

[...] Meine lieben Eltern waren hier; sie haben mir den Vorschlag gemacht, wieder zu ihnen zu ziehen. (Die Armen, Guten, sie haben soviel Kummer mit mir!) Das Haus in der Neuendorfer Straße gehört jetzt ihnen, ich kann ein

Zimmer bekommen, werde umsorgt, habe die verordnete Ruhe. Plötzlich empfand ich etwas wie lähmendes Entsetzen, in das Haus meiner Kindheit zurückzukehren, an den Ausgangspunkt ... Es käme einer Kapitulation gleich. Eine zerstörte Ehe, ein unfertiger Roman, die Flucht zurück (Effi Briest 1970)[1]. Es wäre das Eingeständnis, daß ich im Leben versagt habe. [...]

Berlin, 5. 6.

Am Montag sind wir geschieden worden. F. war zur Verhandlung und erzählte, daß Jon still bis niedergeschlagen war und sich bedauert – warum? Jetzt kann er doch, nach seinem Wunsch, »wie die einfachen Menschen« leben (so formulierte er es vor Gericht). Gestern sprachen wir noch einmal am Telefon miteinander. Keine Spur von Schärfe. Er war leise, zugänglich und besorgt. F. hat ihm meinen Zustand in den schwärzesten Farben geschildert. Seine Stimme ... Nachher war mir wieder ziemlich elend.

6. 6.

[...] Morgen darf ich nach Hause, zunächst auf vier Wochen. Dann wird die Behandlung fortgesetzt. Die ganze Rückensache ist doch ärger als vermutet. In der letzten Woche bin ich nochmal tüchtig gequält worden, mit irgendwelchen Spritzen, die die Abwehrkräfte im Körper mobilisieren sollen. Muß sich um injizierte Beulenpest gehandelt haben, der Wirkung nach zu urteilen.

Gestern war die Christa wieder da und erzählte von ihrer Reise in Westdeutschland (Materialsammeln über Hölderlin und die Günderode).

Neubrandenburg, 22. 6.

Ein wundervoller Juni. Jeden Tag Sonne, Hitze, blauer Himmel. Die Blumen im Garten. Die ersten Erdbeeren.

1 »Effi Briest« ist ein Roman von Theodor Fontane (1895).

Eine Tigerlilie. Die Terrasse, die nachmittags im Schatten der Ahornbäume liegt (der Schatten, den ich voriges Jahr liebte, um Jons willen – ich schrieb meinem Liebsten einen Brief über den Ahornbaum).

Ein Juni wie in der Kindheit, als immer die Sonne schien, an jedem gesegneten Sommertag.

Nbg., 28. 6. 70

Ein sanfter Regen nach drei Wochen Hitze und Dürre. Sonntag. Ich bin müde und glücklich und ein bißchen traurig. Drei Stunden Schlaf über Mittag. Gestern nachmittag sind wir zur Geburtstagsfeier nach D. gefahren, in Jochens legendäre Scheune. Aber die Scheune ist ein Kapitel für sich, und der Jochen auch. Er ist 38 geworden, aber ein Kind, voller Minderwertigkeitskomplexe, schrecklich einsam trotz hundert Liebesgeschichten, anrüchige Abenteuer mit kleinen Mädchen, und mit einem Mephisto-Freund behaftet, der ihm nicht guttut […]. Aber die Landschaft, und der See, und der Duft nach Heu, und der große Scheunenraum mit den nackten Dachsparren […].

Berlin, 29. 6. 70

In der Vorstandssitzung. Bin zu spät gekommen und sitze vorerst am Katzentisch bei der Tür. Aber die Christa habe ich schon von weitem gegrüßt, und Herrn de Bruyn und Paul Wiens, die bei ihr am Tisch sind. Neulich hat mir Christa gesagt, daß de B. traurig ist; seine Rosemarie hat ihn verlassen. Er ist so ein Einzelwolf, vielleicht kann das eine Frau auf die Dauer nicht ertragen; dabei ist die R. eine außergewöhnliche Frau: Fräulein Broder etwa. Eine fremde Welt. Ich finde sie sehr schön. In einem fast kleinen Gesicht auf harmonische Art untergebracht großer Mund, große Augen, große Nase, alles exquisit geformt. Also fremd eben in ihrem tiefen Ernst, ihrer Art, langsam und dringlich und unglaublich genau artikuliert zu sprechen. Eben Broder. Ich habe das Buch nochmal gelesen und sie auf jeder Seite wiedergefunden. Armer de Bruyn. Es geht ihm sehr nahe. Mir nicht (oder bloß aus Mitgefühl), er ist eben immer noch meine stille Liebe, die Möglichkeit, die sich nie verwirklicht, aber als Möglichkeit schön und voller Reiz ist.

Irgendein Germanistik-Mensch mit einem Schnurrbart wie Günter Grass redet Parteiliches über Lyrik und verdonnert Selbstverwirklichung, den Anspruchshelden und Verinnerlichung als spätbürgerlich und revisionistisch und sowas. Arme Franziska. An so einem Burschen wird sie sterben. Wie üblich tiefes Schweigen im Saal, keine Zwischenrufe. Habe Max Walter im Blickfeld, er schreibt – doch wohl nicht diesen Quatsch mit? […]

Nbg., 23. 7.

Frühmorgens. Endlich scheint mal wieder die Sonne, hoffentlich wird es warm nach all den grauen Tagen. Ich höre Chopin. Eine wunderbare Wieder-Entdeckung. Gestern den ganzen Abend die Etüden und Preludes. Enthusiastisches Entzücken und tiefe Niedergeschlagenheit. Oder habe ich mich so sehr in meine Franziska versetzt? Ich hatte den Chopin wieder hervorgesucht, weil ich seine Musik für den Kapitelschluß brauche, an dem ich schon so lange herumarbeite, immerzu unterbrochen durch Leute, Liebe und dergleichen. Aber ich bin ja immer noch und trotz zehn Jahren Altersunterschied in der Lage der Franziska. Bei McCullers las ich von einem Schriftsteller, der etwa sagt, der Abstieg beginne, wenn man – nachdem man in der Jugend überzeugt war, ein Genie zu sein – sich vornimmt, ein guter Durchschnittsschriftsteller zu werden. Zweifel an meinem Beruf, meiner Tauglichkeit.

Am Geburtstag lange Diskussion mit Lewerenz. Er kennt mich ganz gut, er sagte, das Buch sei keine Aufgabe mehr für mich, sondern bloß noch ein moralischer Halt, und ich schriebe ohne Gedanken an Veröffentlichung, eher Tagebuch als Roman. Hat mich schrecklich deprimiert, weil es im wesentlichen stimmt. […]

Nbg. 28. 8. 70

[…] M. las aus ihrem neuen Buch vor, eine sehr poetische Stelle (das kann sie: Bäuerliches so beschreiben, daß man Herd, Garten, Himbeeren, Waschlauge riechen, sehen, schmecken kann) und eine von ihr als »strittig« angekündigte: 45, Vergewaltigung, Selbstmord der Frau. Ausgezeichnet geschrieben, finde ich, psychologisch glaubhaft – über die Sache selbst, als eine tausendmal geschehene, belegbare, jedermann bekannte, braucht man gar nicht zu reden. Es wurde aber geredet: über die politische Notwendigkeit, dergleichen nicht mehr zu erwähnen (selbst wenn es Einzelfälle gegeben hat, sagte die nette Kulturdame von der Bezirksleitung): weil Stoph und Brandt ihr Gespräch in Kassel hatten; weil Brandt mit Kossygin konferiert und dieser Gewaltverzichts-Vertrag paraphiert worden ist, weil der Westen gegen diesen Vertrag schießt; weil die westlichen Verlage sich wegen dieser Szene auf das Buch stürzen und es für ihre antikommunistische Propaganda mißbrauchen werden; weil wir eine bewährte Freundschaft zur SU haben; weil nicht sein kann, was nicht sein darf. Ebert, der so unvorsichtig gewesen war, zuerst zu sprechen und die schlimme Szene gutzuheißen, fiel natürlich um und korrigierte sich, wie er's nannte, und M. und ich standen mal wieder allein. Umsonst meine Berufung auf sowjet. Bücher und Filme (den großartigen Film »Befreiung«)[1], umsonst das Argument, daß hier gelassen und ohne Hysterie eine unter hundert Geschichten erzählt wird […]. Glätten, verschweigen, verdrängen. So nannte ich es, »Verdrängung«, und Jochen (der sich allerdings schon lange ernstlich aufregt über meine Neigung für Freud) schickte mir einen Zettel mit dem gekritzelten Aufschrei: »Wenn Du wüßtest, was

1 Fünfteiliges Filmepos (UdSSR/DDR/Polen/Italien, R.: Juri Oserow) über Entscheidungsschlachten im 2. Weltkrieg. 1. und 2. Teil (»Der Feuerbogen«/»Der Durchbruch«, 1969) über die Schlacht am Kursker Bogen 1943.

wir alles verdrängen müssen!« Später habe ich ein Gespräch mit ihm vereinbart, das kann spannend werden, der J. ist doch nicht bloß tumb und jungenhaft naiv. […]

Nbg., 7. 9.

Ebert wegen Manuskript. Wieder des langen und breiten über Herrn K[…], mit dem ich tags zuvor eine Stunde telefoniert hatte. Er rief an, um Beschwerde zu führen, weiß nicht mehr, worüber, jedenfalls entwickelte sich eine Diskussion über die Schuldfrage. Prinzgemahl, der »über seine Verhältnisse gelebt hat«. Das muß er mir schon mal (vor der Trennung) gesagt haben, denn das steht wörtlich in meinem Buch, von Trojanowicz geäußert, vielmehr vorgeworfen über Franziska. »Seine Verhältnisse«, damit sind nicht nur die finanziellen gemeint, desto besser, so habe ich wenigstens den Trost (wenn man das Trost nennen will), daß ich ihn überfordert habe. […]

16. 9.

Noch früh am Morgen. Dr. B. schläft drüben, und ich kann endlich mal wieder schreiben. Zwar hätte ich in den letzten Tagen auch schon hin und wieder Zeit gehabt, aber ich brachte es nicht über mich. Irgendeine Hemmung, nahezu Furcht vor Gefühlen und Gefühlsäußerungen, vor dem Geständnis an mich selbst, daß ich – jetzt zum Beispiel – glücklich bin: glücklich, weil B. in meinem Bett schläft, bis ich ihn nachher wecken werde (heute ist sein erster Urlaubstag), und weil ich heute nacht ein paar Stunden an seiner Schulter geschlafen habe und manchmal aufwachte und ihn zudecken und im Halbschlaf ihm die Namen geben und die Worte sagen konnte, die ich ihm am Tag nicht sage (denn das schönste Wort habe ich einmal zu oft gesagt, einem anderen, das vergesse ich nicht: einmal zu oft, an diesem letzten Tag, draußen im Hausflur), und glücklich, weil er nachts noch gekommen ist – nicht, um mit mir zu schlafen (ich bin krank von diesen Kobaltstrahlen), sondern um bei mir zu schlafen und mit mir zu sprechen, bis uns die Augen zufielen: die erste Frau, mit der er sprechen kann, sagt er, und der er gern von sich [...], von Kindheit, Eltern, dem Haus im Wald, seinem komischen geliebten Hund und dergleichen erzählt. [...]

24. 9.

Ich bin so durcheinander, daß ich gar nicht richtig schreiben kann: schwachsinnig vor Glück. Bin ich noch glücklich? Ich weiß nicht. Auf einmal meldet sich wieder die Angst und die Skepsis, und die Sätze tauchen auf: Das wiederholt sich nicht. Alles hat seinen Preis. Keine Euphorie ist von Dauer. Ach nein, natürlich nicht. Diese Woche, in der wir hier zusammengelebt haben, wiederholt sich nicht. Aber wie immer, es war süß, neben ihm zu schlafen, an seiner Brust, und er lag die ganze Nacht still und hielt mich fest, und wenn ich morgens aufstehen wollte, sagte er: Geh nicht weg von mir. Du bist so warm. Du hast freche Augen und einen weichen Mund. Mit dir kann man so schön faul küssen ... Für einen Mecklenburger sind solche Erklärungen geradezu vulkanische Gefühlsausbrüche. [...]

25. 9.

Heute – so war es abgemacht – will B. kommen und mich holen, und auf einmal fürchte ich, er wird nicht kommen, Gott weiß warum. »Das Wagnis der Dauer«, wie Henselmann sagt, aber ich wage nicht mal die Dauer von sieben Tagen. Als wär jeder Tag der letzte. Diese verdammten Mecklenburger kriegen die Zähne nicht auseinander [...]. Ich sammele B.s Erklärungen und prüfe sie auf der Goldwaage. Das ist dumm. Immer derselbe Fehler: hören wollen. Am dritten Abend, glaube ich, sagte er – und wahrscheinlich hat es mich erst recht deshalb bewegt, weil ich diesen Satz am Tag in meinem Kapitel geschrieben hatte, die Erklärung von Trojanowicz (auch so ein Langsamer, Abwägender, ein Mann aus Masuren) an Franziska –: »Ich glaube, ich habe mich in dich verliebt.« (Was noch an Troj. erinnert: B. sagt »nüscht« statt »nichts«.) Und einmal, als ich heulte, weil ich einen so traurigen Brief von Jürgen hatte und gleich angesteckt war und melancholisch und wütend, nannte er mich lachend »eine kleine Furie« (Gott, wenn der mich tatsächlich mal als Furie erleben würde!) [...]

Plau am See, etwa 28. 9.

Heute bin ich der glücklichste Mensch der Welt.

Plau am See, 29. 9.

Wir sind seit zwei Tagen bei Rudis Eltern. Ein rohrgedecktes Haus mitten im Wald, verwilderte Wiesen, gestern waren wir am Plauer See, der weißgefleckt von Lachmöwen war. Vorhin dachte ich über die Anpassungsfähigkeit der Frauen nach. Mit einem Snob bin ich versnobt, mit einem Dekadent traurig, mit einem Physiker hätte ich vermutlich die Feldtheorie für das größte geistige Abenteuer gehalten, – mit meinem geliebten dicken Doktor fahre ich Motorrad und wandere durch die Wälder und lerne wieder Pilze kennen und begeistere mich an der mecklenburgischen Landschaft, weil sie die Landschaft seiner Kindheit ist. Aber vielleicht ist dies alles, was ich hier tue, ein Ausflug zurück, in Kindheit – ein versuchter Ausflug, der ewig wiederholte Versuch, den mich die Sehnsucht nach Geborgenheit unternehmen läßt. Und jetzt fühle ich mich zum erstenmal nach langer Zeit geborgen, aufgehoben, beschützt an der breiten Brust meines Geliebten. Gestern habe ich ihn mit einem russischen Ofen verglichen, und irgendwas in der Art ist er auch, breit und warm und sehr russisch, aber russisch ohne Dostojewski. Keine Dämonen, keine Finsternis, keine zerrissene Seele. Ach was, wozu analysieren, über Unkompliziertheit und die möglichen Schwierigkeiten im Umgang mit einem unkomplizierten Menschen nachdenken? Er ist, wie er ist, und so ist er gut, und für mich ist es gut, und ich bin zu Hause. Wie lange? Ich fürchte mich sehr davor, ihn wieder zu verlieren, aber ich weiß, daß es geschehen wird. [...]

Plau, 2. 10. 70

Das Glück bekommt mir nicht. Ich fange schon an, den Rudi zu quälen mit meinem welschen Gerede, mit Selbstzerfleischung und Zweifeln und meinem tiefen Nicht-Glauben an ein friedliches Zusammenleben. Noch kann er es aushalten ... Im Grunde fürchte ich, scheint mir, ich könnte irgendwas für meinen Beruf sehr Wichtiges verlieren. Satt werden, befriedigt sein, einen guten Mann haben, der abends zu mir nach Hause kommt und sich ausruhen will ... [...]

Neubrandenburg, 30. 10.

Wir räumen um, in der Wohnung ist ein entnervendes Gemöhle. Der Dicke streicht gerade eine Wand, die wir gestern abend mit einem fürchterlichen Grellgelb versaut haben. Das Schlafzimmer wird Rudis Zimmer, aber richtig, so, daß er dort auch mal allein sein und Gäste empfangen kann. Irgendwann einmal, nachdem wir den Plan entworfen hatten, wurde mir ein bißchen bange und bedenklich, als ob wir wunder was für einen bedeutsamen Schritt täten, wenn Rudi nun hierher zieht, seine Bücher aufstellt, seine Hemden in die Kommode legt, – als ob sich Wesentliches änderte ... aber das ist Unsinn, er wohnt ja schon all die Zeit hier, und wir sind wie Eheleute. Trotzdem ... manchmal habe ich meine Zusammenbrüche und trauere meiner Junggesellenzeit nach, oder meinen liebgewordenen Gewohnheiten, Frühstück im Bett, Leseabende – das alles entfällt jetzt. Aber natürlich ist es schön, morgens miteinander zu frühstücken und sich mit Küssen zu verabschieden und mittags angerufen zu werden, wegen Einkauf oder bloß so, um ein bißchen zu sprechen, und abends um halb fünf (ich sage abends, weil es um diese Zeit nun schon nahezu dunkel ist) auf ihn zu warten – und er kommt auf die Minute, und steht strahlend in der Tür und freut sich, nach Hause zu kommen. So nennt er's, zuhause, und sagt auch immer »wir« und »bei uns«. […]… ich komme längst nicht mehr dazu, an einem Abend noch zu schreiben, sei es nur einen Brief, und ich habe kein Buch mehr gelesen, jedenfalls nicht zuende gelesen, kann mich auch nicht auf anspruchsvolle Bücher konzentrieren. Ich fange an, diese Art Bücher und überhaupt Lesen zu vermissen – früher habe ich drei, fünf Bücher in einer Woche lesen können, und ich brauche das. Brauche ich es wirklich? Was versäume ich? Warum muß ich unbedingt die Gegenwartsliteratur kennen, womöglich sehr gut kennen, und einen Haufen Bücher aus Pflichtgefühl lesen, obgleich ich ohne sie genau so gut leben könnte? Für die zwei oder drei Seiten in einem mittelmäßigen Buch, die Neues oder Schönes enthalten … Warum läßt mein Interesse nach? Irgendein Prozeß geht vor sich, ich weiß nicht, ob diese beginnende Änderung in Lebensanschauung (und Lebensweise) nur damit zusammenhängt, daß ich mit einem Mann lebe, der nicht einfach zu Besuch hier ist, wie es sogar mein letzter Ehemann war […]. Doch, sicher, das ist eine tiefgreifende und ganz unerwartete Umstellung. […]

Nbg., 4. 11.

In einer halben Stunde fahre ich nach Berlin, zur Untersuchung nach Buch. Auf dem Rückweg werde ich Rudi abholen. Gottlob, daß er dann wieder bei mir ist. Ich komme um vor Schmerzen, aber in seiner Gegenwart wird es bestimmt nicht mehr so arg sein, oder jedenfalls werde ich weniger Angst haben. […]

Nbg., 11. 12. 70

Im nächsten Heft werde ich vom Glück erzählen (wem erzählen?): das habe ich, glaube ich, all die Zeit nicht getan – immer nur Bedenken vorgebracht, Zweifel an Glücksmöglichkeiten, meinetwegen Tauglichkeit zum Glücklichsein. Heute bin ich einfach wütend und habe mir eine Flasche Büffelgrasschnaps vorgenommen. R. feiert im Hotel mit den Hygieneleuten den Tag des Gesundheitswesens. Blöd von mir, mich zu ärgern, weil er mit seinen Mitarbeiten den üblichen Umtrunk macht, blöd, aber ich kann nicht dagegen an. Dabei ist er rührend, hat sich hundertmal entschuldigt, ihm ist bange vor meiner Ungnade, und ich komme mir selber vor wie eine Zicke. [...]

Ich bin tief unzufrieden mit mir. Gestern haben wir Ringe angepaßt: im Februar wollen wir heiraten. Will ich wirklich?

Brief an eine Freundin

Neubrandenburg, 30. 3. 72

Liebe Veralore[1],
nachdem ich Deine Botschaft (und die neue Adresse) bekommen habe, will ich ohne Verzug darangehen, Dir zu erzählen. Es wird ein Etappen-Brief werden; ich habe grausame Schmerzen und kann nicht lange vor der Maschine sitzen, und ich muß noch ein Buch zu Ende schreiben, an dem ich fast zwei Jahre lang nicht gearbeitet habe (all die Zeit – mit ein paar Unterbrechungen – war ich in der Krebsklinik): mein erstes und einziges anständiges Buch, das muß also fertig werden, um jeden Preis.

Zwanzig Jahre, du lieber Gott! Der Blick zurück – ich glaube, es wird nicht leicht werden. Eine Lebensgeschichte, die sich vor drei Jahren noch gut und erfreulich angehört hätte; heute ist es eine Geschichte, über der stehen müßte: »Es war einmal –« Es war einmal eine höchst lebendige Frau, die zweimal ein Studium begann, zweimal den Hochschulen entlief, aus Rebellion gegen ihre Herren Lehrer, provisorisch Lehrerin wurde, während sie ihr erstes Buch schrieb (diese »Frau am Pranger« – Herrje, damals war ich beinahe noch ein Kind), eine Menge Männergeschichten hatte, eine Menge Dummheiten beging – die sie bis heute nicht bereut –, viermal heiratete, kein Kind wollte – was sie heute ein bißchen bereut –, weil sie Schreiben für wichtiger hielt, und die Kneipen und Luxusbars, Hinterhofwohnungen und die Villen der Prominenz kennenlernte; es war ein-

1 Mit Veralore Schwirtz war B. R. seit 1944 eng befreundet. Zwischen 1947 und 1953 führten beide einen regen Briefwechsel, da Veralore mit ihren Eltern nach Westdeutschland gezogen war. Nach B. R.s Heirat brach der Kontakt ab. Anfang der siebziger Jahre schrieb ihr Veralore Schwirtz, die inzwischen in New York lebte, noch einmal und erhielt den hier abgedruckten Brief.

mal eine Schriftstellerin, die zu früh und zu viel Erfolg hatte, manchmal hungerte und manchmal wahnsinnig viel Geld verdiente, einen Haufen Orden bekam und so ziemlich alle Literaturpreise, die hierzulande verliehen werden, an eine Große Sache glaubte und an einer Großen Sache zweifelte, sich nach fremden Ländern sehnte und nur die Nachbarschaft zu sehen bekam, Polen, Prag, Moskau – und allerdings das herrliche, unvergeßliche Sibirien, Baikalsee und die Taiga, und die in jungen Jahren verhaftet wurde und eingesperrt werden sollte, und die zehn Jahre später am Tisch von Walter Ulbricht Abendbrot aß, mal ganz unten und mal ganz oben war, mit berühmten Malern und Literaten verkehrte und als Hilfsschlosser in der Brigade im Braunkohlenkombinat arbeitete – kurzum: es war einmal, und es war gut so, und auch das Schlimme und Dreckige war in seiner Art gut.

Heute erinnern sich noch ein paar Leser, daß es mal eine B. R. gegeben hat; heute habe ich noch ein paar Freunde, auf die ich stolz bin, weil sie nicht nur zu den besten Schriftstellern unseres Landes zählen, sondern auch gütige Menschen sind (das geht nicht immer zusammen, wie ich früher dachte); heute schreibe ich unter Qualen an meinem ersten guten Roman, der wahrscheinlich auch mein letzter sein wird; heute bin ich unheilbar krank an Knochenkrebs und höre mir lächelnd – oder manchmal zornig – die barmherzigen Lügen an, wieviel Zeit mir vielleicht, unter günstigen Umständen, noch bleibt; heute sehe ich immer noch aus wie das blühende Leben, habe nicht eine Falte im Gesicht, nicht ein einziges graues Haar (so wunderbar kann die Natur schwindeln), trage Zöpfe und Niethosen, falls ich mich nicht aus Repräsentationsgründen – mein Mann ist Arzt, und unter den Ärzten sieht man noch auf Etikette, gelegentlich – in irgendwelche unausstehlichen Samt- und Seiden-Klamotten werfen muß, habe einen zehn Jahre jüngeren Mann und viel zu junge Anbeter, sitze in einer Wohnung, die mit Tausenden von Büchern vollgestopft ist, mit kostbaren alten Möbeln und Uhren, sehe mich um und begreife allmählich, wie nichtig der Besitz ist, der uns einst besessen hat, verdiene schon lange keinen Pfennig mehr, werde also ausgehalten von einem Mann (ich gebrauche absichtlich das scheußliche Wort, weil meine Lage scheußlich ist: ich war immer eine selbständige Frau, habe mich immer selbst durchgebracht, mehr: ich habe all die Jahre meine Männer mit durchgebracht, die – jeder auf seine Art – untüchtig waren und eine Stütze brauchten – in jedem Sinne, vom moralischen bis zum finanziellen); heute gehe ich durch die Straßen, wo mir die jungen Männer nachpfeifen, wo die Leute spazieren, die so unverschämt, so beneidenswert gesund sind, trage einen Mädchenkörper mit mir herum und spüre bei jedem Schritt, wie dieser Körper von innen her zerfällt, wie der Tod geräuschlos und unaufhaltsam in den Wirbeln frißt, und während ich grüße und lächele, möchte ich brüllen vor Verzweiflung, diesen gesunden Menschen zuschreien, wie ungerecht es ist, wie entsetzlich ungerecht –

Schluß der ersten Etappe. Jetzt werde ich bitter, und das wollte ich nicht. Übrigens denke ich gar nicht so oft daran: wenn ich arbeite, gibt es eben nur die Arbeit, und das andere vergesse ich völlig. An einem der nächsten Tage schwatze ich Dir ein bißchen von den Ehen und Büchern.

5. 4.

Liebe Veralore, neulich habe ich mich gehenlassen, sieh es mir nach! Manchmal verliert man doch seine Haltung – Ich will jetzt versuchen, ein bißchen der Reihe nach zu erzählen. Also, Domnik ist lange durch. Hast Du ihn noch kennengelernt? Ein hübscher Junge, soweit ich mich erinnere (seit Jahren habe ich keine alten Fotos mehr angesehen: Erinnerungs-Ballast), aber ziemlich dumm oder jedenfalls lernunwillig und mit einer fürchterlichen Familie behaftet, die »diese Bürgerstochter« von Herzen haßte.

Später fing er an zu saufen, scheußliche Zeit, ich bin ihm ein paarmal weggelaufen, habe bei der Defa in Berlin gearbeitet, Drehbücher geschrieben, mich mit Schauspielern und Regisseuren und Schriftstellern herumgetrieben – Gott, ist das ewig lange her! Und wie merkwürdig, wenn man diese Leute – soweit sie nicht auf der Strecke geblieben sind – heute wiedertrifft – Die zwei großen Lieben aus jenen Jahren: beide Schriftsteller; der eine hatte damals sein erstes Buch herausgebracht, übrigens eine hochbegabte Arbeit; er war ein stolzer, verletzbarer Mensch und einer der schönsten Jungen, die ich je gesehen habe – heute schreibt er nicht mehr, kann nicht mehr schreiben, sieht zum Erbarmen aus, stirbt langsam dahin an einer unheilbaren Krankheit – Der andere, durch dessen mit dem Nationalpreis gekrönten Roman ich als weibliche Hauptfigur spaziere und der damals ebenfalls sensibel und voll schöner Ideale war, ist heute Professor und verfettet an Leib und Seele –

D. kam dann ins Gefängnis (ein Trunkenheitsdelikt), ich wohnte im Schriftstellerheim, dort lernte ich Pitschmann kennen, der mich nicht ausstehen konnte, weil ich von morgens bis abends besoffen war und eine blöde Hemingway-Philosophie hatte – keine Ahnung, warum wir dann doch zusammenkamen – er jedenfalls hat mich durch eine Geschichte verzaubert und erobert, wundervoll geschrieben. Wir haben uns von unseren jeweiligen Partnern scheiden lassen, haben in Burg gewohnt, im Haus meiner Eltern, in einem Zimmer, das wir durch einen Bücherschrank trennten, über den wir uns während der Arbeit Zettelchen und Liebesbriefe zuwarfen; es ging uns hundeschlecht, wir hungerten (was wir natürlich vor meinen Eltern stolz verbargen), trotzdem waren wir glücklich und voller Anmaßung und überzeugt, daß wir demnächst Balzac und Thomas Mann glatt an die Wand schreiben würden. Aber als unsere Bücher fertig waren, wurden sie nicht gedruckt, unsere Themen waren seinerzeit unerwünscht. Inzwischen – aber wer mag diese alten Romane wieder hervorkramen? Mögen sie in Gottes Namen in einer Schublade begraben sein.

Wir sind dann zusammen in das Kombinat Schwarze Pumpe gezogen, das damals aufgebaut wurde, d. h. in die neue Stadt, von der seinerzeit erst ein paar Wohnblöcke standen, wir haben das Wachsen einer Stadt miterlebt, ein aufregendes Abenteuer, wilde Zeit, Goldgräberzeit, wie man's nannte, und haben im Kombinat gearbeitet – ach das war nichts für meinen armen P., der ein Lord ist vom Scheitel bis zur Sohle, esoterisch, Rilke-Anbeter, Elfenbeinturm-Bewohner, aber mir ist es bekommen, und ich habe während der Zeit ein Buch geschrieben, durch das ich plötzlich, auf geradezu bestürzende Weise, bekannt geworden bin – ein Glücksfall, es kam halt zur rechten Zeit, »Ankunft im Alltag«: später wurde von den Germanisten die ganze Literaturströmung jener Jahre danach benannt, und so geistere ich wenigstens als Vortruppler der »Ankunftsliteratur« durch die Lexika (dabei stammt der Titel nicht mal von mir, sondern von meinem lieben Lektor, mit dem ich seit der »Frau am Pranger« zusammenarbeite – damals war er so ein junger Springer, der gerade von der Hochschule kam; heute ist er Verlagschef, hat Magengeschwüre und ist ein wirklich guter Verleger geworden, mit der richtigen »Nase«, Du verstehst schon, und mit Fingerspitzengefühl für seine – zuweilen sehr schwierigen – Autoren). Jedenfalls, jetzt saßen wir dick im Glück, ich hatte Riesenauflagen und viel zuviel Geld (na, wenigstens hab ich mehr für andere rausgeschmissen als für mich: meine beiden kleineren Geschwister studierten noch, waren also andauernd in Nöten, und in unserem Haus wohnten Leute genug, die aus argen Verhältnissen kamen und sich nach Teppichen, neuen Möbeln, Kleidern und wer weiß was sehnten – also, gespart habe ich nichts in den fetten Jahren, und wenn das ein Fehler war, so war's doch einer, der Spaß gemacht hat), ich bekam Preise und alle möglichen Ehrenämter und einen Wagen – übrigens kann ich bis heute nicht Auto fahren; beim ersten Versuch hätte ich beinahe einen Bus gerammt, beim zweiten hab ich das Ding auf eine Böschung gefahren und umgekippt, und seitdem lasse ich die Finger vom Lenkrad. Schlimm, daß bei alledem mein armer P. immer mehr ins Hintertreffen geriet, eine Art Prinzgemahl wurde, eben »der Mann von Frau Reimann«, und das bekommt keiner Ehe. Er schreibt eine viel schönere Prosa als ich, arbeitet aber entsetzlich langsam, bastelt tagelang an einem Satz, ist eben kein wirklicher Erzähler, vermutlich, weil es ihm an Geschichten fehlt, und Geschichten fehlen ihm, weil er schwer oder fast gar nicht Kontakt zu anderen Menschen findet (oder auch nicht mal sucht), während ich immer voller Neugier, geradezu Gier auf Menschen war, mir tausend Beichten und Lebensgeschichten angehört habe. Herrje, und wie viele Leute kamen zu mir in die Wohnung, von der verklemmten Oberschülerin bis zum Fremdenlegionär, und packten ihre Sorgen aus – vielleicht, sicherlich brauchen die meisten so einen, der ihnen zuhört und Anteil nimmt – wir haben noch keinen Ersatz für den Beichtvater der Katholischen Kirche, und die geschulten Psychoanalytiker, die an ihre Stelle treten könnten, müßten, sind noch rar hierzulande. Na, dies nebenbei, und damit Schluß der zweiten Etappe.

14. 4.

Liebe Veralore, die Abstände zwischen den Etappen werden immer länger: zunehmende Schmerzen, eine Menge persönlicher Schwierigkeiten, die verzweifelte Arbeit an meinem Manuskript, aus dem mir gerade jetzt ein Kapitel gestrichen worden ist – oh, nicht etwa aus künstlerischen Gründen – Aber ich schreibe Dir immer so, als setzte ich voraus, daß Du weißt, wie wir hier leben, wie unsere Kulturpolitik beschaffen ist und dergleichen – und dabei lebst Du schon so lange in fremden Ländern, daß dies alles, vermute ich, für Dich weiße Flecke auf einer Landkarte sind.

Wo war ich stehengeblieben? Mein Lord P. also – Er war ein vollkommener Ehemann, er war so treu, so nobel, so feinsinnig – und wahrscheinlich ist das der Grund, weshalb ich ihm weggelaufen bin und mich an einen Abenteurer gehängt habe, so einen anarchistischen Kerl mit Kalmückenaugen und einer höchst undurchsichtigen Vergangenheit (dem wirst Du auch in meinem Roman begegnen). Er arbeitet als Kipperfahrer im Kombinat, fiel mir bei einer Diskussion auf durch seinen Scharfsinn, seine bissige Klugheit: er hat Philosophie studiert, ist dann wegen eines Vergehens geext worden, war im Gefängnis und im Haftlager des Kombinats und ist dort in dieser Stadt hängengeblieben. Übrigens handelte es sich – aber das erfuhr ich erst Jahre später – um irgendeine miese Sache wie Unterschlagung oder so was, ich habe ihn nicht gefragt, und er hat nicht darüber gesprochen, ließ bloß gelegentlich durchblicken, daß es sich um ein politisches Vergehen handelte – und ich hab's geglaubt, glauben wollen, hätte ihm alles geglaubt – Es war die Ganz Große Liebe, eine verrückte Liebe, und vielleicht war es auch deshalb, weil alle Welt, von Freunden bis zu offiziellen Parteifunktionären, uns auseinanderzubringen versuchten. Wir waren drei Jahre so zusammen, haben uns hundertmal getrennt, sind hundertmal wieder zusammengelaufen, weil wir einfach krank waren ohne den anderen, daß Herr K. (so will ich ihn bloß nennen) graue Haare bekam – es war die Hölle für uns alle, für meinen armen P., für K.'s Frau und für uns beide. Er war härter als ich und ließ sich scheiden, während ich nicht wagte, P. allein zu lassen. Schließlich habe ich ihn wenigstens finanziell sichergestellt, und dann haben K. und ich geheiratet. Wir haben immer getrennt gewohnt, jeder in seiner eigenen Wohnung, eine Viertelstunde Weg dazwischen – beide »Einzelwölfe«, Du verstehst. Ich glaube, es war eine fabelhafte Zeit, und ich hätte mich für ihn buchstäblich in Stücke reißen lassen, habe nicht gesehen, daß meine Freunde ihn haßten, daß er jeden vor den Kopf stieß mit seinem bösartigen Witz, daß er mich ausnützte (Herrgott, was für einen Haufen Schulden habe ich für ihn bezahlt – er konnte einfach nicht mit Geld umgehen: aber selbst diese Schlamperei liebte ich an ihm –), aber er war mein bester, schärfster Kritiker und – verzeih, wenn ich solche Indiskretion begehe – bei ihm habe ich das Höchste, Herrlichste an körperlicher Liebe erfahren.

Damals schrieb ich das Buch »Die Geschwister«. Mein geliebter großer Bruder war nach Hamburg gegangen, ein begabter Konstrukteur, der hier auch gewisse Schwierigkeiten hatte (heute leitet er eine Forschungsabteilung in einem weltbekannten Werk), das hat mich schrecklich mitgenommen, und aus der Trauer um meinen verlorenen Bruder ist das Buch entstanden – wahrscheinlich mein bestes. Ich bekam dafür den Preis der Akademie der Künste. Dann also Mitarbeit im ZK, Jugendkommission, die Sibirienreise, ein Tagebuch über Sibirien, ganz enthusiastisch (aber man muß Sibirien gesehen haben – Gott, was für ein Land!), übrigens eine Arbeit, die ich heute noch lesen kann, ohne zu erröten. Das ganze andere Zeug, was man so vor Jahren geschrieben hat, kann man später einfach nicht mehr ansehen und möchte sich über jede Seite mit dem Rotstift hermachen.

Ja, und damit war die Glückssträhne zu Ende. Im Herbst 68 bekam ich zum erstenmal Krebs, der spät, beinahe zu spät erkannt wurde, und nach der Operation raffte ich alle innerlichen Reserven zusammen und veranstaltete einen Umzug (mit dreitausend Büchern, es war horrend!) hierher nach N., ins Mecklenburgische, von den Kohlegruben in eine schöne Landschaft. Nun ja, und damals hat Herr K. jämmerlich versagt. Er hat mich schon immer anstrengend gefunden, weil ich etwas von ihm forderte: Rückkehr in seine eigentliche Welt, kein spöttisches Abseitsstehen, keine Verschwendung seiner Intelligenz – jetzt wo ich manchmal traurig und niedergeschlagen war, fand er mich erst recht anstrengend, blieb dort unten in der Lausitz, ließ mich im Stich, als ich ihn am dringendsten gebraucht hätte. Nun, das ist eine bittere Geschichte, und ich will sie nicht noch einmal heraufbeschwören. Wir wurden geschieden, während ich zum zweitenmal mit Krebs – diesmal in der Wirbelsäule – in der Klinik lag, und da ich todkrank war, jeden Tag unter der Kobaltkanone lag und mich nicht rühren konnte, brauchte ich, gottlob, nicht vor Gericht zu erscheinen. Ich habe ihn seither nie wiedergesehen, eine Zeitlang habe ich noch allerlei Schulden für ihn bezahlt (aus Scham vor seinen Gläubigern), bis ich dann selber pleite war. Als ich aus der Klinik kam, stand ich in jeder Beziehung mit leeren Händen da – Immerhin, körperlich ging es mir wieder besser, die Metastasen schienen abgetötet. Bei allem Unglück habe ich wenigstens noch das Glück gehabt, durch Vermittlung eines Freundes – unseres Star-Architekten der DDR – in die beste Krebsklinik zu kommen (in Berlin), die gleichzeitig Forschungszentrum ist, und unter die Fittiche des Chefs, der ein weltberühmter Chirurg ist und dabei ein gütiger, weiser Mann, der mich wie seine eigene Tochter behandelte – übrigens ein trauriger Mensch, weißt Du: er bekommt immer die Fälle im letzten Stadium, und obgleich er manchmal wahre Wunder vollbringt, sieht er zu viele Leute sterben und leidet tief mit.

Eine Zeitlang war es furchtbar ohne Herrn K. – furchtbar, weil ich mich so verraten fühlte. Da habe ich mich eben durch Arbeit gerettet, sonst wäre ich zugrunde gegangen. Wir haben hier – ein junger Regisseur und ich – einen ganz hübschen Film gedreht, und er schleppte mich zu allen Dreharbeiten mit, zwang mich zum Schreiben, und so kam ich wieder zu mir. Nahezu zwei Jahre habe ich allein gelebt, d. h. nicht ganz allein, ich hatte ja gute und treue Freunde, und vor allem hatte ich meinen besten Freund, beinahe Liebsten J., ein Homosexueller, der aber während der ganzen Zeit, als wir Tag und Nacht beisammen waren, Schach spielten, saufen gingen, im Garten herumwirtschafteten, keinen Freund hatte – na, und ich hatte keinen Liebhaber, ich konnte Männer nicht mehr ausstehen, und natürlich ist es kein Zufall, daß ich mit einem »Linken« gelebt habe. Vielleicht hätte ich zu P. zurückgehen sollen – Er liebt mich wie eh und je, aber ich habe versucht, eine Freundschaft daraus zu machen, und das ist es auch geworden, wir telefonieren stundenlang miteinander, wir sitzen bei Kongressen zusammen, und manche uneingeweihten Leute halten mich immer noch für seine Frau –

Während der fröhlichen Zeit mit meinem lieben Linken habe ich wieder am Roman gearbeitet – eine Quälerei: immerhin ist Herr K. der Hauptheld, und es war (und ist immer noch) ziemlich bitter, ihm auf einem Manuskriptbogen andauernd zu begegnen.

Wieso ich dann doch wieder an einen Mann geraten bin, ist mir bis heute rätselhaft – aber das ist ein neues Kapitel und wird nächstens aufgeschrieben.

21. 4.

Liebe Veralore, nicht zuletzt wegen dieses Vierten hat diese letzte Briefetappe so lange auf sich warten lassen. Zur Zeit geht alles schief: immer Schmerzen, Arbeit bis zum Umfallen, ein kalter grauer April (geht Dir das auch so, daß Deine Laune vom Wetter bestimmt wird?); das Kapitel, das ich zuletzt geschrieben habe, ist – wie man so unter Professionals sagt –»gestorben«, wegen einer gewissen Prozeß-Geschichte in der Vergangenheit meines Helden – aber ich vergesse ja schon wieder, daß Du seit vielen Jahren nicht mehr hier lebst, gewisse politische Ereignisse, die uns mitgeformt haben, nicht erlebt hast und Dir vermutlich nicht vorstellen kannst, daß man über diese Ereignisse noch nicht mit der nötigen Härte schreiben kann. Nun ja, wieder was für die Schublade. Aber in all den Jahren hat sich immer wieder gezeigt, daß Geschichten, die irgendwann mal tabu waren, irgendwann später doch ans Tageslicht, also an die Öffentlichkeit gelangten. So was gehört eben zu unseren Schwierigkeiten im Sozialismus, und man kann sie tragisch finden oder nicht, einsehen oder nicht – Übrigens habe ich immer noch einen starken Glauben an die Vernunft.

Was also den Vierten betrifft, d.h. unsere momentanen Sorgen: der dumme Junge hatte mal wieder seine Alkohol-Strähne, ist Auto gefahren und dabei gefaßt worden, und nun ist er seine Fahrerlaubnis los. Ich konnte nicht mal mit ihm schimpfen, – er war so voller Reue und Scham, daß er nicht mehr allein auf die Straße gehen mochte und sogar seine Kündigung einreichen wollte, – die aber bestimmt nicht angenommen worden wäre, weil es für ihn keinen Ersatz gibt: er ist Kreishygiene-Arzt, und an Hygieneärzten haben wir noch Mangel. Kurzum, ich mußte an ihm herumtrösten und versuchen, ihn wieder moralisch auf die Beine zu bringen, und nun hat er geschworen, nie wieder einen Tropfen Alkohol zu trinken (na, ich bin ja skeptisch –) Wir haben uns übrigens auch beim Kognac kennengelernt, in unserem Hotel, wo ich damals öfter hinging, wenn mir die Decke auf den Kopf fiel; manchmal schreibe ich ganz gern, wenn eine Menge Leute herumsitzen und reden – das ist eher anregend als störend. Zuerst habe ich ihn gar nicht recht zur Kenntnis genommen – so ein blonder Zwei-Zentner-Kerl, Mecklenburger, wirkte ganz gemütlich und sehr normal. Er hat mich ganz unverbindlich nach Hause gebracht, wir haben noch die Nacht durch geschwatzt und weitergetrunken, und er ist gleich von mir aus zum Dienst gegangen, – es stellte sich heraus, daß seine Residenz im Haus gegenüber ist, und wir haben uns bis dahin nicht ein einziges Mal gesehen (ich wohne in so einer netten kleinen Villenstraße, in der auch viele Ärzte wohnen und die Klinik und dergleichen sind).

Am nächsten Tag ist er unerwartet und sehr schüchtern wiedergekommen, »weil er sich zum ersten Mal mit einer Frau unterhalten konnte«. Nach einer Woche hat er mich schon seinen Eltern vorgestellt, und bald darauf sind wir zusammengezogen und haben so gelebt, ohne daß jemand Anstoß daran genommen hat – höchst erstaunlich in einer Kleinstadt. Daß er zehn Jahre jünger ist als ich, habe ich erst viel später erfahren; er sah damals viel älter aus, wahrscheinlich auch durch seine Trinkerei. … er ist ein schrecklich einsamer Mensch, nicht glücklich in seinem Beruf, hat nie Freunde gehabt, nie eine Frau geliebt und ist, durch traurige Kindheitserfahrungen, ein sehr verschlossener Mensch. Ich hab ja nicht geahnt, was für einen schwierigen Burschen ich mir da aufgeladen habe – Er hat dann zwar aufgehört zu trinken, aber ab und zu überkommt es ihn wieder, und da er nichts mehr vertragen kann, wird es sehr arg. Aber was er auch anstellt in diesem Zustand – ich werde ihm nie vergessen, wie gütig und aufopfernd er mich pflegte, als ich – kaum waren wir ein paar Monate zusammen – wieder krank wurde (zum drittenmal Krebs, diesmal in einem anderen Rückenwirbel, was wir damals aber noch nicht ahnten) und wochenlang im Bett lag und vor Schmerzen heulte. Das ist überhaupt das Merkwürdige bei ihm: am liebevollsten ist er, wenn ich hilflos bin; sobald ich mich wieder gut fühlte und die selbständige Frau herauskehre, kriegt er einen Dickkopf und bildet sich ein, er müßte um seine Gleichberechtigung kämpfen.

Als es zu schlimm wurde, brachte er mich wieder nach Buch, und dort hat er erfahren – was ich natürlich nicht wußte –, daß ich unheilbar krank bin und eigentlich schon seit Monaten tot sein müßte. Und trotzdem hat er mich geheiratet, sobald ich entlassen wurde. Erst ein halbes Jahr später hat er mir unter Tränen gestanden, was mit mir los ist und wie furchtbar der Hochzeitstag für ihn war, als er während der Rede immer daran denken mußte, daß er seine eine und einzige Frau nur für eine unbestimmte Frist haben wird. Jetzt klammern wir uns also an Hoffnungen und Wunderglauben, und ich verstehe schon, warum mein Dicker ab und zu in die Flasche fällt. So, und nun will ich endlich diesen Riesen-Bericht abschließen. Verzeih mir, wenn ich mich hin und wieder wiederholt habe und außerdem noch miserabel getippt – Und nun warte ich auf Deinen Bericht, der viel spannender ausfallen wird (die vier Länder!), und inzwischen wünsche ich Dir alles Gute und grüße Dich ganz herzlich Deine Brigitte

Abkürzungen

B. R.	Brigitte Reimann
DAK	Deutsche Akademie der Künste
DFD	Demokratischer Frauenbund Deutschlands
DSV	Deutscher Schriftstellerverband
FDGB	Freier Deutscher Gewerkschaftsbund
FDJ	Freie Deutsche Jugend
LR	»Lausitzer Rundschau«
NBI	»Neue Berliner Illustrierte« (Berlin)
ND	»Neues Deutschland. Zentralorgan der Sozialistischen Einheitspartei Deutschlands« (Berlin)
NDL/ndl	»Neue Deutsche Literatur« (Berlin)
NL	Verlag Neues Leben (Berlin)
PB	Politbüro
RGW	Rat für gegenseitige Wirtschaftshilfe
VBKD	Verband Bildender Künstler Deutschlands
ZK	Zentralkomitee der SED

Zu dieser Ausgabe

Textgrundlage für diese Ausgabe bildet die Edition: Brigitte Reimann: »Ich bedaure nichts. Tagebücher 1955–1963«, herausgegeben von Angela Drescher, Aufbau-Verlag, Berlin 1997, sowie: Brigitte Reimann: »Alles schmeckt nach Abschied. Tagebücher 1964–1970«, herausgegeben von Angela Drescher, Aufbau-Verlag, Berlin 1998.

Die Wiedergabe der Aufzeichnungen Brigitte Reimanns folgt in Orthographie und Interpunktion den Originalen. Offensichtliche Schreibfehler wurden stillschweigend korrigiert; Namensschreibungen, syntaktische und grammatische Fehler nicht berichtigt.

Auslassungen wurden aus der Originalausgabe übernommen. Weitere durch die Auswahl bedingte Kürzungen sind ebenfalls durch eckige Klammern gekennzeichnet.

Soweit die Wort- und Texterläuterungen in den Fußnoten vom Bearbeiter nicht für diese Auswahl geschrieben wurden, sind die Anmerkungen der Edition vollständig, in gekürzter oder modifizierter Form übernommen worden.

Brigitte Reimanns hier abgedruckter »Brief an eine Freundin« erschien zuerst in: Brigitte Reimann: »Aber wir schaffen es, verlaß Dich drauf! Briefe an eine Freundin im Westen«, herausgegeben von Ingrid Krüger, © 1995 by ELEFANTEN PRESS Verlag GmbH, Berlin. Wir danken für die freundliche Genehmigung zum Nachdruck.

Biographien von Frauen über Frauen

SABINE KEBIR
Helene Weigel
Abstieg in den Ruhm
Als »lärmendste Schauspielerin Berlins« machte sich Helene Weigel in den zwanziger Jahren einen Namen, als Bertolts Brechts »Primadonna im proletarischen Gewand« erlangte sie Weltruhm. Sabine Kebir, bekannt durch provokante Studien über Brecht und seine Mitarbeiterinnen, rekonstruiert das Bild einer ungewöhnlichen Frau, die sich in der Kunst und in ihrem Leben als couragierte Avantgardistin weiblicher Emanzipation behauptete.
»Eine erstklassige Biographie.«
TAGESSPIEGEL
Biographie. 425 Seiten. 28 Abbildungen. AtV 1820

GEORGIA VAN DER ROHE
La donna è mobile
Mein bedingungsloses Leben
Genug war nie genug in diesem Leben voller Extravaganz: Georgia van der Rohe, als Tochter des bedeutenden Architekten Mies van der Rohe 1914 in Berlin geboren, machte als Tänzerin, Schauspielerin und Filmregisseurin international Karriere. Ihre Memoiren zeugen vom Leben einer Frau, die ihren Leidenschaften bedingungslos folgte und dennoch immer autonom blieb. »Die Geschichte einer leidenschaftlichen und klugen Frau.«
ELLE
381 Seiten. 34 Abbildungen. AtV 1876

KATJA BEHLING
Martha Freud
Die Frau des Genies
Eine bemerkenswerte Frau (1861 bis 1951), die durch ihre Treue und Standfestigkeit zum Gelingen dessen beitrug, was unter dem Namen »Psychoanalyse« von Wien ausging. A. W. Freud erinnert sich seiner Großmutter als einer Persönlichkeit, die mit Umsicht und Tatkraft das Unternehmen Berggasse 19 steuerte.
Mit einem Vorwort von A. W. Freud. 266 Seiten. Mit 26 Abbildungen. AtV 1858

DOROTHEA VON TÖRNE
Brigitte Reimann
Einfach wirklich leben
Brigitte Reimann ist zur Symbolfigur eines unangepaßten, leidenschaftlichen Lebensstils geworden. Wie war sie wirklich? Dorothea von Törne geht in ihrer anschaulichen Biographie den wichtigsten Stationen dieses kurzen Lebens nach.
»Sie hat exzessiv gelebt, voller Unrast und Verlangen nach Liebe, ihre Lebenskerze war an beiden Enden angezündet – wer leuchten will, muß brennen.«
BERLINER ZEITUNG
Biographie. Mit 23 Fotos. 300 Seiten. AtV 1652

AtV

Gabriele Wötzel
Hunger auf Leben
Ein Mädchen kämpft gegen den Krebs
292 Seiten. Broschur
ISBN 3-8311-1832-9

Gleicher Titel, anderes Buch:
»Hunger auf Leben«

Nadine ist gerade elf Jahre alt, als die Diagnose Leukämie ihre unbeschwerte Kindheit beendet. Morgens noch in der Schule, liegt sie am Abend im Krankenhaus. Tapfer steht sie acht Monate Chemotherapie durch, beseelt von dem Gedanken, die bösartige Krankheit zu besiegen. Doch dann kommt der Rückfall, mit dem niemand rechnen konnte. Der Kampf um ihr Leben beginnt aufs neue.
Gute Bücher müssen nicht realistisch sein. Aber wenn sie es sind, hinterlassen sie tiefe Spuren. So wie dieses.

Verlag: Books on Demand GmbH, Norderstedt